魅丽文化　桃夭工作室

魂兵之戈

中

水千丞 著

廣東旅游出版社
GUANGDONG TRAVEL & TOURISM PRESS
悦读书·悦旅行·悦享人生
中国·广州

图书在版编目（CIP）数据

魂兵之戈．中 / 水千丞著．— 广州 ：广东旅游出版社，2021.5

ISBN 978-7-5570-2394-2

Ⅰ．①魂… Ⅱ．①水… Ⅲ．①长篇小说—中国—当代 Ⅳ．①I247.5

中国版本图书馆 CIP 数据核字（2020）第 246877 号

魂兵之戈．中

HUN BING ZHI GE.ZHONG

出 版 人：刘志松

责 任 编 辑：梅哲坤

广东旅游出版社出版发行

地址：广东省广州市荔湾区沙面北街 71 号首、二层

邮编：510130

电话：020-87347732

印刷：湖南天闻新华印务有限公司

（湖南望城湖南出版科技园 电话：0731-88387578）

开本：710 毫米 ×1000 毫米 16 开

字数：371 千字

印张：20

版次：2021 年 5 月第 1 版

印次：2021 年 5 月第 1 次印刷

定价：46.80 元

目录

魂兵之戈

第1章 耳倪族

那一夜漫长得好像永远都不会天明。龙芗伤口崩裂，晕了过去；阮千宿身上多处被投石击中，无法再战；炙玄身上的魂力耗尽，变回了幼童。三人不得不回到帐篷里。能动的人只有虞人殊和江朝戈，外加天戎和醉幽，而云息的魂力都放在了回魂阵上，不能再召唤出鸩鸟，他们的处境之艰难可想而知。

江朝戈没打过这样疲劳的拉锯战，以前经历的战斗再惨烈，也是速战速决的，远没有现在痛苦，那种焦心、恐惧和绝望被无限地延展，变得更加绵长、难忍，就好像一把小刀在他的伤口上来回划，开始可能没多疼，直到伤口越来越深，已是积重难返。

虞人殊和江朝戈现在就是这种状态，两人气喘吁吁，满头大汗，一身血污，仿佛随时可能倒下，但依然咬牙坚持着。天戎和醉幽也没好到哪儿去，原本顺滑的毛发被血粘成一绺一绺的，眼中杀气腾腾，却也掩盖不住他们的狼狈。

那是他们最艰难、最混乱的一夜。天明之时，江朝戈眼睛都快睁不开了，他用炙玄刀撑着才不至于倒地。这时候如果举父再来袭，他们不确定能否保住云息了。

云息低声道："再坚持一下，已归三魂五魄。"

江朝戈抹掉脸上的血："你再快点儿，否则我们的三魂七魄就要离体了。"

虞人殊一头银发都粘在了脸颊上，他咬牙道："还要多久？"

"按照举父袭击的频率，你们还要再挡一次。"

江朝戈感觉自己随时可能倒下，晕乎乎地说："如果我死了，你能把我做成魂器召唤回来吗？"

云息和虞人殊明显一愣，脸色都有些不自然。云息道：“以人制魂器是逆天大忌，千万不要再想。”

江朝戈只是随口一说，没想到会换来这么严肃的回答，他直觉这后面有故事，不过他也没力气问了。

再次从雾里传来诡异的笑声，距离上一轮游击，才过去不到一个小时。江朝戈怒火攻心，大骂一声：“这群畜生是不是能拉石头？！”

天戎和醉幽从地上爬了起来，用身体把云息围在了中间。

漫天石雨再次降临，江朝戈和虞人殊背贴着背，大吼一声，举起盾牌，挥舞着手里的刀和锏，咣咣两声重响，两人同时击飞了一块石头！

石头从四面八方飞来，天戎和醉幽身体过大，根本无处可躲，能击开的石头毕竟是少数，为了挡住云息和那回魂阵，只能硬生生地用身体受着，华丽的皮毛被砸得鲜血淋漓，场面惨烈不已。

虞人殊和江朝戈那简易的盾牌已经换了四块，不时有大小不同的石块往他们身上招呼，他们尽全力抱住要害，其他地方就只能听天由命。江朝戈感觉手臂酸麻得好像不是自己的了，自从魂力提升，他已经不觉得炙玄刀重，但这样连续用单臂挥舞了一夜，负担可想而知。这一夜他刀术的进步，可能盖过了之前数月进步的总和。

江朝戈的腿被击中，一阵剧痛传来，他单膝跪了下来。

炙玄看着他满身是血的样子，眼里仿佛要烧起来了，表情扭曲、狰狞，已经不似人面。

江朝戈知道炙玄想显形，连忙一把抱住了他，大喊道：“炙玄，不要！我撑得住，这些伤都会好，我撑得住！”

炙玄搂住江朝戈的脖子，声音都在颤抖：“是不是很疼啊？是不是很疼？”

江朝戈眼眶微热，竟有种想落泪的冲动，他道：“这点儿疼对我来说不算什么，你不要再损耗修为，否则以后碰上更强大的异兽，我们的胜算就变小了。我现在撑得住，相信我，回帐篷里。”

炙玄紧紧地抓着他的衣服，灿金色的瞳眸里有着无尽的挣扎。

江朝戈捏着炙玄的小下巴，在他的额上用力亲了一下：“听我的。”说完，江朝戈把他塞回了帐篷里，盖上了帘子。

一块石头狠狠地砸中了江朝戈的左肩，他闷哼一声，歪倒在地。

炙玄想冲出来，江朝戈一把抓住帘子，低吼道：“不要出来！”

一只有力的手抓住了江朝戈的胳膊，把他从地上拽了起来，他一抬头，正对上虞人殊疲惫却总是坚毅的目光。

江朝戈回手抓住他的胳膊，用力捏了捏。无论什么时候，虞人殊都是他身边最坚实、悍勇的力量。

两人继续背靠着背，抵御着漫天石雨，哪怕疼痛难忍，只要还有一口气在，他们就绝不倒下！

云息猛地睁开眼睛，竟然单手探入滚烫的药碗里，将那枚魂器拿了出来，他叫道："好了！"同时，他用仅剩的魂力召唤出两只鸩鸟，护在虞人殊和江朝戈的身前。

两人再也坚持不住，双双绵软地跪在了地上，强撑着没有晕过去，其实已经到了崩溃的边缘。

云息把两人塞进帐篷里，幸而这一轮攻击已经到了尾声，那些举父逐渐散去了。云息激动地拿着那枚魂器："做好了、做好了，它一定可以带我们出去！"

江朝戈半眯着眼睛看着这枚小小的魂器——这枚他们几乎拼了命才让其诞生的魂器，却发现自己眼前开始模糊，身体摇摇欲坠。

云息抓着他的肩膀晃了晃，紧张地说："你可别晕啊，这魂器要靠你才能使用！"

江朝戈有气无力地说："别晃了！"

云息往他的身体里注入一些魂力："撑住，先带我们出去。"

他被云息从地上架了起来，回头一看，他们这支队伍简直伤亡惨重，就没几个能动弹的。

醉幽已经被龙芗收回到兵器里，他们连帐篷都无力收起，勉强坐在天戎的身上。江朝戈召唤出举父，命令它带他们离开浓雾迷宫。

那举父果然熟门熟路，在浓雾里行动自如，领着天戎在森林里绕来绕去。天戎的身上多处受伤，速度很慢，他们提心吊胆，生怕这时候遭到袭击。

江朝戈在天戎的身上昏昏欲睡，云息不停地给他疗伤，防止他再次晕倒。众人就这么咬牙坚持着，走了十多里路，明显感觉到没在原地打转，而且雾居然淡了很多。

正午时分，他们终于走出了那片迷宫。当温暖的阳光照射在他们的脸上时，众人都有种劫后余生、喜极而泣的冲动。自从进入雾里，他们再也没有片刻感受过阳光的温暖，此时竟有些不真实的感觉，生怕这是他们在浓雾中产生的新幻觉。

天戎勉强走了几步，就扑通一声跪在了雪地里，几人都从他的身上滚了下去。他口鼻出血，眼神有些涣散，身上的皮毛几乎没有哪片是完好的。

虞人殊抱着他的脑袋，愧疚地说：“天戎，你休息吧。”

天戎哑声道：“再走远点儿。”

“不行，你已经站不起来了。”

“我可以。”

“休息吧。”虞人殊抚摸着天戎皮毛的手抖得不成样子。

天戎低笑两声，琥珀色的眼里满是铮铮傲气：“你怕什么？我又不会死。”他勉强弯起尾巴，戳了戳虞人殊的后背，似是想安慰他。

“可你会疼。”虞人殊深吸一口气，“听我的，休息吧。”他不由分说地将天戎收回了兵器里。天戎消失后，雪地上只剩下一摊鲜血，刺得他眼睛痛。

云息召唤出了兜，将无法动弹的龙芗和阮千宿放到了兜上，其他人步行。

迷雾散去的天空是那么蓝，那么高远，哪怕是乏味的雪景和枯败的树木都让人百看不厌。他们慢慢前行，在雪地里留下一串带血的脚印。

众人走了一下午，实在是一步都动不了了，便选了处隐蔽的地方休息。

江朝戈倒在地上，一根手指都动弹不得了。

炙玄坐在旁边看着他，眼中的情绪十分复杂，有痛心，但更多的是愤怒——对自己的实力发挥不出来的愤怒。

江朝戈半眯着眼睛看着他，小声说：“怎么了？想喝酒？”

炙玄的小手滑过他的脸蛋：“不想。”

“难得哦。”

炙玄看着他虚弱的，浑身是伤的样子，眼圈都红了：“想你快点儿好。”

江朝戈抓住炙玄的手：“我……很快就能好了。”

炙玄轻轻地把脑袋枕在他的胸口，听着他一下一下和缓的心跳：“你要是在我没死的时候遇到我就好了，我不会让你流一滴血。”

江朝戈勉强笑道：“我知道。”

“还能给你人类想要的一切。”

“我知道。”

“就算你生不出小麒麟，我也不会嫌弃你。”

江朝戈咳嗽了两声：“谢谢啊。”

炙玄抬起头看着他，认真地问：“一只都生不出来吗？”

江朝戈窘迫道：“半只都生不出来。”

“麒麟没有半只的。”

“我就是这么一说。”

炙玄撇了撇嘴，重新把脑袋贴了回去，小手抓着江朝戈的手指，光是听着他的心跳，证明他还活着，焦躁的心就能平静下来。

江朝戈迷糊了一会儿，渐渐地昏睡了过去。

他们一觉醒来，已是第二天。休息一夜后，江朝戈的魂力稍有恢复，身体那种僵硬的感觉减退了一些，但伤口经过一夜的寒冻，反而更严重了。他知道自己现在失血太多了，他并不是第一次有这种经历，以前打群架，也受重伤，失血过，那种生命力渐渐流逝的感觉非常可怕。

云息没闲着，在帐篷里忙来忙去，给他们处理创口，疗伤，把他平时舍不得拿出来的魂药当喂饭一样往他们的嘴里塞。

伤势相对较轻的阮千宿只是腿不能动，但魂力已经恢复了一半，骑着征尘侦察去了。

龙芗的伤被云息治好了大半，江朝戈和虞人殊也在逐渐恢复。他们现在虽然暂时脱险，但若是这期间被偷袭，依然有丧命的危险。

提心吊胆地在这里休息了三天，全员才恢复了行动能力，而云息累得倒头大睡。

天戎和醉幽再次出现时，一身皮毛已经光亮如新，完全没了那日的惨状。江朝戈羡慕地说：“当魂兽也挺好的，既不会死，受了伤也很快就能恢复。”

龙芗道：“我也觉得挺好的，而且不吃不喝也能活，多冷多热都不受影响。”

醉幽回过头，拿脸蹭了蹭龙芗的胸口：“等你死了，也变成魂器就好了，这样我们就能永远在一起了。”

虞人殊沉声道：“不要乱说，人不能成为魂器。”

“为什么？”江朝戈好奇道，“人也有三魂七魄，应该也能制成魂器啊。”

龙芗道：“听说将人类制成魂器，会引起不祥的灾难，后果不堪设想。”

“不祥的灾难？”

“人死既死，再活过来，就会对原本的世界产生无法估量的影响。你自己想象一下，如果圣皇死后被制成魂器重生，而没有其他人知道，他就成了被魂兵使支配的工具，那一国之力岂不是落入心怀不轨的人手里了？”虞人殊的脸色有些阴沉，“所以，严令禁止将人制成魂器是天棱大陆国法里的第一条，任何魂器师胆敢触犯这一条，都要受到公开处决，绝无赦免的余地。”

江朝戈听着虞人殊的口气不太好，估计有什么他不愿意说的内情，便不再问了，反正自己也只是好奇而已。

天戎带着虞人殊和云息走在前面，等拉开一点儿距离后，龙芗低声说："天棱大陆上，曾经确实有个人，为了复活自己死去的兄弟，将他制成了魂器，那个人就是虞人氏的一任圣皇。"

江朝戈惊讶道："虞人殊的祖先？"

龙芗点点头："后来圣皇被他兄弟反噬，成了魂器的傀儡，祸殃整个天棱大陆，差点儿灭国。从那以后，就严令禁止将人制成魂器了。这件事也成了天棱大陆的忌讳，不能公开提及。"

江朝戈了然道："虞人殊说得有道理，死了的人就是死了，再活过来，那是逆转天命，真的不知道会发生什么事。"他心想，若是寻常的老鼠、青蛙死了再活，活了再死，对这个世界恐怕没什么影响，可有思维会活动的人就不同了。尤其当这个人手里有些权力时，真的可能产生极大的影响。那么上古异兽呢？这些拥有强大能量的，亦正亦邪的异兽，他们的苏醒，又将给这个世界带来怎样翻天覆地的变化？

上古十二异兽的苏醒，一定会在这个世界掀起剧烈的龙卷风，而自己正处于那风暴眼。

离开浓雾区后，指南针突然又好使了。他们此行的目的地是一个叫轩辕丘的地方，炙玄说那里曾是饮川的居所，可是他也说不清轩辕丘在哪里。他们那张简之又简，还不一定正确的地图上，也没有标注这个地方。他们只能按照他的说法，一路往西走。

江朝戈尝试着用感觉和举父沟通，但他发现那很困难。他可以用意识命令举父左转、坐下，甚至带他们离开迷宫，但他无法问举父"你知不知道轩辕丘在哪里"，因为他对轩辕丘没有任何概念，无法把这个概念传递给举父。

且行且休息，几天后，他们的伤在云息的调理下基本痊愈了。

云息道："我们这么盲目地走下去不是办法。"

虞人殊点点头："那该怎么办？"

"我们去找昆仑仙境里的人类部落吧，那个骑着鸥鸟的人，一定就是部族的一员。"

"可他盼着我们死。"

江朝戈道："可我们没死。我们在浓雾迷宫里，敌在暗，我在明，那么险峻的情况下都没死，我就不信正面接触我们会吃亏。"

云息点点头："对，那群举父若不是占着地形优势，也不会把我们弄得那么狼狈。正面相交，他们根本不是我们的对手。如果能找到当地的部族，就一定能找到人带我们去轩辕丘，抢也要抢来一个向导。"

龙芗冷哼道："大不了打一场。"他们对在迷宫里被举父打得半死不活一事，都积怨颇深。若是面对面光明正大地较量，就算流血牺牲，也是死得其所。可那种只能被动挨打，完全无法还手的情况，简直让人憋屈到家了。别看龙芗平时一副小大人的样子，其实少年英雄的好胜心，他一点儿也不缺。

虞人殊道："我们让举父带路？"

江朝戈闭上眼睛，尝试用意识命令举父，举父愣了半天，真的开始带路了。

阮千宿道："如果见到那些部族，我们该怎么办？"

"能和平，尽量和平，不行的话，只有打了。"江朝戈逗云息，"我们这帮人就你长得最面善，要不你去和他们谈判？"

云息使劲地摇头："我不和陌生人说话。"

"那你当初怎么就敢在大街上叫住我们，卖给我们东西呢？"

"我观察你们很久了，觉得你们不像会抢劫的人。"云息撇撇嘴，"结果还是被你们抢了。"

龙芗皱眉道："你跟踪我们？我怎么没感觉？"

江朝戈心想，云息这种往那儿一放，跟家具一样没存在感的人，一般人都感觉不到他的存在。

往西走了半天，他们进入一片积雪微薄，稍见绿意的森林。这里的道路有人工修葺过的痕迹，他们知道举父带他们走对路了。

越往这个方向走，森林的密度越高，而路也好走了很多。森林里偶有异兽出没，充满了生机。

下午时分，走着走着，江朝戈突然叫道："停下。"

天戎和醉幽同时顿住了脚步。

江朝戈翻身从天戎的身上跳了下去，皱眉看着周围，总觉得有哪里不太对。他曾跟一个特种兵学过丛林埋伏，对布设陷阱有点儿经验，一般一处森林异常，他可能不会像专业人士那样一眼就看出来，但他会有所警觉——毕竟大自然的规律是不会改变的，树木的生长走向、植物的脉络、根茎的盘错，这些都是有规律可循的，一旦被人动过手脚，一定会留下破绽。

江朝戈朝前走了两步，感觉一些枝丫的断裂方式不太对头，谨慎道："这附近可能有陷阱。"

"陷阱？在哪里？"

"我得找找……"江朝戈很后悔当初没多学点儿，他以为自己这辈子都没机会打野战。

刚后退了两步，空气中突然传来嗖的一声，他全身肌肉都绷紧了，虽然已经意识到了危险，可身体的速度跟不上大脑，他无法闪躲。

阮千宿猛地挥出征尘钺。

啪的一声响，江朝戈感觉脸颊一热，然后周围的一切都静止了。他深吸一口气，心脏猛跳，他还活着！他低头一看，一支竹箭插在他脚旁的土地上，竹箭被征尘钺削断了一截，改变了方向，不然，这一箭很可能就从他的脑袋穿过去了。

炙玄怒火攻心，瞠目欲裂，朝着森林大吼一声，那吼声震得人耳膜发颤，心脏控制不住地颤抖，一股恐惧直接钻进脚心，迅速弥漫至全身，连江朝戈都吓得一抖。

森林里的飞禽走兽四散逃窜，原本寂静的空间突然热闹了起来。

云息着急地比画着手势："嘘、嘘。"他下意识地想去堵豆丁版炙玄的嘴，炙玄却扭头对他龇起牙，他吓得连忙缩回了手。

炙玄恶狠狠地说："不准碰我！"

云息忙不迭地说："好，不敢、不敢。"

江朝戈一边往天戎的肚子下面跑，一边道："炙玄，我没事。千宿，大恩不言谢了。"

阮千宿嗤笑道："那你打算怎么谢？我不是败家娘们儿了？"

江朝戈讪讪道："你把金币还给祁家的事翻篇了，咱们扯平了。"

阮千宿白了他一眼。

全员进入警备状态，躲在天戎和醉幽的身下，防止暗箭的袭击。虞人殊叫道："什么人？出来！"

一棵参天大树的树干后面冒出一个脑袋，接着，一个一个脑袋冒了出来，竟然有几十人之多，个个手持弓箭，跟猴子一样潜伏在大树后面。原来江朝戈他们早已经被包围了。

一个少年叽里呱啦地说了什么，跟那个鸱鸟身上的人的发音类似，江朝戈不耐烦地喊："说什么鸟语？听不懂。"

少年顿了顿，用生涩的汉语说："你们是什么人？想干什么？"

“我们从山外来，想去轩辕丘。”

“去轩辕丘干什么？”

江朝戈毫不犹豫地说：“祭祖。”

“祭什么祖？”

“数千年前，我们的祖先来自昆仑仙境，由于未知的原因，他们迁徙到了昆仑山外。他们把故乡的样子一代一代地传了下来，希望有朝一日，子孙后代能带着他们的遗骸重归故里。我们的部族就只剩下我们几个人了，所以想趁着我们这一脉还没湮灭，完成祖先的心愿，也满足我们对故乡的向往。”

云息瞪着眼睛看着江朝戈撒谎不打腹稿，听得一愣一愣的，其他人倒是已经习惯了。

少年犹豫了片刻：“莫非，你们是喇乙族人的后代？”

“正是。你们知道我们的部族？”江朝戈装作惊讶的样子，他是惊讶这里的人这么好骗。

“千年前有不少部族生活在轩辕丘，后来都一个个消失了，听父亲说，喇乙族迁去山外了。”少年说话的同时把整个身体都探出了树干外。他十来岁的样子，长得很憨厚，一副土著的打扮。

江朝戈心想，歪打正着啊，便连连点头：“我们对祖先的事，知道得可能还没你们多，语言也失传了。你年纪轻轻就懂得这么多，真是厉害啊。”

少年抓了抓头发，有点儿不好意思，他突然想起了什么：“就是你们闯过了拉玛厝迷宫吧？”

“很多雾的那个？对。”

“从来没有人闯过那片迷宫。”少年看了看天戎和醉幽，“狰和九尾狐，难怪……”

江朝戈心想：这里应该也没什么“人”来吧？

少年道：“你们卸下武器，留下异兽，跟我回族里。”

龙芗反问道：“卸下武器？万一丢了怎么办？”

“那你们就绕路，不准再接近我们部族。”

虞人殊和江朝戈对视一眼：“卸就卸。”

天戎不同意：“不行，殊，太危险了。”

醉幽也道：“没有我们在，你们岂不是任人宰割？”

江朝戈喊道：“我能带着这个孩子吗？他虽是异兽，但我的魂力微弱，甚至无法召唤出他的真身，他也离不开我。”

少年从树上滑了下来，近距离地感知了一下江朝戈的魂力，确实是不足以召唤天级魂兽，便道：“好吧，但把武器留下，身上的魂器也都不许带。”

几人纷纷卸下武器和魂器，留下天戎和醉幽在此处看守。

他们在几十支箭的监视下，跟着少年往森林深处走去。

炙玄抱住江朝戈的脖子，挺满意地说：“你知道随时都带着我就好。”

江朝戈笑道：“我不是一直都这样吗？”

“如果有危险，我也会带你们出去的。”

“我知道。”江朝戈心里没什么底，进了别人的地盘，小命就掌控在别人手里了，但好在他有炙玄这张王牌。

走了约半个小时，前路清晰起来，一棵百米高的参天大树出现在了众人面前。大树上修建了七间树屋，围绕着那棵大树，是一个错落有致的村子。那村子一半的房子建在树上，另一半在地上，村子里人来人往，举父和各种异兽随处可见，很是热闹。

江朝戈第一次见到这种类似土著人的村寨，感觉很新鲜，但丝毫也没有放松警惕。他一路上不停地跟那少年聊天、套话，少年单纯得很，被他夸几句，就会吐出不少有用的信息。

到了村子的时候，江朝戈已经知道他们的部族叫耳傥族，族人的数目超过两千，从来没离开过昆仑仙境，擅长骑射、织锦，以打猎、农耕为生。

炙玄看到村子里往来走动的人，不自觉地抱紧了江朝戈的脖子，不高兴地说：“这么多人类，好烦。”

“怎么了？”

“让我想到了万年前昆仑仙境里的部族，也是穿着类似这样的衣服。”炙玄冷哼一声，“不，那个时候的他们，哪里有称作衣服的东西！只是拿兽皮包裹一番，喝生血，吃生肉，除了会用两条腿走路，跟其他畜生没什么两样。是饮川教他们耕种、畜牧、识字，甚至为他们培养魂兵使、魂器师、魂导士，教他们制魂器、医术，结果他们是怎么对待饮川的！”炙玄越说越生气，咬牙切齿道，“所以我最讨厌人类忘恩负义，唯利是图，自私自利。”

江朝戈抚摸着他的背，岔开话题：“哎呀，你又会用好几个成语了，真聪明。”

炙玄哼了一声，明知道江朝戈是故意的，也不想和他计较，只是张嘴叼住他的衣领，拿牙齿一下一下地磨着。炙玄以前不高兴的时候咬他的脖子，现在改成咬衣领，他仅有的几件像样的衣服，没有一件衣领是完好的，都跟被狗啃了似的破烂不堪。

耳倪族的少年将他们领进村子里，村子里正在忙活的男女老少全都停下了手里的活儿，瞪直了眼睛看着他们。这里的大部分人可能一辈子都没有见过昆仑山外的人。村子里骚动起来，各种目光汇聚而来，有的好奇，有的充满敌意。

从那棵最粗、最大的树的树屋走出一个拄着拐杖的白发老者。

少年指着江朝戈等人，朝老者说了一番他们的语言。

老者的脸上皱纹累累，整张脸像要被融化一样往下垮，眼窝深陷，眼皮松弛，几乎看不见他的眼睛，恐有百岁之龄。他伸出手指，指了指江朝戈等人，然后就颤巍巍地回屋了。

少年道："大巫让你们上去两个人，其他人在这里等着。"

江朝戈带着炙玄，和虞人殊一起顺着木梯走上了树屋。江朝戈悄悄问虞人殊："大巫是跟大国师差不多的人物？"

虞人殊道："对，能成为大巫的人要天生具备某种灵性，传说多是上古巫祖的后人，那可是万里挑一。"

江朝戈心想：那这个大巫会不会知道如何回我原来的那个世界呢？

他们踩着那简陋的木梯往上走，木梯只有半米宽，旁边无遮无拦，一脚踩空就会从大树上掉下去，着实有些刺激。这棵大树上的七间树屋是江朝戈见过的最壮观的树屋，就像精灵的群落，树屋以最原始的材料建造、固定，看上去并不安全，可真的站在其中，又感觉意外牢固。

耳倪族的大巫盘腿坐在最大的那间树屋里，从树木的缝隙中漏进来的阳光打在他布满皱纹的脸上，让他看上去像一座风干的蜡像。

等人进来后，大巫突然抬起了眼睛，那双眼睛覆着一层白雾，眼球浑浊不堪，就算不是盲人，肯定也是半瞎了。他抬起像枯树枝一样的手指，指了指他面前的草垫。

江朝戈和虞人殊坐下了，炙玄则坐在江朝戈的大腿上，不客气地看了大巫一眼，就转过了脸去。

大巫发出苍老的声音："你们是喇乙族的后人？"汉语竟然说得非常标准。

江朝戈觉得要圆这么多谎有点儿累，但也只能硬着头皮说："是。"

"可有证明？"

虞人殊眉峰微颤，心里替江朝戈捏了把汗，不过他又好奇，江朝戈打算怎么继续装下去。

江朝戈脑袋飞速转了一下，这个大巫看上去精明得很，可唯有一样不行了，就是眼睛。他看了看左右，道："我族祖传宝物，只愿给大巫大人一人过目。"

大巫顿了顿，挥挥手，领他们来的少年犹豫地说了几句，但还是被大巫挥退。他带着其他侍卫走到了屋外，降下了草帘子。

江朝戈从手上脱下手套，摘下了那枚黑钻石戒指。这戒指就是小孩子也看得出是新东西，他就是赌这大巫看不清。

大巫伸手想拿，江朝戈缩回了手，只是举着戒指，并不给他。

大巫眯起眼睛，混浊的老眼努力要看清，但力不从心，只能隐约看出那是一枚黑漆漆的指环，颜色陈旧。

江朝戈道："大巫大人，年代久远，我的祖先也经历过多次磨难和迫害，曾一度险些被灭族。在那些颠沛流离的日子里，很多从轩辕丘带走的宝物或遗失了，或被变卖了，只有这一枚戒指，流传至今。"

虞人殊斜着眼睛看着他，他理直气壮地白了虞人殊一眼。

大巫哼哼了两声："谎言。"

江朝戈一挑眉，快速想着接下来可能发生什么，自己又该如何应对。

大巫抬起干枯的手指指着他："你还有地图……喇乙族的宝藏，你们是为了宝藏回来的。"

江朝戈眼睛一亮，宝藏？他脑海中顿时浮现了金灿灿的黄金、莹润的宝石、价值连城的玉器，要是有了那些，他就不用到处找兽骨换钱了！他顿了一下，声音沉了几分："我不知道大巫大人在说什么。"

大巫把那快要融化的脸凑了过来，一股仿若要腐朽的味道也扑进了江朝戈的鼻子里，大巫沉声道："你，知道。"

江朝戈后退了一步，猛地站起身，把虞人殊也拽了起来："我们走。"

虞人殊瞪着他，露出"你演，你接着演"的表情。

大巫冷哼一声："就算你们能离开这个村子，也永远找不到轩辕丘。"

江朝戈的脚步顿住了，他的拳头紧了又松，看上去很是挣扎。

大巫道："我的族人可以带你找到轩辕丘，若能找到宝藏，你们全都能带走，我们便只要两成。你们若带不走，那剩下的就都是我们的，如何？"

江朝戈猛地旋过身："好，若你们能带我们找到轩辕丘，我们必有重谢。"

"那宝藏图……"

“到了轩辕丘，我自会给你的族人看。”

大巫敲了敲手杖，少年掀帘走了进来，大巫道：“安排客人去休息，把你哥哥找回来。”

少年点点头，对三人的态度好了不少。

三人顺着木梯走了下去，少年道：“你们可以去邀请你们的朋友来村子里。”

江朝戈道：“你哥哥是谁？”

少年眨了眨眼睛：“我哥哥就是我哥哥，他是耳倪族，不，整个昆仑山最好的弓箭手。”少年的眼中满是崇拜，不过，又很快暗淡了下去，“去哪里找他呀？”他自言自语地走开了。

少年安排人带他们回去接上其他人到村子里，还给他们安排了几间树屋休息，晚饭时更是准备了热腾腾的食物招待他们，虽然一点儿都不好吃。

晚上，一群人在江朝戈的房间里开会。

云息崇拜地看着江朝戈：“大哥，你是怎么收服他们的？”

江朝戈“嘘”了一声：“等到安全的地方，我再告诉你。总之，大巫会安排人带我们去轩辕丘。”

虞人殊不安地说：“我们这样……好吗？”

“好不好也就这样了，要不，你去告诉大巫实话，然后我们打一场，血洗耳倪族？”

虞人殊皱起眉，满脸担忧。

江朝戈将手肘搁在他的肩膀上，叹道：“兄弟啊，做人不要太耿直，要学会变通。”

“你这叫……唉，算了。”

“我知道，你有时候拉不下面子，可你要记住，你现在只是你，已经不是……”江朝戈压低音量，“三皇子了。”

虞人殊点点头，目光中有一丝淡然：“离开这么久，也不知道天鳌城怎么样了。”

“你还担心皇子奎的事吧？别想了，我们离天鳌城这么远，真有什么事，也是鞭长莫及，何必自寻烦恼？”江朝戈拍了拍他的后背，“好好休息休息，养足精神，我们还有很长一段路要走。”

炙玄抱着江朝戈的脖子使劲地晃：“陪我喝酒，给我讲故事！陪我喝酒，给我讲故事！”

“好、好、好。”江朝戈从村子里搜来一坛酒，那酒入口辛辣，回味甘甜，竟是他们从未尝过的，带劲儿，他忍不住多讨了几坛，架上火堆，烤上大羊腿，一堆人围在一起畅快地吃喝了起来。

他们已经许久不曾有过如此轻松的时刻，上一次能安心地吃和睡，好像还是在大凉城那个城郊大院里。只是那个地方已经化作众人心中永远的一道疤，那疤痕上燃烧着复仇的火焰，催促他们不断前进。

江朝戈抓起大碗递到云息的面前，大笑道："云息，你怎么不喝啊？"

云息摇摇头："我不会。"

"喝酒有什么会不会？会喝水就会喝酒，喝！"江朝戈硬把碗塞到他的手里。

云息端着酒碗，咽了咽口水，勉强尝了一口，辣得他脸都扭曲了。

江朝戈和虞人殊哈哈大笑起来，龙芗也忍不住低笑出声。阮千宿无奈道："行了，别欺负他了。"她接过云息的酒碗，咕嘟咕嘟地喝了起来。

众人连连起哄："干了！干了！"

云息傻傻地看着阮千宿不带喘气地捧着那一大碗酒往嘴里灌，修长的脖子高高地仰起，如天鹅颈般优雅、美丽。她把喝干的酒碗往地上一放，手指轻轻地拭去唇边的一滴酒，笑道："想和我拼酒？"

醉幽又给她满上一碗，捏了捏她的下巴，媚笑道："来，我跟你干一碗。"

云息眼睛放光，感动地说："千宿姐……"

阮千宿拍了拍他的脑袋，抓起酒坛，给所有人满上一碗："我看今天谁先倒下。"

"看今天谁先倒下！"江朝戈抱起那海碗，大口地灌了起来。

炙玄在旁边乐得直蹦，他恨不得把脸埋进碗里，喝个畅快淋漓。

闹腾到半夜，江朝戈迷糊间被人搀扶起来，弄进了房里。躺在软软的卧榻上，他舒服地喘了口气，身体好像在云端飘着。

炙玄摸了摸他的额头，全是汗："你热了？"

江朝戈摇摇头，又点点头，嘿嘿地傻笑起来："龙芗不行，殊也不行，千宿行，我……我也行，哈哈哈。"

炙玄嘴角带着笑意，给他解开了身上的薄袄。屋里燃着炉火，非常暖和，炙玄很快就把他的外衣脱了下来。

江朝戈一翻身，压到了炙玄的头发。

炙玄把自己的头发拽了回来，却发现发尾被江朝戈抓在手里，江朝戈还嘻嘻笑着朝他晃了晃，好像在逗他。他从未见过江朝戈这副幼稚的样子，只觉得新鲜有趣极了。他俯下身，笑着问道：“你喜欢我的头发？”

江朝戈点点头：“漂亮。”

“还喜欢我哪里？”

“嗯，漂亮。”

“哪里呀？”

江朝戈打了个哈欠，眼神迷糊起来，傻笑着说：“你，漂亮。”

炙玄的脸莫名地一红，心中生出喜悦。在他眼里，人类其实都长得差不多，自己的人类样貌也不过出类拔萃一些，本体的模样才真正是威风盖世。可是江朝戈说他漂亮，那就是不一样的，他一定很漂亮。

江朝戈一觉醒来，已是日上三竿。连日来的劳累和伤痛，让他这一觉睡得格外沉，好在有几只永远不会醉的异兽替他们放风，否则，无论在哪里，他们都不敢熟睡。

睁开惺忪的睡眼，感觉身上压着什么东西，他低头一看，是一颗黑漆漆的、毛茸茸的脑袋。他伸手拍了拍：“炙玄，你想压死我啊？床这么小，你就不要变大了行吗？”

他一动，炙玄就醒了，托腮看着他，目光炯炯，灼热得吓人。

江朝戈深吸一口气：“怎、怎么了？”

炙玄的脸颊竟泛起一层薄粉：“你夸我‘漂亮’。”

“什么？”江朝戈看着他一脸愉悦，有些没反应过来。

炙玄扑到江朝戈的身上，拿脸颊亲昵地蹭了蹭他的脸：“你不记得了？赶紧给我想起来。”

江朝戈想了想，乐了：“你确实漂亮嘛。”

“有多漂亮？”炙玄眼巴巴地盯着他。

江朝戈无比诚恳地说：“你是我见过的最漂亮的人，也是最漂亮的异兽。”

炙玄连眉梢都染上了得意之色：“不愧是我的仆人，眼光不错。”

“哎呀，头疼，以后可不能喝这么多酒了。”江朝戈穿上自己的衣服，想下床。

炙玄一把从背后揽住他的腰，将他拖回床上，宽大的肩膀和结实的胸膛硬是将他的身体罩住。他在男人中算结实的，可跟炙玄那高大的体格一比，足足小了一圈。这些异兽化成人形的样子都是人高马大，只有醉幽是个例外，体态可以用婀娜来形容，走起路来摇曳生姿，每一根头发丝都往外透着“媚”。当然，醉幽兽形的凶暴程度和“婀娜”这两个字没有半点儿关系。

炙玄的下巴抵在江朝戈的肩膀上，霸道地说：“你不许走，今天就陪我。”

“还有好多事呢。”

“什么事？”

“我要修习啊。”

“就在屋子里修习，我看着你。”炙玄认真地说。

“我还要去找大巫问问，什么时候启程带我们去轩辕丘。”

“这个问题，你昨天就问过了，大巫说等向导回来。”

江朝戈干笑两声：“你记性这么好啊？”

炙玄不满地说：“以前你只是我的，现在你却每天要花那么多时间和别人说话，早知道这样，我们一直待在胡安城多好。”

胡安城……江朝戈想起和炙玄还有孟老在胡安城度过的那三个月时光，与现在相比，简直是安逸而和平。可惜，从他拿起炙玄刀的那一刻起，他在天棱大陆的每一天都注定不会安逸。

炙玄的话令他的心也变得柔软了几分，他的身体放松下来，感叹道：“你还记得孟老的样子吗？”

“不记得了。”炙玄收紧手臂，“我说过，除了你，其他人类在我眼里长得都差不多。”

江朝戈失笑：“难道殊和千宿在你眼里也长得差不多？”

“他们几个我看久了，自然能分辨。若是孟升站在我面前，我也能认出来。”

江朝戈心中一阵闷痛：“他不会再站在我们面前了。”每次一想到孟老，他就对沈言随恨得咬牙切齿，早晚他要和这个仇人做个了断。

炙玄认真地说：“人类都会死，只有我不会离开你。”

江朝戈心中一动，竟无法反驳这句话，他点点头：“是啊。”

“你也不能离开我。”

江朝戈笑道：“除非我死，不然就不会离开你。”

炙玄转过他的脸，凝望着他的眼睛，喃喃道：“不要死，永远不要死……”

在耳倪族的村子的那几天是江朝戈等人最放松、最舒服的几天，每天都有热腾腾的食物和温暖的居所，没有战斗和受伤，也不用担心什么刹血和冥胤会追到这里来。他们静心养伤、修习，为去下一个目的地做着准备。

云息从耳倪族唯一的魂导士那里买来了不少新鲜的兽料、草药，还吸收了一些特别的知识。原本耳倪族的人一年也要出山两三次，采购一些在昆仑山上弄不到的东西，怪不得对宝藏这么渴望。

在云息的调养下，几人的身体彻底痊愈了。现在所有人都对这个存在感微弱的魂导士刮目相看，也意识到了他的重要性——一路上若是没有他，他们不可能走到这里。

江朝戈按照约定，给云息讲了不少他原本所在的世界的东西，听得云息无比沉醉。有些东西，他说起来没觉得有什么特别的，听在云息的耳朵里，却很有启发，让云息的思维得到了很大的拓展。

云息道："你说的土枪，我觉得我能做出来。"

"嗯，有材料的话，不算难。"

"还有那些火药，如果能找到你说的硝石矿，岂不是可以制造出很多？"

"是啊，你有办法吗？"

云息想了想，摇了摇头："没有。"

"那就没办法了。"江朝戈也想把自己脑袋里的东西倒腾出来一些，让这些人见见世面，可想来想去，好像没什么实用的。比如他差不多能弄出自行车和滑翔机来，可这里天上飞、地上走，全靠异兽，比机械好用多了，还是做点儿武器防身更靠谱。于是他和云息真的研究起土枪来。

炙玄见两人相谈甚欢，蹲在旁边吃醋，实在烦了，就上去把云息推倒在地，然后跳到江朝戈的身上，像只蛤蟆一样粘贴在他的背上，撕都撕不下来。

那天带他们进村的少年叫阿萨，是族长的小孙子，只有十五岁。他现在完全被阮千宿的美貌、酒量和功夫所折服，有事没事就红着脸跟在阮千宿的身后，"姐姐"长"姐姐"短的，好玩儿得紧。

虞人殊和龙芗闲着没事儿就切磋切磋，两人打起来颇有看头，天戎和醉幽就常躺在雪地里晒太阳，看他们比武。

这样悠然自得的生活，简直如梦似幻，让众人都产生了一些不真实的感觉。他们的内心深处开始期待去轩辕丘的日子能延后一天，再延后一天，只为多享受一些这难得的平静、美好。

第2章

你要一直陪着我

这天，江朝戈正在屋里修习，屋外传来一阵骚动，他往窗外看去，只见树屋下的村民正抬头往天上看着什么。他顺着那些人的目光瞧去，正巧看到一棵大树的树冠猛烈地晃动，一个身影敏捷地从一根树枝荡到另一根树枝，动作飞快，如履平地。

江朝戈一开始以为是举父或猴子，可仔细一看，那身影不仅穿着衣服，背上还背着一把弓和一个背包。

那身影一个翻身，竟直接从八九米的高空跳了下来，在空中连翻了两个跟斗，四平八稳地落在了地上。

阿萨惊喜地叫道："哥！"

那身影从地上站了起来，竟是个十八九岁的英俊少年。少年挺鼻阔额，目若灿星，四肢修长，健硕有力。这么冷的天，他只穿了件兽皮薄袄。因为常年少见阳光，他和耳倪族的其他人一样，皮肤白皙如瓷。他的身体里仿佛有一股勃发的青春之气在呼呼地往外钻，光是看着就叫人耳目一新。

炙玄趴到窗户上："这就是那老头说的向导了，叫……"

"寺斯。"江朝戈道。他在心里感叹，这天棱大陆真是英雄出少年。在他原本所在的世界，像寺斯这个年纪的人还是什么都不懂的学生，在这里已经能独当一面。虞人殊也说过，他第一次带兵平异兽之乱的时候只有十三岁。

寺斯一把抱住扑上来的阿萨，大笑着说着他们的语言，兄弟俩就差在院子里手舞足蹈了。

寺斯解下破破烂烂的大背包，倒出一大堆东西，有的就直接扔给村子里的小孩子玩了。

这时，族长一声大吼：“寺斯，你又未经允许去了山外！”

寺斯缩了缩脖子，笑嘻嘻地说：“爷爷，我带了好多东西回……咦？”他发现了龙芗和阮千宿，惊道，“他们是什么人？”

阿萨道：“他们是客人，大巫大人等你回来带他们去轩辕丘。”

寺斯皱起眉，有些警戒地上下打量着他们。

江朝戈等人也走下树屋，寺斯看到这么多人，厉声道：“我说过，山外的人要全部赶走，为什么带他们回来了！”

阿萨挠了挠头，不敢说话了。

族长正要说什么，大巫从树屋里走了出来，敲了敲手杖，村子里立刻安静了下来。寺斯背着手走到几人的身边，绕着圈打量着每个人，还凑过去拿鼻子嗅几下，眼神充满了不信任。

寺斯这一嗅把炙玄惹着了，他朝寺斯龇起牙，露出凶恶的表情。

寺斯愣了愣，也龇起牙，故意发出粗重的声音，两人就跟蓄势待发，要打架的小狗似的，吹胡子瞪眼睛，你来我往。

江朝戈把炙玄的脑袋扳过来冲着自己，这对峙的场面实在有点儿丢人。

寺斯哼了一声，三步并作两步地跑到树屋下，手脚并用，如猴子般灵活地直接从树干爬到了树屋上，站在了大巫的面前。大巫把他领进了屋里。

云息啧啧称奇：“阿萨，你哥哥怎么跟猴子似的？”

“他小时候就喜欢和举父一起玩，总是这样跳来跳去。虽然村子里的青壮年都可以在树上活动，但他是最灵活的。”阿萨的口气很是自豪。

阮千宿道：“他为什么对我们那么有敌意？”

“我大哥常去山外，他说山外好多坏人，叫我们看到就要赶走。”阿萨笑道，“但是最喜欢去山外的也是他，他总说山外很好玩，等我十六岁了，就跟他一起去。”

虞人殊摸了摸下巴：“他会给我们当向导吗？”

“大哥听大巫大人的，没有人比大哥更熟悉昆仑山了。”

过了一会儿，寺斯从树屋上跳了下来，那惊人的弹跳力已经超出人类所能达到的极限了，就连虞人殊这样能在半空中飘移的，都没有从十二三米的高空跳下来还毫发无伤的自信，而寺斯的极限还不知道在哪里。

寺斯踱了过来，指着江朝戈等人道：“你们想让我当向导，就要听我的话。”

炙玄作势就要咬他，他挽起袖子：“我告诉你，不是只有你会咬人……”

阿萨把大哥推到一边：“大哥，大巫说要善待客人。”

“我不是善待了吗？”寺斯咳了两声，“总之，你们要听我的。”

江朝戈笑道：“没问题，听你的。”

寺斯轻哼一声，搂着阿萨的脖子，笑嘻嘻地说：“走，大哥给你带好东西了，带你去看。”兄弟俩欢快地跑远了。

虞人殊轻叹一声：“完全是个小孩儿啊。”

龙芗点点头：“确实。”

虞人殊睨着他：“你附和什么？他起码比你大。”

龙芗理直气壮地说：“我比他成熟。”

虞人殊挑了挑眉，不置可否。

龙芗哼了一声，拿起醉幽戟：“再来一盘。”

“来就来。”

炙玄生气地咬着江朝戈的领子：“我讨厌那个人类小崽子，我要咬死他。”

江朝戈笑着抚摸着他的后背：“别这样，他是我们的向导，你就算要咬死他，也要等他把我们带到轩辕丘啊。”

“我现在就想咬死他。”

“忍一忍。”

炙玄更加用力地撕扯着江朝戈的衣领。

江朝戈看着昆仑山上高远的天空，长叹一声。他们马上就要出发了，明知道有走不完的路，可真要再次前进了，还是感到阵阵失落。希望这一趟，能顺利找到饮川。

在部族中，大巫的地位比族长还要高，原本对他们充满戒备的寺斯，跟大巫谈完话后，对当向导再无异议，只是看他们的眼神有些古怪。

虞人殊对这个向导不太满意，因为他年纪太小了，还像只猴子一样不安分，但他们也没别的选择。

在耳倪族人的帮助下，他们精简行装，在一个风和日丽的白天出发了。

寺斯的坐骑也是只鸱鸟，看来鸱鸟在昆仑山上很常见，不过他现在坐在醉幽的身上。当他们问起那个带着一队鸱鸟说要给他们收尸的人时，他不屑地说：“那应该是瓦克族的，离我们还远着呢，但经常跑到我们的地盘打猎，要是被我看到，我一定要一只一只射下来。”

"从这里到轩辕丘有多远？"

"远倒是不远，只有三百里。"

"那岂不是很快就可以到？"

寺斯摇摇头："这时节暖和，不少异兽刚从冬眠中醒来，饿了一个冬天，正到处觅食。哎呀，你们运气真差，这时候来，说不定就要变成它们的粮食了。"

龙芗斜了他一眼："说得好像你没跟我们同行一样。"

寺斯咬着野草，痞痞地一笑："没有异兽抓得住我。"他一个翻身躺在醉幽的身上，"不过，这狐狸身上真舒服，说不定跑起来也很快，你们还是有希望活到轩辕丘的。"

醉幽回头朝他抛了个媚眼："我跑得本来就很快，你想看看吗？"

寺斯兴奋地说："好啊。"

醉幽嘻嘻笑道："你亲我一下的话，我就跑给你看。"

寺斯愣了愣，脸唰地一下红了。那分明是一双硕大的狐眼，居然也让人觉得媚眼如丝，勾魂摄魄。

龙芗恼怒道："醉幽！"

醉幽笑道："怎么？"

"你别乱……乱勾搭人。"

醉幽无辜地说："人家寂寞嘛。"

寺斯吐掉嘴里的野草，扑上去抱住了醉幽的脖子，跃跃欲试："你人形的样子真好看，你变成人，我就亲你。"

龙芗把他拽了回来："别胡闹。"

"干吗呀？他说的……"

龙芗厉声道："他是我的魂兽，我说了算！"

寺斯哼了一声，一脸无趣地松开了醉幽的脖子。

醉幽低笑起来，笑得龙芗满脸通红，气恼不已。

寺斯的方向感极强，而且果然对昆仑仙境了如指掌，有他带路，省却了很多不必要的麻烦。不过，昆仑仙境危险重重，却是如何也避免不了的。

晚上休息时，借着火光，寺斯指着一幅简陋的古地图："我们现在已经离开了人类部族的栖息地，半只脚踏入异兽的领地了。我有三条路线让你们选：第一条，路途最近，但可能碰到的猛兽最多，肥遗、数斯、猛豹，应有尽有；第二条，路途最远，相对安全一些，这条路常年冻土，不适合禽类生存，可以避开昆仑山上最凶残的肥遗，但也有很多其他的异兽，要花多一倍的时间；第三条，路途不远不近，是我唯一没走过的一条路。”

江朝戈想到沈言随的肥遗，轻轻打了个寒战。那肥遗确实厉害，能飞，能咬，能抓，还有毒，一只就已经不好对付了，若是碰上一群，简直无法想象。他好奇道：“你为什么没走过？”

“大巫不让。”寺斯耸耸肩，“他让我发誓，绝不独自踏入这片领域，因为里面可能‘什么都有’。”

江朝戈反问道：“你想走哪条？”

寺斯咧嘴一笑：“当然是我没走过的，否则还有什么意思？我倒想看看，那里面到底有什么。”

江朝戈笑道：“我也很好奇，可惜，我们要选择对我们这趟旅途最有利的一条路。大巫说这番话，必然有他的道理，而且这条路你不熟悉，我不建议走第三条。你们说呢？”他看向其他人，主要是虞人殊，队伍里，几乎都是他和虞人殊拿主意，而他和虞人殊之间，多数时候又是他说了算。

“喂、喂，出来前不是说好了要听我的吗？”寺斯不满地叫唤道。

江朝戈挑眉道：“你若是要我们听你的，一开始就不会给我们三条路选择。你不就是想走第三条，又怕大巫责骂，所以想让我们来决定吗？”

寺斯的小阴谋被识破，不满地噘起嘴。

虞人殊道：“我也不同意走第三。一是你没走过，肯定要耽误额外的时间，还有迷路的危险；二是万一路上有未知的风险，我们无法预料。所以，我建议走第一条路。”

江朝戈附和道：“对，我也认为第一条最好，路途近。而且，就算别的路上没有肥遗，我们也会碰到其他异兽，怎么都是躲不过危险，不如选最近的一条路。”

寺斯往地上一躺，大叫道：“我要走第三条路，你们听我的！”

江朝戈抱起炙玄：“不听，大伙休息吧，明天再赶路。”

寺斯就差满地打滚了，闹了一会儿，没人理他，声音才渐渐弱下去。

回到帐篷里，炙玄道：“你们没选第三条路是对的。”

“怎么？”

“大巫所说的‘什么都有’，很可能有一些真正厉害的千年异兽，越往昆仑仙境深处走，越是有很多外面见不到的异兽。那些异兽在这里生活了成百上千年，很可能根本不知道昆仑仙境外还有世界，一旦发现新鲜的事物，是不会放过你们的。”

江朝戈打趣道：“你当年看到新鲜的东西是不是也这么想啊？”

炙玄撇撇嘴：“活了太久是很没意思的。”

“所以要自己找点儿事情做嘛，你看饮川的兴趣多好——读书。”

“更没意思，我看着书就想睡觉。”炙玄打了个哈欠，“说起来，还是焚念比较有趣，他总是做好吃的招待我，我就拿酒换他的吃的。”

“你说的是饕餮吗？可他好像跟啸血是一伙的。”

炙玄有些失神：“在有天地之元之前，没有谁和谁是一伙的。我们偶尔争斗，打发漫长的光阴，但谁也无法把谁杀死，也不想杀死。如果都死光了，就再没有能较量的对手了。直到天地之元出现，一切都变了。其实我根本不想要那东西，可我也不能看着它落入别的异兽手里。饮川和壬王曾是最谈得来的朋友，也为了天地之元反目……我讨厌那个东西，壬王说得对，这一次若是天地之元重现人间，我要将它销毁，它是一切的祸首。”

江朝戈听得不胜唏嘘。他看炙玄一副失落的样子，便道：“你老是让我给你说我那个世界的事，却很少说你之前所在的世界的事，不如今天你就说说吧。你记得多少，就说多少。”

炙玄的眼睛亮了亮：“你想听吗？”

“为什么不想？”

“我以为……你对异兽的事不感兴趣。”

江朝戈笑道：“你的事，我感兴趣。”

炙玄眼里满是笑意：“好，你想听什么？”

“就说说你是怎么出生、怎么长大的吧。”

“我不记得了，我不记得我是怎么出现在这个世界的，也不记得自己活了多少年，很多经历过的事也都忘记了。”

“好吧，那聊聊别的。嗯……说说其他异兽？你最讨厌哪个？最不讨厌哪个？”

炙玄来了兴趣：“哪个我都讨厌，比如衔云，就是你们口中的青龙，他最是虚伪，曾一度和天神交好，后来为了天地之元，又和天神反目……”

炙玄滔滔不绝地说起了万年之前那个混沌初开、万物待兴的世界。那是个怎样光怪陆离的世界啊，万千异兽同时孕育在一片大陆上，弱肉强食，优胜劣汰。当时还很弱小的人类，因为进化出了一批带有魂力的人，而在这片大陆上占据一席之地，并逐渐拥有了工具、知识、文明，时至今日，跟江朝戈原本所在世界的人类一样，成了大陆上的统治种族。只不过，在他的世界里，人类进化得更加彻底。

江朝戈道："说说壬王、啸血和夙寒吧。"这些已经出现的异兽，他想多了解一些。

"壬王曾和饮川万年交好，两人都很喜欢人类的知识和文化，认为人类身上有很多可以学习的地方。我也不知道他们怎么会对人类感兴趣，反正，那时候他们的关系就是很好，如果没有天地之元，大概还会一直好下去。现在……"炙玄哼了一声，"壬王说他没脸见饮川。"

江朝戈感叹一声。

"啸血……"炙玄的表情阴冷了几分，"我从前和啸血没什么往来。啸血嗜杀，我嫌惨叫声惹人烦，很少主动杀戮，他却一直喜欢杀戮。其实，这跟我们嗜酒、嗜书倒也没什么分别，可他伤了你，我绝不会放过他。"

江朝戈并不打算和炙玄讨论人性与慈悲，炙玄视人类，一如人类视蝼蚁，自然不认为啸血杀人类有什么对错、是非之分。

炙玄继续道："夙寒是个淫兽，最喜交尾，壬王看不起他，我以前也觉得整日和那些乱七八糟的异兽交尾有些恶心……"他看了江朝戈一眼，"不过，可能确实是舒服的？"

江朝戈本来只是想帮炙玄排遣一下寂寞，顺便知己知彼一番，没想到自掘坟墓，顿时想抽自己两耳光。

炙玄爬了过来："江朝戈，你是不是也这么觉得，所以以前才和别人亲热？那你为什么还不跟我结契？"

"这是两回事……"江朝戈正愁怎么转移话题呢，突然，他听到虞人殊低吼了一声。

江朝戈一惊，掀开帘子冲了出去，见虞人殊和寺斯正向着火堆站着，虞人殊气势汹汹，两人仿佛在对峙，而寺斯则一脸迷茫加戒备。

江朝戈忙道："怎么了？"

寺斯不解道："不知道啊！我们闲聊了几句，我说这次去山外，听说天棱国的老皇帝死了，他就这样了。"

江朝戈看着虞人殊僵硬的背脊，暗暗地喟叹一声。

虞人殊面色发青，拳头握得咯咯响，哪怕他拼命克制自己，唯恐在寺斯面前暴露身份，可得知圣皇去世的那一刻，他身为皇子的悲愤、惭愧、遗憾、悔恨，还是难以掩饰地宣泄了出来。

寺斯性格野性且直率，但并不傻，见虞人殊反应异常，立刻起了疑心。虞人殊长期用布巾包裹头发，若非如此，光凭他那一头极具皇室标志性的银发，早就被认出来了。

江朝戈上去按住了虞人殊的肩膀，把他往自己的帐篷里拽，并对寺斯说："早点儿睡，明天要赶路。"

寺斯疑惑地看着他们，江朝戈已经把虞人殊弄进了自己的帐篷，天戎也沉默地跟了进来。

江朝戈把虞人殊按着坐下来，把炙玄的酒壶递给他，小心翼翼地看着他："殊？"

虞人殊低着头，沉默半晌，一把抓过酒壶，猛地灌了大半壶，酒顺着嘴角往下流，同时流下来的，还有两行清泪。

江朝戈不知该如何宽慰虞人殊，他从小流落街头，亲情观念淡薄，可虞人殊不同，这个耿直的皇子是个重情义之人，想到父亲去世而他流亡于千里之外，心里一定充满了悔恨和痛苦吧？

天戎愣怔地看着虞人殊，忍不住伸出手，修长的手指沾了点儿热泪。他看着指尖晶亮的液体，轻轻放在舌尖舔了舔，然后跟石化了般一动不动。

虞人殊把酒壶扔到地上，用一只手捂住眼睛，肩膀微微颤抖起来。

天戎看向江朝戈，眼神迷茫而无措。江朝戈第一次看到天戎用这种类似求救的眼神看自己，而他竟然也不知道该怎么办。他想，天戎恐怕也是第一次见虞人殊流泪。这个男人一身的英雄气概，勇毅刚强，几次在险象环生的境地中身受重伤，也不曾流下一滴泪，如今这伤心的样子，真叫人不知所措。他想拍拍虞人殊的肩膀，手却僵在了半空中。

炙玄不太适应这样的场面，撇撇嘴："那圣皇不是不怎么把你放在眼里吗？你这么伤心干什么？"

江朝戈想阻止炙玄已经来不及，只好给他使眼色。

虞人殊身体抖了抖，沉声道："对……但皇子该有的，他一样没少给我。他尽了人父、人皇的义务，我却……无论为子还是为臣，都没有尽到责任，甚至畏罪潜逃，让他蒙羞。如今我二哥失踪，不知道大哥能否撑起虞人氏的江山。"

江朝戈正色道："殊，你本没有罪，我相信圣皇也知道你是清白的，会理解你的做法。你是为了天棱大陆的百姓才铤而走险，你没有让任何人蒙羞，虞人氏反而应该为有你这样勇敢无私的皇子而骄傲。”

虞人殊眼圈赤红，一张俊脸上满是哀伤：“可如今我连父皇的葬礼都无法参加。”

江朝戈抓住虞人殊的手，用力握了握：“殊，你大哥聪明稳重，一定会妥善处理圣皇的身后事，也能成为一名很好的新圣皇。你有你的任务，你的任务就是阻止上古异兽为祸人间，有一天你见到圣皇，也好交代——你所做的一切，都是为了天棱国的万千生灵。”

虞人殊点点头，看上去依然伤心、悔恨不已。

天戎伸手过去，抹掉了他脸上的泪，别扭地说：“我从没看你哭过，别哭了，我不习惯。”

虞人殊也有些不自在，抹了把脸：“我想去问问寺斯，看他还知道些什么。”

“别去，他已经起疑心了。”江朝戈道，“明天我给你套套话。”

“好。”虞人殊沉声道，“你们休息吧。”

两人离开后，剩下江朝戈和炙玄在帐篷里面面相觑。

炙玄道：“人类的寿命这么短，岂不是隔几十年就要这样伤心一次？”

“是啊，生老病死，人之常情。”

炙玄幽幽地说道：“几十年对我来说只是弹指间。”

江朝戈有些伤感地说：“但对我来说是一生了。”

“可不知道为什么，跟你在一起的时候，我觉得时间过得很慢、很慢。”炙玄从未试过去体会时光中的一分一秒，人论天过日子，他论年，光阴对他来说没有特别的意义，只是不断重复着以前做过的事，任何人和物都难以给他留下深刻的印象。因此，十年或百年在他的记忆里几乎是一样的，没有什么值得记住的，时光只是平静地流逝着。但现在不同了，和江朝戈在一起的每分每秒，都值得他记住。时光变得如此漫长，漫长到每一个节点都值得反复回味。如果人类是这样度过一生的，哪怕是一百年的寿命，可能也比他那一万年的寿命有趣得多。

江朝戈笑道：“因为你在跟着我过人类的时间。一年又一年，在人类感觉是很漫长的。”

炙玄认真地说：“我希望我能觉得漫长，这样我们就有更多时间在一起。”

江朝戈揉了揉他的脑袋：“我们有一生的时间在一起。”

“那是你的一生，不够。”炙玄盯着江朝戈的眼睛说，“我要让饮川告诉我能让你不死的方法，否则，你死了，我就把你做成魂器。”

江朝戈惊道：“我不想变成魂器。”

“为什么？”

江朝戈抓了抓头发，一时也说不上为什么，只是直觉不想变成魂器：“这个，人死了就是一了百了。”

炙玄瞪着他：“那我怎么办？我不管，你要一直陪着我，不管以什么样子。”

江朝戈苦笑道：“如果我们都变成魂器了，谁来当我们的魂兵使啊？”

炙玄皱起眉，被这个问题难住了。

江朝戈捏了捏他的脸蛋儿：“行了，别想那么远的事情了，说不定看我几十年，你就烦了，我还会变成老头呢。”

炙玄愣了愣：“是啊。”

“是吧，我变成老头，你就更不愿意看了。”

“那我应该现在把你杀了，做成魂器，你就能保持年轻的样子了。”炙玄认真地说。

江朝戈惊道：“别、别、别，别说你杀不了我，就算你能杀了我，我死了，我们俩就都无法现世了。”

炙玄点点头：“也是。不过，你变成老头也没什么，皮下三寸皆白骨，我不在乎你长什么样子。”他顿了顿，“但还是年轻的样子好看，皮肤摸起来滑滑的。”

江朝戈竖起大拇指：“您老有境界。”他快速钻进被窝，“我要睡觉了。”说完，他闭上眼睛，一句话都不再说。

炙玄爬到他的身前，拉开他的胳膊，钻进了他的怀里。

江朝戈不自觉地收紧手臂，抱着这个天然小暖炉。他始终还是更喜欢炙玄小豆丁的样子，既不会压着他，长得还可爱。

第二天天未亮，寺斯扯着嗓子大吼：“起床啦，吃饭啦，赶路啦——”

云息连滚带爬地从帐篷里钻出个脑袋，指了指天色，迷迷糊糊地说：“天还、还没亮。”

寺斯一步蹿到他的面前，大叫道：“我说起床就起床，说好了听我的！起来做饭！”

云息哀怨地爬出帐篷，像小媳妇一样开始生火做饭。

众人陆续起来，收拾好帐篷，吃过饭，寺斯指着远处，豪迈地说："前面那条路，就是我十五岁时走过的通往轩辕丘的路。我可是唯一一个在数不清的异兽群里穿行，还能活着独自往返的人。"

"你是怎么做到的？"阮千宿好奇地说。

寺斯皱了皱鼻子，得意地说："一个字——藏。"

"藏？"

"对，我藏起来，没人找得到我，异兽看不到我，自然也就吃不着了，哈哈哈。"寺斯叉腰大笑起来。

江朝戈道："那我们这么多人，怎么藏？"

寺斯瞪了他一眼："你们这么多人还藏什么？只能硬打了！不过，你们放心，如果你们打不过，我会把自己藏好的。"

江朝戈嘴角抽搐："哦，好样的。"

寺斯伸了个懒腰，中气十足地叫道："出发——"

他们启程了。

寺斯选的这条路没什么雾，让众人宽心不少。他们是真的宁愿清晰地面对满山的异兽，也不愿意被困在雾里被一群根本打不过他们的异兽欺负，那种憋屈和羞恼太让人受不了了，还不如打个你死我活来得痛快。

寺斯兴奋得一会儿跳到天戎的身上，一会儿蹦到醉幽的身上，或者猛地一跃，攀上树枝，在树木间来回荡漾，不时发出欢快的吼声。

江朝戈看着跟猴子一样闲不住的寺斯，摇头道："这孩子是不是有多动症？"

"多动症是什么？"云息问道。

"一种病，病症……就像他那样的。"

云息看了看倒吊在树枝上冲他们拼命挥手，还咧着白牙笑的寺斯，顿时懂了，用力点头。

当他们经过寺斯的底下时，寺斯荡了荡身体，高兴地说："这样看你们真好玩，哈哈哈。"

没人搭理他。

虞人殊经过时，寺斯突然以迅雷不及掩耳之势拽下了他的头巾。

这变故让在场所有人都愣了，虞人殊一头银发倾泻而下，寺斯拽着头巾翻身而起，以最快的速度爬上了树顶。

天戎朝寺斯怒吼一声，一跃而起，就要上树，虞人殊低声道：“天戎。”

天戎狰狞地朝寺斯龇了龇牙，这才作罢。

江朝戈冷道：“你干什么？”

寺斯大叫道：“还敢问我干什么？你们这群大骗子！”他指着虞人殊，“你是皇子殊，你们分明是山外在通缉的那伙人！”

虞人殊平静地说：“我是。你在外面还听到了什么消息？关于我父皇，或者皇兄的。”

寺斯厌恶地说：“我最讨厌骗子，我才不告诉你！你居然敢骗我耳傥族的大巫，还有我弟弟！我不会带你们去轩辕丘的，赶紧滚出昆仑仙境！”

江朝戈镇定地说：“你只知道我们被通缉，你可知道为什么？”

寺斯白了他一眼：“山外人的事，跟我有什么关系？”

“难道上古异兽觉醒，天地之元重现人世，跟你也没有关系吗？”

寺斯瞪起眼睛：“你说什么？”

江朝戈看他的样子，就知道关于啸血的事还有很多人被蒙在鼓里。在这个信息闭塞、资讯落后的时代，如果掌权机构有意隐瞒，信息就能被封闭在一座城里。

那天啸血追杀他们，英城肯定有不少人看到了这上古凶兽的真面目，可寺斯下山一趟依然一无所知，足够他推测出许多了。

寺斯往下爬了一段，和他们保持着安全距离，他急着追问道：“喂，你什么意思？”

“昆仑仙境外有一座帝江雕像，你对那个知道多少？”

“只知道那雕像已经矗立在那里几千年，谁建造的，何时建造的，没人知道。”

“那你知道那里为什么会有一座帝江雕像吗？”

“这谁都知道，帝江杀死了为祸昆仑山的异兽白泽，为了纪念……”

“胡说八道！”炙玄眸中起火，恶狠狠地瞪着寺斯，仿佛要扑上去咬死他，“白泽……饮川他……你胡说八道！”他气得语无伦次。

江朝戈抱着炙玄，抚摸着他的背，轻声安抚道：“乖，别生气，不跟人类一般见识。”

虞人殊接过话：“我们此次入山，就是为了找白泽。”

这回轮到寺斯要抓狂了：“你们到底在说什么？难道传说中的上古异兽化作的魂兵器会重返人间是真的？”

“当然是真的。我们正是为了阻止上古异兽再次危害人类，才想提前找到他们。”

寺斯怒道：“差点儿又被你们骗了，你们就是一群骗子，我不会相信你们的！”

“我们的身份虽然是假的，但宝藏是真的。”江朝戈从怀里掏出鲸鱼纳物袋，往地上一扔，一个硕大的纳物袋出现在了空地上，他指了指，“只要你带我们去轩辕丘，这里面的宝贝，除了一把故友留给我的剑，其他你想搬走就搬走，这些东西足够向你们族人交差了。”

虞人殊瞪着他：“那可都是我的东西。”

江朝戈安抚道：“身外之物、身外之物。”

寺斯将信将疑，从树上跳了下来，趴在纳物袋上往里看了看，顿时被那些华光闪耀的各色宝贝惊呆了。

江朝戈心想：你个大山里的小土鳖，就不信你见到这些皇室珍宝不动心。

寺斯咽了咽口水，睨着江朝戈：“真的随便拿？”

“看上哪个随便拿，只要你拿得动。”

寺斯退到了一边，内心似乎在挣扎。

“你要是不放心，现在就可以拿。”

寺斯没动，而是问道：“如果你们真的是去找白泽，找到之后要做什么？”

“防止那件兵器落入心怀不轨之人手里。”

“然后呢？”

“然后去找别的神级魂兵器。我们掌握在手里的越多，越能保证它们不被坏人利用。”虞人殊道，“我是天棱国的皇子，我比谁都更想保护这片大陆，这点你可以相信我吧？”

寺斯转了转眼珠子：“你知道圣皇是怎么死的吗？”

虞人殊一怔，暗自握紧了拳头：“你说。”

“表面上，当然是说年事已高，不幸驾崩，可听坊间流言，说是你兄长逼宫，谋害了圣皇，也有人说圣皇是被气死的。”

虞人殊瞪起眼睛，咬牙道：“你、你说我大哥……逼宫？！”

“不是太子，而是二皇子奎，他之前失踪了一段时间，又突然回来了，而且势力大增，有无人可挡之力。”

虞人殊惊怒交加：“虞人奎！”他颤声追问道，“你还听说了什么？全都告诉我。”

寺斯耸耸肩：“有人说太子被杀了，也有人说是被软禁了。这里离天鳌城那么远，谁也不知道真相。不过圣皇是真的死了，我看到皇室讣告了，估计你那个兄长会继位吧。天棱国马上就不是你的了，你还打算继续在这深山里浪费时间？”

虞人殊闭了闭眼睛，接二连三的打击，让他几乎无法承受。如果说圣皇的死还不足以动摇他寻找神级魂兵器的决心，那么，虞人奎可能弑父弑兄篡位的消息，真的让他想第一时间赶回天鳌城。也许现在正是他大哥和天鳌城的百姓最需要他的时候，而他……

江朝戈眼见虞人殊动摇了，立刻道："殊，你就算现在回去，也什么都改变不了。虞人奎失踪后再出现，还突然拥有了'无人可挡之力'，很符合之前炙玄的推测，他极有可能是唤醒了上古异兽啊！"

虞人殊一惊："难道，难道夙寒……"

江朝戈凝重地点点头："就算我们猜错了，这里离天鳌城数千里之遥，你马不停蹄地赶回去也要两个月，两个月可以发生多少事？等你回到天鳌城，一切皆成定局了，到时候你能做什么？万一我们猜对了，你又拿什么对抗夙寒和啸血？"

虞人殊额上渗出细密的汗珠，看上去痛苦不已。

江朝戈在心里暗叹，他们这群人虽然都身负重任，随时有生命危险，可心理负担最重的，绝对是虞人殊。虞人殊出身尊贵，性情清高耿直，是宁死不肯辱节的人，负罪出逃一事是他心里一辈子的伤疤，是拯救天棱大陆这个更崇高的信仰让他忍辱负重。这样至深的矛盾一直在折磨着他，让他倍受煎熬，如今天鳌城变天，对他来说更是雪上加霜。

江朝戈看着虞人殊眸中的绝望和挣扎，心情也沉重不已。可他绝不能让虞人殊回天鳌城，这不仅仅是为了自己，也是为了虞人殊的安全。他是真心敬佩、欣赏虞人殊，绝不会看着虞人殊往死路上走。

阮千宿道："江大哥说得对，虞人奎敢回天鳌城逼宫，必然是有绝对的实力，否则，以天鳌城的兵防人数，再加上太子协政已久，掌握实权，怎么会让他得逞？除非他拥有一件真正能威胁所有人的利器，那就是神级魂兵器。"

"穷奇……"虞人殊喃喃道，"虞人奎难道真的……"

江朝戈想到虞人奎那张雌雄莫辨的秀美面孔，要是一只生性淫靡的异兽饿了万年，醒来之后第一眼看到他，不兽性大发才怪呢。

虞人殊握紧拳头："若是找到饮川，离开昆仑山，我定要回天鳌城，说不定我大哥正等着我去救他。"

江朝戈松了口气："好，无论多凶险，兄弟们都陪你回去。"

虞人殊感动地看了众人一眼。

云息弱弱地说：“我不是很想去啊。”

江朝戈瞪了他一眼，他马上噤声。

虞人殊看着寺斯：“现在你肯带我们去轩辕丘了吗？”

寺斯冷冷地说：“我可以带你们去轩辕丘，但你们要答应我三个条件。”

“你说。”

“第一，带白泽离开昆仑山，永远不要回来。”

“这个我们无法承诺你。若是天地之元就在昆仑山，何止白泽，所有上古异兽都会来这里。但我们可以承诺你，会竭尽全力保护你的家园和族人。”

寺斯咬咬牙：“好！第二，绝不能向我的族人提起我们今天的谈话。”

“可以。”

“第三……”寺斯抓了抓头发，“没想好，想好再说。”

江朝戈笑了笑：“那么向导大人，带路吧。”

寺斯重新爬到了树上，故作凶恶地说：“先说好了，从现在开始，若是再让我发现你们骗我，我就把你们扔到昆仑山深处，一辈子也走不出来。”

江朝戈道：“不敢。”

寺斯把头巾扔给虞人殊：“你也别太难过了，我听人说，天鳌城的很多百姓都在期待你回去，他们应该也相信你没有杀你们的大巫师吧。”

虞人殊低下头，双唇微微发颤。

江朝戈重重地拍了拍他的肩膀，认真地说：“殊，当初是我将你带走，有一天，我一定护送你回去。”

虞人殊反手握住江朝戈的手，沉声道：“谢谢。”

寺斯不客气地先从纳物袋里拿了几样比较好携带的戒指、项链、小摆件，能戴的就戴在身上，不能戴的就塞进包里。他双腿夹着树干晃来晃去，仔细欣赏着那大金戒指，露出满足的表情。

虞人殊剑眉轻蹙：“朝戈，你到底从我寝宫里拿了多少东西？”

“你看你，这个问题问多少遍了？纳物袋就在那儿，我也没瞒着你，你自己进去看嘛。”

“你不会是搬空了吧？”

“我要是真搬空了，你该好好谢谢我，不然，现在你一样都捞不着，还要吃野菜馒头。”

虞人殊苦笑道："也有道理。"

炙玄揪着江朝戈的衣领，不满地说："他什么时候开始叫你的名字了？"

"不记得了，怎么了？"

"他比你小，为什么直接叫你的名字？"

虞人殊挑眉道："我比你小吗？"

"当然了。"江朝戈掰开炙玄的爪子，那衣领勒着他的脖子了，"祖宗，怎么了？"

"我也要叫你的名字。"炙玄横眉竖眼地说。

江朝戈失笑："你叫啊。"

炙玄咽了咽口水："朝……戈。"

"嗯，发音很准。"

"朝戈。"炙玄又吐字清晰地叫了一声，口气有些微的别扭。

"哎。"江朝戈随口答应了一声。

"朝戈。"

"哎，祖宗。"

炙玄笑了一下，脸蛋绯红，一头扎进他的怀里，拿脑袋顶着他的胸口，用力蹭了蹭。

江朝戈揉着他的脑袋，脸带笑意。

他们走了一下午，路变得愈发崎岖，不是高山就是深沟，黄昏时分，更是下起了大雨，骤降的温度和泥泞的林地大大降低了他们的速度。

寺斯消失了几分钟，又莫名其妙地出现，他在雨中大喊道："前面有个山洞，我们进去避雨。"

众人一鼓作气地往前跑，果然在两峰交界的地方看到了一个被杂草覆盖，极难被发现的洞口。

寺斯抽出腰间的弯刀，将洞口的杂草清理干净，众人赶紧钻了进去。

寺斯甩了甩头发上的水，得意地说："两年前我来过这里。我记性真好，一下子就找到了。"

江朝戈环顾四周，发现这里竟是个天然钟乳洞，石壁上倒垂着数不清的形态各异的钟乳石，蔚为壮观。他不自觉地开始计算开发旅游的成本投入、运作方式、投资回报等，幻想了半天，想起自己的现状，不禁深深地叹了口气。

醉幽拿着毛巾要给龙芗擦头发，龙芗不好意思，左闪右躲也没躲开，只好红着脸让醉幽给他擦。

阮千宿一边生火，一边问道："你叹什么气？"

江朝戈蹲下来帮她生火："在我们那个世界，这种钟乳洞非常值钱。"

"怎么个值钱法？"

"生活在城市里的人没见过，他们就会花钱来看。"

寺斯好奇道："这有什么好看的？昆仑山里有好几处……哎哎，你们在这儿生火干什么？！"

"怎么了？"

"这场大雨一时半会儿停不了，过不了多久，水就会灌进洞里，这里地势低，肯定会被淹，我们要往里走。"

两人只好把柴火收起来。

钟乳洞很大，但由于太多钟乳石倒垂，以天戎和醉幽的体形是无法活动的，他们只能化作人形步行。

一刻钟后，他们找到了一处较高的大石台，石台下是一个小水潭，这里就是他们今天休息的地方了。

他们开始生火做饭，寺斯蹲在地上玩石头："明天差不多就能走到太华峰，太华峰啊，有数不清的异兽。不过那一带幅员辽阔，也不是你们想碰就能碰上的。到了太华峰，我们要集体步行，异兽的体积大太招摇了。若是运气好，再加上我这个厉害的向导，我们也许能避过异兽而走出太华峰，后面的路就会好走很多。"

江朝戈笑道："那就辛苦向导了。"

寺斯一只手撑地，灵巧地翻了个跟头，正好翻到了火堆前，搓着手急迫地说："肉烤好了没有？快点儿、快点儿。"

云息往旁边挪了挪，和他拉开距离："没有。"

寺斯瞪起眼睛，往他身边挪了一个身位："你干吗呀？我又不吃人。"

云息又往旁边一挪，阴沉地说："不要靠近我。"

寺斯有点儿恼火："为什么？！"

虞人殊道："你别为难他，他不喜欢靠近别人。"

寺斯摸不着头脑："那他跟你们在一起干什么？"

云息小声地嘟囔："被骗了。"

山洞里暖和干燥，他们吃完饭后，没搭帐篷，挨着火堆睡着了。

照例是天戎和醉幽守夜，两人不知道聊着什么，天戎一脸恼怒，醉幽嘻嘻哈哈，过了一会儿，炙玄也爬起来去找醉幽了。

江朝戈睡到半夜，感觉身体有些发冷，身边原本有个暖烘烘的东西突然不见了，让他相当不适。他在睡梦中挣扎了半天，醒了过来。果然，是炙玄不见了。他偏头一看，三只异兽正在低声商量着什么，而且为了配合炙玄霸道的要求，天戎和醉幽都变成了孩童模样，一眼看过去，就像三只小兔子围坐在一起话家常，场面有些滑稽。

江朝戈翻了个身，仰面躺着，打算继续睡，正要闭上眼睛，突然看到头顶的钟乳石上似乎有什么东西。不远处的火堆是山洞里唯一的光源，因此洞里非常昏暗。他揉了揉惺忪的眼睛，尽量睁大了看，当他看清的时候，恐惧如涨潮般势不可当，一股寒意瞬间遍布全身。

那是一张脸……那张脸满是褶皱，眼窝深陷，眼球突出，颧骨高耸，头发稀疏，面貌如老头，脑袋却只有婴孩大小。最可怕的是，那张脸是倒垂下来的，眼睛正一眨不眨地看着他！

“啊——”江朝戈惨叫一声，猛地从地上弹了起来。

所有人都惊醒了。

炙玄几乎是瞬间变成成人的模样，跑到他的身边，挡在他的身前。

众人顺着江朝戈的目光看去，均是倒抽一口冷气。

接着，数不清的钟乳石后，都慢慢浮现出一张张倒吊着的狰狞的人脸，瞪着仿佛要脱出眼眶的眼睛看着他们，眼珠子滴溜溜地转，惊悚至极。

寺斯低声叫道：“别动，谁都别动。”

众人冷汗淋漓，那些人脸仿佛是长在钟乳石上的，一张又一张，惨白扭曲，惊悚至极。

“这是人面鸮，这个山洞居然是人面鸮的窝……”寺斯干笑两声，“哈哈，真没想到啊。”

龙芗瞪了他一眼。

寺斯咽了咽口水：“大家拿上东西，尽量小心地退出山洞。”

虞人殊轻声道：“你确定它们不会攻击我们？”

“呃……”寺斯犹豫了一下，“不确定。”

炙玄不解道：“为什么我都感觉不到它们的魂力？这么低等的异兽也能隐藏魂力？”

“异兽也是一直在进化的，会隐藏魂力并不奇怪，尤其是这种魂力低微的异兽，最容易隐藏。”

江朝戈低声道：“这玩意儿长得好恶心！”

虞人殊道：“别说了，赶紧走。”

他们提上行李，小心翼翼地往山洞外退去，那些人面鸮的脑袋跟着他们的动作集体转了过来。江朝戈看得小心脏直颤抖，真想撒丫子就跑。

突然，江朝戈眼看着一只人面鸮张开了嘴，发出一声刺耳的尖叫，顿时，整个山洞里的人面鸮都跟着尖叫出声，它们张开一对黑色翅膀，朝众人飞来。

“跑啊！有毒！”寺斯大叫一声，第一个撒丫子狂奔。

江朝戈大骂道：“怎么不早说？！”

众人拔足狂奔，这里地势低矮，不适合他们发挥，还是早点儿离开为妙。

可惜人面鸮的速度太快了，很快就冲到了众人的头顶。阮千宿一回身，将征尘钺甩了出去，只听惨叫声连连，几只人面鸮掉落在了地上。

其中一只掉在江朝戈的身前，他匆匆看了一眼，才发现这异兽原来长着猫头鹰的身子，有小狗那么大，单只看上去不足为惧，可数量实在太多了。

虞人殊道：“你们先走，我来应付。”

寺斯叫道：“不要用魂力攻击，要是这钟乳石掉下来砸到你们，你们就死定了。”

虞人殊“啧”了一声，天戎锏一出，击中一只人面鸮：“不用魂力攻击也一样！”

众人眼看跑不过，只好打，江朝戈挥刀斩杀，同时大叫道：“它们身上有什么毒？致命吗？”

“能让人麻痹一段时间，如果被咬太多口，就会致命。”寺斯躲到一块大石头后面，抽出弓箭，一箭双雕，射穿了两只人面鸮。

云息召唤出四只鸩鸟——低空飞掠，撕咬着人面鸮。

天戎和醉幽苦于身体太大，无法变出真身，只好用短刀劈砍。

一行人一边打，一边往洞口跑。

只听阮千宿闷叫一声，她的手臂被人面鸮咬中，虽然人面鸮很快被她削掉了脑袋，但她手臂上的神经瞬间麻痹，挥出的钺失了准头，从龙芗的头顶堪堪飞过，吓得龙芗猛地缩起脖子。

江朝戈冲了过去，一刀将扑过来的人面鸮挥退：“你把征尘召唤出来，先带云息出去。”

阮千宿召唤出征尘，一个利落的翻身，坐到了征尘的背上，跑到云息的身边，将他拽了上来，往洞口跑去。

寺斯羡慕地说：“哇，孰湖啊！我早就想来一只了！可孰湖又能跑又能飞，太不好抓了。”

“快往洞口退！”

四只鸩鸟展开翅膀挡住人面鸮的路，保护着众人往洞口退去。

眼看着征尘要将阮千宿和云息带出山洞了，突然，洞口猛地涌进了水来，那水来势汹汹，初始简直如瀑布般，征尘被过猛的水势直接拍倒在地。十几秒后，水势稍弱，但水还是持续不断地往里灌。

阮千宿和云息一身衣服湿透，冻得脸上血色全无，征尘用嘴叼着他们的衣领，把他们从水里拽起来往高处拖，但水位越来越高，很快就没过了腰。

寺斯脸色一变：“该死，一定是附近的河水倒灌了，快回来！”

江朝戈怒道：“你选的什么破地方？！”

云息将鸩鸟召唤过来，将他们从水里拽了出去，倒灌进来的水全然没有停的趋势，水位越来越高，他们若是游过去，在水里和人面鸮对抗，就几乎没有还击之力，一旦被毒液麻痹身体，很可能会淹死。被逼无奈之下，他们只好往山洞里退，而人面鸮的数量只增不减。

众人边打边往洞里冲，很快，他们蹚着水来到了地势较高的地方，可眼前出现了一个岔路口。

第3章 第三条路

这时候哪里容得多想，江朝戈叫道：“寺斯，往哪里走？”

寺斯抹了把脸上的水：“我怎么知道？！”

“你不是来过吗？”

“我只在洞口睡了一觉，根本没进来过！”

“浑蛋……”虞人殊一咬牙，“走右边，右边宽敞。”

众人毫不犹豫地冲进了右边的路，这条路说是宽敞，也只是相对左边那条路而言，其实一次只能容两个人并排通过。龙芗断后，这窄小的道路让人面鸮无法蜂拥而至，攻击力大大降低，龙芗挥舞着醉幽戟，他们走过的路上，留下数不清的人面鸮的尸体。

他们大约在那条岔路里跑了十来分钟，眼前豁然开朗，出现了一个巨大的水洞。那水洞高且宽阔，由于光线极度昏暗，他们甚至无法看到对面。潭水正中央的上方有个洞口，雨滴哗哗地落下，显然外面依然是暴雨倾盆。淡薄的天光映照在黑色的潭水上，森冷而神秘。

龙芗道：“人面鸮没再追来了。”

众人均是松了口气。

江朝戈嘿嘿一笑：“我捡了两只。”他提起手里的两只人面鸮。

虞人殊厌恶道：“你捡这丑陋的东西做什么？”

“卖钱啊。”江朝戈理所当然地说，“再不济也能吃肉吧？”他把人面鸮放进了纳物袋里，甚至对着来时的岔路口探头探脑，想回去再捡两只。

龙芗也一脸嫌弃："我才不吃长着人脸的东西，何况那东西有毒。"

"哼，没饿着你们罢了。"

云息坐在地上，低声说："留着吧，让我提取毒液，可以做毒药。"

江朝戈问道："你没事吧？"

"快冻死我了。"云息哆嗦着说。

寺斯道："咱们的衣服都湿了，这样不行，赶紧换上衣服，生火烤一烤。那个瘦子，你把鸩鸟放在岔路口堵住，防止人面鸮再来偷袭。"

"我叫云息。"

"哦。"

那从洞口倒灌进来的河水，裹着泥沙和草木，非常脏，他们一身狼狈不堪，个个冻得脸色发白，低温尚且能用魂力抵挡，可身体一旦湿了，就很难抵御寒意了。

众人正打算换衣服，突然反应过来这里还有个女的，均尴尬地看着阮千宿。

阮千宿嗤笑一声："我不转头，你们也别转头。"说完，她转过身去换衣服。

寺斯换好衣服，听着身后窸窸窣窣，想偷偷回头看一眼，被龙芗瞪眼制止住了。

换好衣服，他们围在火堆前烤火，商量着怎么出去。

"对岸好像很远，什么都看不清，等雨停了，咱们还是从头顶出去吧。"

寺斯抬头看了看："也好，就从头顶出去吧。只是我担心，上去之后就失了方位。"

"那只好重新找了。"

身体暖和起来后，他们也对这个水洞好奇起来。江朝戈举着火把，和炙玄在洞里逛了起来，想找找有没有其他出口。

炙玄道："没想到昆仑山有这么多我从未到过的地方，比如你说的钟乳洞，我就从未来过。"

江朝戈笑道："钟乳洞是千万年才能形成的，说不定在你那个时候，还没有形成呢。"

"也是。"

"那你和饮川在昆仑山都做什么？"

炙玄想了想："他看书，我喝酒，偶尔说说话，有时候各自发呆。几年，几十年，几百年，都是那样过去的。我要是倦了，就会离开，出去走走。饮川偶尔也会离开，每次回来，都会带回来更多的书和稀奇古怪的东西。"

"你们是在哪里发现天地之元的？"

“是饮川发现的，我从未见过。”

江朝戈好奇道：“那你们怎么能确定有这么个东西呢？”

“天地之元的魂力非常强大，比我们见过的任何一只异兽，任何一个天神、巫祖都要强大得多。如果这样的东西以前就有，我们早就发现了。”

江朝戈感叹道：“你们争斗了那么多年，竟然是为了一个从未见过的东西。”

炙玄沉默了一下，低声道：“是啊，未免可笑。”

两人说着说着，已然绕了水洞半周，走到了一条水道旁，那水道很可能是连接他们所待的第一个山洞的水潭的。继续往下走，还有几条这样的水道，在火光的辉映下，他们在其中一条较浅的水道里，发现了一个纯白色的东西。

两人蹲了下来，好奇地拿火把照着：“这是什么？”

那白色的东西个头不小，像一面大盾牌，表面光滑洁白，埋在水里，没有半点儿被腐蚀的痕迹，实在不像是会在水里出现的东西。

炙玄看了又看，摇摇头：“不知道。好奇怪。”

江朝戈叫道：“寺斯，你过来。”

寺斯跑了过来：“怎么了？”

“你看，这是什么东西？”

寺斯看了半天，也不住地摇头：“光线太暗了，看不清。怎么这么干净，还没有被腐蚀？难道是白瓷？”

“有可能，恐怕是被放在这里不久，不然，不会保存得这么好。”江朝戈眼睛发光，“若是白瓷，值钱吗？”

“这么大一块，若是形状完整，应该是值钱的。”

江朝戈现在已经丝毫不掩饰对钱的渴望了。自从知道阮千宿把金币都还给了祁氏，他要支付龙芗高额的佣金，承诺给寺斯一大笔带路费，还要养活这么大一帮人，他能不为钱发愁吗？眼下只要是有一点儿捞钱的机会，他都不会放过。他挽起袖子：“我下去捞上来。”

寺斯拉住他：“不行，水下不知道会有什么东西。这一带可能会有文鳐鱼、冉遗鱼之类的——虽然不算凶兽，但咬上你一口，也够你受的。”

炙玄道：“我去吧，我不怕被咬。”

江朝戈感动地看着他，心想魂兽就是这点好，但表面上还是推辞道：“不用了，我自己下去就行，水又不深……哦，你先把衣服脱了，免得弄湿了。”

炙玄脱下衣服，露出一身精壮的肌肉，毫不犹豫地跳下了水。

寺斯好奇道："他到底是什么异兽啊？"

江朝戈狡黠地一笑："秘密。"

炙玄游到那白色的东西旁边，抱着它晃了晃，半晌，便将那东西抱了上来。

东西浮出水面的那一刻，江朝戈一摸到那东西，就直觉那不是瓷器——触感不对。但他又说不清是什么东西。

三人合力把那东西弄上了岸，发现那竟是一枚椭圆形的蛋！

寺斯有点儿傻眼了："这……这是……蛋？"

江朝戈看着那浑然天成的形状，可不就是一枚蛋？

炙玄穿好衣服，好奇地说："是什么东西的蛋？可不轻呢。"

江朝戈把耳朵贴在蛋上，轻轻地敲了敲："蛋壳好厚实，会不会是化石啊？"

这时，其他人暖和了身子，也走了过来："你们在干什么？"

"我们发现了一枚蛋。"

云息走了过来，围着那蛋走了一圈，突然脸色一变："快，快放回去！"

江朝戈惊道："怎么了？"

"赶紧放回去啊！"

就在这时，地面突然颤了颤，他们面面相觑，以为是错觉。可下一秒，山洞再次轻颤，原本平静的水面突然起了波澜，接着，潭水中心产生了一个旋涡，那旋涡越变越大，越变越深，最后，整个水潭的水都被卷进了旋涡中，水位急剧下降。

众人傻眼了，云息怒道："你们这些……赶紧跑啊！"

被抽干了一半的潭水，忽地又暴涨，潭水喷涌而出，将岸边的众人再次淋了个湿透。旋涡中心，一个漆黑的巨大的东西慢慢地浮出了水面。

寺斯咽了咽口水，干笑道："哎呀，原来是它的蛋。"

借着火光，他们看清了潭底巨怪的外貌。那是长着翅膀的银色怪鱼，身长足有十五米，翼展更是超过二十米，一身鱼鳞在微弱的天光下折射出幽森的色泽，鱼目在黑暗中发出绿色光芒，鱼腹呈赤色。它微微展翅，翅膀扫过石壁，发出刺耳的声音，只见石壁竟被刮出一条深深的沟壑，那对翅膀的羽毛尾端居然锋利无比，简直像长着一对"铁羽"！

众人齐齐往角落里缩去。

"这……这是什么？！"虞人殊也学会了来自异世界的"语气助词"。

"是鱵鱼。"寺斯故作深沉地说，"鱵鱼喜欢藏在水底，轻易不出现，我从小到大只听长辈说过，这还是第一次亲眼见到。这只，呃，比他们说的大很多呀。"

阮千宿叫道："还聊天，赶紧跑吧！"

那鱵鱼一出水，巨大的发光的鱼目直勾勾地盯着自己的蛋，站在离蛋不远处的众人，一动不敢动，他们就这么滑稽地对视了几十秒。

寺斯轻声说："往旁边挪。"

那鱵鱼半个身子还在水里，但翅膀的攻击范围已经足够把他们反复切成好几段了。他们轻轻往旁边挪去，手紧紧地握着兵器。

鱵鱼伸出一边的翅膀，将蛋轻轻扫进水里，放回了原位，同时，呆滞的鱼目跟着众人的动作转了过去。

云息咽了一口口水，用极低的声音说："它、它好像生气了。"

寺斯嘟囔道："我们又没吃它的蛋。"

"谁叫你们把蛋拿出来？！"

江朝戈后悔不已，没敢说话。

鱵鱼的两腮轻扇，翅膀也跟着动了动，水面突然荡起一大圈涟漪。

寺斯大喊道："快跑！"

众人撒丫子狂奔，朝离头顶的天井最近的地方跑去。

鱵鱼发出一声清脆婉转如黄莺的叫声，空旷的水洞里回声阵阵，煞是好听，可惜它追着而来的翅膀就没那么美好了。那铁羽扫过，众人扑倒在地。只听得头顶传来一阵粗糙刺耳的声音，碎石块哗啦啦地往下掉，砸得众人叫苦不迭。

天戎和醉幽瞬间变身，载上众人往前跑，鱵鱼的两只翅膀灵活如燕，而且它的视力极好，追着他们劈来。

云息气得大叫："耳倪族最好的向导？！"

寺斯不甘地叫道："跟我有什么关系？是他们要拿的。"

这时，鱵鱼的身体已经完全浮出水面，这水洞的大小简直是为它量身打造的，既够它灵活转身，又够它轻易、快速地触碰到任何一个角落，它再大一点儿或小一点儿都没有这样的效果，简直是故意跟他们对着干。

那鱵鱼是彻底被激怒了，翅膀在水洞里乱舞，在江朝戈看来就跟一个巨大的螺旋桨在密闭的空间里乱旋转一个效果，随时可能把他们切成肉块。

天戎和醉幽在水洞里疯狂地跑，洞顶太高，他们虽然能爬上去，但爬的过程中就无法躲闪赢鱼的翅膀，只能来回绕圈。

阮千宿召唤出征尘，跳到了他的身上，叫道：“你们引开它，我去天井看看。”

翅膀再次袭来，天戎猛地往地上一卧，堪堪躲过，由于用力过猛，他背上的人全都摔到了地上，赢鱼的翅膀跟着就过来了。

江朝戈握着炙玄刀猛力一挥，将魂力强势释出，和锋利的羽毛短兵相接。江朝戈眼看着那羽毛就像无数块巨型刀片一般朝他割来，炙玄飞身将他扑倒在地，羽毛滑过炙玄的头顶，一缕乌发被直接斩断，飘落在了地上，同时，那羽毛被魂力大挫，折断了数根。赢鱼发出的惨叫声都好听得让人心醉，只是它眼里的杀意更重，再次凶狠地袭来。

“我的头发……”炙玄怒不可遏，朝着赢鱼大吼一声，“孽畜！”

赢鱼的动作竟在空中顿了顿，发出一声微弱的嘤嘤声，似乎犹豫了。

虞人殊拽起地上的两人：“快跑！”

征尘已经带着阮千宿飞到了洞顶，阮千宿劈开天井处的杂草，跳了上去，然后朝下大叫道：“快上来！”

征尘将她送上天井，又下来接其他人，云息和寺斯分别召唤出了鸩鸟和鵹鸟，驮起其他人，分散开逃窜。

赢鱼愣怔过后，不再攻击炙玄，改而扑向云息。

云息吓得魂飞魄散，大叫道：“救命啊——”

寺斯以极快的速度抽出箭，弓弯成满月，一箭射向赢鱼的眼睛。赢鱼似有警觉，大脑袋一偏，竹箭从赢鱼肥厚的嘴唇穿了过去。

赢鱼彻底狂暴了，张开菱形的鱼嘴，朝寺斯发出急促的叫声，全力向他扑去。

寺斯双脚踩在鵹鸟的背上，身形竟不偏不倚，下盘极稳，鵹鸟在水洞里灵活地飞窜，赢鱼几次攻击不中，怒火攻心，用翅膀不断地劈砍石壁，整个水洞千疮百孔，碎石乱飞。

龙芗在醉幽的身上一蹬，竟然大胆地跳到了赢鱼的背上。赢鱼的背脊长满银鳞，滑腻无比，龙芗刚跳上去就往下滚，他一戟刺进鱼鳞里，稳住了身体，戟尖没入大半，疼得赢鱼用力扭动起身体，拼命挥动翅膀，却无法够到自己的背脊。

龙芗的身体被甩得几乎飞起来，他死死地抓着醉幽戟，大吼道：“赶紧出去！”

云息第二个飞向天井，阮千宿拽住他的胳膊，把他弄了出去。

接下来是江朝戈和炙玄，然后是虞人殊和天戎，他们均伏在鸩鸟的背上被带着飞了出去。

醉幽叫道："小芗，快走！"

龙芗抓着插在蠃鱼背上的醉幽戟，身体如风中的杨柳，摇来晃去。他喊道："别管我，你们赶紧上去！"

"跳到鸩鸟的背上，蠃鱼要沉入水里了！"寺斯吼道。

果然，那蠃鱼见甩不掉龙芗，就想沉入水里将其淹死。它下潜的速度极快，鱼尾已经没入，龙芗想抽出醉幽戟，没承想插得太深，卡在了鱼骨之间，一时拔不出来。

醉幽一个助跑，飞身而起，一跃跳到了蠃鱼的身上，大爪子一抓，就在它身上站稳了。

蠃鱼的身体扭动得更加剧烈了，下沉的速度也更快了，醉幽奋力往上爬去，蓬松的九条尾巴都被水浸湿了大半。

虞人殊在上面看得焦心不已，抓起兵器就要下去，天戎一把将他拽了回来："你下去没用，交给他们。"

寺斯站在鵸鸟的身上，急得围着他们乱转，他此时更不敢刺激蠃鱼，不然只会让它下沉得更快。

醉幽好不容易爬到龙芗的身边，张嘴咬住戟柄，和龙芗一起拼尽全力地往外拔，终于将醉幽戟拔了出来。如果醉幽戟跟着蠃鱼沉入水里，蠃鱼就再也上不来了，谁知道这水潭多深，说不定兵器也上不来了。

龙芗一下子跳到醉幽的背上，抱住他的脖子，他飞身一跃，身体在半空中化作了人形，稳稳地落在了鸩鸟的身上。

鸩鸟大叫一声，载着他们往天井飞去，寺斯紧随其后。

众人都到了天井上，再见到外面的世界，哪怕是冰雨未停，寒风入骨，劫后余生的喜悦也盖过了一切。

蠃鱼在水洞内愤怒地冲撞起来，众人不敢停留，连忙爬到鸩鸟的身上，飞入了雨夜中。

往东飞了十多里，他们停在了一棵大树下。

这一夜接二连三的历险，简直像经历了一场漫长的噩梦，众人疲倦得几乎睁不开眼睛，坐在树下，裹着防雨的囊布，累得手指头都不想动。

"这雨什么时候停啊？"云息摸了摸身上潮湿的衣服，忍不住打了个喷嚏。他从纳物袋里翻出药箱，递给每个人一颗药丸，"吃了，防风寒的。"

众人吞下药，苦涩的味道在口中蔓延开来，让心情变得更加阴郁。

“等天亮吧。”寺斯靠在树上，失神片刻，又突然嘎嘎地笑了起来，“跟你们这群倒霉蛋在一起真刺激，总能碰到我没碰到过的东西。”

“呸，乌鸦嘴。”江朝戈白了他一眼，“我什么都不想再碰到了。”

寺斯自顾自地傻乐，双手还比画着自己射箭的动作：“怎么样？我可是百步穿杨，可惜就是缺一把好弓。”

江朝戈知道，寺斯的弓只是一把普通的地级魂兵器，耳倪族传承千万年，有一定的积累，倒是有几件传世的天级魂兵器，却没有一把和寺斯契合。令江朝戈不解的是，耳倪族代代使弓，不可能连一把玄级的弓都不给族长的长孙吧？他忍不住把这个问题问了出来。

寺斯摸了摸鼻子：“小时候我有过一把玄级魂兵器。十一岁那年，我第一次偷跑出山，就偷了两枚银币带在身上，很快就花完了，于是就……”

阮千宿瞪着他，难以置信地说：“你把自己的魂兵器卖了？”

对于魂兵使来说，魂兵器就是最过命的朋友，若是黄级魂兵器这种随处可见的普通兵器，换了也就换了。一个普通的魂兵使，可能终其一生也只能得到一把地级魂兵器。可是，一把玄级魂兵器售价几百两金币，只有极少数魂兵使能够猎得到、买得起或者得到贵族的赠予，天级魂兵器更是凤毛麟角。所以，一个魂兵使能因为缺钱把自己的玄级魂兵器卖了，就等同于为了一口饭丢弃自己的名节，听起来是让人匪夷所思并非常招人鄙视的。

除了江朝戈这个异界人，其他人都以不理解的目光看着他。

江朝戈关心的是寺斯卖了多少钱，但是想了想，还是别在人家的伤口上撒盐了。不过，这寺斯果然是从小调皮到大的熊孩子，现在也没太大变化。

寺斯目光有点儿闪躲，微弱地辩解：“我当时还小嘛，我也很后悔啊。”

阮千宿摇了摇头，不客气地说：“你就是不长心。”

寺斯撇了撇嘴，郁闷地说：“反正，回来之后，我被父亲在村口吊了三天三夜，从那以后，他再也不给我好兵器了。我几次离村，都是为了猎到好的兽料做弓。可是制作弓的材料不比刀和剑，要刚柔并济，还要有足够的长度和宽度，我至今没找到合适的异兽。”

众人纷纷表示：“活该。”

天明后，雨也适时停了。

昆仑山上的天空碧蓝纯净如被水洗了一般，点缀着几朵轻巧的白云，昨夜的狂风暴雨、乌云遮月，仿佛不曾存在过，只有湿漉漉的草木和满地的泥水能证明他们经历了怎样一个雨夜。

寺斯伸了个懒腰，左扭右扭，压胯伸腿，然后一脚蹬着树干，猛地借力而起，跟猴子一样噌噌噌就爬到了树上，在树枝间几个跳跃、晃荡，就到了树顶，他欢快地叫道："好天气呀，好心情呀……呀？"然后，他沉默了。

"怎么了？"江朝戈仰起脖子看着他。

寺斯在树上蹲了半天，左顾右盼，半天不下来。

"寺斯？"

寺斯跳到了最低的一根树干上，干笑道："那个……好奇怪，这里我不认识了。"

几人的脸顿时黑了下来。

寺斯故作轻松地说："昨天咱们在山洞里一阵疯跑，早就不知道方向了，也不知道跑哪儿去了，飞出来之后，天太黑，也没仔细看……"他越说，声音越小，抓了抓头发，"好像迷路了，哈哈哈。"

云息咬着牙："耳倪族最好的向导？！"

"这不能全怪我！我就没见过比你们更能惹麻烦的山外人了，一会儿人面鸮，一会儿蠃鱼的，我说你们怎么这么倒霉啊？"

虞人殊眯起眼睛："你以前在昆仑山见过山外人吗？"

寺斯一时语塞。

江朝戈沉着脸说："你还能把我们带到轩辕丘吗？"

"能。"寺斯斩钉截铁地说，"只要给我点儿时间，我一定能把你们带去那里，没有人比我更熟悉昆仑山了。"

"吹牛。"就连一向寡言少语的龙芗也不客气地说。

寺斯怒道："我才没吹牛，我一定会找到路！你们在这儿等着，不要乱跑。"说完，他晃荡在树枝间，很快就跑远了。

阮千宿叹道："这个向导太不靠谱了。"

"是啊，可眼下除了相信他，也没别的办法了。"江朝戈环顾四周，"现在我们甚至没办法回到耳倪族，算是彻底被困在昆仑山深处了。"

半晌，寺斯回来了，兴奋得脸蛋红扑扑的："我在四周看了看，我想我们现在就在我之前说的第三条路上。"

江朝戈眯起眼睛，指着地面：“你下来。”

寺斯摇摇头：“不。”

“你……”江朝戈气得想扇死他。

寺斯笑着说：“认命吧，这冥冥之中自有安排，我们注定要走这条路。”

虞人殊道：“我们想办法绕回原路。”

“除了原路返回，我不知道怎么绕回去。”

众人想了想“原路”都有什么，立刻打了退堂鼓。

“可这条路你从来没走过，你怎么带我们去轩辕丘？”

“放心，我知道轩辕丘在哪个方向，这个方向感是天生的，无论怎么绕路，我都不会忘记，只要朝着那个方向一直走就行了，无非是路线不同，目的地绝对是一样的。”

众人用怀疑的眼神看着他。

寺斯急了：“你们那是什么眼神啊？我说了会带你们去轩辕丘，就绝对把你们带到！”

江朝戈叹道：“眼下也没别的办法了，只能走了。”

云息迟疑道：“可这条路不知道又会有什么凶险的异兽。”

寺斯咧嘴笑道：“你走哪条路，都不会是平平顺顺的。既然是要去轩辕丘，就别怕死。”

云息嘟囔道：“本来可以少点儿危险，如果我们没进山洞……”

寺斯假装没听见，吆喝道：“走啦、走啦。”

寺斯在树上看路，其他人在底下走，经历了一夜的折磨，众人小心翼翼，生怕哪处又蹿出什么奇形怪状的吃人的家伙。

所幸白天都很平安，到了晚上，阮千宿被人面鸮咬到的地方，麻痹的症状才消失。

江朝戈吃着饭，靠在树上差点儿睡着。

炙玄把水囊的口子抵到他的嘴边：“喝水。”

江朝戈喝了口水，甩了甩脑袋：“好累啊。”

众人都是一夜未睡，炙玄看着他青黑的眼圈，有些心疼：“快点儿吃，吃完去睡觉，我守着你。”

江朝戈点点头，随即高兴地说：“之前朝羸鱼挥出的那一刀，你看到了吗？我的魂力又增加了。”

“看到了。再过段时间，你可以试着召唤我。”

“我行吗？”江朝戈迟疑地问。

“不行又不会怎么样。”

“那我不如现在试试？”江朝戈有些期待。

炙玄挑眉：“现在恐怕还不行。”

江朝戈集中精力，努力倾注魂力，见炙玄毫无变化，泄气道：“果然不行啊。”

炙玄贴着他的耳朵：“想召唤我的真身，就和我结契。”

“嗯，我们说好了，只要找到饮川。”

炙玄笑意盈盈：“饮川一定会告诉我，你是我的牝兽。”

“饮川自己碰到过自己的牝兽吗？”

炙玄摇摇头：“不知道。饮川说，并不是每只异兽都能幸运地遇到自己的牝兽。”

江朝戈“嗞”了一声，听着“牝兽”这两个字别扭：“难道你们这些异兽就没有牝兽？人家就不能追求、等待自己的牡兽吗？”

“我都说了，十二异兽大多牡牝同体，只是喜好以更强壮的牡兽姿态示人，久而久之，便认为自己是牡兽。不过，红渊倒是喜欢时而以牡兽示人，时而又以牝兽示人。”

“红渊又是谁？”

“朱雀，他变成娘们的样子讨人厌，变成男人的样子更讨人厌。”

“难道你也有牝兽的样子？”

炙玄挑眉道：“你想看？”

江朝戈只是随口问问，没想到炙玄居然真的有牝兽的样子，他一时间很是好奇，兴奋地说：“想啊，快给我看看。”若是炙玄这绝色姿容变成女人……啧啧。

炙玄捏起他的脸颊：“妄想。”

江朝戈有些失望：“我想看看嘛。”

炙玄哼了一声：“人类这种孱弱的形态，我从来就不喜欢，更别提女人了。”

“那饮川岂不是也有女性的样子？”

“有啊。有时为了让人类放下戒心，他会以女性姿态示人，但老是让人类色心大起，后来他就不再以女性姿态示人了。”炙玄摸了摸下巴，“其实对于我们来说，男性或女性的人类姿态根本没太大区别，反正都一样弱，外形上的区别就更小了，尤其是穿上衣服之后。有时候我也分不太出来男女，比如阮千宿和云息，如果你们不说，我一时看不出是男还是女。”

江朝戈讪讪地笑：“那你为什么不让我看你女性的样子？”

炙玄瞪了他一眼：“因为你是我的牝兽，我不能变成女的。”

江朝戈失望地撇了撇嘴。

炙玄搂住他的腰，把他的脑袋按在自己的肩膀上：“而且，若是变成女性，我就无法比你高大、强壮了。”

江朝戈禁不住笑了笑，放松地靠在炙玄的身上。

在无数患难与共、生死相随的日子里，魂兵使和魂兽的感情会逐渐变得彼此依赖、难以割舍。他们因为相互依附的关系，成为这个世界上最值得信任并能同生共死的伙伴。这样的感情大部分人难以获得，面对这样的感情，只要是有感情的人，怎么可能无动于衷？

像江朝戈这样从小到大戒心极强的人，也习惯了有炙玄在身边，他知道，哪怕全世界都背叛他，炙玄也不会。他更知道，直到他死的那一天，他最后一眼看到的，最后陪在他身边的，也一定会是炙玄。这样的感情，早已经超出了世间很多感情。

半梦半醒间，江朝戈突然听到从悠远的山林里传来一阵令人毛骨悚然的叫声，尖厉刺耳，他身子一抖，醒了。

炙玄抓着他的手：“是肥遗的叫声，没事，离我们很远。”

其他人也都是浅眠，很快都醒了。

寺斯摸了摸鼻子：“我一直很想抓一只肥遗来做弓，可惜小的兽料不足，大的我又打不过。”

“我们在山外见过用一只肥遗做成的飞爪。”江朝戈阴沉地说。

“肥遗并不适合做弓。”云息道，“蛇骨适合做飞爪、节鞭、节棍等武器，蛇皮适合做软鞭或者软甲，肥遗的翅骨勉强可以做弓，但也要体形足够大，才会比较理想。像你说的那么大的肥遗，咱们见了只能跑。”

寺斯好奇道：“你怎么知道得这么多？”

“我是魂器师。”

“你还是魂器师？”寺斯难以置信地看着他。

云息瞥了他一眼：“我怎么就不能是魂器师？”

“那你说什么异兽最适合做弓？”

云息摸了摸下巴：“很多魂器师认为大型异兽的腿骨最适合做弓，但我更喜欢鱼骨和禽类的翅骨。这样做出来的弓比木质的弓还要有韧性，却又不至于太刚硬。如果找不到合适的兽骨，还不如用木头。”

寺斯打了个响指：“我们族人数千年与弓为伍，跟你的见解差不多。很多人觉得用魂器做弓还能给自己多一个保障，但我失去我那把弓后，就一直用木弓，因为把弓发挥出最大的作用、最好的准度，就是我最大的保障，我不需要异兽保护我。”

阮千宿托着下巴看着他：“说来说去，还不是因为你把自己的魂兵器给卖了？”

“哈哈哈，小孩子懂什么嘛！”寺斯干笑着爬上了树，“走吧，既然东南方有肥遗，我们就绕点儿路。”

为了隐藏行踪，所有异兽都化成了人形，徒步在茂密的原始丛林中穿行。

寺斯全程像鸭子一样“嘎嘎嘎”个不停，仿佛有用不完的体力，上蹿下跳，无论是参天大树，还是怪石奇峰，对他来说都如履平地。

虞人殊悄悄和江朝戈说过，这样的体能和敏捷度绝不是从小和举父一起长大就能拥有的，这一定是耳倪族的某种功法结合魂力长期修习而成，而寺斯又是其中最厉害的。江朝戈相信这一点，当时他们在耳倪族村外被埋伏，那些人上树下树都比正常人灵活，只不过比起寺斯要逊色许多。

走了大半天，云息体力跟不上了，自己召唤出一匹马代步，被寺斯好一顿嘲笑。

炙玄走了一会儿就不愿意走了，地上的泥水把他的衣摆弄脏了，他便变回幼童模样，让江朝戈背着。

见云息累得趴在马上，炙玄把小脑袋探到江朝戈的脸侧，亲昵地用脸颊蹭了蹭：“朝戈，你累吗？”

“不累啊。”他身上背着炙玄刀、一个背包和小祖宗，却仍然觉得没什么重量。随着魂力的增加，他身体素质的强化速度直线上升，他现在可以用一只手轻易地舞动沉重的刀，可以一跃跳上七八米高的天戎的背，也可以在天寒地冻的时节只穿一件薄袄，他的体能放在原来的世界，完全是超人了。

炙玄便安心地趴在他的身上，一边看风景，一边发呆。

江朝戈问道：“云息，你的体能没有改善吗？”

云息摇摇头：“这就是魂力修行方向不同导致的。”

“哦？”江朝戈来了兴趣，“我一直只知道魂兵使、魂器师和魂导士是不同的三个方向，但不知道具体不同在哪儿。”

“简单来说，修习魂兵使的功法，就像你们一样，体能变化最为明显，力气、速度、敏捷性，甚至抗毒性、抗打击性、伤口愈合的速度都会有所提升，魂兵使的功法是天生为战士打造的。而魂导士的功法则截然不同，这种功法从内调整你的身体，让你延缓衰老，消除病变，长期革去你身体里的不健康因素，让你的寿命大大地延长。最重要的是，这种功法不仅能给予你自己健康，你还能用你的魂力帮助别人治愈创伤，甚至将魂力暂时借给别人，是利己利人的一种功法，但由于目的差别太大，魂兵使和魂导士两者不可兼修。而魂器师的修行则是介于两者之间的，魂器师的功法能让人的体能得到一点儿提升，但最主要的作用还是能感知兽魂并进行召唤，用自己的魂力锻造魂器。而且魂器师召唤魂兽所消耗的魂力比其他人更小，同时还会让你的大脑变得更加清晰，记忆力增强，吸收更多的知识。”

江朝戈笑道：“可惜三者不可兼得，不然岂不成了全能的神了？”

“那是当然。一个人一辈子能把一种功法修好，已经能显赫一方，通常兼修两种功法的，最后多半是两者皆泛泛。”云息道。

“那你呢？”虞人殊反问道。

云息认真地说：“我特别聪明，所以两种功法修习得都很好。”

寺斯在树顶嘲弄道：“你怎么一点儿都不谦虚？”

“我说的是事实，以我的年龄来说，我没见过几个修为比我高的。”

“这么说，我们还捡到宝贝了？”江朝戈眨眨眼睛。

云息眉眼微挑，下巴轻扬，明显有些得意，却又不想表现出来。

“还好魂兵使和魂导士的功法不能兼修，不然我们该碰到多少厉害的对手！”

龙芗道：“魂导士若是能和厉害的魂兵器契合，是不是魂兵使又有什么所谓？”

“是啊。”江朝戈感慨道，“和魂兵器契合与否，全看天生的魂识，与修习哪种功法无关。如果魂导士结契了厉害的魂兵器，那岂不是很难打败？”

虞人殊道：“凡事都有利弊，只有真打起来才知道。在我看来，若是让魂器师或魂导士结契了厉害的魂兵器，实在是浪费。过往若是找到天级魂兵器，是不会让魂器师和魂导士去尝试的，就算契合也没用。”

云息噘了噘嘴，小声道：“白白放着魂兵器不用，岂不是更浪费？”

虞人殊扭头看着他：“和天级魂兵器结契之后，除非魂兵使死亡，否则其他人不能再与这把魂兵器结契。若是被魂导士结契了，魂导士又不能好好利用魂兵器保护自己，就好比一个手无缚鸡之力之人拿着一箱珠宝走进土匪窝，纯粹是找死。魂兽本身也不愿意和孱弱的人类合作，一定会想尽办法吸干人的魂力反噬，换作是你，你敢结契吗？”

虞人殊语气平缓如常，却自有一股不怒而威的气势，云息缩了缩脖子，躲到一边去了。

江朝戈笑道：“你别吓唬他。”

虞人殊耸肩：“我没有，我说的都是事实。所以，即便魂器师和魂导士都有召唤魂兵器的能力，却没有一把天级魂兵器是被他们所操控的，就连玄级魂兵器都很少。很简单的道理，他们无法保护自己，就无法保住自己的魂兵器。魂器师最厉害的攻击能力是召唤，他们召唤魂兽所耗费的魂力比我们少，操控能力又比我们强，而魂导士通常是不会遭到攻击的。”

炙玄晃了晃江朝戈的脖子：“听到没？早就让你换个修行方向了，你只要把我召唤出来就够了。”

江朝戈苦笑道：“现在来不及了。”而且，他更喜欢手握大刀，自己掌握自己的命运。

太阳落山前，他们已经翻过了一座山峰。越往轩辕丘走，气候愈发暖和，积雪和冻土早已经被他们甩在了身后。这里的密林仿佛连绵不绝，有些地方树冠繁盛，几乎遮天蔽日。就在夕阳西下，光线渐暗时，他们再次听见了肥遗的叫声，这次不是一只，而是一群。

寺斯让他们藏起来。

江朝戈仰起脖子，从树冠的间隙往上看，只见天上一排大大小小的黑影低空飞过，长长的蛇尾弯曲扭摆，翅膀带起的风吹得树叶窸窸窣窣。

众人屏息隐藏，无论见没见过肥遗，这剧毒猛禽的厉害之处，所有人都听说过，一只、两只尚且难对付，何况是一窝。

待那群肥遗飞走了，众人才松了口气，继续前行。可走出去没多远，听到身后树木沙沙作响，回头一看，几只漆黑的肥遗正朝他们飞来，一个头两个身子六足四翼，与沈言随的肥遗形态相似，只是体形小上很多，看上去却是一样狰狞、凶恶。

寺斯道：“数量太多，跑。”

天戎和醉幽瞬间变身，驮上众人，拔足狂奔。

这些天他们别的没学会，逃跑却是驾轻就熟。

肥遗在天上的速度快，那是因为天上无遮无拦，低空飞掠时，树木等障碍物多，完全追不上天戎和醉幽。众人一阵狂跑，很快就把肥遗甩在了身后。没想到这些肥遗还有战略，留了几只在西南方向堵他们，前后夹击，他们无奈，只好再往北跑，但很快发现北面也有埋伏。

“这么聪明？”江朝戈难以置信地叫道。

寺斯道：“这些肥遗中必定有千年以上修为的，你活了千年能不聪明？”

江朝戈忍不住看了炙玄一眼。

炙玄瞪着他：“你看我是什么意思？”

“没什么……”江朝戈突然想到什么，说，“不对，为什么只有这面没有埋伏？它们难道在把我们往一个方向赶？”

寺斯用力抓了抓头发：“好像真是……不行，我好不容易找到的路，再这么跑下去，又要迷路了。继续往西南方向跑，再有阻拦就拼了。”

众人迎着朝他们飞来的怪物猛禽，纷纷拿起了武器。

江朝戈咬牙道：“寺斯，你不是想要一只肥遗？今天我们就送你一只。”

寺斯大笑道：“好，我要个头最大的！”他举起弓，利箭穿云而出，直射向飞在最前头的一只肥遗。

这一箭不偏不倚，正中蛇头，那肥遗惨叫一声落地，两个蛇身纠缠在一起打滚，蛇头猛甩，撞击地面，竟真的把竹箭给蹭掉了，歪歪扭扭地又要飞起来。

寺斯骂道：“命这么硬。”他又是一箭射出，直接将那肥遗的脖子射了个对穿，那肥遗居然还是不死。

“恐怕要射眼睛。”

“光线太暗，而且眼睛在头的两侧，很不好射。”寺斯快速地说。

虞人殊道：“那还是交给我吧。”他叫道，“天戎，往前冲。”

天戎无所畏惧地往前跑，虞人殊将锏在半空中画出一个半弧，魂力随之强势释出，只见一阵狂风刮起，树海生波，枝丫尽断，树叶漫天飞舞，飞在最前面的三只肥遗，蛇身被看不见的巨大的力气硬生生地震断，身体以扭曲的形状跌落在地。

江朝戈早知道虞人殊实力强悍，但他今天表现出来的攻击力比之前更精进，好像他都不用睁开眼睛看，也不用瞄准了砍，随便挥出一击，就能准确地捕捉到猎物，魂力丝毫不浪费。若不是知道他也是昼夜苦练，江朝戈都要怀疑他留了一手。

寺斯张大了嘴：“人兵合一……”

“什么？”江朝戈问道。

龙芗同时发出感叹：“人兵合一，魂兵使与魂兵器的第一境界。”

“那是什么？”

“回头再解释。”虞人殊叫道，“醉幽，别停，快跑！”

醉幽跟在天戎的后面，一左一右地扑向袭来的肥遗，那肥遗的攻击力在利爪和毒牙上，天戎和醉幽的爪子比它厉害，却不得不顾及它身上的毒。

天戎有和肥遗战斗的经验，一蹿上去不咬脖子，直接张开血盆大口，一嘴把肥遗的脑袋给咬掉了。

醉幽傻了眼，也依样画瓢，张嘴就想把肥遗的脑袋吞进去。

肥遗也不是好惹的，六只爪子抓挠着他们的皮肉、毛发。

龙芗一只手抓住一只肥遗的翅膀，直接翻身跳到了它的背上，用力将长戟刺穿了它的身体，随即旋身跳回了地面，醉幽戟一个横扫千军，在半空中画了个圆，收获惨叫无数。

江朝戈踩在一只鸩鸟的背上，无惧地挥舞着大刀。他对肥遗有一种分外强烈的仇恨。他明知道这些肥遗和沈言随的魂兽无关，可心里对这种狰狞凶残的异兽还是厌恶到了极点。想起第一次遭遇肥遗时自己的软弱无能，更是愤恨交加，把对沈言随的怒意全都在当下发泄出来，不要命地大杀四方。

这群肥遗的体形也不过比鸩鸟大上一点儿，没对他们造成太大的威胁，只是层出不穷。很快，之前在其他方向围堵他们的肥遗也飞了过来，无奈之下，他们只能往唯一安全的方向跑，虽然明知道可能会落入圈套，却没有更好的选择——真要和上百只肥遗战斗，是无法保证每个人都能全身而退的。

他们往北面跑了四五里路，身后的肥遗依然追求不舍，而眼前出现了一个要命的悬崖。

寺斯骂了一句耳倪族语：“不能再往前跑了。”

阮千宿急道：“怎么办？飞过去？”

云息道：“不行，上了天，我们更打不过，它们可是有两对翅膀。”

眼看着身后黑压压一片的肥遗，有上百只，前方就是无法逾越的万丈深渊，他们以为这就是这群畜生把他们往这个方向赶的原因，却没想到，断崖下猛地升起了两对黑色羽翼，接着是黑乎乎的硕大的脑袋和从脑袋开始分叉的两条长长的蛇身。

一只足比沈言随的肥遗大了三四倍的巨型肥遗从断崖下飞了起来，那肌肉虬结的身体、巨大的翼展、毒辣的蛇眼，简直如地狱里的魔神，比赢鱼还要狰狞可怖，是他们见过的仅次于上古异兽的凶兽了！

云息咽了一口口水，颤声道：“这……这就是适合做弓的体积了。”

寺斯的声音都变了：“我还是用木弓吧。”

那肥遗的翅膀带起的风，将众人吹得站立不稳。

众人看看身后黑压压的猛禽，又看看眼前这肥遗祖宗，顿时有了死到临头的危机感。

江朝戈咬牙道：“寺斯，你说自己曾在轩辕丘往返，是吹牛的吧？”这昆仑山如此凶险，处处是要命的东西，他们在这短短两天都要死几回了，就寺斯这不靠谱的性子，是怎么活下来的？！

寺斯怒道：“我才没吹牛，都是你们这群倒霉鬼目标太大！我独身上路，从来没碰到过。”

虞人殊沉声道：“别说了，省点儿力气。”

云息带着哭腔说：“完了、完了，我感觉自己这次真的要死了。这只肥遗看着有三四千年的修为，不是一般的天级魂兽能抵御的。”

天戎和醉幽没说话，只是朝着肥遗嘶吼，却并不敢轻易上前。

江朝戈此时也不敢奢望还能像在双子峰那样，半路杀出只白虎拯救他们于长蛇群中，眼下唯一的办法，恐怕只有炙玄再一次化出原形了。

炙玄紧紧握住他的手，虽然没说话，但他也感觉到了炙玄的意图。

虞人殊深吸一口气：“只有杀了这只最大的肥遗，我们才有一线生机。”

“这谁都知道，可怎么杀？”

“我和龙芗对付它，你们挡住小的！”虞人殊举起兵器，“天戎，冲啊。”

天戎狂吼一声，如琥珀色的闪电朝肥遗冲去，醉幽和龙芗无畏地紧随其后，他们从两方夹击，逼近肥遗。

同时，身后的上百只肥遗也飞了过来。

只见两把锋利的钺在半空中如有生命般舞动，在肥遗群中疯狂地嗜血，寺斯的竹箭乱飞，几乎箭无虚发，可除非命中眼睛，不然，那些肥遗总会挣扎起来，命相当硬。

云息很老实地躲在江朝戈的身后，四只鸩鸟护身，尽量不给其他人添麻烦。

江朝戈看了看身后的云息，哪怕自顾不暇，却依然感到一丝欣慰——他终于不再是那个需要虞人殊、龙芗，甚至是阮千宿保护的废物了。而云息作为魂导士，本就是队伍里的重要角色，该受到第一顺位的保护。

江朝戈大刀一劈，血花四溅。他迎着肥遗群砍杀。他不是在和人战斗，不需要什么华丽、精巧的刀法，只要刀刀致命。刀锋带着魂力席卷四方，曾经在他眼里强大无比的异兽，如今在他眼里却已经丝毫不值得惧怕。

“朝戈，身后！”炙玄大声提醒，一团火焰飞出，击中江朝戈身后的一只肥遗的脑袋。麒麟之火烈如地狱业火，温度极高且不易被扑灭，一旦缠上，便要烧尽方休。那火焰烧得肥遗惨叫不止。

“多谢。”江朝戈一个旋身，一刀砍下了那只肥遗的脑袋。

云息偷偷凑了上去，抽出匕首，割下了那肥遗的一只利爪。

天戎和醉幽以最灵活的身姿闪躲着巨大的肥遗的攻击，虞人殊和龙芗一左一右，猛击肥遗的翅膀。那肥遗在经历了几次应接不暇后，幡然醒悟，开始专心攻击较弱的龙芗。

龙芗一戟直直地刺向肥遗的爪子，肥遗惨叫一声，利爪一挥，将龙芗连人带戟甩飞了出去。虞人殊一跃四米多高，足尖踏上肥遗的一只翅膀，天戎锏狠狠地砸下，将那肥遗的一只翅膀砸断。肥遗巨大的身体顿时失衡，往一边歪去，同时，一爪子抓向虞人殊。

虞人殊在穿着软甲的情况下，前胸也被抓出了一道血痕，他痛叫一声，身体如脱线的风筝，狠狠地摔在了地上。

“殊！”天戎急得大叫，却无法脱身，肥遗一条蛇尾正试图缠住他的身体，他正奋力闪躲。

“我没事……”虞人殊强撑着从地上爬了起来，朝龙芗跑去。

龙芗一个鲤鱼打挺，从地上跳了起来，吐掉嘴里的血：“醉幽，锁住它的右前翼！”

醉幽扑上去就狠狠地咬住了肥遗的翅膀，肥遗一条蛇尾猛甩过来，抽打在了醉幽的身上，那青白色的狐狸毛乱飞，醉幽的牙齿渗出了血，也不松口。

龙芗瞠目欲裂，大喝一声，一跃而起，醉幽戟释出的魂力所向披靡，一举将肥遗的右前翼撕裂出了一个大口子。

另一面，面对杀不完的肥遗群，江朝戈的体力和魂力都在迅速下降，却没有一只肥遗去攻击炙玄。他一个闪避不及，被一只肥遗扑倒在地，那肥遗张开大嘴，吐着芯子朝他咬来，他只觉得脖子处一阵剧痛，接着半个身子都麻痹了，然后剧痛再次袭来，他瞪大了眼睛，绷直了身体，几乎无法动弹。

“朝戈！”炙玄掷出一团巨大的火球，砸到那肥遗的身上，肥遗尖叫着冲上天空，又在半空中坠下了悬崖。

江朝戈在炙玄的搀扶下坐了起来，看着众人伤的伤，中毒的中毒，眼前一阵虚晃，再次体会到了深深的无力。

云息尖叫一声，江朝戈猛然回头，就见两只肥遗一左一右地叼住了云息乘坐的那只唯一还能动的鸩鸟的翅膀，在半空中旋转、撕扯，最后抛向了悬崖……

肥遗的神经性毒素让人产生剧痛的同时，还使神经麻痹，使人的肢体失去活动能力，江朝戈眼见着云息坠入悬崖，拼命想爬起来，却动弹不得，喉咙里甚至无法发出声音。

寺斯驾着鸱鸟俯冲下悬崖，却被巨型肥遗的翅膀扇得飞了出去，人连着鸟一起撞到了树冠，繁盛的枝叶将他的身体、脸都刮出了一道道血痕。他一咬牙，朝着树顶攀爬，而鸱鸟则猛地直冲向高空，一边尖声嘶叫，一边往南飞去，很快就隐没在了森林中。

阮千宿奋力冲开肥遗的包围，和征尘一起坠下了悬崖！

第4章
昆仑洞

虞人殊大吼一声，魂力随着天戎铜霸气地释放，凡是靠近他的肥遗都被无形的巨大的力气挫断骨骼，然而巨型肥遗就像一堵无坚不摧的墙，他们无论如何也无法冲破。龙芗在撕开巨型肥遗的一侧翅膀后，醉幽身负重伤，他再也无法接近这个大畜生。

江朝戈想到生死未卜的云息和阮千宿，额上青筋暴突，他半个身子无法动弹，只能忍着剧痛，用带着恳求的眼神望向炙玄。他已经别无他法，他不能看着同伴一个个死去。

炙玄对除江朝戈以外的人类都没什么感情，但他不能见江朝戈痛苦、难过，便用力握了握他的手：“交给我吧。”他深吸一口气，准备再次以修为为代价召唤真身。

就在这时，遥远的天边传来接连起伏的叫声，众人猛然回头，竟是一片乌压压的鸱鸟，正朝他们飞来。

这些食肉猛禽在同伴和血腥味儿的召唤下，倾巢出动，为首的那只巨大的鸱鸟，比巨型肥遗要小上一圈，但也大得惊人，鸱鸟数量也比肥遗要多。肥遗群骚动不止，纷纷升上天空，准备誓死一战。

“找到了！真的找到了！”寺斯在树上哈哈大笑起来，他将自己的鸱鸟召唤了过来，跳到鸱鸟的身上就飞了下来，大叫道，“我们快跑，这里只能抵挡一阵子，它们要是分出胜负了，就该吃我们了。”

“往哪儿跑？云息和千宿在悬崖下！”

“那就下去！”天戎叼起虞人殊和江朝戈，甩到了自己的身上，“你们抓紧了。”

寺斯将龙芗和醉幽弄到了鸥鸟上："快，趁它们注意不到我们。"

肥遗群和鸥鸟群已经在空中冲撞到了一起，顿时惨叫连天，翎羽乱飞，头顶一整片天空被它们遮得密不透风。这交会于半空的厮杀壮观而惨烈，猛禽如下雨般纷纷坠落，一旦落地，就会被撕开皮肉，吞噬鲜血。

江朝戈现在相信寺斯的话了，昆仑山的异兽都很饿。

他们趁乱跳下悬崖，天戎的大爪子狠狠地抓住石壁，稳住身体下落的趋势。为了不给天戎增加重量，炙玄自动回到了刀里。虞人殊将半个身子麻痹的江朝戈按在天戎的身上，紧抓着天戎的毛发。天戎一路寻找支撑点，向下爬去。

江朝戈的脖子动不了，看不到这悬崖究竟有多深，但从虞人殊在他耳边发出的沉重而略带紧张的喘息声，就能猜出他们身下是怎样的万丈深渊。他动了动麻痹的舌头，含混地说："阮千宿……云息……"

虞人殊沉声道："他们不会死的，别担心。"

寺斯飞在旁边，将想趁乱下来捡漏的肥遗一一射穿。

江朝戈的身体痛苦不已，肥遗的毒从脖子蔓延到手臂、腰部、腿部，原本只是半个身子不能动，现在有往全身蔓延的趋势。那毒素让江朝戈感觉身体正在经历冰火两重天，大片大片的虚汗将里衣都弄得湿透了。他的视线变得模糊起来，只感觉身体随着天戎上上下下，如果不是虞人殊按着他，他早已经飞出去，死无葬身之地了。

虞人殊在他的耳边喊道："朝戈，坚持住，我们很快就到崖底了。"

江朝戈感觉天旋地转，那声音忽远忽近，他甚至开始产生幻觉了。

也不知道过了多久，那种失重的感觉消失了，江朝戈知道自己被平放在了地上。

炙玄满脸焦急地在他的头顶说着什么，他却只能看到炙玄的嘴一张一合，根本听不到声音。肥遗的毒正在剥夺他的感官，这畜生居然这么厉害……他会不会像孟老一样含恨死去？他还没给孟老报仇啊。

寺斯手里拿着什么东西，塞进了他的嘴里。他没有咀嚼能力，寺斯就捏着他的下巴强迫他咀嚼、吞咽。他其实还有意识，可就像醉酒之人，知道自己在做什么，却不受控制。

一把尖利的匕首刺进了他肩膀的伤口，切着中毒的皮肤，他感觉不到痛，因为肥遗的毒素造成的疼痛比这剧烈许多。他瞪大眼睛看着炙玄，只看着炙玄，心想：果真如此，如果他要死了，他最后看到的人一定会是炙玄。

来到这个世界，经历如此多的磨难和考验，对他来说固然是不幸的，可这不幸中的大幸却是他拥有了一群生死与共的同伴和一个彼此需要的战友。哪怕他现在死了，也可以瞑目，毕竟他这二十多年的人生，比别人的几辈子都精彩多了，值了。

他眼前越来越模糊，直至彻底失去了意识。

半梦半醒间，江朝戈听到耳边传来涓涓的水流声，他忍不住打了个寒战，缓缓睁开了眼睛。

山洞里的荧荧火光将人的背影映照得巨大无比，一眼看去，就像头顶佝偻着一个黑色的巨人，江朝戈冷不丁地被吓了一跳。

“朝戈？你醒了！”炙玄惊喜地叫道。

众人都围了过来，个个担忧地看着他。

江朝戈无力地环视众人，却没有看到阮千宿和云息，他皱起眉，嘴唇轻轻嚅动，发出含混的声音：“他们呢？”

虞人殊的眼神有些暗淡：“我们顺着崖底的河道往下游走，出现了一条瀑布，他们很可能被冲下瀑布了。我们现在就在瀑布下面，还没找到人。”他指了指脚边，“只找到了云息的包裹，里面有一些解毒的药，暂时保住了你的命。”

江朝戈深吸一口气，从身到心都沉重不已。将阮千宿和云息忽悠上路，是他的私心，这两人出了事，全都是他的责任，他如何能原谅自己？！

龙芗道：“江大哥，你别急，找不到人反而是好事。千宿姐那么厉害，云息哥那么聪明，他们不会死的，一定在等着我们去找他们。”

寺斯也道：“对，他们身上应该也还有几样魂器，征尘也跟他们在一起。我们休息一下就顺着下游继续找，一定能找到他们。”

江朝戈僵硬地点点头，尽管依旧浑身麻痹，但至少手腕和脖子都可以转动了。

他们休息片刻便出发了。

江朝戈靠在炙玄的怀里，手指奋力地想揪起天戎的毛发，却使不上力气，因此烦躁不已。

炙玄抓住他的手，低声道：“别试了，你现在动不了，必须快点儿找到云息。”

江朝戈苦笑道：“岂不是成废人了？”

“暂时的。”炙玄用下巴蹭了蹭他的头顶。

“白天……如果不是鸱鸟及时出现，就又要让你损耗修为了。”

“能救你的话也值得。”炙玄平静地说。

江朝戈默默地看着萎靡的众人，虞人殊和龙芗均已受伤，就连寺斯都满脸疲倦，他平时话多得嘴巴闲不住，现在一言不发，还有仍未找到的阮千宿和云息……

江朝戈想着他们这一路走来，真的是如履薄冰，九死一生。如果他能召唤炙玄，本该是完全不一样的光景。他握住无力的拳头，轻声道："炙玄，我们结契吧。"

炙玄怔了怔："你说什么？"

"结契吧，无论用什么方式。"力量，强大的力量，他唯一渴求的只有——力量。

炙玄沉默半晌："好。"说完，炙玄将他的手握得更紧了。

他们顺着下游河道走了一整夜，仍没有发现阮千宿和云息的踪迹，却发现了河道的分岔口。

龙芗和寺斯在分岔口找寻了半天，一无所获。寺斯叹了口气："若他们还有意识，应该会给我们留下点儿什么才是，就像我们也一路留了暗号。"

龙芗倔强地说道："也有可能是我们找错了方向。"

寺斯道："你们等等，我去找找路。"他乘着鸥鸟飞上了高空，在天上盘旋几圈，落了下来，"歪打正着，我们走到太华峰了，翻过太华峰，就能看到轩辕丘。"

江朝戈有些激动："这么说，我们离轩辕丘很近了？"

寺斯点点头。

"那我们……"虞人殊犹豫道，"我们是先去找阮千宿和云息，还是先去轩辕丘？"

寺斯道："我们一路顺着河道下来，都没有发现他们的踪迹，要么我们找错了方向，要么他们已经去了更远的地方。无论是哪个，我们在这里徘徊都没有意义，不如直接去轩辕丘吧。"

众人相视一眼，眼中都写满了挣扎，可眼下确实没有更好的方案了。昆仑山如此之大，找两个人如大海捞针，虽然众人都坚信他们一定还活着，可谁都知道，希望甚微。

江朝戈内心挣扎了一番，哑声道："去轩辕丘吧。如果他们还活着，也一定会想尽办法去轩辕丘跟我们会合。"

他们夜以继日地赶路，每天只休息很短的时间，两天一夜就翻过了太华峰，而且一路上都没有碰到危险，只是离散的阴云一直笼罩在头顶，令他们倍感疲倦和压抑。

江朝戈的身体稍有恢复，但找不到魂导士和解药，他就只能像个半残废一样，不能坐立。

炙玄着急，却没有半点儿办法。江朝戈反过来安慰炙玄，其实他比谁都害怕自己变成废人，他宁愿死，也不想以这个样子活着。

寺斯指着远处一座其貌不扬的山峰：“那就是轩辕丘了，离我们只有不到一天的路程。”

炙玄在天戎的身上站了起来，直愣愣地看着远方，眼眸中闪动着难以言说的情绪，似乎瞬间坠入了以万年计的古老回忆中，无法自拔。

众人都有些激动，他们期待在轩辕丘会出现奇迹。

炙玄把江朝戈的身体扳过来：“朝戈，你看，那便是轩辕丘。”

江朝戈点点头：“看来，你还记得。”

“我记得它的形状，我曾无数次站在轩辕丘的顶峰，朝着一望无际的昆仑山脉吼叫，看着山间的鸟兽惊慌地逃窜，好玩极了。”

江朝戈淡笑道：“是你会干的事儿。”

“也曾和饮川在那儿饮酒聊天，有时候稍微发发呆，就会度过一次人间月圆。”炙玄感慨道，“那时候的人间贫瘠得很，哪里像现在这般富饶？”

“我还真想看看。”

“再离近一点儿……如果饮川在轩辕丘，我一定能感觉到他。”

“饮川是什么样子的？我说的是他的真身。”

“全身雪白，不像异兽，而是像天神，完全比不上我威风。”炙玄笑着比画自己的眉毛，“他变成人的时候，连眉毛都是白色的，丑死了。”

江朝戈看着远处的轩辕丘，想象着万年之前那一玄一白的上古异兽比肩而立的画面，一定是世间罕见的奇景，他竟然微微有些嫉妒。毕竟，除了他之外，炙玄最放在心上的人就是饮川了，炙玄对饮川的话几乎深信不疑，他们还有万年的交情，又同为上古异兽。这么一想，他就感到有点儿别扭。

炙玄搂住他的肩：“若是见到饮川，你一定不要听他的话，好多人会不自觉地听他的话。你是我的，你只能听我的。”

江朝戈心想：我听你的，而你听饮川的，这有什么区别？

不知为什么，他们越接近轩辕丘，出没的异兽就越少，到最后甚至一只都看不到了。

这让人更加不安。有毒的果实才没虫子吃，他们很担心自己就是那蠢虫子。

轩辕丘近在眼前时，炙玄的眉越皱越紧。

“怎么样？还是感觉不到饮川？”

炙玄摇摇头："有什么东西在干扰我。"

"什么东西？"

"我不知道，可能是异兽，味道臭得要命。我除了这股味道，其他什么都闻不到了。"

"难道轩辕丘还有大型异兽？"寺斯感觉很奇怪，"也不像啊！我们今天连只普通的鸟都没看到，别说异兽了。"

炙玄烦躁地说："好臭，该死的畜生，臭死了。"

"别急，也许是我们离得还不够近。"江朝戈摸了摸他的头发，"我们左右已经到轩辕丘了，耐心地找吧。"

寺斯道："我两次来轩辕丘，都只到这里，并没有上去，接下来的路，我跟你们一样不认识了。"

炙玄道："我认识。寅卯交替之时，第一缕阳光照射到的东面，有一个洞口，那是饮川曾经居住过的地方，需要机关才能开启。"炙玄握了握拳头，"饮川死前曾要求帝江将他葬在里面。"

"好，我们就去那里等天明。"

他们绕到轩辕丘的东面，植被遍布整个山峰，根本看不出有什么山洞。他们找了个合适的地方休息，寺斯又在地上做起记号，希望阮千宿和云息有机会看到。

连日奔波，没有一个人睡过一次好觉，在这个暂时没有异兽的安全地带，他们饱食一顿，支起帐篷，打算好好睡一觉。

江朝戈依然身体僵硬，无法走路，炙玄一直不厌其烦地将他抱在怀里。

江朝戈自嘲道："再这么下去，神经多半要坏死了。"

炙玄道："我带你出山找魂导士，就算你胳膊、腿都断了，魂导士也能救你。"

"好。"江朝戈把头歪在炙玄的身上，"那股臭味，你还闻得到吗？"

炙玄点点头："臭死了。"

"为什么帝江会将饮川葬在这里？他们是对手吗？"

"也许是帝江敬佩饮川吧。饮川素来和天神有往来，早在异兽混战之前，他和帝江就认识，但我厌恶天神，从未见过。"

"如果饮川被葬在此处，那他化作的魂兵器也应该在这里。"

炙玄点点头："如果我们找到饮川的魂兵器，该怎么带走呢？我只有化作真身才拿得起来。"

"带不走也要确保它不被歹人得到。我想，我们可以去找壬王，让他接管饮川的魂兵器。"

炙玄哼了一声，却也没有别的办法，只好道："好吧。"

"壬王也许有办法找到饮川的魂兵使，现在已经苏醒了至少四只上古异兽，一场大战无可避免了，我们需要壬王，也需要饮川。"

炙玄收紧手臂："有一天，我定要将胆敢伤害你的人、兽都咬死，然后带你回你的世界，和你喝酒、畅游，与我共享永世不灭的生命。"

江朝戈含笑道："好。"

黎明前，众人都醒了，他们静静地等待着寅卯交替。

当破晓的第一缕曙光照耀大地时，众人屏住呼吸，眼看着日光照射到了轩辕丘上，炙玄一个箭步冲了过去，在日光照射到的地方摸索着。半晌，只听轰隆一声，炙玄眼前那被植被覆盖的山体竟然裂开了一道缝隙，那缝隙越来越大，最后，出现了一道两米多高的暗门。暗门缓缓地开启，却最终因为年代久远而卡住了，只打开了一条能容一人侧身通过的细缝。

炙玄摸着那道门，修长的手指微微颤抖，久远的记忆再度袭来，让他一时之间有些恍惚。

虞人殊激动地说："这……这就是饮川曾经的居所？"

众人均是亢奋不已，尤其是江朝戈和虞人殊。他们从天鳌城逃往北方，又从北方辗转来到西方，最终进入昆仑山，耗时数月，经历数不清的磨难、痛苦、杀戮，终于来到了他们的目的地！

江朝戈看着那一道窄窄的门缝，感觉内里有股张力呼之欲出，那是他们的希望。

寺斯在洞口留下了最后一个记号，然后后退一步，沉默地看着。

龙芗道："怎么了？"

寺斯皱起眉："我的任务是把你们带到轩辕丘，现在任务已经完成了，我在犹豫要不要跟你们进去。"

江朝戈道："你如果不想进去，现在就可以带上你想要的东西回村子。"

寺斯歪着脑袋思考了一会儿："你们这群倒霉蛋，老是碰到可怕的东西，说不定里面有更可怕的东西……"

众人无法反驳，这一路，他们厮杀不断，甚至把阮千宿和云息弄丢了。

“不过……跟你们在一起真刺激啊。”寺斯大笑两声，“来都来了，怎么也要进去看看。”说完，他一闪身，挤进了门内，还伸出一条胳膊朝他们招手，“快、快，进来。”

虞人殊无奈地摇了摇头，侧身走了进去，众人也鱼贯而入。

洞内潮湿阴冷，漆黑一片，散发出一股封闭许久的味道，令人呼吸不畅。

他们点燃了火把，那火把忽明忽暗，闪烁数次，总算是没有熄灭。那山洞的入口如此狭小，洞内却别有一番天地，宽广得不可思议。想想炙玄、饮川这些异兽的体形，倒也有道理，要是在自己家都活动不开，岂不是太憋屈了？

炙玄东张西望，灿金色的眼眸闪烁不止，显然陷入了回忆中。

“这里可真大啊，饮川平时就在这里活动？”

炙玄摇摇头：“这只是一部分，往里走别有洞天。饮川住的地方，对于人类来说还有些距离。”

“还好我们不是按人类的速度走的。”醉幽在山洞里蹦了两下，这里开阔的空间对他们的行动很有利。

“也是，我们……”虞人殊突然大叫道，“醉幽，小心——”

只见醉幽跳到不远处，一只脚踏在一块发白的石头上，那石头微微下沉，机关转动的声音尽管轻微，也逃不过异兽的耳朵，下一秒，三排削尖了头的竹棍从墙里蹿了出来，直朝醉幽射去。

龙芗立刻将醉幽收回了武器里。

竹棍一排排地刺入地面，又触发一道机关，更多成排的竹棍从墙面飞了出来，相互交错着在偌大的山洞里乱窜。

虞人殊将两排竹棍纷纷打落，没想到更多机关被触发了，地刺、针网铺天盖地地朝他们袭来。

“先出去，快！”寺斯把龙芗从窄小的门缝推了出去，其他人也鱼贯挤了出去，暂时避开了里面的天罗地网。

“里面以前可没有这些东西，我们才不需要这些小把戏防身。”炙玄把江朝戈仔细检查了一遍，“没伤到哪儿吧？”

江朝戈道：“我没事。会是谁装的呢？”

“难道真是饮川？”炙玄疑惑道。

虞人殊道：“装机关的人显然不想让我们靠近饮川的魂兵器，这些机关不是一日之功，饮川不可能在自己死之前很久就预料到了死后的一切吧？”

“难道……”炙玄皱起眉，“帝江？”

“现在讨论是谁装的没有意义，先想办法闯过去吧。”

虞人殊黯然道：“如果云息在，也许知道怎么破解机关，我们几个……还是硬闯吧。”

“我放几匹马，先毁掉一些机关。”

众人商定好后，先不进入山洞，而是把所有马都放了出来，一共八匹，朝着满目疮痍的山洞里奔去。很快，一匹马就触动了机关，并带动了连锁反应，顿时山洞里再次机关乱飞，一片乱象。那些马有的被及时收回，有的被刺穿了身体。最终，八匹马都消失了，山洞里也恢复了平静。

众人等了半晌：“这回机关应该没了吧？”

“差不多了，走吧。”他们返回山洞，再次放出马，在身前和身侧探路，其他人贴着墙面小心翼翼地前进。

在接连毁掉两个机关后，他们终于走到了山洞的另一头，那里出现了一条约两米宽、十米高的岔路，岔路的石壁上嵌满了大大小小的月光石，发出幽蓝的光芒，为整条岔路提供了一点儿光亮。

炙玄道：“从这里进去。”

“这里面会不会也有机关？”

“可能有。”虞人殊打了个响指，把马放了出去，那马刚走了不到两米，从墙里伸出来竖排的铁刺，如锯齿般一排咬着一排，瞬间将马身撕裂，然后，那铁刺竟又缩回了墙里。

“这跟外面的机关不一样，是可以反复触发的，从上面飞过去怎么样？”寺斯把鸱鸟召唤出来，让它从铁刺上方飞过去，却没想到，一排排铁刺从洞顶伸了出来，和墙两边的铁刺形成了一张密不透风的机关网。

江朝戈勉强抬起脖子：“伸出铁刺的那个孔，旁边是不是还有一些细小的孔？”

寺斯小心地凑过去：“好像有。”

“这种机关的原理，我知道，那些是遮光孔，一旦有东西遮住月光石发出的光，机关就会被触发。”

“那怎么办？”

“把遮光孔全部堵住，这种反复触发的机关就无法收回去，我们可以从空隙钻过去。”

龙芗叹道：“这遮光孔有上百个啊。”

“没有更好的办法了。”寺斯看了看四周，从地上抓起一把泥土，“这种泥掺上水很黏稠，可以堵住遮光孔。”

众人赶紧忙活起来，把泥收集起来，浇上水搅拌，然后让寺斯和龙芗一人背上一包。

龙芗小心地踏出一步，手里抓着一把泥，猛地塞进一个鸡蛋大的遮光孔里。遮光孔旁边的一排铁刺嗖的一声伸了出来，龙芗偏头一闪，一股凌厉的风刮过他的脸颊，他深吸一口气，朝寺斯使了个眼色。

寺斯弯腰踢腿，活动了一下筋骨，然后一跃而起，双手抓住那排铁刺中的一根，身体柔软得像猫，倒立着撑了起来，最后，双脚钩住了最上方的一根铁刺，整个身体再度折了上去，手里抓着一把泥，毫不犹豫地堵住了一个遮光孔，遮光孔旁边的铁刺几乎擦着寺斯的脖子伸了出来。他低下头，朝众人露出得意的笑容。

龙芗再度谨慎地往前，解决两侧的遮光孔，然后给寺斯制造支撑点，去堵住上方的遮光孔。寺斯个子不矮，但身体柔韧、灵敏得不可思议，好像可以弯成任何超出人类想象的弧度，因此能在那么狭窄、危险的空间里活动自如，江朝戈觉得杂技演员也不过如此了。

两人小心翼翼地合作着，不断破坏着这条路上的机关。

这个工作危险而耗时，两人足足花了两个小时，才把这条不足两百米长的岔路上的机关全部解决掉了。

众人屏住呼吸，在那一排排铁刺之间小心地穿行。他们可以活动的空间只够一个人勉强通行，还随时会被挂到衣服。其他人尚可以活动，江朝戈手脚麻痹，走上一步都困难，只能被炙玄和虞人殊一前一后夹着前行。

突然，他们看到旁边的一个遮光孔上的泥隐隐有脱落的趋势，大气都不敢出，悄悄往前挪动，那泥慢慢地往下掉着渣，最终，整块都掉了下来，那一排铁刺猛地缩回，再次刺出。

炙玄死死地压住江朝戈和虞人殊，让两人无法动弹，铁刺一缩一伸，再次回到了原来的位置。那锋利的刺尖离三人不足一厘米，江朝戈感觉浑身的汗毛都竖了起来，惊出一身冷汗。

铁刺再次缩了回去，三人呼出一口气，悄悄地往前走去。

一行人全部通过了岔路，这短短的一段路竟然比他们走上几天几夜的路还要累。龙芗和寺斯的身上、手上全是泥，其他人的衣服都被挂破了，均是狼狈不堪。

寺斯看看自己，又看看其他人，哈哈大笑起来："刺激！真刺激！哈哈哈。"

龙芗嘟囔道："真是不要命。"说完，他也笑了起来。

醉幽捧着龙芗的脸心疼地说："划到脸了。你身上真脏，我给你擦擦。"

龙芗不好意思地推开他，自己找出布巾擦了擦："我没事。"

天戎也从武器里出来了："走吧，前面不知道还有什么。"

众人环顾四周，走过岔路口后，又是一个开阔的山洞，隐隐听到有水声。

"这里有河吗？"

"我们顺着下游走过来的那条河，也途经轩辕丘，这里可能是一条支流，过去看看。"寺斯率先往有水声的方向走去。

江朝戈提醒道："你小心点儿，别那么莽撞。"

领教了这里的机关，他们不敢掉以轻心，只得放出更多的魂兽探路，并小心地贴着墙根走。

幸而一路平安。

他们穿过山洞，又进入另一个山洞，那山洞中间果然有一条河流，但令众人不解的是，绕着山洞一周还有圆形的河床，那条河刚好从圆形的河床的中轴线穿过，形成了两个非常周正的半圆。可以看出，横穿的河流是天然形成的，河床粗糙，不均匀。但那圆形的河床是人工挖的，有两米多宽，河床壁光滑平整。这情景真是诡异非常。为什么要做这样的几乎是毫无用处的圆形河床？这圆形河床的周长有百米，挖起来可不是个简单的活儿。

虞人殊谨慎道："异象必有异因，别乱动。"

寺斯将鸱鸟放了出来，让它在山洞上方盘旋一圈，但毫无反应。

鸱鸟落了下来，在那两个半圆上蹦蹦跳跳，几乎踩了个遍，也依然什么都没发生。

龙芗不解道："奇怪……难道真的没有机关？"

"还是再观察观察吧。这里的设计比任何一个地方都奇怪，不能掉以轻心。"

"这么大的山洞，要做机关其实相当不易……咦？"寺斯猛地回头。

"怎么了？"

寺斯瞪起眼睛，往水里瞧去："水里好像有什么东西动了一下。"

众人后退了几步，举着火把，伸着脖子往水里看。水很浅，一眼就能望到里面褐色的泥沙，水面无波无纹，偶尔有几条小鱼游过。

“是小鱼。”

寺斯松了一口气。

炙玄皱着眉，用力甩了甩脑袋，一副难受的样子。

江朝戈道：“炙玄，你怎么了？”

“好臭，越往里走，那臭味越浓烈。”

虞人殊道：“我们什么都没闻到，最多是太久不通风，有点儿潮湿的霉味儿。”

炙玄怒道：“真是臭死了，鼻子根本闻不到其他味道了。”

那鸥鸟蹦蹦跳跳地跳到了水边，脑袋猛地插入水里，再抬起来，喙上叼着一条小鱼，邀功似的朝寺斯晃了晃脑袋。

寺斯笑道：“干得好，回来吧。”

鸥鸟展开翅膀，变故就在刹那间发生。

一个狰狞的蛇头毫无预兆地从水里弹了出来，血盆大口猛地张开，猩红的芯子瞬间缠住鸥鸟的脖子。那比人还大上一圈的鸥鸟就像被一只无形的手抓住了，在众人还没反应过来的时候，就要被巨蛇吞进了嘴里。

寺斯大喊一声，马上将鸥鸟收回了魂器里。大蛇咬了个空，发出愤怒的咝咝声。

炙玄怒道：“就是这臭东西！”

“小心！”天戎猛地将虞人殊扑倒在地，一个巨大的蛇头从两人上方掠过，险些将虞人殊吞噬干净！

江朝戈叫道：“妈呀，有两条！”

“不，不是两条。”龙芗脸色大变，“这是枳首蛇，首尾都是头。”

那枳首蛇又粗又长的身体彻底从圆形的河床里爬了出来，它比他们在双子峰见过的长蛇首领还要大上几分。如龙芗所说，它首尾双头，大小相当，一样狰狞、凶暴，长长的身体将他们围在一个圈里，将他们的来路和去路都堵住。

他们终于知道那圆形河床是为什么而设计了，这就是第三道机关！

天戎和醉幽瞬间化成兽形，朝枳首蛇的两个头扑了过去，虞人殊叫道：“寺斯，你护送朝戈往前跑，不要回头！”他和龙芗手持魂兵器，为他们开路。

枳首蛇见炙玄背着江朝戈要往出口跑，两个头同时向出口弹去，硕大的身体将出口死死地堵住，不让任何人出去。

天戎咆哮一声，整个山洞都为之颤了一颤。他一跃而起，一举跳到了一个蛇头之上。

枳首蛇拼命地甩了甩脑袋，但天戎的两只前爪抓住它的皮肉，后爪蹬住它的嘴，让它无法合拢，它一时无法，便用力地将脑袋往墙上撞去。

天戎闪避不及，身体被狠狠地掼在墙上，一口鲜血喷涌而出。

龙芗三步一跃，用醉幽戟狠狠地刺向蛇身，枳首蛇疼得身体用力扭曲起来，刚好让出一条不宽的通道，龙芗叫道："快过去！"

炙玄背着江朝戈奋力往前跑，寺斯举着大弓在后面护送，就在他们眼看要跑到出口时，枳首蛇的另一个头摆脱了醉幽和虞人殊的纠缠，立马堵住出口，那猩红的大嘴吐着长长的芯子朝炙玄咬来。

寺斯一箭射进了它的嘴里。

枳首蛇号叫一声，挣扎几下，竟将箭吐了出来，硕大的身体猛地摆动，想将几人卷起来。

这枳首蛇虽然凶悍，但最大的弱点是体形太过庞大，这山洞对人类来说很大，对它来说却太过狭窄，在群体攻击下，它几乎无处可躲。

虞人殊一锏砸下，那混合着魂力的一击势不可当，众人都听到了骨头断裂的声音。

锏这种武器，无刺、无刃，通常不会造成流血的创口，但坚硬粗重，简约易控，在战斗中不惧任何长短兵器，攻守兼备，霸道得很，只要打实了，通常是骨裂、心脏破，比外伤还要可怖。

只见枳首蛇的一段身体以不正常的角度扭曲起来，显然受到了重创，它疯狂地嘶叫，将身体勉强缩了起来，死死地堵住大门，就是不让众人通过。

炙玄咬牙道："我感觉到了！饮川就在后面！"

众人精神大振，想着这一路的艰辛，怎样凶悍的敌人，他们都遇到了，一条大蛇算得了什么！

在众人的围攻下，枳首蛇显然有些不敌，它的两张嘴巴同时嘶叫，开始用头和身体去撞击、拍打石壁。它长足百米，最粗的地方直径近两米，这一番发疯一样的乱撞，让整个山洞都跟着剧烈地摇晃起来。

寺斯大叫道："它想把这里埋了！"

"该死的畜生——"

山洞开始往下掉落大小石块，砸在枳首蛇的身上仿佛不痛不痒，砸在他们身上可不是闹着玩的。众人一边闪躲石块，一边朝出口冲。他们本可以退回去，可饮川就在不远处，若是枳首蛇将山洞撞毁，岂不是前功尽弃！想到一路的艰辛，这个时候，哪怕是冒着被砸死的风险，也没人愿意后退。

虞人殊咬牙道：“你们后退。我这一击后，可能再无力活动，剩下的就靠你们了！”

“殊……”

天戎想阻止，虞人殊却已经闭上眼睛，紧握天戎锏，口中念念有词，下一秒，猛地睁开眼睛，双目圆瞪，精光乍现，天戎锏发出幽幽的白光，一股浑厚的魂力围绕着锏生成，他狂吼一声，用力挥出了一击。

这一击有排山倒海之势，虞人殊的魂力顿时化作可怕的冲击力，那冲击力形成了肉眼可见的白色光弧，如炸弹爆炸般扩散开来，直朝着枳首蛇袭去。

枳首蛇被冲击力撞得飞向石壁，随着一声轰然巨响，石壁应声而裂，向后倒去，整个山洞地动山摇，再也支撑不住。

枳首蛇将石壁撞出了一个大洞，而山洞开始掉落大块石头，众人玩命地朝前跑去，那毫无疑问是在跟时间赛跑。

江朝戈趴在炙玄的背上，眼睁睁地看着身边不断有能将他们砸成肉泥的石块砸下，他甚至不敢抬头，如果下一刻会有石头掉到他们头上，他想至少死之前不用亲眼看到。

炙玄猛地一跃，跳过了圆形河床，飞一般冲进了枳首蛇撞出来的大洞里。

轰隆一声巨响，身后的山洞彻底崩塌了，连带他们身处的这个山洞也摇摇晃晃，石块砰砰地往下掉，但似乎暂时没有坍塌的危险。

众人一头一脸的灰尘，半天没能从地上爬起来。

江朝戈勉强撑起身体，只见周围尘土飞扬，几乎什么都看不到：“殊？龙芗？寺斯？殊——”

“我在这儿……”虞人殊有气无力的声音响起。

江朝戈回头一看，天戎抱着虞人殊，从尘土中走来，虞人殊脸色苍白，但并无大碍。

“寺斯！”龙芗大叫一声，跑到寺斯的身边。寺斯的大腿被一块石头砸中，流了一地的血，人已经半昏迷了。

“寺斯……”江朝戈狠狠地捶了一下地面，愤怒地大吼了一声。

龙芗和醉幽奋力将压在寺斯身上的石头搬开了，寺斯的一条腿已经被压得血肉模糊，彻底废了。

寺斯发出痛苦的呻吟。

这时，尘土渐渐落地，尘雾中，枳首蛇竟然再次爬了起来，那庞大的双头蛇影，将众人再次推向了恐惧和绝望。

“饮川……”炙玄发出轻颤的声音。

众人顺着他的目光看去，枳首蛇身后的巨大石头上，放置着一把古琴，那琴上蒙了一层厚厚的灰，琴弦尽断，看上去仿佛一碰就会碎成粉末。

看到那把琴的瞬间，时间仿佛静止了。其实，除了炙玄，他们什么都感觉不到，但似乎又分明感觉到了什么。那琴散发着一股难以言说的古朴、浑厚的力量，他们甚至无法确定那是不是他们的幻觉。

枳首蛇挡在了琴前，双头正对着他们，尽管伤痕累累，口腹出血，依然寸步不让。

这里唯一还有战斗力的是龙芗，龙芗抓起醉幽戟，走了过去，高声喊道：“孽畜，让开！”

枳首蛇晃了晃脖子，竟然说话了：“汝等，休想碰它。”竟是低沉沙哑的女声。

龙芗愣了愣：“你为何阻拦我们？”

“主人命我在此守护饮川大人，汝等敢扰饮川大人清净，罪该万死。”

“主人……你的主人是谁？”炙玄厉声问道。

“大巫祖帝江！”枳首蛇嘶叫一声，双头一起扑向龙芗。

龙芗大喝一声，醉幽戟化作凌厉的魂力，扑向枳首蛇的一个头，然而，他无力抵挡另外一个头。

少年的身体在枳首蛇的面前显得那般渺小、脆弱，龙芗一蹬而起，试图跳上蛇头，却被枳首蛇识破，枳首蛇一头将他撞飞，庞大的蛇身扑了过来，眨眼间就将还在半空中的他卷了起来，愤而收紧！

龙芗发出惨厉的叫声。

醉幽双目血红，不顾一切地扑了上去，用最凶悍的力道撕咬着枳首蛇。

江朝戈狂吼一声，不知道自己还能承受多少同伴的伤痛和死亡，他千辛万苦地跑到此处，所欲为何！如果这些人都会死去，他回不回他的世界，又有什么重要的！

“啊！”一道清脆的女声突然在山洞中响起，众人抬起头，看到了鸩鸟熟悉的身影，而坐在鸩鸟身上的，竟是阮千宿！

“千宿！”众人惊喜地大喊。

征尘钺犀利地飞出，在空中盘旋着朝枳首蛇飞去，两把钺在它的身上肆虐地划着，留下了一道道伤口。

枳首蛇疼得放开了龙芗，阮千宿驾着鸩鸟飞了过来，一把拎着龙芗的衣领，将他甩给了醉幽。

九尾青狐直立起来，前腿在半空中化作了修长的双臂，一举接住了龙芗。

阮千宿喊道："你们快走，这东西我来对付。"

枳首蛇愤怒地在山洞里追逐着阮千宿，这里的活动空间比它刚才待的山洞要大数倍，它活动起来灵活敏捷，一点儿不逊于鸩鸟。阮千宿被它追得上天入地，一把钺也被它拍飞到了地上。

枳首蛇的两个头都具有同样凶残的杀伤力，阮千宿腹背受敌，一时根本无力还击，只能不停地跑。

"云息！"天戎眼尖地发现了山洞深处悄悄地爬过来一个人，正是跌落悬崖的云息。他尽管一身是伤，可显然还能活动。

江朝戈看到云息的瞬间，眼圈立时红了——他们都活着，都活着！那一刻，他觉得什么都不重要了，回不回自己的世界，找不找得到饮川，能不能拯救天棱大陆，一点儿都不重要，只要他的同伴都活着！

云息朝众人比了个"嘘"的手势，手里不知道抓着什么暗器，悄悄从阴影处爬向枳首蛇。

无奈枳首蛇追着阮千宿到处跑，云息爬了半天，枳首蛇换个地方，他就得重新爬。

天戎把虞人殊放在地上，跑过去想帮云息，云息抓着他的毛爬到了他的背上："这魂药可以把枳首蛇迷晕，但只有我能触发，你要把我扔到枳首蛇的头顶，我给它灌进去。"

天戎道："这太冒险了，你会被它吞了。"

"千宿姐打不过它，我们早晚都要被它吞了，快，抓紧时机。"云息看了看四周，指着放置古琴的石台，"我们去那里，那里地势高，你到时候就跳起来，把我甩过去。"

枳首蛇一个摆身，正好击中了鸩鸟，阮千宿痛叫一声，身体飞了出来，狠狠地拍在了石壁上。鸩鸟更是被打得奄奄一息，落在地上爬不起来了。

"千宿姐……"龙芗叫道，"醉幽！"

醉幽顿时化作九尾狐，奋力地跑到阮千宿的身边，将她叼了起来，可一转身，枳首蛇的蛇头离他不过数米，瞬间血盆大口凶残地咬住了他的背。

醉幽痛得嘶吼出声，将阮千宿甩了出去。阮千宿额上潺潺流血，勉强从地上爬了起来，手竟然无力再将钺甩出。

龙芗目眦欲裂，就要将醉幽收回，醉幽叫道："不要，不要让我回去，我能拖住它，啊——"

龙芗的眼圈顿时红了，他咬着牙看着醉幽被枳首蛇咬在嘴里，拼命地挣扎，一身白毛已经完全被血染红。

云息叫道："天戎，现在！"

天戎一跃而起，跳上了石台，将云息猛地扔了出去，云息大叫着扑向了枳首蛇的另一个头，看着那越来越近的蛇头和逐渐转过来的凶狠的蛇眼，吓得忍不住闭上了眼睛。

在碰到冰凉的蛇鳞时，他手脚并用地一把抱住，猛地睁开眼睛，那蛇眼就在他眼前，冷冷地和他对视。他举起颤抖的手，将泛着白光的魂药扔进了枳首蛇的大嘴里。

下一秒，他被枳首蛇猛地甩回了石台上，身体翻滚几圈，吐着血停了下来。

吞下魂药后，枳首蛇撕咬醉幽的那个头也静止了下来，众人屏息看着它，心脏跳得快得仿佛随时可能从嗓子眼里蹦出来。

枳首蛇扬起蛇头，做了个干呕的动作，最后竟将魂药吐了出来。

众人的脸上顿时血色全无，再次陷入了绝望。

枳首蛇的两个头都转了过来，冷冷地瞪着云息。

云息吓得双腿发软，拼命地往后挪动。

枳首蛇两个头后缩，嘶叫一声，猛地朝他扑去。

炙玄吼道："孽畜！"他魂力勃发，浑身火焰沸腾，上古灵兽麒麟，眼看就要再次现世。

云息吓得大叫一声，连滚带爬地想躲到古琴后面，当他抓住古琴的瞬间，原本放在此地万年，从不曾被挪动的古琴竟然动了！

当古琴摩擦石台发出幽长的声响时，整个世界都安静了，就连炙玄的火焰都瞬间平息了下去。

云息看看呆滞的众人，再看看石化了一般的枳首蛇，最后看看古琴，满脸不解。

江朝戈只觉得时间都静止了，所有人都露出难以置信的表情，直勾勾地盯着云息。

云息自己不知道怎么回事儿，吓得够呛，再也不敢碰那古琴，使劲地往后挪。

"云息！"江朝戈叫道，"召唤饮川！"

"什……什么？"云息蒙了。

“快召唤饮川！”

枳首蛇僵了一会儿过后，试探着往前伸了伸脑袋，似乎有所顾虑，不再直面古琴和云息，而是绕到了侧边，想从侧面靠近云息。

云息在毫无遮挡物的石台上无处可躲，目光再次落到了古琴上。

“云息，快啊！”虞人殊催道。

云息的手小心翼翼地放到了古琴上，浑身发抖，颤声道：“我、我召唤？”

“快呀！”

云息脸色煞白，一面是虎视眈眈的枳首蛇，一面是神秘莫测的古琴，他不知道自己会召唤出什么来。尽管他已经听过无数遍“饮川”这个名字，也知道饮川指的就是上古异兽白泽，可还是不知道会召唤出来什么。

他想起见过的上古异兽麒麟和混沌，个个长得如地狱罗刹般吓人，谁知道这白泽会长成什么牛鬼蛇神的模样？何况，一旦他真的召唤出了白泽，就意味着他可能要承担巨大的责任。他可没有胆量使用传说中的神级魂兵器，以及对抗啸血那样的异兽！

众人眼见他胆怯，都急得要吐血，阮千宿怒喝道：“云息！你想看着我们都进蛇肚子吗？！”

“千、千宿姐……”云息急得要哭了，“我、我不敢。”

“你不敢也得敢！”阮千宿抓起手里的钺，她虽受伤不轻，依然气势迫人，“你要么召唤饮川，要么我现在就砍掉你的脖子，让你少遭点儿罪！”

云息的脸都快扭曲了。

枳首蛇已经绕到了他的侧面，两个蛇头蓄势待发，狭长的蛇眼寒光乍现，看上去毒辣不已。

云息大喊一声，闭着眼睛不顾一切地扑到了古琴上，将所剩不多的魂力尽数灌入了古琴内。

古琴顿时发出耀眼的白光，照耀整个山洞，让人无法睁开眼睛。一股磅礴之力冲出，枳首蛇被那巨大的力量冲倒在地，卑微而恐惧地嘶叫起来。众人感到心脏在逐渐麻痹，被那股力压迫得呼吸困难，好像有什么东西挤压着他们所处的空间，让他们有种被吞噬的错觉。

白光之中，逐渐浮现了一个庞大的发光的身影，体形如小山，和其他上古异兽无甚区别，几乎将整个山洞填满。

山洞开始剧烈地摇晃，细小的沙尘飘浮飞扬，江朝戈感觉自己下一秒可能就要被活埋了，可那山洞终究是撑住了。

白光褪去了，可适应了暗淡的光线的众人依然无法睁开眼睛，因为面前出现了一只巨大的通体雪白的异兽！

其长尾如麋，四蹄如鹿，背生双翼，头顶羊角，周身覆盖着长长的白色皮毛，鬃毛无风自动，宛若神明降临，一双冰蓝色的眼眸温和沉静得如天山的湖泊，似有容纳世间万物的气量。如果各用一个词来形容江朝戈见过的所有上古异兽，那么，炙玄霸气，壬王尊贵，啸血邪佞，白泽高洁。

没错，高洁，那超脱了世间万物的美丽与高洁，让眼前的异兽着实不像异兽，而似天神。

枳首蛇在见到白泽的瞬间，就匍匐在地，动也不敢动。

炙玄张了张嘴，轻声道："饮川。"

冰蓝色的瞳眸环顾四周，在略微的愣怔过后，便尽情地甩了甩纯白的皮毛，发出一声轻叹："啊，醒了。"声音温柔得如一汪清泉，沁人心肺。他看向炙玄，轻笑道，"炙玄。"

炙玄有些激动地朝饮川走去："饮川，你总算……"刚才想要强行召唤真身，造成的后果就是魂力瞬间耗尽，他走了没两步，身体就瞬间矮了下去，变回了豆丁的形态。

饮川愣了愣，扑哧一声笑了。

炙玄看了看自己，顿时恼羞成怒："怎么回事？江朝戈！"

江朝戈连忙把魂力往他的身体里灌，可怎么灌都没有用。比起上一次他昏迷了七八天，这一次仅仅是暂时变小，已是万幸了。

炙玄张牙舞爪地要拆山洞，可惜于事无补。

饮川扭过头，看向了云息。

云息浑身僵硬地仰着脖子，看着自己召唤出来的上古异兽，满脸难以置信。

饮川轻轻地低下头，鼻尖凑向云息。

云息看着那比他人还大的脑袋，吓得一哆嗦。

饮川顿住了，低声道："别怕。"

云息跟中蛊了一般，呆滞地点点头。

饮川的身体发出微光，逐渐缩小，最后显出了人形。他一头不含杂质的白发坠地，白眉下是一双冰蓝色的深邃眼眸，带着一丝丝忧郁，让人一眼望进去就要窒息。他的肤色及唇色都极淡，好像整个人都在发光，容貌美得超凡脱俗，让人难以想象是怎样的神力能造就如此美丽的生物。

他弯腰抓住云息的胳膊，轻轻地将云息扶了起来。

云息还在僵硬的状态，一副受宠若惊的样子。

饮川盯着他的眼睛，看了又看，眉毛微蹙。

云息被他看得头皮发麻，目光闪躲起来。

“你……”饮川欲言又止，目光中有一丝掩不住的哀伤，但最终还是有些失望地放开了他。

饮川走下石台，走到枳首蛇的身边，轻轻地抚摸它的头顶，柔声道：“青双，这些年辛苦你了。”

枳首蛇身形一闪，显出人形。她匍匐在地，颤抖着不敢抬头，只是哽咽着说：“饮川大人……”

饮川顺着她一头褐色的秀发抚摸到肩头：“你不负重任，从今往后，你自由了。”

青双依旧双肩微颤，一言不发。

饮川继续往前走，弯腰将气急败坏的炙玄从地上抱了起来，笑着说：“我从来没见过你这个样子，比任何时候都可爱很多。”

炙玄狠狠地揪了一下他的头发：“你以为我愿意这个样子？！”

饮川摸着炙玄的头，温柔地笑道：“不管什么样子，都是你，不必在意。”

“你说得轻松，我被壬王和啸血嘲笑了。”

“你见到壬王和啸血了？”

“嗯。”

饮川神色凝重地说：“大家都醒了吗……”

“我只知道壬王、啸血和夙寒醒了，其他人未必。”

饮川环顾四周：“你们是特意来找我的？”

江朝戈对上饮川的目光，竟有种想顶礼膜拜的冲动。一身雪白的饮川抱着黑发黑衣的炙玄，那画面居然出奇地和谐，给人一种他们才是同类的感觉。而事实也确实如此，炙玄和饮川，麒麟和白泽，他们才是同类。江朝戈心里不是滋味起来，这么看起来，他们简直不像同一个世界的。

“我找你有事儿。”炙玄指着地上的江朝戈，“饮川，你快告诉我，他是我的牝兽吗？”

江朝戈感到脸上一阵发烫，这祖宗心里能有点儿主次吗？现在是说这个的场合和时候？

饮川忍不住一笑：“你找我不会就为了这个吧？”

“你别管，你先告诉我，告诉他。”炙玄一脸认真。

江朝戈恨不得找个地洞钻进去。

饮川也认真地看了江朝戈一会儿，笃定地说：“炙玄，你喜欢他，他就是你的牝兽。”

炙玄眨了眨眼睛：“真的吗？”

“真的，无关你是兽，他是人，也无关牡牝，你喜欢他，他便是你的牝兽。”

炙玄看着江朝戈，脸蛋一下子红了，抱着饮川的脖子，就把脸埋在了他的头发里。

饮川笑呵呵地抚了抚炙玄的背。

两人在一起的画面出奇地和谐，江朝戈看着，竟觉得有些吃味，毕竟炙玄与饮川有万年之交，而他们才认识了多久啊……

第5章

饮川现世

云息好不容易回过神来，先去把阮千宿扶了过来，给寺斯的腿止血，又给龙芗和江朝戈各喂了一粒魂药，自己一个人埋头忙活着。

饮川放下炙玄，朝云息走去。

云息的余光瞄到了一团白的饮川正在靠近，跟怕被狗咬似的退得老远，躲在阮千宿的身后，探出个脑袋，受惊地看着饮川。

饮川笑道：“我来帮你。”

“你……你是魂导士吗？”

“不是，但我会医术。”

云息犹豫了一下，从纳物袋里搬出五个大药箱，一一打开，然后再度远离饮川。

饮川问江朝戈：“你中了什么毒？”

江朝戈道：“肥遗的毒。”

饮川在药箱里翻找了一遍，拿出药草和兽料当场配药。

云息用银针将寺斯的腿伤止住血，就飞奔过来，将饮川拿出药箱没摆放好的东西一一按照标签归位，连瓶口的朝向都完全一致。摆好之后，他才舒了口气，回去给受伤最重的寺斯治疗。

饮川笑着看了他一眼，冰蓝色的眼眸中一片温柔。他向江朝戈借了把匕首，在江朝戈的腋下淋巴处划开两个口子，然后喂其吃下药，不消片刻，那两个口子就开始往外流黑血，触目惊心。

待黑血流干净，江朝戈非但没觉得失血过多，反而感到麻痹的四肢逐渐有了感觉，身体也轻松了起来。

炙玄高兴地问：“朝戈，你是不是好了？”

江朝戈活动了一下，手指居然能动了，他喜出望外，感觉自己终于活过来了。

云息惊讶地看着饮川，小声地说：“还能这样治？”

饮川颔首微笑。

云息看了看寺斯血肉模糊的腿，用更低的声音说：“我用魂力至少要半个月才能将他治好，你……饮川大人有什么办法吗？”

饮川走了过来，仔细检查了一遍寺斯的伤口。寺斯哀号道：“我是不是瘸了？”

云息道：“现在是瘸了。”

寺斯号叫得更大声了。

龙芗道：“你省点儿力气吧。”

饮川把冰凉的手放在他的额头上：“别怕，会好的。”

寺斯立刻就不出声了，拿眼角悄悄地偷看饮川。

饮川指出了寺斯骨裂的位置，用什么药，药量多少，如何将魂力治疗和药物治疗均衡搭配，达到最好的效果，他说得头头是道，云息听得一愣一愣的。

饮川说完之后，云息眼里已经满是崇拜：“饮川大人，您果然学识渊博……”

“别叫我饮川大人了。”饮川静静地看着云息，冰蓝色的双眸中闪烁着难以察觉的思绪。

“呃，那……那我叫您老师行吗？”

饮川笑了笑：“好。”

云息激动地说：“老师，请继续赐教。”

饮川将所有受伤之人的治疗方案都和云息探讨了一番，云息佩服得五体投地，只差给饮川跪下了。

待把所有人都安顿好，饮川发现青双居然还跪着。

他走了过去，将青双扶了起来。

青双垂首道：“青双冲撞了饮川大人的朋友，请饮川大人责罚。”

饮川摸了摸她的头发，淡笑道：“傻孩子，你的忠心万年不变，没有人会责罚你。”

青双终于抬起头，一双青色眸子狭长迷人，眼角上挑，薄唇紫红，美得毒辣而动人心魄。

寺斯看了一眼，继续哀号叫：“姐姐，你长得这么美，何苦躲在山洞里吃人啊？

我要瘸了呀！呜呜……”

云息揉了揉太阳穴：“你再号叫，我就让你睡过去了。”

“不要、不要，我要醒着。”

“你不疼吗？”江朝戈忍不住问道。

“我整条腿都感觉不到了，不疼。”寺斯吸了吸鼻子，都不敢回头看自己的腿。

饮川道：“你们几人受伤不轻，就在这里休养几日吧，也跟我说说外面究竟怎样了。我睡了万年，怕是什么都变了。”

天戎和醉幽搭起帐篷，将受伤的人抱了进去，杂乱不堪的山洞变成了他们的临时驻地。

饮川和炙玄相对而坐，饮川道：“你醒来多久了？”

“半年多吧。”炙玄瞪着他。

“之后都发生了什么事？天地之元可有消息了？”

炙玄瞪着他不说话。

“怎么了？”

“不许你这样跟我说话。”炙玄不客气地说。

饮川笑看着他：“你要怎样？”

“我要你跟我一样。”

饮川无奈地摇摇头，真的配合炙玄变成了幼童的模样：“这样可以了？”

天戎和醉幽都有些幸灾乐祸，想来不是只有他们要承受炙玄的无理要求，强大如上古异兽不也照样要妥协？

炙玄满意了，便讲起他醒来之后发生的一切。

饮川越听，表情越凝重，那神情与稚嫩的脸显得格格不入。他叹道：“啸血还是本性未变，杀戮成性，造孽啊。”

“目前我们知道的已经苏醒的就他们了，但我们进入昆仑山已经有一个月，外面又发生了什么，就不得而知了。”炙玄歪头看了云息一眼，露出幸灾乐祸的表情，“真没想到和你契合的居然是他，比江朝戈还没用。”

饮川笑道：“他虽然不是魂兵使，可也有自己的独特之处。”

江朝戈心情有些复杂。云息胆小孤僻，确实不像是能驾驭神级魂兵器的材料，可要说他不如自己吧，人家至少可以召唤饮川的真身。

炙玄看了看古琴：“你怎么会被做成那玩意儿？”

饮川看了古琴一眼，目光中流露出一丝哀伤，没有说话。片刻后，他道："等他们伤好了，我们就去找壬王吧。若是啸血和夙寒会合了，壬王恐怕就危险了。"

"我们也是这么想的。"虞人殊道，"饮川大人，我们不远万里来找您，是希望您能阻止异兽混战再次危害人间。"

炙玄不满地瞪着眼睛："为什么你对壬王和饮川都用'您'，到了我这，就'你'来'你'去了？"

虞人殊没搭理他，只是直视着饮川。

饮川轻叹一声："万年之前，我也希望能阻止那场战斗，可惜……希望我的复苏能让他们改变一些想法，比如壬王……否则，单凭我们之力，还是会重蹈覆辙。"

"至少现在天地之元还没有出现，情况还不算危急。"

饮川点点头，表情依然很凝重。

炙玄突然想起了什么："对了，饮川，我们在进入昆仑仙境之前，看到了帝江的雕像。这些忘恩负义的人类！我们离开昆仑仙境，就去把帝江的雕像踏平。"

饮川怔了怔，眉心微蹙，目光暗淡了下去。

"饮川？"

饮川岔开话题："你说壬王在北方？"

"现在未必，他说，如果在北方找不到天地之元，就要去其他地方。"

饮川点点头："我会找到他的。"

云息把所有人的伤口暂时处理完，累得气喘吁吁，坐在药箱旁边偷看饮川。饮川一扭头，他就赶紧把脑袋转到另一边去了，假装整理已经不能再整齐的药箱。

炙玄鄙视地看了云息一眼："你要和他结契吗？"

饮川点点头。

"你不再等更厉害的魂兵使？"

饮川摇摇头："没有了。"

"没有了？什么意思？"

"天地间，我只有一个契合的人，你也是。"

炙玄愣了愣："为什么？"

饮川看了江朝戈一眼，闭了闭眼睛，淡然地说道："你只要记住这点就好，他是你唯一契合的魂兵使。"

炙玄沉默了一下，突然大发脾气，把饮川推倒在地："你为什么不早说？！那样我就能早点儿和他结契了！”

众人看得胆战心惊，饮川哪怕是衣袖沾上半点儿灰，都让人觉得这世俗凡尘亵渎了他的洁净。

炙玄这么不讲理，饮川却一点儿不恼，只是坐起来拂了拂衣服，笑道：“若是早点儿见到你，我一定会告诉你。”

炙玄跑到江朝戈的身边蹲了下来，有些嫌弃却认命地说：“看来也只能是你了。”说完，他的嘴角情不自禁地扬了扬。

江朝戈忍不住笑了：“真是委屈您老了。”

饮川站起身，一步步朝石台上的古琴走去，走到古琴的身边时，已经变成了成人的模样。他伸出修长的手指，轻轻抚摸着古琴，面沉如水，不知道在想什么，就那么呆立了很久。

山洞里潮湿阴暗，待几人伤情稳定，他们就离开山洞，找了处阳光充足的地方安营扎寨，用心养伤。

云息每天累得死去活来，时不时就要抱怨两句，说自己自从被他们骗来后，老是干体力活，魂力都不够用，众人却只是逗弄他一番。

才几天时间，云息对饮川由最初的敬畏甚至是惧怕，变成了全心地崇拜。饮川简直就是活体书库，有汲取不完的知识，云息当真是如获至宝。

饮川却因为自己沉睡了万年，对获得缺失万年的知识很是急迫，两天就把云息所有的医书看了一遍，还觉得意犹未尽。

江朝戈正在活动筋骨锻炼，舒缓麻痹了好几天的肌肉，炙玄恰巧和饮川聊完天，走了过来。

这两天炙玄和饮川总是凑在一起聊天，说的很多都是以前的事，江朝戈听不懂。他以前还觉得炙玄一天到晚黏着他有点儿烦，现在炙玄不黏着他，他又难受，不知不觉间，他怎么也这么卑贱了……

见炙玄走来，江朝戈赶紧过去了：“跟饮川聊天去了？”

炙玄点点头，高兴地说：“很多事我都忘了，他还记得。”

“比如？”

“比如以前的事啊。”炙玄叹道，“有些事仿佛发生在昨天。”

江朝戈看着滑来滑去帮云息采药的青双，那首尾两个蛇头看着还是有点儿吓人。他道：“枳首蛇又是怎么回事？”

炙玄撇了撇嘴："饮川说，她是帝江的仆人，帝江死后，将她留在轩辕丘守护饮川。她长眠于此，只在有人闯入惊扰饮川时才会苏醒。"

"倒是忠心。"

炙玄哼了一声："臭。"

"饮川还说什么了？有没有能快速提升我的魂力的办法？"

炙玄傲慢一笑："最好的办法自然是结契。"

"除此之外呢？"

"没了。"

饮川将手放在江朝戈的天灵盖上，感知了一下，意外地说道："你可是用奇经八脉修行之法？"

江朝戈"嘘"了一声，左顾右盼，见虞人殊等人都在远处，才松了一口气。

饮川笑了笑："原来他们都不知道。"

"知道的话，恐怕会阻止我。"

"确实，奇经八脉修行之法，不适合人类，那不是人类创造的。"

江朝戈颇觉意外道："您怎么知道？"

"因为那是我创造的。"

江朝戈吃了一惊，心想：这是碰着真的祖宗了。

饮川叹了口气："奇经八脉修行之法，本是我创造出来给异兽在化作人形之时修行用的，异兽即便是化作人形，身体和人类也大不同，异兽的奇经八脉，不同于人类。我将这套功法传给异兽，并再三叮嘱他们不可授予人类，却没想到还是流传了出去。人类发现用这个方法修行速度更快，于是纷纷使用。我一觉醒来，已过多年，这才知道有不少人类因此走火入魔。后来我尽力将功法收回，却于事无补。再后来连民间都出现了自创的奇经八脉修行之法，最后因为走火入魔之人太多，敢尝试的人才渐渐少了，这类功法也成了禁忌。"

江朝戈苦笑道："我当初练的时候就知道危险，但我急于得到力量，危险便危险吧。这套功法让我魂力大增，我已经不可能再回到正统的练法了。"

饮川点点头："你是为了召唤炙玄，我自然会帮你。你把你修习的功法告诉我，我根据你的身体，重新研究一套最适合你的功法，能让你更安全，修行速度也会更快。"

江朝戈喜出望外："多谢饮川大人！"

炙玄不满地看着他："为什么你也要对他用敬语？"

"我对你也一直用的是敬语，'祖宗'就是敬语。"

炙玄转了转眼珠子，似乎接受了。

江朝戈最喜欢炙玄这一点——好哄。

征得阮千宿的同意后，江朝戈将功法写了下来。

饮川只看了一眼，便感慨道："这就是我当初设计的功法啊，怎么会落到祁氏的祖先手里呢……"

年代久远，也无法考证了，饮川拿着那功法仔细地看了起来。

江朝戈问道："若是这样能提升修行的速度，那我什么时候才能达到三级魂兵使的实力？"

"最快也要两年吧。"

江朝戈大大地失望："太慢了。"

饮川道："修习之事不可心急，你来到天棱大陆不足一年时间，机缘巧合之下，又有人为你打通经脉，又有魂药和奇经八脉的功法相助，再加上你天资过人，已经达到了常人五到八年才能拥有的修为，恐怕再也没有人比你更快了。"

"不够。"江朝戈咬牙道，"我还要更快。饮川大人，还有什么办法？任何办法我都愿意试。"

炙玄摸了摸他的头发："我不逼你了，你用不着为难自己。"

饮川沉吟片刻："也并非没有……"

江朝戈追问道："什么办法？"

"那方法太过危险，不值得试。"

"我想试。"

炙玄立刻道："不行。"

饮川低头不语。

江朝戈却追问道："饮川大人，请您说来听听。"

饮川看了炙玄一眼，炙玄坚定地摇头。

江朝戈惊讶地看着炙玄："你知道？"

"知道又如何？我不会让你试的。"炙玄硬是把他从地上拽了起来，"走了。"

"哎……"江朝戈看了饮川一眼，饮川的眼睛沉静如水，让人猜不透他在想什么。

炙玄一路将江朝戈拉到了远离扎营地的森林里，江朝戈急道："行了、行了，你要去哪儿啊？”

炙玄甩开他的胳膊，怒道：“什么都想试，你不要命了啊？这邪法已经很危险了，你还想怎么样？”

“我想增进修为！”江朝戈吼道。他实在受够了这种力不从心的状态，眼看着云息都能将饮川召唤出来，他一年来的进步却只能让炙玄维持成年形态和生几团火。炙玄在遇到别的上古异兽，觉得没面子的时候，他更难受。

“那就跟我结契啊！”炙玄也拔高音量喊道。

“我们当然要结契，可这跟其他提升修为的手段也不冲突啊。”

炙玄瞪了江朝戈一眼，扔下他走了。

江朝戈悄悄地找到饮川。饮川见他来，并不意外，放下手中的书，温声道：“坐吧。”

江朝戈坐了下来，开门见山道：“饮川大人，您知道我来找您是为什么吧？”

“我知道。”饮川眼帘微垂，轻摇着手中的茶杯。他的睫毛竟然也是白色的，那卷曲的弧度就像一把纯白的羽毛扇，忽闪忽闪的，让人无法移开目光。

“饮川大人可否告诉我？”

“我可以告诉你，但我不能帮你，除非炙玄同意。”饮川抬起头，淡笑道，“炙玄的脾气骄纵霸道，纵横世间万年，一向形单影只，从未将任何人、兽放在心上，唯有你。我很为他高兴，他如此重视你，我不能未经他的同意就将你置于危险的境地。”

江朝戈追问道：“究竟是怎样的危险？”

饮川将一杯茶轻轻地推到他的面前：“说来也简单，跟你说过的孟老将魂力渡给你，为你提前打通两道经脉大同小异。”

“你是说，再找一个魂导士为我打通更多经脉？”

饮川摇摇头：“你找不到这样的魂导士。这个人的魂力要比你高级很多，还要愿意耗费毕生修为帮助你，最重要的是，他必须也同样修习奇经八脉功法。”

江朝戈盯着饮川的眼睛：“我猜，饮川大人可以，对吗？”

饮川笑道：“你很聪明，没错，我可以。虽然我不是魂导士，我也不能把魂力渡给你，但我可以用魂力为你打通更多经脉，这样你的修行速度会提升数倍，恐怕不出两个月，你就可以达到三级魂兵使的实力。”

江朝戈握紧了拳头：“若是失败呢？”

“你会死。”饮川平静地说，“我的魂力过于强大，稍有差池，你就承受不住，会在瞬间经脉爆裂而亡，多少魂导士都无法救回你。”

江朝戈深吸一口气：“饮川大人，您有几分把握？”

“五成。我只知道这办法可行，但从未试验过。”饮川看着他，温言道，“这确实是博命的办法。”

江朝戈果断地说道：“我愿意试试。”哪怕成功的概率只有一半，也值得他赌一把。他江朝戈天生命硬，老天爷把他扔到这个世界，还让他和神级魂兵器契合，绝不是为了让他出师未捷身先死的。他躲过了那么多危难，几次死里逃生，说明他命不该绝，他无论如何都要试一试。

饮川沉静的目光依然没有波澜：“炙玄若同意，我就帮你。”

“为什么非要炙玄同意？在饮川大人的眼里，我不是个独立、完整的人吗？我听闻饮川大人饱读人类圣贤书，从不论异兽尊贵而人类卑微。我不是炙玄的附属物，我只以个人身份请求饮川大人帮助我。”

饮川微微一笑：“你倒是伶牙俐齿，但我不能背信于朋友。”

江朝戈笑了笑，压低声音道：“饮川大人若是真的有所顾虑，就压根不会告诉我这个办法。我知道饮川大人对时局忧虑万分，急需炙玄的帮助，我一日不能召唤炙玄的真身，炙玄就一日不能成为助力，恐怕饮川大人该比我心急吧？”

饮川淡笑道：“没错。”

“我有饮川大人这句话就够了。”江朝戈站起身，拱手道，“多谢饮川大人。”

饮川含笑不语。

“谢谢你一路照顾云息。”饮川突然道。

“哦，我们互相照顾，有他在真是省心不少。”江朝戈问道，“饮川大人打算何时和他结契？”

饮川笑道：“不急。”

江朝戈刚走出饮川的帐篷，就差点儿一头撞上迎面走来的炙玄。炙玄一脸紧张，抓住他问道：“你去找饮川问什么了？”

江朝戈实话实说：“我问他如何才能提升魂力。”

炙玄怒道：“谁准你去问的？！”

“走，咱们谈谈。”江朝戈不由分说地把他拽进自己的帐篷里。

炙玄甩开江朝戈的胳膊，高声道：“不要说了，我不会同意！这件事如果饮川敢帮你，我就带你离开这里，再也不见任何人。”

江朝戈把他按到椅子上，半蹲下来，仰头认真地看着他：“炙玄，就算你真的带我离开这里，不见任何人，你能保证我们不被任何人找到吗？”

炙玄别过脸去，下巴的线条很是冷硬，那是无声的拒绝。

“当我们带着饮川离开昆仑山，就等于向啸血宣战了。这期间不知道又有多少上古异兽苏醒，一场大战在所难免。如果这时候我还无法将你召唤出来，光凭饮川和壬王，能战胜那么多敌人吗？你甘心躲在饮川的背后受他保护吗？”

炙玄握紧了拳头，咬牙道：“你知道如果饮川失败，你会死吗？”

“我知道。但有一半的可能会成功，能为我们节省两三年的时间。炙玄，我等不了两三年了，说不定那时候我早就被啸血撕成碎片了。”

“我绝不会让他碰你！”

“你难道要一直损耗修为来保护我吗？这样你会越来越弱，最后再也不是啸血的对手！”

“那你死了怎么办！”炙玄怒道，“你死了，我该怎么办？！”

“我不会死。”江朝戈抓住炙玄的手，认真地看着他的眼睛，“难道我来到这个世界遇到你，经历这一切，不能说明什么吗？这都是上天注定的，我也许未来会战死，但绝不会死在这件事上。”

“你胡说八道，这根本不能证明你不会死。”

“炙玄。”江朝戈沉声道，“我宁愿冒这个险，也不想面对啸血时，一点儿还击之力都没有，你还不明白吗？如果我不能获得力量，我早晚要死，就算不是现在，也会是不久的未来。但现在我有一个活下去的机会，只要饮川成功了，我就能让你毫无负担地重返人间，和啸血大战一场。”

炙玄依旧摇头：“不行，我不要你死……”

江朝戈加重口气：“你不想让我死，就要让我变强啊！只有我变强了，你才能保护我！”

炙玄低吼道：“万一失败了，我就再也看不到你了！”他用力抱住江朝戈，轻颤道，“我好不容易等到你，你本来就活不了多久，还要去冒这个险……看不到你怎么办？看不到你怎么办？”

江朝戈听着炙玄慌张的声音，心脏一阵酸麻。是啊，如果他死了，炙玄该怎么办？若饮川说的是真的，那么，炙玄再也等不到第二个契合的魂兵使，将永远沉睡在兵器里。一想到炙玄永世无法超生，他就感到心疼。

可他别无选择，今天不博一把，离开昆仑山后，他很可能会被啸血杀死，不光是他，他身边所有的同伴，都可能因为他的无能而葬送性命。一想到形势更加严峻的明天，哪怕心里也有恐惧和不安，他也不能退缩。

江朝戈抚摸着炙玄的头发，软声道："炙玄，我不会死，我向你保证。"

"你拿什么保证？"

"我江朝戈天生命大，这么多次陷入死局，我们都挺过来了，老天爷收不了我。"

炙玄捧着江朝戈的脸："真的吗？我不信。"

"真的，相信我一回，也相信饮川。我还没带你回我的世界看看，你还没带我到处游玩，我绝对不会现在死。"

炙玄眼中布满血丝，盯着江朝戈的目光充满了深深的担忧："你总是这样，我不同意的事，你就讲一堆道理，跟饮川一样烦。"

江朝戈淡笑道："但你知道我说的是对的，是不是？"

"不是。"炙玄赌气地说道，"别以为你说几句我就会同意，太危险了。"

江朝戈看着他梗着脖子的倔强模样，知道他其实已经松动了，便搂着他的脖子，诚恳地说："炙玄……我需要你支持我。"

炙玄从未见过江朝戈软声细语的恳求模样，往常就算是有求于他，江朝戈也是嬉皮笑脸的无赖相，哪里像现在这般模样。

江朝戈用额头抵着炙玄的额头，轻轻晃了晃，心里在狂吼：赶紧答应啊，老子都牺牲到这份儿上了。

炙玄把脑袋歪在江朝戈的肩膀上，闭着眼睛舒服得直哼哼。

江朝戈见他不说话，僵持了一会儿，也把脑袋搁在他的肩膀上，小声地说："你想什么呢？"

"想你。"炙玄毫不掩饰地说，"你在想什么？"

"我在想饮川。"

炙玄："不许想别人。"

江朝戈道："这次我活下来，我就去找饮川再问两件事，你猜是哪两件事？"

"怎么让你长命百岁，怎么让你给我生小麒麟。"

江朝戈失笑："第一个说对了，第二个不对。"

炙玄沉默了一下："怎么回你的世界吗？"

“对。”

炙玄又是一阵沉默：“朝戈，你有没有想过，如果你回自己的世界，却不能带我回去怎么办？”

这回轮到江朝戈沉默了。他想过这个问题吗？也许吧，但他一直不想往深了想，毕竟能回自己世界的希望，他都还没看到，现在细想未免庸人自扰。可炙玄在逼迫他去想，因为他晚回答一秒，这祖宗就可能翻脸。他道：“我会找到带你一起回去的办法。”

炙玄不高兴地说：“你没回答我的问题。”

江朝戈顿了顿，认真地说：“那我就陪你留在这里。”说出这句话，江朝戈自己都有些惊讶，可他知道，这一年多的时间已经彻底改变了他。回自己的世界从他的第一目标变成了一种渴望，而这种渴望随着时间的推移，又让他变得迷茫，有时候想想以前的生活，他竟然感到陌生。即使回到自己的世界，又能如何呢？

不管怎么样，他无法扔下炙玄自己离开，无论去哪儿。

炙玄眼睛晶亮地看着他：“真的？”

江朝戈笑道：“真的。”

炙玄的脸上是掩不住的喜悦。

江朝戈想站起来：“那我们现在去找饮川吧。”

炙玄紧紧地搂着他：“不准动。”

江朝戈笑着揉着炙玄的脑袋。

炙玄闷声道：“如果为你打通经脉的途中有任何危险的迹象，就要马上停下来。”

“好。”

“我宁愿耗尽修为，也不想让你去送死。”

“我不会死。”江朝戈抚了抚他的头发，“我绝对不会死。”

炙玄闭上了眼睛，呼吸间充斥着江朝戈的味道，让他感到格外安心。

几人的伤均大有好转，除寺斯之外，都能活动了，云息也稍微松了口气。

饭后，江朝戈和炙玄找到饮川，饮川笑道：“你们商量好了？”

炙玄狠狠地瞪了他一眼：“你是故意的。”

饮川点点头：“炙玄，我需要你的帮助。”

“谁要帮你！”炙玄恶狠狠地说，“要是朝戈死了，我绝对饶不了你。”

饮川平静地说：“好，若是他死了，待我将天地之元封印，我以死谢罪。”

炙玄重重地哼了一声，紧紧地抓住江朝戈的手。

饮川站起身：“云息。”

“哎。”云息颠颠儿地跑了过来，“老师，您说。”

“跟我进山洞。”

饮川转身往山洞里走去，三人紧随其后。

他们来到了放置古琴的那个山洞，古琴依然放在平台上，积满了灰尘和蜘蛛网，就像一块朽木，毫不起眼。

饮川扭头看向云息：“你会弹琴吗？”

云息点点头：“略会一二。”

“那就好。”饮川笑道，“就算你不会，教你弹琴，总比教你用武器要来得快。”

“这把琴要如何当作武器？”

“只要能操控魂力，任何东西都能做武器。”饮川一步步地走向石台，抚摸着琴身，“我真想看看它原本的面貌……”他转头看向云息，“你想何时与我结契？”

云息身体有些僵硬：“听……老师吩咐。”

“不，这事由你自己做主。我知道你畏惧成为神级魂兵器的操控者，畏惧面对强大的敌人。”饮川柔声道，“我等你准备好。”

云息抿了抿嘴唇，咬牙道：“老师，我生性孤僻，不喜与人交流，更半点儿都不愿意参与这些是非纷争。但我和江大哥从萍水相逢到稀里糊涂来到昆仑山，甚至刚好与您契合，这一切已经不单单是巧合，而是命中注定，也许冥冥之中真的有鬼神之力安排了这一切。我一介凡人，只能顺应天命而行，不会逃避，所以，我已经准备好了。”

饮川露出一丝笑意：“你果然不似表面上那般胆小。那么，我们先结契吧，这样我才有更多魂力为江朝戈打通经脉。”

云息讶然：“现在？”

“为何不？”

云息咽了咽口水：“好。”

虞人殊和龙芗架着寺斯走了进来，阮千宿、天戎、醉幽和青双陪在旁边，他们都想看看人和神级魂兵器结契的场面。

饮川朝云息伸出手，声线儒雅柔和，让人如沐春风：“云息，来。”

云息深吸一口气，僵硬地走了上去。

饮川淡笑道：“既不痛，也不可怕。”

云息点点头。

饮川伸出手，轻轻地摸了摸云息的头：“谢谢你将我从沉睡中唤醒，以后你我便同生共死。”

云息再度点点头，他已经紧张得舌头打结了。

饮川微微弓身，从云息的腰间抽出匕首，利落地在自己的手臂上划了一刀，然后把匕首递给了云息。

云息颤抖着伸出胳膊：“老师，你来吧。”

饮川抓着他的胳膊，同样割下一个浅浅的口子。

云息直愣愣地看着饮川：“老师，我要是打不过其他的异兽……”

“你若打不过，不是你的错，而是我的错。放宽心，我们共进退。”

云息闭着眼睛颔首。

饮川抓起他的一只手，两人的手臂紧贴在一起，十指交握，让彼此的血液相融，渗入对方的皮肉中去。

围观的众人大气都不敢出，他们马上就要见证一个历史性的时刻，谁都怕少看一眼便留下终生的遗憾。

古琴首先发出白光，接着那白光又将饮川和云息笼罩其中，白光越来越强烈，光晕越来越大，最终充满整个山洞。众人闭上眼睛，再次感觉到了那具有压迫感的巨大的魂力。

当他们再次睁开眼睛，山洞里已经恢复了平静，饮川依旧面沉如水，温润如玉，而云息则一脸惊讶与好奇。

“琴！”寺斯大叫道。

众人朝古琴看去，那原本蒙尘的破旧的古琴，居然焕然一新。众人这才分辨出，这是一把七弦瑶琴，琴身如汉白玉般温润、美丽，线条窈窕优雅，遍布冰蓝色的花纹，那如清泉般的质地让人感到圣洁而不可侵犯。

云息难以置信地抚摸着琴身。

饮川也低头看着那把琴，久久不言语，眸中流露出难言的哀伤。

青双喃喃道："这一定是帝江大人造的。"

饮川肩膀微僵，手指如触电般从琴身上弹开了。

天戎问道："你怎么知道？"

"帝江大人识歌舞，好音律，因此和在轩辕丘上抚琴的饮川大人结识……"青双说着说着，接收到了饮川投过来的目光，声音渐渐小了下去。

云息小心地问道："老师，这把琴真是帝江大人造的？"

饮川只是说："这是一把好琴。"

江朝戈看了炙玄一眼："我懂了。"

"你懂什么了？"

"结契之后，兵器才会变得特别美。"看看这把高贵优雅的琴，再想想那凌厉的啸血鞭，他就觉得对不起炙玄刀。那刀老是一副随时会被折断的残破的样子，虽然他知道，它比什么武器都刚硬、锋利。

炙玄倨傲地哼了一声："我的角本来就很美。"

饮川道："云息，你可以拿起来试试。"

云息抱起了饮川琴，比他想象中的轻，他伸出手指，悬在琴弦上犹豫着。

"将魂力注入琴弦，你可以用它弹奏美妙的乐曲，也能将它变成武器。"

云息将魂力流入圆润的指尖，轻轻一抚，一股无形之力释出，众人虽然什么都看不到，但能感觉到空气的流动方向被扭曲了，下一秒，一股力撞到了石壁之上，啪的一声，在石壁上刻下一道浅浅的刀痕。

云息满脸难以置信。

饮川道："很好，你会越来越熟练的。"

云息似乎有些高兴："我、我可以用？"

饮川笑道："你当然可以。"

江朝戈忍不住鼓起掌："云息，你开挂了。"

"什么？开什么？"

"没什么，意思就是你很厉害。"

云息僵硬的肩膀终于放松了，紧张的表情也缓和了不少。

饮川道："云息，把你的魂力都注入我的身体。"

云息点头照办。

饮川深吸一口气，充沛的魂力让他能更多地调动自己本身的魂力，他看向江朝戈："来吧。"

江朝戈毫不犹豫地朝饮川走去，炙玄抓着他的手不肯松开，眼中满是挣扎。

江朝戈安抚地拍了拍炙玄的脸，挣开他的手，走了过去。其他人也担忧地看着江朝戈，江朝戈一直以来是队伍里的凝聚者。

江朝戈是一旦下定决心就贯彻到底的性格，哪怕是玩命。他走到石台上，坐在了饮川的身边。

饮川道："无论发生什么事，你都要相信我，不要慌张，接受我的引导，不可半途而废。"

"好。"江朝戈郑重地点头，深吸一口气，闭上了眼睛。

饮川两只手抓住他的手，口中默念着什么。

很快地，江朝戈感觉身体开始发热，有一股陌生的力量在往他的身体里入侵。和孟老渡给他魂力时完全不同，这股魂力仿佛有攻击性，好像会剥夺他自身的某些东西，让他感到不安。他平心静气，将身体尽量放松，交给饮川。

饮川的魂力很快找到了奇经八脉的位置，开始试探着游走，而这些，江朝戈感觉得一清二楚，好像自己在亲眼看着一样。

饮川沉静的声音在他的耳边响起："你现在只自行打通了一条经脉，我希望能为你打通其他三条经脉，这样你就拥有了五级魂兵使的基底，修习便如你通过一条布满了荆棘的路，普通人要一边走，一边清理荆棘，而我为你扫清荆棘后，你唯一要做的就是走过去，也就是修习魂力，速度会比常人快上很多倍。如果如此你的身体依然承受得住，我将继续为你打通更多经脉，但你要做好准备，强行冲破经脉会造成巨大的痛苦。"

江朝戈毫不犹豫地说："如果只是疼，我可以。"

饮川握紧他的手："忍住。"

江朝戈很快就感觉到一股刁钻的魂力冲入了他目前正在冲击的经脉，那魂力一入侵，他就感觉身体一阵战栗，接着，巨大的痛楚猝不及防地袭来，他无法克制地大吼了一声，身上的汗立刻流了下来。

炙玄惊道："江朝戈！"

江朝戈咬紧牙关，不敢再出声，他只觉得身体里好像有一把刀在拼命地捅着他，仿佛随时会把他的身体捅穿。原来强行冲破经脉如此痛苦，为什么孟老当初为他打通一条半经脉时，他没感觉到疼呢？也许那就是魂导士的特殊能力吧。

饮川轻声道：“江朝戈，忍住。”

江朝戈咬牙道：“我可以。”他疼得浑身抽搐，简直想满地打滚，他从没体验过这样绵长的疼痛——简直是非人的折磨。可他不后悔，如果只是疼就能让他拥有强大的力量，他甘愿承受更多疼痛！

第6章
结契

饮川的额上也渗出了细汗，显然也不轻松，稍有差池，江朝戈就可能经脉爆裂而亡。

江朝戈就在那水深火热的疼痛中反复煎熬着，也不知道过去了多久，他感觉第一条经脉被打通了，那股凌厉的魂力开始往第二条经脉游走。他的嘴唇都咬出了血，脸色苍白，没有一丝血色，开始迎接下一番痛苦的到来。

炙玄好像在叫他，但他不敢分心，生怕有什么闪失，影响饮川的发挥。他只能专注地去体会每一丝疼痛对他的摧残，那绝对是他人生中最漫长的时光。

终于，第二条经脉也被饮川打通了，江朝戈尽管疼得快要晕过去了，却还是喜出望外。他的身体不住地发抖，好像随时会倒下，但一切都值得！

饮川感觉到了他的颤抖，轻声道：“到此为止吧。”

“不……”江朝戈从牙缝里发出音节，“我不能……白受这些罪，继续。”

饮川犹豫了一下，魂力游向了第三条经脉。

“啊——”江朝戈再次克制不住地叫了出来，那疼痛好像在不断加剧，几乎已经超出了他能忍受的范围。

“江朝戈，够了！”炙玄大吼一声，就要冲上去。

饮川急道：“不行，你别乱来。”

炙玄顿住了脚步，急得头发都飘了起来，眼神凶狠得好像要吃人。

江朝戈一字一顿地说：“继、续。”

仿佛熬过了一个世纪那么长，在江朝戈感觉自己要晕过去的时候，第三条经脉也被饮川打通了，而此时他感觉身体已经不像自己的了，他甚至不确定自己还活着。

饮川再次说道："到此为止吧。"

江朝戈的身体剧烈地颤抖起来："不，继续……"这样的罪，他不想再受第二次，只是疼，他可以忍。

饮川道："你不能继续了。"

江朝戈不甘心就此结束，还想继续下去。他不知道自己的身体承受能力已经趋近极限，只以为是疼得昏了头。当感到五脏六腑开始翻滚绞痛，眼前出现幻觉的时候，他已经无法开口说话了。

饮川感觉到了不对劲，立刻撤出了魂力："云息！"

云息把魂力从饮川的身上收回来一部分，灌入了江朝戈的体内，想要稳住他正在逐渐崩溃的经脉。

可当探知到江朝戈的身体状况时，云息急得声音都变了："不行，经脉承受不住了！"

炙玄瞪大眼睛，身体顿时僵硬了。

饮川道："云息，别慌，全力修复他的经脉，江朝戈，你保持清醒。"

江朝戈感到身体已经疼得麻木了，他有种自己的血肉要分崩离析的错觉，他头一次感到死亡离自己那么近。难道他真的要死了？难道他真的会死在这里？不，他不甘心、他不甘心！

云息急哭了："带脉出现裂痕了！"

饮川脸色一变："云息，冷静。江朝戈，跟着我念一句咒语。"他淡色的唇轻轻张合，说出一串奇怪的咒语。

江朝戈已经快要神志不清了，但求生的欲望还是让他听到了饮川的声音，他张了张嘴，勉强学着念了出来，却根本不确定自己是否发出了声音。

"继续念，不要停。"

江朝戈大脑一片空白，外界的一切，他几乎都感觉不到了，却本能地记住了那一串咒语，反复地念着，越念，越觉得熟练，越觉得血液在沸腾，身体有一丝微妙的变化。

炙玄愣怔地看着江朝戈，空气中突然出现了一丝奇怪的气息，他想不起来那是什么气息，他只知道，那让他厌恶，非常厌恶！

很快，那气息就消失了，炙玄怀疑刚才的一刹那是自己的错觉。

江朝戈的身体也奇迹般地稳定了下来，让云息有充足的时间修复他出现裂痕的经脉，一切都回归了平静。

半晌，三人睁开眼睛，江朝戈倒在了地上，目光涣散，身体虚软得没有一丝力气。

炙玄冲上去将他抱了起来，心疼得眼睛都红了："傻瓜，废物！"

江朝戈勉强朝他一笑，气若游丝地说："是不是……成功了……"

炙玄点点头，用力将他搂进怀里，身体不住地颤抖着。

江朝戈闻着炙玄熟悉的味道，安心地陷入了昏迷。

江朝戈这一次足足昏迷了六天。他的身体一度非常虚弱，在云息的调养下又慢慢好了起来，直至醒过来，人已经精神了很多。

他醒来之后被炙玄狠狠地骂了一顿。炙玄连吼叫带威胁，像只奓毛的猫。

江朝戈费劲地抱住他，顺着他的头发从头顶抚摸到后腰，几次之后，他就安静了。这个办法，江朝戈屡试不爽。

江朝戈无力地说："我昏迷这几天没发生什么事吧？"

"没有。"炙玄愤愤道，"待我恢复真身，一定要和饮川算算这笔账。"

江朝戈笑了笑："我们该感激他。"他试着将魂力在身上运行一番，惊喜地发现好几条经脉已经被打通。这可是虞人殊那样的五级魂兵使才有的身体基底啊！他虽然在鬼门关走了一遭，但一切都值得了。

炙玄道："你最后……跟着饮川在念什么东西？"

江朝戈想起他濒死时冲进他大脑的饮川的话，那时候他几乎什么都听不见了，唯有那一句莫名其妙的咒语钻进了他的耳朵。他现在已经想不起来自己当时究竟说了什么，也不知道那咒语的用处，可那咒语一定是起了某种作用——当时他自己甚至都能感觉到经脉要爆裂的恐怖了，可连续念了多次咒语后，就奇迹般地好了起来。他摇摇头："我也很好奇，饮川真是个神人，你说得没错，天下间就没有他不懂的东西。"

炙玄回想起当时那一丝令他厌恶的气息，好像就是江朝戈念咒语之后产生的，他实在想不起那气息在哪里感受到过，反正就是让他很不舒服。他把这归咎为那诡异的咒语。饮川不仅饱读圣贤书，还用心钻研过某些奇技淫巧、巫蛊之术，那指不定又是饮川研究出来的什么东西，所以他并没往心里去。

江朝戈醒来之后，肚子特别饿，云息把饭锅端了进来，像脸那么大的瓷碗，江朝戈吃了三碗面。

炙玄皱眉道："有那么好吃吗？别噎着。"

"不好吃。"江朝戈道，"就是饿。"他从来没觉得天棱大陆的东西好吃过，他们的调味料和膳食方式都跟他原本所在的世界有些不同。其实他的厨艺很不错，可惜没处施展。在社会上打拼那么多年，除了生孩子外，基本上没有什么是他江朝戈不会的了。

"那也不要一次吃太多。"炙玄拍开他还想去拿碗的手，"饮川说了，暴食对身体不好。"

云息在旁边不住地点头。

江朝戈吃饱之后，就想出去活动活动，躺了几天实在难受。一掀开帐篷的帘子，他好奇道："咱们怎么还在山洞里？"

云息解释道："你经脉受损，不宜移动身体，我们就把你和炙玄的帐篷搬到这里来了。"

江朝戈一愣，好像才发现云息在这里似的："你们在外面晒太阳，让我待在这又阴又冷的山洞里。我好了，咱们搬出去吧。"

"不行。"云息把他推了回去，"潮湿阴冷的环境反而利于你的身体恢复，你现在暂时不要晒太阳，阳气太重会影响你的经脉，经脉刚修复，还有些脆弱。"

炙玄道："我在这里陪你，看不到其他人类更好。"

云息小声地嘀咕："其他人类招你、惹你了……"

江朝戈无奈地在山洞里走了走。

这时，饮川进来了，江朝戈一见他，远远地就弯身拱手："饮川大人，您的恩情，我江朝戈感激不尽。"

饮川笑道："不必客气，你能活下来，我也好向炙玄交差了。"

炙玄重重地哼了一声。

云息颠颠儿地跑了过来，小声地说："江大哥，你的腰带系歪了。"

"别吵。"江朝戈看向饮川，"饮川大人，我当时明明感觉自己要死了，可跟着你念了那句咒语，好像就活过来了，那究竟是什么咒语啊？"

云息在身边绕来绕去，看着江朝戈腰带上那个斜到一边的鸢尾花的图案，浑身难受起来。

饮川道："那是我研究古籍时无意中找到的一句咒语，能聚元神，保住濒死之人的心脉。我当时见你情况危急，所以让你尝试一下，能够救回你，我也很意外。"

江朝戈心里有些疑惑，像饮川这样严谨的人，会在他的生死关头用一个连自己都没把握的咒语来救他？谁知道那咒语是不是谁喝多了编出来的？这答案实在让他无法相信，但见饮川神色镇定，他也就不疑有他了："那咒语我都忘了，饮川大人可否再告诉我们一次，让每个人都记住？以后若是再出现危机，说不定能救命。"

饮川摇摇头："那咒语并不安全，是我见情况危急才让你试试，若是其他人，我不敢保证，还是别轻易尝试比较好。"

这理由未免有些牵强，但话已至此，江朝戈也不好再追问。这件事始终让他觉得哪里不对劲儿，但也理不出什么头绪，便暂时放在一边了。他现在完全沉溺于打通了三条经脉的喜悦里，想着自己修习两个月左右就能将炙玄召唤出来，喜不自胜。他想了想，又道："饮川大人，我还有一件事想问您。"

云息还在盯着江朝戈的腰带发呆。

"请说。"

"您知道我是异界人。"江朝戈说起了他从自己的世界来到这个世界的经历，满怀希冀地望着饮川，"您知道我该如何回到自己的世界吗？"

饮川道："看来将你送来这个世界的是个大巫。"

"大巫究竟是怎样一种人？我只知道非常稀少。"

"大巫其实就是上古巫祖的后人，这个问题，我要从巫祖跟你说起，你才能明白。所谓上古巫祖，就是天神，但他们跟其他天神不同，大多不是正统修习飞升而成，而是被'招安'的异兽。"

"什么？！"江朝戈惊讶地问道，"上古巫祖是异兽？"

饮川点点头："他们的出现比我们还要早，他们具备各种各样的能力，能操控时间、空间与速度等等，力量之强大，与我们难分上下。后来不知是何原因，他们都被收归天神。万年之前异兽混战时，天神无力战胜我们，最后就将前身是异兽的他们放到了人间。我们和巫祖争斗了百年，这百年间，有些巫祖在人间留下了血脉，他们的后代都具有巫力，只不过血液经过万年的稀释，巫力一代比一代薄弱，但依然具有在普通人类看来非常神秘的力量。将你送来天棱大陆的，就是一个大巫。至于他为什么要这么做，又和天棱国的国师有什么关系，就不得而知了。"

"那我有什么办法回去吗？"

“我研究过巫术，尽管我不具备巫力，但我知道有一种巫术是可以以水为媒介，将人放入异世界的。你必须找到一个会这种巫术的大巫才行。这种巫术应该不是只有那个人拥有。”

江朝戈看到了很大的希望——只要能找到一个大巫帮忙，他就有机会回到自己的世界！他第一个就想到了寺斯村子里的那个大巫，离开昆仑山之前，他要回一趟耳傥族的村子问一问。

炙玄又问道：“上次我问你的那件事呢？”

饮川摇摇头：“我暂时还没有好的办法。任何让人类永生的方法，几乎都有更为残酷的代价和后患，让我再想想吧。”

炙玄有些失望，他看了江朝戈一眼：“要是没有办法，我就把你做成魂器。”

江朝戈无奈道：“你想什么呢？我成了魂器，谁来召唤你？”

炙玄撇了撇嘴，不说话了。

云息见他们说完话了，可怜巴巴地看着江朝戈：“江大哥，你的腰带歪了。”

江朝戈一拍自己的肚子，笑嘻嘻地说：“我就喜欢歪着系。”

云息抿起嘴，敢怒不敢言。

江朝戈哈哈大笑起来，朝他招了招手：“真好玩。来吧、来吧。”

云息闻言，一个箭步蹿了上去，把江朝戈的腰带上的图案拽到肚脐正中央，这才舒服地换了口气。

听闻江朝戈醒来，所有人都进来看他。

寺斯的腿已经能走路了，只是暂时不能像猴子一样蹦跶，着实把他憋坏了。他拉着江朝戈，嘴里噼里啪啦地往外倒豆子，有时候江朝戈都怀疑，他是哪儿来的那么多的话，让别人都插不上嘴。

为了庆祝江朝戈九死一生，还成功地打通了三条经脉，天戎特意去山里猎来一只羊，江朝戈拿出纳物袋里的酒，众人大吃大喝了一顿。

喝到兴致上来，饮川端着酒杯走到琴旁，席地而坐，指尖随意地滑过琴弦，音律如流水般倾泻而出，叫人立刻精神了起来，喧闹的声音顿时消失了。

饮川放下酒杯，十指放在琴弦上方，在空气中模拟着弹琴的动作轻轻舞动，似乎在给生涩的手指找感觉，那白皙优雅、骨节分明的双手本身就是一件艺术品。他的手指最终轻轻压在琴弦上弹起来，音律顿时在山洞中流淌，如翠玉击缶，清风撞铃，声声迷魂，丝丝入扣。那美妙的声音仿佛不是来自一把琴，闭上眼睛，就好像置身于大山深处，有鸟儿的脆鸣，河水的潺潺，清风的吟唱，草木的轻声呢喃，他们好像听到了世间万物的声音，那是充满生机的动人的声音，竟叫人禁不住战栗起来。

青双听着听着，狭长的双眸竟滚下了两行热泪。她想起自己还是一条小蛇时，多少个日日夜夜，蜷缩在两个天人的脚边，听着那琴声入眠，酥了她每一根骨头，昆仑山的夜再也不孤寂、冰冷。

一曲终了，琴声的余韵却在众人的耳畔久久不散。

饮川幽幽一叹，不知叹尽多少沧桑悲怆。

云息就像被施了定身术一般，背脊僵直，眼睛一眨不眨地看着饮川，眼神迷茫极了，指尖微微地颤抖着。

饮川瞥向他，淡然地一笑。他如遭雷击，从心脏传来一种难以言喻的悸动，仿佛有什么东西要冲破身体而出，那感觉不过转瞬即逝，却让他很是震撼。

炙玄的下巴放在江朝戈的肩膀上，眼巴巴地说："饮川，我要听那首，就是你一弹我就会睡着的那首。"

饮川笑笑："你不但会睡着，而且会睡得很好，这比什么都更容易哄你入睡。"

炙玄点点头，下巴硌得江朝戈没多少肉的肩膀疼。

饮川又弹奏了一首曲子，曲风一转，变得绵长悠扬，如入夜的微风，叫人心情舒缓，浑身放松，真有种想伴着琴声入眠的冲动，那必然会做一个美美的梦。

炙玄在江朝戈的耳畔说："好听吗？我最喜欢这首，听着听着就困了。"

江朝戈嗤笑道："这么好的曲子，还是饮川大人弹奏的，你居然舍得睡觉。"

炙玄撇了撇嘴："又不是我要听的，而是他非要弹的。我说无聊，他嫌我不安分，让我睡觉，我说睡不着，他就弹琴，弹着弹着，我就睡着了。"

"还好，你现在睡觉不用我唱摇篮曲。"

"摇篮曲是什么？"

"是我们那个世界，呃，让人睡觉的歌。"

"我醒来之后从来没真正睡着过，我也不需要睡觉。"炙玄说完，就打了个哈欠，"不过，听着这曲子，还真是有点儿困。"

江朝戈突然产生了一种饮川是炙玄他爹的错觉。这不好笑，谁有炙玄这样的熊孩子，都得活活愁死。恐怕饮川为了阻止炙玄一无聊就去祸害人间，想了不少办法安抚他，真是用心良苦。

饮川很快就弹完了，举起酒杯，朗声道：“我先干为敬。”

众人齐举杯，跟着一饮而尽。那一顿酒，喝得好不痛快。

待到深夜，众人纷纷回去休息了江朝戈微醺，喝得头重脚轻，怪舒服的他躺在床上轻声哼着歌，感受着魂力在经脉中自由地游走，高兴得简直有些飘飘然了。

炙玄钻进帐篷，手里拿着一块浸湿的布帕，啪地拍在了江朝戈的脸上，那布帕冰凉，惊得他一下子就坐了起来。适才的惬意全都给打散了，他禁不住抱怨道：“你干什么？！”

“给你擦脸啊。”炙玄理直气壮地说。

“这么凉，你从哪儿弄的水？”

“河里。”炙玄奇怪地说道，“你不喜欢凉水吗？我觉得挺舒服的，这几天都是这么给你擦的。”

江朝戈抓起脑袋上的布帕，哭笑不得：“祖宗，以后还是我伺候你吧，你就别屈尊了。”

炙玄执拗地说：“饮川说要好好对待你的。”

你好好对待了吗？江朝戈忍不住腹诽。

炙玄道：“那我去给你弄热水吧。”

“不用了。”江朝戈叹了口气，抓着布帕胡乱地擦了擦脸，“可以了。”说完，他又躺回了床上。

炙玄趴在他的旁边，手指轻轻地画着他的轮廓，这种毫无意义的举动，他百玩不厌。

江朝戈睁开眼睛，冲着炙玄一笑，那笑容如四月的阳光，照得炙玄心里暖洋洋的，两人相视而笑。

人只要经历了一次生死劫，看世间之事就会通透很多，何况江朝戈经历了一次又一次。他想起自己在冲击经脉时陷入濒死的困境，有那么一瞬间，他想着自己也许会死，炙玄会再度沉睡，就感到难过不已。为了炙玄，已经成了他活下去的巨大动力。

那一瞬间，两人心灵相通，从彼此眼中看到了不可动摇的信赖。无须等待什么特定的时间、地点，也不必像举行什么仪式那般隆重，一切都是水到渠成，一切都是命中注定。在他们历经劫难，共赴生死后，因果之花灿然绽放，这个普普通通的时刻，不早一分，也不晚半秒，就是此时此刻。

江朝戈凝望着炙玄的眼睛，心中升起难言的感动，他一张嘴，声音竟有几分哽咽：“结契吧。”

炙玄点点头：“结契吧。”

江朝戈抽出匕首，毫不犹豫地在小臂上划出一道血痕，炙玄亦照做。

两人坚定地十指相扣，四目相对，坚毅而笃定。下一瞬，他们的血液交融，互为彼此，定下生死契约，永不分离——

待一切归于平静。江朝戈感觉到身体仿佛脱胎换骨般轻盈、充沛，他难以置信地看着自己的手，又想起什么，眼睛寻找着他的炙玄刀。

一把通体乌黑，泛金丝火焰纹路的宽柄大刀正插在地上，那刀足有一人高，从刀柄到刀锋没有一丝衔接的痕迹，浑然一体，质感厚重而古朴，霸气天成，每一寸刀身都透出威慑的力量，无须多言，这是一把绝世神器！

地面以刀尖为中心，蛛网般龟裂，江朝戈踩着布满裂纹的地面，一步步地走了过去。

他伸出手，轻轻地抚摸刀身，刀身温热如炙玄的身体，不似金属般平滑，而是能清晰地感觉到古质的稠密和天然。随着江朝戈指尖的移动，金丝火焰纹路微微发光，好像有生命般，感知到了主人的抚摸。

江朝戈指尖微颤，有激动，也有敬畏。这就是那把陈旧的古刀的真面目，哪怕经历万年岁月的摧残、腐蚀，当魂兽与魂兵使结下至死方休的契约时，它就会恢复本来的面貌，随主人征战八方，兵戈天下！

江朝戈一把抓住刀柄，用力将它从地上拔了起来，他感到一股电流随着手臂涌入身体，让他有一种和刀融为一体的错觉。他的身体随着刀锋起舞，他如鱼得水，刀法流畅得让他自己都感到惊讶，那种一刀在手却宛如无物般的自在从容让他狂喜不已。

一套刀法舞完，江朝戈亢奋不已，仰天大笑几声，仿佛毁天灭地的力量尽在掌中！

炙玄走了过来，修长的手指抚过刀身：“这才是麒麟角该有的样子。”

江朝戈由衷地赞道：“真是一把好刀，很美。”

“长在我头上的时候更美。”炙玄撇了撇嘴，“不过，既然是拿在你手里，我也认了。我听醉幽说，人类兴信物一说，这把刀就是我给你的信物。”

江朝戈失笑，并不纠正炙玄，信物是男女之间定情时用的，只道：“那我给你什么？”

炙玄摇摇头：“不知道。”

江朝戈想了想，摘下了挂在脖子上的黑钻石戒指：“醉幽一定不知道，在我们那个世界，信物通常都是戒指，尤其是带钻石的。”

“真的？”炙玄摆弄着那枚指环，打算套在手指上。

“是这根。”江朝戈接过戒指，套在了炙玄左手的无名指上。那戒指与炙玄的手指完美契合，简直就像特意定制的，真是奇妙。

炙玄动了动修长的手指：“为什么是这根？”

“以后再告诉你。”江朝戈看着戒指，突然有些发怔。他原是无意识地做了这件事，细想那背后的深意，似乎有些冒傻气。

“为什么以后再告诉我？”

江朝戈心想——总不能说我是怕你太得意吧，便道：“一时说不清，有机会再跟你解释。”

炙玄伸出五指，觉得那枚黑色的戒指戴在他的手上真好看。虽然他是第一次戴人类的饰品，可怎么看怎么合适，毕竟这可是江朝戈给他的信物，这让他心里美滋滋的。

江朝戈道：“戴一会儿就收起来吧，挂在脖子上，免得你弄丢了。”

炙玄哼道：“不可能，我永远不会把它弄丢。”话是这么说，他还是摘下来挂在脖子上了，但依然串在手指上绕着玩儿，看上去稀罕得很。

“嗯，这材料天棱大陆上没有，很值钱的。”

炙玄白了他一眼：“多值钱也不会卖。”

江朝戈走出山洞，一闻到烤肉的味道，顿时食指大动。

寺斯招呼道：“江大哥，恭喜你们结契。”他递给江朝戈一个大羊腿，挤眉弄眼道，“以后要多关照小弟。”

江朝戈白了寺斯一眼：“腿能动了？小心我再给你打断了。”

众人纷纷来庆贺江朝戈与炙玄结契，与两人相识早的，如虞人殊，可是记得当初炙玄有多嫌弃江朝戈这个孱弱的魂兵使。两人一路生死相依，才逐渐建立信任，有了深厚的感情，走到这一步，着实不易。

江朝戈举起酒杯，痛快地豪饮，此时之兴奋、激动、感慨，全在酒里了。

吃完饭后，江朝戈又喝了云息熬的苦死人的药，便找了个避阳的地方修习起来。魂力在四道经脉间畅通无阻的感觉简直太好，修行速度也明显地加快了很多。他舍不得浪费时间，运行十二周天，从天明一直坐到了太阳下山。与从前相比，这种一日千里的进步让他几乎上瘾。

第 7 章

因为命定，所以喜欢

离别的一天终于到来，饮川对青双温言道：“青双，你现在是自由的，你愿意随我离开，便随我离开，若是不愿意，就去你想去的任何地方吧。”

青双轻轻福身：“饮川大人，万年前，我已经跟随主人去过很多地方，看遍了人间山河，只有孕育我的这片仙境，才是我永远的归属，我想留在这里，永世守护您和主人。”

“好，希望有一天，我还能回来看你。”

青双满怀期待地说：“饮川大人，您说，主人会转世吗？”

饮川温柔地说：“终究会的。”

“那我就一直等下去。”青双坚定地说。

饮川轻轻抚摸她如丝的秀发：“青双，再会了。”

“再会，饮川大人。”

离开山洞后，江朝戈问道：“饮川大人，琴您已经带走了，她还守护什么？”

饮川沉默良久，才道：“我和帝江的骸骨还在轩辕丘。”

“你们葬在一起的？”江朝戈有些惊讶。

饮川淡然微笑。

有饮川领路，加上他散发的强大魂力，一路上他们畅行无阻，只用了三天时间就回到了耳倪族的村子。

耳倪族人显然早有知觉，毕竟饮川苏醒时，肯定天象异常。别人不知道怎么回事，大巫不可能不知道。他们还没进村子，已经看到耳倪族人跪了一地，连头都不敢抬。

寺斯讶然："这是干什么呀？！"他从醉幽的身上蹦了下去，飞快地跑到大巫的身边，叽里呱啦地说了一串话。

大巫抬头看了他一眼，继续跪着。

饮川也落到地上，声音如清风拂耳，竟说出了耳侻族的语言——尽管江朝戈听不懂，但大概也能猜到是什么。

大巫的身体颤了颤，口中念念有词，带领族人恭敬地叩了三个头，才站起来。

然后，他们就被当成贵宾，不，简直是被当作神一样迎进了村子。

大巫和族长在毕恭毕敬地招待他们，其他闲杂人等连屋子都不准进。饮川与他们交流全是用耳侻族语言，其他人也听不懂，便只顾着吃。

吃饱喝足了，饮川突然改用汉语问出了江朝戈想问的问题——如何回他的世界。

大巫道："确实有这样的巫术，我虽不会，但我愿意为您钻研。"

饮川道："劳烦。"

江朝戈也道："大巫大人，这件事就拜托你了。如果你找到了送我回去的办法，你就……怎么通知我呢……"江朝戈发起愁来。

族长道："寺斯的鸱鸟认识回村子的路，每隔一段时间，他可以让鸱鸟回来一趟，若是有消息，就再飞回去通知您……"

"等等。"寺斯打断大巫的话，"您是让我跟他们走吗？"

大巫和族长齐齐瞪着他："难道你不愿意吗？"

寺斯怪叫道："我为什么要愿意啊？我自己独行天下，总是安安全全的，跟他们走了一遭，腿就断了，他们很危险的。"

"只要你能为饮川大人提供一点点儿帮助，你做的一切就有意义。"族长狠狠地瞪着寺斯，"你还有什么不满的？"

饮川笑而不语。

寺斯委屈极了："有您这样卖孙子的吗？我是您的长孙啊！是耳侻族未来的族长啊！您就不怕我死了？"

"你不是一直都不想当族长吗？再说，你心性放荡不羁，从你卖掉自己的魂兵器的那一刻起，你就不配成为族长。"大巫严肃地说，"去吧，去你一直想去的外面的世界吧。这一次你可以走得更远，看得更多，找到属于自己的魂兵器再回来。"

寺斯脸上的表情很纠结，他灌了一口酒，起身走了。

江朝戈心里窃喜，寺斯这个熊孩子虽然又啰唆又调皮，但也真有本事，放在哪里都是最好的斥候和弓箭手。这样的人才，他不想放过。刚好耳傥族人怕饮川因为万年之前的事发怒，主动把族长继承人当人质押给他们了，真是好极了！

在耳傥村休息一日后，他们便启程了。在昆仑山待了近两个月，江朝戈都没想到他们能这么快离开，而且是胜利离开。

当然，找到饮川并不是结束，而是一场大战的开始。这期间外面的世界发生了多少让他们措手不及的变化，实在让人惴惴不安。

在寺斯的带领下，他们走捷径返程，外面依旧白雪皑皑，浓雾弥漫，可他们再也没有迷路过。直到离开昆仑山，他们才恍然想起，天棱大陆已是炎炎夏日，和昆仑山的终年酷寒形成了鲜明的反差。

天一热，江朝戈就抱不住炙玄了——那是活生生的暖炉啊。炙玄在江朝戈的身边蹭了半天，见江朝戈不抱他，恼了："你嫌我热？"

"不是我嫌你热，而是你真的热。"

炙玄白了他一眼："我也不稀罕你抱着我。"说完，炙玄一转身就变成了大人的模样，背过身去揪天戎身上的毛玩。

江朝戈正在和饮川偷偷研究奇经八脉的功法，饮川说得很隐晦，外人听不出来，但也很考验江朝戈的理解力，所以他很专注，根本没空搭理炙玄。

炙玄玩了一会儿，顿感无聊，又转了过来，心想：你不抱我，我抱你总行了吧？

于是，炙玄从背后抱住江朝戈，把脸贴在他的背上。

江朝戈起初还没在意，可没过几分钟，他就出了一身汗。本来天上就艳阳高照，再贴着炙玄火热的身体，简直是酷刑。他无奈地说："炙玄，你太热了，你还是……"

炙玄瞪着他："难道夏天我都不能碰你了？"

"也不是，但你也别这么抱着我……"

炙玄重重地哼了一声，把手缩了回来，但还是拿脸贴着江朝戈的后背，闻着他身上的味道，哪怕是汗味，都让炙玄觉得舒服和安心。

离开昆仑山后，他们来到了山下的一个小城，想打听些信息。他们原本以为小城闭塞，却没想到，神级魂兵器现世的消息，早已经传遍了整个天棱大陆，人心惶惶，恐惧弥漫在天棱国的每一个角落。

他们进一步打听，小城内的居民只知道有上古异兽在多座城现身，却说不出更多了。太多的信息被传得变了样儿，早已经分辨不出真相，他们必须去大一些的城镇。

虞人殊也打听了天鳌城的情况，跟寺斯说得相去不远：虞人奎在失踪数月后，带着上古异兽穷奇出现在天鳌城，皇都沦陷，圣皇病故，太子被废，下落众说纷纭。虞人奎堂而皇之地登基，如今天鳌城笼罩在他的淫威之下，有上古异兽坐镇，没有人敢反抗他，从前最不被看好的二皇子，如今却成了圣皇。

虞人殊一张俊脸阴沉如暴雨将至，他紧握双拳，肩膀微微地颤抖。

天戎捏了捏他的肩膀，沉声道："我陪你回天鳌城。"

虞人殊感激地看了天戎一眼。

江朝戈道："殊，当初说好了，我们陪你一起回天鳌城！"

虞人殊咬牙道："对，我要回去，查明我父皇的死因，找到我大哥。还有我那几个弟弟妹妹，也不知命运如何……虞人奎虽然心胸狭窄，性情狡诈，但也非心狠手辣之人。可他现在皇权在握，又被忽然得来的强大力量所迷惑，不知道会做出什么混账事来。"

饮川道："我们一边往天鳌城去，一边打听壬王的下落。既然上古异兽苏醒已不是秘密，那么壬王应该也不难找到。"

"找到壬王之后呢？你有什么打算？"炙玄问道，"天地之元显然还没有下落。"

"天地之元……我想我能找到它，但我需要更多助力。"

炙玄难得严肃地说："这一次找到天地之元，你想怎么处置？"

饮川沉吟道："封印它。"

"它现在不就被封印着吗？"江朝戈问道，"其实我一直对天地之元有很多疑问，比如，当初你们……嗯，被封印后，又是谁封印了天地之元？为什么一旦你们苏醒，天地之元也会重现人间？"

饮川看了看江朝戈："天地之元……跟异兽息息相关。"

江朝戈当然不会满意于这么敷衍的答案："饮川大人，恕我直言，您有很多事在瞒着我们呀。"

其他人也看向饮川，心里都和江朝戈有同样的疑惑。

饮川轻叹一声，口气一如既往地温和，却有一股不容置喙的威严："待我觉得你们应该知晓时，我会告诉你们，现在还不是时候。"

话已至此，谁也不敢对他不敬，便纷纷沉默了。江朝戈把目光移向了炙玄，炙玄却面无表情。

晚上休息时，江朝戈拿白天的事问炙玄："你为那从未见过的东西斗争千年，最后还因它而死，你究竟知不知道天地之元是什么？"

炙玄摇摇头："其实我也怀疑过天地之元的存在，但我确实能感觉到一股前所未有的魂力，那股魂力比我见过的任何一只异兽的魂力都深厚。若说天地之元不存在，那股魂力又是什么？"

"那最初你又是怎么知道天地之元能让你获得强大的力量，甚至控制世间万物的？"

炙玄想了想，继续摇头："时间太久远了，想不起来了。我在人间生活了万年，从前从未有过这样东西，有一天，它突然出现在了昆仑仙境，我和其他异兽都知道了它的存在，也都相信它能赋予我们无敌的力量。然后争斗就开始了，我不记得是谁先去抢夺天地之元。饮川自诩为天地之元的守护者，但其他人只认为他想独吞，于是战圈越扩越大。我本来对那东西没兴趣，却也不想受控于他人，跟我有相同想法的异兽应该也不少吧。总之，战斗到最后，我几乎忘了最开始是为何而战。"

江朝戈陷入沉思，重要信息的缺失，让他无法更深入地分析天地之元和异兽之间的关系。饮川说天地之元和异兽息息相关，那么这究竟是一件什么东西，能突然之间出现，将人间变成炼狱呢？

更让他不解的是，十二只异兽死后，天地之元也跟着消失了，它去哪儿了？是不是被大巫祖带走了或者被封印在人间的某个角落？显然，饮川相信后者，而且他手里有天地之元的线索，哪怕过去万年之久……

江朝戈顿觉疑惑更重：这只有饮川见过的绝世珍宝究竟藏着什么秘密？饮川本身又藏着什么秘密？

几天后，他们来到英城附近。上次从英城逃走，炙玄和啸血在郊外大战一场，仿佛还是不久之前的事。如今英城还是英城，但有饮川在，他们充满了安全感。

江朝戈瞭望英城："我们是不是应该去把陈祥玉救出来？走的时候，他就说樊氏已经在怀疑他了。"

云息道："老师应该没事，他在英城也算德高望重的魂导士，他们不舍得把他怎么样的。"

"但我觉得还是应该进城看看，顺便打听更多消息。我们乔装进去吧。"

云息道："我带你进城，其他人留在这里等着如何？"

"也好。"

"不好。"炙玄和虞人殊异口同声道，两人互看了一眼，都有些不爽。

炙玄道："我也要去。"

“你们三个去不安全，我跟你们一起去。”虞人殊道。

“人太多太惹眼。”云息道，“还是就我和江大哥去吧，我可以保证他在英城的安全。”

炙玄信不过他：“你要怎么保证他的安全？”

云息抓了抓脑袋：“我是樊氏的外姓族人，在英城大部分地方畅通无阻。”

“什么？”江朝戈惊讶地说道，“你怎么从来不说？”

“你们也没问啊。”

“你打扮得像个乞丐，谁能想到？”龙芗不客气地说。

“都说了我是怕被人抢。”云息弱弱地辩解道，“我喜欢去天棱大陆各地搜集好的兽料和药材，穿太好的衣服不安全。”

阮千宿好奇地说道：“外姓族人又是什么意思？”

“我的母亲是樊氏本家嫡重孙女，但她嫁了个不被樊氏接受的落魄的魂兵使，我父亲坚决不肯入赘，所以他们一直受樊氏排挤，近几年干脆去云游四方了。”云息笑了笑，“幸好是这样，我不用受到樊氏教条的约束，可以在樊氏自由进出，也可以想去哪儿去哪儿。”

“那个吓死人的老太太是你……”寺斯做了个面瘫的表情。

“太祖母，你见过我太祖母？”

“我以前来过英城，在街上见过。”

“我也怕我太祖母，家里没有人不怕她，我从小到大都没和她说过几句话。樊氏人丁兴旺，她的子孙加起来有上百人，估计她都不记得有我这个人。”

“上百人？”江朝戈咂舌。

“是啊，太祖母是魂导士，应该有一百四十多岁了。”

云息道：“当初我老师给你的龙鱼翡翠，是我爹娘的东西，我放在家里没带出来，结果老师就用它给我下套。”他越说越委屈。

江朝戈笑着拍拍他的肩膀：“一切都是命中注定。”他意有所指地看了看饮川。

云息看向饮川，不禁感叹一声，不得不折服于命运。

既然云息颇有把握，江朝戈乔装打扮一番，便跟他进城了。

英城虽一如既往地繁华，可全城都弥漫着压抑的气氛，街上行人行色匆匆，眼神都透着不安。神级魂兵器现世，所有人都在恐惧万年之前那传说中的灾难重演。

也因为如此，两人入城没有引起任何注意。云息领着江朝戈大摇大摆地进入樊府，他本来就存在感薄弱，又常年在外，鲜少有人认识他，只当他们是食客，没人多加留意。

当云息来到陈祥玉的宅院，才知道陈祥玉已经在一个月前偷跑出英城，下落不明。

江朝戈听到这个消息，松了口气。

樊府的食客院里的人很复杂，三教九流的都可能来做食客，因此消息特别灵通。他们两人往那儿一坐，几杯酒下肚，就把他们要打听的东西都打听出来了。

在他们进入昆仑山期间，分别有玄武和梼杌在东方和南方苏醒，壬王下落不明，啸血和冥胤会在西方扩张，整个西方大陆都活在朝不保夕的阴云下。虞人奎已经正式登基，太子生死未卜。听说那穷奇性淫，在天鳌城大开后宫，与其说是虞人奎掌握了皇权，不如说是穷奇在操控一切。

两人听着这些信息，均是忧心忡忡。

天下局势已经混乱成这样子了，在江朝戈看来，如果不是穷奇坐镇皇都，四大贵族早就趁乱分裂了。然而，这样的情况也是早晚会出现的。樊氏显然已经倚靠了冥胤会和啸血，虽然恐怕连樊氏自己也不敢保证这些暴虐的畜生什么时候一个不高兴就会踏平英城。

接下去，为了适应新的世界规则，倚靠新世界的强者是生存的必要条件，分裂与割据都是即将迎来的新局面，天棱大陆的浩劫，已经近在眼前。

想着要把这些告诉虞人殊，江朝戈就有些不忍心，可回到天鳌城，他们要面对的肯定不止是残酷的真相，恐怕还有战斗和杀戮。

回到城外，他们把打听的情况说了出来。

没想到，虞人殊表现得很平静。也许是接二连三的噩耗终于让他变得麻木，他现在只想马上赶回去，而不是徒自悲伤。

他们绕过英城，往天鳌城奔去。

为了掩盖行迹，他们一路挑选穷乡僻壤行进。坐在饮川的身上，当真是一日几千里，比飞还快。当然，能让饮川自由奔跑的地域不多，大部分时候，他们还是要坐在天戎和醉幽的身上避人耳目，于是花了小半个月的时间，才回到天鳌城。

江朝戈看着远处依山而建的繁华皇都，心里感慨万分。

虞人殊凝神远望，也说不出话来。他以为自己很多年甚至可能一辈子都无法再回到这里，毕竟他是畏罪潜逃，没想到命运之手再次将他拽了回来，而这一次，他面临的情况会比他离开天鳌城时，还要凶险无数倍。

饮川劝诫道："你的兄长很可能已经被夙寒控制了。"

虞人殊道："他们结契不过才四五个月，他不可能被穷奇反噬。"

"我指的不是这个，控制一个人的方式，并非只有魂力，还有威逼与利诱。至少，就我从你口中了解到的二皇子，绝不会是夙寒的对手。夙寒毕竟是万年异兽，他喜好品尝各种美色，因此常年流连人间，见惯了世间各种各样的人与兽，对人性和兽性都了如指掌。只要他想，他其实比二皇子更适合当圣皇。"

虞人殊咬牙道："我虞人氏的千年基业，就要断送在一只异兽手里？！"

"现在下定论还太早，我们还是想办法潜入天鳌城看一看吧。"

"要潜进去并不容易。"饮川道，"你们得洗洗澡，换身衣服。我已经尽量隐藏了魂力，夙寒感觉不到我，但你们一进城，他就有可能闻到你们身上的我的味道。若是我进城，是怎么都躲不过他的鼻子的。"

寺斯撇了撇嘴："你们的鼻子怎么这么厉害？"

炙玄白了他一眼："天生的。"

江朝戈想了想："就算我们偷偷潜进去，也有被发现的危险，而且一旦被发现，你不在，我们随时可能被夙寒吃了。既然如此，我想，不如……"

"大摇大摆地进去。"寺斯开心地说，"这个我喜欢，威风啊。"

江朝戈轻咳一声："大人说话，小孩子不要老插嘴。"

寺斯瞪大眼睛，指着自己，"我"了半天，气得都磕巴了。

虞人殊道："你是说，把夙寒和虞人奎引出来？"

"对，让他感觉饮川的气息，他自然会出来，这样，也可以避免天鳌城的百姓知道饮川的存在。"

虞人殊皱眉道："可那样我还怎么打听我大哥的下落？"

"你就算潜进去，也未必能打听到，反而是以身涉险。"饮川淡道，"不如站在和他们平等的地位上去交易，还稳妥得多。天鳌城现在已经是二皇子和夙寒的了，我们进城，除了挑起战斗，别无他用，而眼下还不是战斗的时候。"

虞人殊想了想，一咬牙道："好。"

"等等，我们拿什么交换？"江朝戈问道。

饮川笑道："你很聪明，你可以想想。"说话间，饮川已经大肆释放出了自己的魂力，那魂力之浑厚，让待在他身边的几个人都有些呼吸困难，尽管这里离天鳌城还有几十里，可已经足够夙寒感觉到他的存在了。

他们在原地等了不足一个小时，从天边飞来一个黑点，夹杂着一股霸气、邪佞的气息，黑云压境般朝他们逼来。他们仿佛能用肉眼看到那股黑暗的力量正在一点点儿地吞噬他们头顶的晴空，虽然那仅仅是错觉。

很快地，那黑点飞到了近前，是一只大雕，大雕上稳稳地坐着两个人。他们越是逼近，越让人心慌不已。

虞人殊双拳握得咯咯直响，恶狠狠地盯着天上的人，眼中布满血丝，脸上的肌肉都因为过于激动而有些扭曲。

大雕身上的两个人翻身跳了下来，无视重力地飘浮在了半空中。

其中一人，虞人殊和江朝戈都不陌生，正是曾经的二皇子，如今新登基的圣皇陛下——虞人奎。半年未见，他本就秀美的姿容如今更平添难以言说的艳丽，那张雌雄莫辨的脸蛋较之从前，少了一点儿张狂，多了几分阴沉，或许是穿着皇袍，因此比从前有气势多了。但是，众人的注意力全都集中在了霸道地揽着他的男人身上。

那男人身材修长健硕，一头墨蓝色如星空般的长发松松地绾了个髻，慵懒地垂在肩侧。他的相貌邪魅俊美，狭长的双眸深邃迷人，嘴角噙着一抹玩世不恭的淡笑，如艳鬼般勾魂摄魄，浑身都散发着一股若有似无的暧昧气息，若是涉世不深的少男少女，光是看到他都要脸红。

就连醉幽在他面前都低了一个段位。

醉幽的气质是媚，酥到骨子里的媚，而这上古异兽穷奇竟能散发出一种让人腿软的邪魅气息，恐怕只是看看他，脑中就无法抑制地出现很多绮丽的画面。不愧是传说中的邪兽。

夙寒慵懒地一笑："一次见到两个老朋友，难得啊。"那声线沙哑而有磁性，滑过耳道时，让人无端起了一层鸡皮疙瘩。

虞人奎在见到虞人殊的瞬间，有些许惊讶，他脸上的神情立刻不自在起来，下意识地想和夙寒拉开距离，无奈他们在半空中，他只有倚靠夙寒才不至于掉下去。

夙寒感觉到怀里人的异样，挑眉道："嗯？怎么了？"

虞人奎没回答他，而是盯着虞人殊，冷冷地说："你还敢回来？"

虞人殊原本就是易冲动的性格，此时见着自己的同胞兄长像女人一样被邪兽抱在怀里，想着那些流言风语，想着动荡的天鳌城，简直怒火攻心："虞人奎，你真是丢尽了皇家颜面！为了皇位，你竟恬不知耻地以身伺兽，你可还有半分皇子的尊严？！父皇是怎么死的？！大哥在哪里？！"

虞人奎的俊脸顿时扭曲了，他的胸膛剧烈地起伏着："你一介流亡逃犯，居然敢对我出言不逊！是谁刺杀大国师？！是谁畏罪潜逃？！是谁真正丢尽了皇家颜面？！"

虞人殊眼睛通红："我虞人殊的清白天地可鉴，你身为圣皇却雌伏于兽，天下皆知！"

虞人奎深吸几口气，咬牙切齿地说："这轮不到你操心，你早已不姓虞人。我如今是天棱国的圣皇，谁敢在我面前说一个'不'字？！我不在乎我的力量是怎么得到的，只有让那些敢忤逆我的人化作尘土，我才能睡个好觉！"

夙寒轻笑不止，看着虞人殊的目光充满了讽刺和挑衅。

虞人殊指着虞人奎吼道："父皇是怎么死的？！大哥在哪里？！"

"父皇沉疴卧榻已久，自然是病逝的。大哥自愿让出太子之位，已经离开天鳌城，云游四方去了，我不知道他在哪里。"

"胡说！你怎么会轻易放过大哥？如果大哥死了，我定要在他坟前砍下你的头！"

虞人奎冷笑："虞人殊，我还没冷血到杀父弑兄，信不信随你！你才是虞人氏的罪人，你不配再踏入天鳌城。"

"你携异兽逼宫，名不正，言不顺，我永世不会承认你的皇位。虞人奎，失人心者失天下，天棱大陆有几个人拥护你做圣皇？他们仅仅是怕你，那皇位你别想坐多久。把大哥交出来，念在兄弟之情的分上，他或许会饶你一命。"

虞人奎哈哈大笑起来："虞人殊，你现在拿什么命令我？我已经是圣皇，直到我死都会是圣皇。"

虞人殊还想说什么，被江朝戈制止住了。这种毫无意义的吵架简直是浪费时间，还是让真正有权威的人说话比较靠谱。

果然，两人一停下，饮川就不紧不慢地说话了："夙寒，没想到我醒来之后，除炙玄外第一个见到的会是你。"

"你一定很不想见到我吧？"夙寒笑了笑，"道貌岸然、清高圣洁的白泽大人向来不屑与我这等粗浅之辈来往。"

"你我同为异兽，没有高低之分，只是道不同，不相为谋。"

"饮川，你大老远跑来找我，是要做什么？"夙寒的目光又移到炙玄的脸上，轻笑道，"若是你们两个同时发难，我似乎没什么胜算呀。"

炙玄白了他一眼，一脸瞧不起的样子。

饮川道：“我们要什么，三皇子殿下已经明说，请将大皇子交给我们。”

夙寒低低地笑起来，侧过脸，高挺的鼻尖轻轻蹭着虞人奎华美的银发，满是宠溺地说：“我的圣皇陛下都说了，大皇子已经离开皇都了。”

虞人奎脸色一变，微微偏开头，虽然动作幅度不大，但也能让人看出那一丝抗拒。

夙寒眸中闪过一抹寒光，嘴角轻扬：“总之，他在哪儿，是死还是活，我们也不知道。”

饮川不紧不慢道：“夙寒，你喜欢将人类玩弄于股掌之间，朝堂之争，阴谋阳谋，你不是第一次参与了。大皇子要么已死，否则就算逃到天涯海角，都一定还在你们的掌控之内。所以，不要再拐弯抹角。若是大皇子已死，那今日在场的虞人氏两位皇子，必须有一个下去陪他。若他还活着，你们说出他的下落，我们自会离开。”

虞人奎脸色铁青。饮川虽然一直是云淡风轻的文雅模样，可气势迫人。虞人奎如今已是天棱国的圣皇，却没有足够的底气在饮川的面前说话，下意识地看向夙寒。

夙寒放在虞人奎腰上的手微微用力，让他浮躁的心略微安定了些。

夙寒调笑道：“你们要一个没用的皇子做什么？想将他扶正？”

虞人殊怒道：“人类的亲情，你怎么会懂？”

夙寒长长地“哦”了一声，语气满是轻佻，他笑着看了虞人奎一眼：“圣皇陛下，你如何打算？啸血离我们很远，我可打不过两个哦。”

虞人奎眯起眼睛，犹豫片刻，道：“虞人潇往东方去了。”

虞人殊心里信了几分。东方却氏是虞人潇母妃的娘家，他失势之后去投奔却氏很合理。但虞人奎向来狡诈，虞人殊也不敢轻信，冷声道：“我怎么相信你？”

虞人奎冷哼道：“你信或不信，我都只有这一句话。我没杀他，已是顾念手足之情。”

“你也有手足之情？”虞人殊仿佛听了最大的笑话，“你谋夺兄弟的皇位，也配讲手足之情！”

夙寒一脸无聊：“一个破皇位，争得头破血流，真是可笑。”

虞人奎面色僵硬，不再说什么。

饮川道：“无妨，他若说谎，我们还可以回来，我们正好可以去东方找重溟。”

夙寒笑道：“饮川，你可有天地之元的消息？”

饮川反问道：“你可有？”

“若我有，还待在这里做什么？无趣得很。”

饮川淡然一笑："我就算有，也不会告诉你。"

夙寒哈哈大笑起来："说得也是。饮川，说来奇怪，你总说我们对天地之元图谋不轨，可在我看来，对天地之元执念最深的，反而是你啊。"

饮川平静地说："天地之元若是落到你们手里，则人间再无宁日。"

夙寒邪魅地一笑："我若得到天地之元，则人间会变成欢乐窝，这有什么不好？"

"那若啸血得到呢？"饮川沉声道，"岂不是血流成河？"

夙寒耸耸肩："蝼蚁而已，死了也便死了。不过，我会让啸血给我留下那些长得好看的。"说完，他自顾自地笑了起来，轻佻地将虞人奎的长发拢在指尖赏玩。

虞人奎的表情有明显的隐忍之意，分明是敢怒不敢言。

饮川严肃地对虞人奎说："我知道陛下想要的仅是皇位，而不是一个满目疮痍的天棱大陆，我劝陛下切莫和啸血这等凶残嗜血之辈同流合污，否则你必定悔之不及，成为千古罪人。"

虞人奎表情紧绷，没有说话，夙寒则笑而不语。

虞人殊也道："虞人奎，你若能为天棱国带来和平，我发誓永不犯你，但你若和啸血沆瀣一气，泯灭人性，我定要亲手杀了你。"

虞人奎别过了脸去："赶紧滚吧。"他召唤出了大雕。

夙寒最后看了饮川和炙玄一眼："恐怕，不久之后我们就会再见的。"他森冷地一笑，"再见面，怕是要分个高下了。"

饮川没有回应，带着众人转身离去。

寺斯嘴大，心更大，嚷嚷道："虞人大哥，你哥哥长得可真漂亮啊！比女人还漂亮！难怪会被这邪兽看上。"

他嘴极快，谁都没拦住，眼见着虞人殊本就阴沉的脸色更是难看，几人都有种把他的嘴缝起来的冲动。

虞人殊闷声说："虞人奎最厌恶别人议论他的相貌，如今全天下都知道他……他竟然为了皇位如此作践自己，简直是……"他似乎想不出该如何形容这荒唐事了。

寺斯还想说什么，被江朝戈一个大白眼给瞪回去了。一行人均沉默着，谁都没办法安慰虞人殊。虞人殊把名誉看得比命还重要，现在肯定恨不得把虞人奎掐死以正家风。

炙玄不解地问江朝戈："他为什么说那个人类作践自己？那人类是夙寒的魂兵使，若不是自愿的，夙寒怎么可能胁迫他？"

江朝戈道："有时候，并非是武力上的胁迫才算胁迫，若是虞人奎不肯献身，恐怕夙寒就不与他结契。他为了皇位，为了神级魂兵器，自然别无选择。"

江朝戈本是无心之说，却让炙玄沉默了。江朝戈当时心里也在想着别的事情，一时没有注意到炙玄的神色变化。

晚间，他们在一处客栈休息，江朝戈例行修习了两个小时就准备睡觉了，却发现炙玄一声不吭地背对着他躺在床的里侧。

两人相处已久，炙玄又简单好懂，江朝戈一看他这样子，就知道他肯定又是哪儿不对劲了。

江朝戈轻咳一声："祖宗，你怎么了？"

炙玄淡淡地扫了他一眼："睡觉。"

"哪有人睁着眼睛睡觉啊？"

"我不是人。"

江朝戈给他捏了捏肩膀："行了，一看就知道你又不高兴了。说吧，这回是因为什么？"

炙玄摇摇头："我说了，你也会骗我。"

"怎么会呢？"

"你只会说好听的，却从来不告诉我实话。"

江朝戈哭笑不得："你什么事儿都没说就说我会骗人，也太冤枉人了吧？"

"你一定不会说实话。"炙玄闷闷地说。比起以往不高兴时的张牙舞爪，今天他显得特别颓丧，让江朝戈禁不住也重视了起来。

江朝戈把炙玄从床上拽了起来："你这样，我怎么睡觉？你也不是小孩儿了，有什么话直接说出来，我保证绝不骗你。"

炙玄盯着他的眼睛，低声说："你跟我……是不是也像夙寒跟虞人奎一样？"

江朝戈错愕地问道："什么？"

炙玄索性高声道："你对我好，是不是也是受到我的胁迫？为了得到强大的力量，不得不……"

江朝戈一把捂住他的嘴："小声点儿。"

炙玄打掉他的手："我说完了，轮到你说。"

江朝戈无奈地说："好，我告诉你实话——不是。我们和夙寒他们完全不同。"

"哪里不同？我看得出来，虞人奎害怕夙寒，也讨厌夙寒，你一开始是不是也讨厌我？”

“这就是我们和他们最大的不同了，我不怕你，而且我喜欢你。”江朝戈抚摸着他的头发。

炙玄眼眸闪动着亮光：“你真的喜欢我吗？”

江朝戈毫不犹豫地点头。

“如果我不是麒麟呢？”

“如果你不是麒麟，我们多半就不会相遇，所以我不知道。”

炙玄认真地说：“可我不管自己是什么，你又是什么，我都一定会喜欢你。”

江朝戈失笑：“那怎么可能？假设的事，不能作数。”

“我就是知道。”炙玄执拗地说。

江朝戈心里一动：“你说得对，我们是命定的魂兵使与魂兽，我们一定会喜欢彼此。”

炙玄这才露出释然的神色。

第8章 再回胡安城

经过几日的跋涉，他们来到了东方的勃垒城。东方大陆是离皇都最近的一片大陆，虞人族就发源于此，因此和皇族的关系最密切。

他们在勃垒城暂住后，就开始四处买情报，想打听到虞人潇和壬王的消息后再做打算。

“听说重溟就在离我们不远的姑儿山上，我们可以去找他。”饮川道。

重溟便是上古神兽玄武。

炙玄道：“他在姑儿山做什么？”

“情报说，重溟现世已快有一个月，但他一次也没有离开过姑儿山。”饮川露出无奈的表情，“你跟重溟无甚往来，大概忘了，重溟极懒惰，大概是不愿意动吧。”

炙玄似乎回想起来一些：“重溟嗜睡，真不该醒来，一直睡着更合他的意。”

饮川笑了笑：“说得也是。”

江朝戈听着觉得荒唐：“居然还有异兽嗜睡？”平白生出可毁天灭地的力量，居然喜欢睡觉，可真够有追求的。

“异兽多古怪，不足为奇。”饮川道，“我希望能说服重溟帮助我，但我没有把握。万年前的纷争中，重溟从不主动挑起战斗，后来是迫于无奈才加入战局，若说谁对天地之元最无心，非他莫属。”

在勃垒城待了几日，他们没有探听到虞人潇的消息，对壬王的下落却有收获——有人于半个月前在天鳌城附近见过壬王。这虽然已经是最近的消息，可半个月时间，已经足够壬王横跨整片大陆了。饮川只好沿途留下自己的气息，希望壬王能循着气息找到他们。

他们用了两天时间来到了姑儿山，远远地，山上一股浑厚的魂力冲击着众人的感官。

饮川一跃跳上了姑儿山，朗声道：“重溟——”声音回荡在山间，久久不绝。

炙玄怒道：“叫那么大声做什么？吵死了。”

“若是直接到重溟的耳边叫，他会生气。”饮川解释道。

“你在我耳边叫，我也会生气！”

饮川露出宠溺的笑容：“你就不要和我生气了。”

炙玄重重地哼了一声。

饮川叫了几声，姑儿山平静得一如往昔。

饮川道：“那我们便直接去找他吧。”他循着重溟的味道，朝山里跑去。

姑儿山三峰围一沟，中间的沟壑地带俨然是一个小平原。他们跨过一座山峰，但见那沟壑中有一个巨大的玳瑁色龟壳，那龟壳在阳光下发亮，龟壳下的异兽一动不动地趴在地上，几乎把沟壑填满，俨然一块巨大的化石，好像已经在此沉寂了千万年。

只是，那龟壳上有一间简陋的茅草屋，一看就是临时搭建的，茅草屋外的木杆上挂着两件粗糙的亵裤，正随风飘荡，画面实在是有几分滑稽。

饮川跃下山峰，跳到了龟壳的旁边，地动山摇间，他抬起前蹄谨慎地推了推龟壳：“重溟，醒醒。”

龟壳一动不动。

饮川又推了推，力度还保持在讲礼貌的范围内：“重溟，醒醒啊！你再不醒，我就站在你的背上了。”

饮川叫了好几遍，山谷间只有风声掠过。

炙玄终于不耐烦地喊道：“老王八别睡了！小心我踩死你！”

江朝戈打了个冷战，饮川不赞同地看了炙玄一眼。

炙玄哼了一声。

那龟壳终于颤了颤，饮川后退几步，静静地等待着。

半晌，龟壳下发出懒散、不耐烦的声音，像是被闷在一口大缸里，变调了不少：“好吵……你们要干什么？”

“重溟，我是饮川。”

“我知道。”那声音慢吞吞地说，“你要干什么？”

“重溟，十二异兽正在逐步觉醒，天地之元必将重返人间，万年之前的纷争可能重演……”

重溟打断他的话道：“那与我何干？我对天地之元毫无兴趣，我现在也不可能再死，我只想在此继续长眠。”

炙玄怒道：“你成天睡有什么意思啊？”

“要你管。”重溟懒洋洋地说。

饮川道：“重溟，等有一天异兽都现世了，天下大乱，你就不可能再有今天的平静生活。万年前你就想与世无争，你如愿了吗？如果这一次你不跟我齐心协力，也不过是历史重演罢了。”

龟壳下再次陷入了沉默。半晌，饮川低下头，把耳朵贴近龟壳的一个口，众人分明听到从里面传来低沉、平缓的呼吸声。

江朝戈窘迫道：“他是不是……睡着了？”

饮川叹了口气，身形一闪，化作人类，众人一起在重溟的背上坐下了。

炙玄道：“我们别管他了，简直是浪费时间。”

饮川摇摇头：“不能让他为啸血所用。”

“可他根本不理我们。”炙玄泄愤地在那坚硬的龟壳上踢踢踹踹。

江朝戈仰躺在龟壳上，看着头顶湛蓝的天空，阳光洒满全身，微风拂面，很是惬意。不知道是不是受到重溟的影响，他一时都有些想睡午觉了。

云息摸了一下龟壳，好奇地说道：“好干净啊，一点儿灰都没有。”

他一说，众人都用手摸了一下龟壳，果然，手指拂过那斑驳粗硬的纹路，却没有带起一丝污物。这么大块的龟壳在山间被风吹日晒，居然会这么干净？

“有人在打扫，应该是他的魂兵使吧。”饮川随口说道，他两道白眉轻锁，显然是在思考如何说服重溟。

过了一会儿，山间遥遥走来一个人，远看是个男人，穿着粗布衣服，拖着一只大野兔。男人见到他们，在原地站了一会儿，才谨慎地走过来。

他抱着野兔爬到了重溟的身上。那是个二十岁出头的年轻男子，相貌堂堂，端正英武，面相有几分温厚，让人心生好感。他的衣衫虽陈旧，但洗得发白，看上去很干净、利落。男人把野兔扔到地上，有些防备地看着这一大帮人：“诸位大人来此有何贵干？”他能感觉到这些人非同一般，不仅个个相貌过人，还散发着强大的魂力，更重要的是有几只天级异兽在其中。

“我们是重溟的朋友。”

“重溟？”男人想了想，往下指了指，“你是说他吗？”

“你不知道他的名字？”

男人无奈道：“我将他召唤出来，他说‘我要睡一觉’，便睡到现在。”

虞人殊奇怪道：“你不害怕我们吗？”

男人反问道：“我平生不做亏心事，也不与人结仇，为何要怕你们？”

“那你知道重溟是什么吗？”饮川问道。

男人点点头：“他是玄武。我虽然一直生活在姑儿山，但也常去附近的城镇，神级魂兵器现世的事，我知道。虽然一开始很惊讶，但我看他只是睡觉，也不害人，就放心了。”男人表情坦荡，言辞淳朴，一看就是心思简单的人。恐怕他就是姑儿山的一个普通猎户，家庭贫寒，虽然也自修了魂力，但并不是很强。这样一个人召唤出了玄武，也不知是幸还是不幸。

饮川笑道：“能告诉我你的名字吗？”

男人不卑不亢道：“在下乔彦。”

“可否坐下，我们聊聊？”

乔彦倒也落落大方，直接在饮川的近前坐下了：“我也有些问题想问各位大人。”

“好，你先说。”

乔彦道：“诸位大人中，可有和他……和重溟一样的上古异兽？”

饮川笑道：“有。我……”他把豆丁形态的炙玄从江朝戈的怀里抱了过来，晃了晃，“和他。”

炙玄正抱着酒壶喝酒呢，也没生气。

乔彦吃了一惊，轻咳道：“那诸位大人来此……”

“我们想让重溟和我们离开此地，共同对抗邪恶的异兽。乔彦，这件事，我们也需要你的帮忙。”

乔彦摇摇头：“我还没和他结契，我担心他出去祸害人，所以就一直把他放在这里守着，但他从不理我，也不会听我的。”

江朝戈道：“你倒真是尽心尽力，连龟壳都给他擦干净？”

乔彦不好意思道：“我闲不住，不干点儿什么就难受。他的龟壳，我隔两三天就要擦一遍。”

江朝戈回头看了看重溟巨大的龟壳，心想这要擦完一遍，得累得腰都要断掉吧？他这岂止是闲不住，简直是变相的多动症啊，和懒到不想挪窝的重溟根本是天壤之别。

“你们还没结契？”饮川笑道，“那你应该和他快点儿结契，这样你才能真正控制他。”

乔彦犹豫道：“其实，我对外界的纷争并不感兴趣。我从小靠打猎糊口，与世无争，他若想在姑儿山一直睡下去，也未必不是一件好事。”

“异兽混战的战火早晚要烧遍整个天棱大陆，姑儿山不会是你的避风港。”饮川缓声道，“乔彦，你是聪明人，你认为你唤醒了上古异兽，还有可能独善其身吗？从他因你而觉醒的那一刻起，你的命运就不由你自己了。”

乔彦沉默了，他知道饮川说的都有道理，只是对眼下局势的了解，他并不比外面的普通人多，加之突然被赋予他无法承担的重任，他下意识地想要回避。

寺斯两眼放光地说：“还等什么？赶紧结契吧。你的魂兵器呢？魂兵器呢？快让我看看。”

乔彦起身从自己的茅草屋拿出一块玳瑁色的盾牌，看上去完全就是一块龟壳，四周还不太平整。他说：“我在姑儿山长大，有一天打猎误入了一片我从未去过的森林，然后就发现了这块盾牌。”

龙芗忍不住道：“你为什么不把他收在兵器里？这样就不用成天给他擦龟壳了。”

乔彦再次无奈道：“他说他要晒太阳，我哪敢不让他晒？”

江朝戈看向饮川：“怎么办？他要是死都不挪窝……”

饮川想了想，把手按在龟壳上，龟壳突然振了一下。

甜梦被打搅，龟壳下发出恼火的声音：“饮川，你想做什么？”

饮川道：“重溟，你醒来，我们好好谈谈吧。你若不肯谈，我们也不会走。”

重溟哼了一声，从龟壳下缓缓地伸出了一个长长的蛇头。

众人吃了一惊，据说玄武首为龟、尾为蛇，果真不假。

那蛇头在半空中晃了晃，好像在伸懒腰，然后吧嗒一声软软地倒在了自己的龟壳上，懒洋洋地说：“说吧。”

“你为何还不和乔彦结契？”

“哦，没结契吗？”重溟把头挪到了乔彦的身边，乔彦眼睁睁地看着那巨大的蛇头离自己不过咫尺之遥，哪怕这是靠他的魂力才达到的，他也感到一阵心惊。

“择日不如撞日，今天你就和乔彦结契吧，这样才方便你晒太阳。”

重溟歪着脑袋，蛇头晃来晃去，仔细端详着乔彦的脸："结不结契，又有什么区别？"

"你不结契，乔彦随时可以把你收进兵器里，让你一直沉睡。但若结契了，你可以吸取他的魂力，他就不能不放你出来。"

"那便结契吧，我喜欢在人间睡觉。"重溟打了个哈欠，把蛇头歪在乔彦的腿上，不动了。

乔彦僵硬地看了饮川一眼。

饮川立刻扔给他一把刀。

江朝戈心想，这绝对是他见过的最简单粗暴的结契仪式了，重溟的口气就像出门买棵白菜那么无所谓。

乔彦接过刀，犹豫了。

重溟抬眼看着他："人类，害怕吗？"

"不，我……"

"你要是还要再想想，我就先去睡一觉。把我的壳再擦一遍，你擦得很干净。"他说完，又打了个哈欠，"雨滴……敲在擦干净的壳上，特别好听，太阳光洒在擦干净的壳上，也特别暖和。"

乔彦惊讶道："你知道？"

"我只是睡觉，又不是死了。"重溟把蛇头在乔彦的腿上蹭了蹭，"咦，这个枕着也舒服……"

乔彦有些无奈。

饮川用眼神无声地催促着。

乔彦一咬牙，将自己手上的皮肤划开，然后去割重溟的皮肉，可那刀尖插在粗硬的鳞片上，竟再难进入半分，他暗自使劲，也只是刺破了一点儿皮。

炙玄拎起炙玄刀，不耐烦地说："我来帮你。"

江朝戈赶紧把他拽了回来："你别捣乱。"

重溟叹了口气，巨大的身体白光微闪，顿时急剧地缩小，众人从半空掉到了地上，那本就脆弱的茅草屋也被摔坏了。

上古异兽玄武消失了，取而代之的是侧卧在地，以手支颐的绝色男子。他衣衫半开，露出大片健壮赤裸的胸肌。他有着深邃而迷蒙的茶色双眸，好像永远也睡不醒，优雅的玳瑁色长发披散了一地，浑身上下都散发着懒洋洋的气息。他随性而慵懒，仿佛世间万物都不值得在他眼底停留。

乔彦瞪大眼睛，大概不相信这是自己召唤出来的。

重溟缓缓地抬起手，朝乔彦勾了勾手指头："来。"

乔彦咽了咽口水，一步步朝重溟走过去，蹲在了他的面前。

重溟接过他手里的匕首，轻轻一划，白皙的手臂上顿时溢出殷红的鲜血。

在乔彦还没反应过来时，他已经一把抓住乔彦的手臂。乔彦一惊，似乎还没做好准备，下意识地想把手抽回来，他却不给乔彦反悔的机会，将两人的伤口贴合在一起，血液交融。

曾经饮川和云息结契时的场面再次上演，白光冲天，风云变色，好像下一秒天就要塌了一般。

江朝戈心想，这个重溟看起来再不靠谱，毕竟也是上古异兽啊。

白光散去，一切归于平静，那块斑驳粗糙的盾牌也恢复了它本来的面目——盾身是一整片长六边形的龟甲，六边锋利如刃，盾牌的反面是一块蛇骨制的把手。这盾牌极大，把一个人完全罩住都不成问题。它既是武器，又是防具，攻守兼备，霸气十足，实在是令人向往的魂兵器。

重溟看了看那块盾牌，若有所思。

炙玄一点儿也不怕揭人的伤疤："重溟，这是你哪块壳做的？"

重溟淡淡地说："最大，最厚，保护我心脏的那一块。"

乔彦拿起盾牌比画了两下，喜出望外："宜攻宜守，好兵器！"

重溟无趣地扭过了头去，对饮川道："这样你满意了吧？可以走了吗？"他看了看天，"夏日苦短，这样的艳阳，我想多享受享受。"

饮川道："重溟，刚才我说的话，你好好想一想吧。"

"你说过什么？我已经忘了。"

"帮我，和我一起阻止啸血。"

重溟打了个哈欠："天地之元尚未出现，你现在让我帮你，是不是太急了？"

"那么等天地之元出现了，你就会帮我？"

重溟懒懒地说："如果夏天恰巧结束了，我可以考虑一下。"他又对乔彦道，"人类，你叫什么来着？"

"乔彦。"

"乔彦，你会按摩吗？"重溟招招手，"过来给我按摩。趴得太久了，下次得换个姿势睡。”

乔彦愣了一下，尽管觉得别扭，可出于对上古异兽的敬畏，还是去给重溟按起了肩膀。

重溟舒服地眯着眼睛：“对了，壬王……在你之前来找过我。”

饮川惊讶地问道：“壬王？什么时候？你知道他现在在哪里吗？”

“大概半个月前吧，他已经感觉到你醒了，说要去找昆仑山找你。”

饮川皱起眉：“半个月前我就在昆仑山，若他来找我，又怎么会错过呢？”

江朝戈心里顿时有些不好的预感，壬王要么是有事耽搁了，要么很可能碰到了一些能阻碍他的事情。如果是后者，那多半是非常严重的，否则又有什么能阻碍壬王呢？

饮川显然也想到了，他追问道：“壬王还说了什么？”

“忘了。”重溟摇摇头，“你们废话好多，我懒得听。”

饮川的表情明显沉了几分：“重溟，你可愿意现在跟我离开？”

“不愿意。”重溟道，“不过，我可以答应你，若天地之元现世，我就去找你。”

“好。”饮川站起身，“我本想留在这里劝你，但我担心壬王，决定现在就去找他。”

“快走吧。”重溟催促道，他跟没骨头一般躺在乔彦的腿上，眼神已然迷离起来。

饮川果然一刻都不多留，带上众人飞速离开了姑儿山。

炙玄道：“壬王能出什么事啊？啸血在西方，而且两人交过锋，啸血的魂兵使较弱，夙寒又在天鳌城。”

“算算时间，他去昆仑山的时候，应该能和我们碰上，但我们一点儿都没感觉到他，我担心有我们还不知道的异兽苏醒了。”

“又或者他改变主意，去其他地方了？”江朝戈道。

“也有这个可能，还是去确认一下吧。”

“怎么确认？”

“去空桑城吧。”虞人殊道，“那是却氏的据地，消息最是灵通，除非壬王大人从人间蒸发，否则不可能打探不到他的消息。”

炙玄不满道：“为什么壬王也是大人？你怎么从来不叫我大人？！”

江朝戈安慰他道：“叫大人未免生疏了，我们不是朋友吗？”

炙玄不屑道：“谁要跟人类做朋友？”他旁若无人地抱住江朝戈的脖子，甜丝丝地一笑，“我只跟你做朋友。”

虞人殊忍不住道：“你和他一兽一人，本就……”他话说了一半，又觉得不妥，硬生生地咽了回去。

天戎双眸微眯，若有所思。

炙玄瞪起眼睛：“别以为我不知道你想说什么！我们和夙寒他们不一样。”

虞人殊沉声道：“虞人奎……他早晚会后悔的。”

江朝戈看着虞人殊，一言不发。他能理解虞人殊复杂的心情，他愤恨于虞人奎篡夺皇位，并且委身于邪兽，让皇室蒙羞。可他这人又重情义，在内心深处，他对这个兄长多少还是有一点点儿兄弟之情吧？也因为如此，他担心虞人奎以身伺兽，不会有好下场。

空桑城离姑儿山并不远，他们隔日便抵达了。来到空桑城近郊，他们乔装一番，除炙玄外的其他所有异兽都进入兵器里，一行人步行入城。

空桑城戒备森严，城门口有重重兵力把守，一副如临大敌的样子，让人很是不解。在上古异兽苏醒的情况下，难道加派人手就能给百姓安全感吗？

虞人殊道：“他们要么是在盘查我大哥，要么就是要防止虞人奎的眼线进入空桑城。”

寺斯感叹道：“空桑城好繁华啊。”

“空桑城是天棱大陆最大的魂器制造城，自然是很繁华。”

他们低调地跟着人流进入空桑城。

江朝戈许久不曾来过大城市，打算趁机好好采购一番，云息显然也有此打算。不过他们暂时不敢乱跑，而是先找了个落脚的地方，商量好各自的分工——采购的采购，收集线索的收集线索，这才出发。

江朝戈又给炙玄储备了一大堆酒，乐得炙玄合不拢嘴。

他把两个纳物袋都装满，才领着炙玄回到客栈。

此时云息刚好进门，他一见江朝戈就说：“江大哥，你不是一直说，你玩匕首比刀厉害，想要一把好匕首吗？”

“是啊，你看到好匕首了？”

“上次在昆仑仙境，我砍下了一只肥遗的指甲，这只肥遗没有千年修为，但至少能做成一把玄级魂兵器的匕首。”

江朝戈眼睛发亮：“好啊！我早就想要一只肥遗了。”两次领略了肥遗的厉害，他对这东西真是又爱又恨，“你刚才是去买材料了？什么时候能做好？我们……”

云息伸出三根手指头，不客气地说：“三百枚金币，给你做成专属魂器。”

江朝戈的脸一下子垮了下来：“云息，谈钱就伤感情了。”

云息摇摇头：“我也缺钱，好的兽料和草药都是非常非常贵的，你要是不要，我就做了卖给别人了。”

“别、别、别，你让我想想办法，但我现在真的没有三百枚金币。”

炙玄朝云息露出凶恶的表情：“快给他，不然我咬死你。”

云息后退了一大步，简直欲哭无泪。炙玄的蛮横不讲理，一向是浑然天成。

江朝戈拍拍炙玄的背：“哎，别吓唬他。”

云息心有余悸地说：“反正我不会免费给你的，我还要买好多东西包括做土枪和土炮的材料，有了这些，我们也能更好地保护自己。”

江朝戈点头道：“有道理。”

“所以，你快给我钱啊。”云息强调道，“必须是整数。”

江朝戈想想自己现在囊中羞涩，养活着这么一大帮人，还个个只会花钱，他压力多大啊！现在他手头的金币不足一百枚，甚至不够给云息买几样好的兽料。他咬咬牙：“你等着，我想想办法。”

他去找虞人殊，把他们的财务状况添油加醋地说了一遍，主题就是：要卖虞人殊的东西。

虞人殊此时心情还是有些低落，也懒得计较了，便沉声道：“你把那些东西给我看看，能卖的，你就……自行处理吧。”

江朝戈喜出望外，立刻打开纳物袋，把那几十样珍宝一个一个地拿给虞人殊挑。

虞人殊挑出一大半来，剩下的那些，便是有特殊意义的了。他道：“有些东西是特殊的贡品，空桑城是个大城，难保珠宝铺的人看出来，你最好想想办法，别暴露了行踪。”

“这个你放心。”他人生中的第一桶金，就是在黑市上倒卖东西得来的，这对他来说简单得很。

其他人看宝贝也看得眼花缭乱，毕竟大多是皇子才配拥有的瑰宝，他们见都没见过。寺斯蹲在地上直流哈喇子，抱着一套金玉茶具哭号道：“我想要这个，我想要这个！有了这个，我一定能买到一把好弓。”

江朝戈从他的手里抢过茶具：“你带我们去昆仑仙境的报酬，已经给你了，那棵金叶树还不够你买一把好弓啊？”

寺斯哭丧着脸道：“我把金叶树给我爷爷了，养活那么大一个村子的人，需要很多钱的。”

云息安慰他道：“若是有好的兽料，我一定给你做一把好弓。不过你可能也付不起我要的价钱……”

寺斯更大声地哭号道：“你还跟我谈钱！”他就差满地打滚了。

云息掏了掏耳朵，弱弱地说：“你别叫了，好吵。做一把好的魂兵器，光是各种各样的材料，就可能花掉几十枚金币，你不给我钱，难道让我倒贴给你啊？”

寺斯眨巴着水汪汪的大眼睛：“你看我以身相许行吗？”

云息浑身一僵，迅速退到了角落里，脸憋得通红，结结巴巴地说：“别、别……”

寺斯一把扑了上去，抱着云息大叫道：“我没钱，但我有人！”

云息像被非礼的小媳妇般，惊悚地叫道：“别、别、别……”他一边喊，一边下意识地朝饮川投去求救的目光。

众人哄堂大笑，饮川也跟着笑了两声，这才温声道：“寺斯，别闹他了。”

寺斯这才笑嘻嘻地放开他。

江朝戈轻咳两声：“咱们在空桑城待几天，让我把这批东西处理了再走。”

虞人殊闷声道：“现在确实不能走，我去打听了一圈，都没有我大哥的消息。”

“也许他是秘密入城的。”

“如果是那样倒好，但万一他根本没来空桑城……”虞人殊抓了抓头发，“天棱大陆这么大，真不知道要去哪里找他。”

饮川摇了摇头：“找一个人可能很难，但找一只异兽……竟然连壬王也没有消息，他究竟去哪里了？”

“也许壬王化作人形混在人群中了。”炙玄道，“他的魂兵使是个瞎子，你从这条线索入手，也许更快点儿。”

“对呀。”饮川呵呵笑道，“炙玄，你好像变聪明一点儿了。”

江朝戈把挑选出来的宝贝收进纳物袋，准备出门去找渠道卖掉，刚走到门口，他突然想起来：“对了，这里离胡安城有多远？”

虞人殊道：“不远，三四百里。”

江朝戈干脆地说：“我去胡安城，那里有港口，最方便出货。我也能去给孟老上上坟。龙芗，醉幽，你们带我们去。”

龙芗点点头。

虞人殊叮嘱道："路上小心。"

江朝戈本想只带云息去，但寺斯也硬要跟他们去凑热闹，没办法，江朝戈便把他也带上了，醉幽载着他们往胡安城跑去。

隔日下午，他们来到了胡安城。故地重游，江朝戈心里无限感慨。

这是他在天棱大陆待得最久的一个地方，待在这里的时光也是他最安逸的一段时光。他曾经一度把孟老的家当成了他的家，也是在这里，他留下了在天棱大陆最难过、最沉重的回忆。

胡安城还是原来的胡安城，人丁兴旺，车水马龙，似乎并没有受到神级魂兽现世的影响，反而比以前更繁华了。

寺斯就跟当初他进城那样，兴奋地看个不停，时不时还要买些便宜的小玩意，说要带给阿萨玩。

龙芗忍不住道："阿萨比我还大两岁，怎么会玩这些小孩子的东西？"

"你不玩，不代表他不玩啊！他从小就想跟我跑出来见见昆仑山外的世界，只是他胆子小，一直不敢出来，我给他带回去什么，他都喜欢。"寺斯把玩着手里的小彩球，"老板说这是海外的东西，阿萨肯定没见过。"

江朝戈想起当初他为了赚钱，也曾经这么忽悠过客人，不禁笑了笑。

炙玄似乎也有些感触："这是我最熟悉的人类城镇了。"

"可不是，你那时候，一宿一宿不睡觉，要我满街给你找酒喝，带你出来玩。胡安城的每一条街，我都带你走过无数遍。"江朝戈说着，不自觉地笑了起来，那时候他和炙玄还相看两相厌。炙玄嫌他太弱，瞧不上他，他为了能回自己的世界，忍辱负重地讨好这熊孩子，后来他们的感情就慢慢地变了。当初谁能想到，他们会走到今天呢？

炙玄忍不住搂住江朝戈的脖子蹭了蹭，小声说："我希望我们从来都没离开过这里……"

江朝戈心中莫名地一痛。是啊，如果一切都还在昨天，孟老没死，他们没有面临这么多的强敌，那该多好！如果能够安稳地在天棱大陆活下去，他回不回自己的世界，又有什么关系？

江朝戈带着他们去港口转了转。他以前在胡安城，就时常来港口找刚下船的兽料、药草。这里往往比铺子里卖得便宜，还新鲜，也因此，他知道哪些船家背地里是做走私的。若是能有渠道把东西卖到海外去，既安全又能很快赚到钱。

他找了一个船家，隐晦地说明了自己的来意，船家一副惶恐的样子："大人，我可不知道你在说什么啊，我是正经运货的。"

江朝戈挑了挑眉，没说什么就走了。他连问了两家，对方都是这样的反应，这让他很是疑惑，难道他离开之后，发生了什么变故？以前这里的很多船家，可都是靠走私糊口的。

碰了几个钉子，江朝戈怕引人注意，就不再问了，又带上几人去珠宝铺。

他找了一家人最少的珠宝铺走了进去，老板很热情地迎了上来："几位大人，欢迎光临小店。"

江朝戈在店里挑挑拣拣，和老板聊了起来，一点点儿地套话。没聊一会儿，老板就猜到他的意图了，犹豫了一下，悄声说："大人，您进里面来聊？"

江朝戈含笑点头。

他们正要起身进屋，一个一身华服的男人领着个娇俏的姑娘进来了，姑娘开心得直笑。

江朝戈扭头看了一眼，那男人微微发福，面色红润，春风满面，可怎么看怎么眼熟……

"孙安！"

男人愣了一下，在看到江朝戈的时候，似乎不敢相信自己的眼睛，狠狠地揉了揉眼睛："大、大、大哥！"

江朝戈高兴地走了过去："孙安，真是你这小子！"他刚才只是试探地叫一声，没想到真的是故人。说实话，他有些不敢认。他对孙安的印象还停留在那个一脸倒霉相，入不敷出的小贩上，没想到短短几个月，孙安把自己养得白白胖胖，一身好衣服，俨然是个公子哥了。

孙安激动得眼角都流出泪了："大哥，没想到你还活着……"

江朝戈笑道："我也挺惊讶的，我居然到现在还活着，这位是弟妹？"

"对、对，欣儿，这是江大哥，是我的大恩人，我能有今天，都是托江大哥的福。江大哥，这是我的妻子欣儿。"孙安一脸幸福和满足。

江朝戈看着孙安的笑颜，心情大好。这么长时间以来，总算有一件能让他感到温暖、美满的事了。他在天棱大陆的旅程充斥着血腥和危险，眼前的一幕是多么难得啊。

“江大哥好。”欣儿乖巧地叫了一声，看着炙玄，惊喜地说，“哇，江大哥的儿子好漂亮啊！要是我也能有一个这么漂亮的孩子该多好。”

炙玄脸色一沉。

孙安也附和道：“是啊，是啊……呃，不过，过了一年，他好像没怎么长大啊。”

江朝戈打哈哈道：“他挑食，不爱长。”

炙玄刚要发作，江朝戈捏了捏他的腰，把他的脑袋转向了自己的方向。他哼了一声，开始咬江朝戈的衣领泄愤。

孙安看向其他人：“这几位是？”

江朝戈道：“哦，这是孟老的孙子。”他指指龙芗，“其他人是我朋友。”

“哦，孟老现在何处啊？我一直想去拜会他老人家。”

江朝戈勉强地笑道：“他……在别处颐养天年呢。”

“好，好啊。”孙安笑道，“江大哥，你此次回来是为了……”

江朝戈笑道：“缺钱花了。”

孙安马上道：“大哥，你走后，我用你给我留的钱又赚了不少，你想要，只管开口。”

江朝戈摆摆手：“我不要你的钱，不过，我确实需要你帮我点儿忙。”他压低声音道，“放心，好处少不了你的。”

孙安两眼发光。

江朝戈把孙安拽到外面，找了没人的地方，把事情说了。

孙安道：“这事儿你找我就对了。港口那边现在确实走不出货了，说起来还是因为你。上次三皇子来胡安城抓你，在港口设下埋伏，结果他发现了港口有不少船家走私，便下令彻查，那时候抓了不少人，现在大家都不敢了。”

江朝戈心想，原来还怨他啊。他问：“那你可有办法？”

孙安笑道：“他们明面上不敢做了，其实私底下还在做，只要有钱赚，就有人敢冒险，但是，不熟的人的生意，他们是不接的。大哥，你那些东西，我保证都帮你走出去。”

江朝戈喜道：“这样最好。那里面那个老板……”他担心走漏风声了。

“无妨，也是我的朋友。”

江朝戈拍着孙安的肩膀，赞赏道：“你小子现在真是不一般了呀。”

孙安不好意思地笑笑：“都是托江大哥的福。我每天都给菩萨上香祈福，祈祷江大哥平平安安。你是我这辈子最大的贵人，不然，我哪有今天？更别提能娶到欣儿，还让我爹娘过上这么好的日子了。”

江朝戈哈哈笑了起来。当年也算无心插柳，如今让自己多了一条路。人生就是这么充满了惊吓，也充满了惊喜。

孙安把他们安排在了胡安城最豪华的客栈，设宴给他们接风洗尘，相当有排场。寺斯从来没吃过这么多好吃的，高兴得上蹿下跳，相比起来，年纪最小的龙芗却显得最是沉稳，安静地吃饭，没有必要就不多说话。

晚上回到客栈，江朝戈让客栈的人去给他买了一些纸钱、香烛等，抱着炙玄，步行往孟老从前的住处去。

入夜之后，街上的人不多，炙玄的脸蛋贴着江朝戈的脖子，感受到他的心情低落，用自己身体的热度无声地安慰着他。

来到他们曾经居住过的地方，一看那年久失修的大门和锈迹斑斑的锁头，就知道这里已经许久不曾有人出入。江朝戈看着大门，深深地叹了口气，足尖一点，直接跳上了两米高的围墙，一个起落就跃进了院子里。

院内杂草丛生，更显凄凉。

江朝戈走进他曾经居住过的小屋，用手指在床上一抹，一层厚厚的灰。在这里，无数个夜晚，他盘坐在这张床上修习，累了，就抱着炙玄入眠。那时候的日子无比简单，他弱得一塌糊涂，刀拿久了，手都会抖，甚至无法让炙玄以成人的模样示人。可那时候他比现在有安全感，也许是因为那个时候他不用承担现在的重任。

炙玄在江朝戈的耳边轻声说：“你第一次给我洗澡，是在那个盆里。”他指着那个脏兮兮的木盆。

“是啊。”江朝戈淡笑道，“那时候你还不乐意，洗过一次，你觉得舒服，就老缠着我给你洗。”

“那当然了，我没洗过怎么知道舒服？”炙玄道，“我以前从来没和任何人类接触过，我不知道人类知道这么多让人舒服的方法。”

江朝戈扑哧一笑，他笑，是因为炙玄脸上满足的小表情很可爱。

炙玄使劲地蹭了蹭江朝戈的脖子：“不过，我还是只喜欢你这个人类，其他人都不许靠近我。”

“放心吧，没人敢靠近你。”江朝戈拎上祭祀的东西，往后院走去，那里有一座坟。

不到一年的时间，坟前已经长满了野草，石碑历经风吹雨打，显得有些斑驳，江朝戈把炙玄放在地上，抽出匕首清理起野草来。做完这一切，他将纸钱和花压在坟上，倒上三盅酒，席地而坐。

炙玄拿起酒杯的瞬间，变成了成人的模样。

江朝戈和他互相碰杯，又齐齐地撞了撞孟老的墓碑，然后对视一眼，一饮而尽。

江朝戈沉声道："孟老，我回来看你了……当初如果不是你一念之差救了我，现在被埋在土里的应该是我，而不是你。我已经知道如何回我们的世界了，只要再等等，应该就能回去。其实我对我们的世界的记忆和感情已经越来越淡了，可能是因为我在那边也没什么亲人吧。不过，我还是要回去，一定要回去。"他抓住胸口的项链，那是孟老留给他的怀表，"我会亲手把这块怀表交给你的家人，给他们一个交代，你放心吧。"他抓起酒壶，将酒洒在墓碑旁边的土地上，那酒液迅速渗入泥土，只留下丝丝酒香。

江朝戈深吸一口气，胸闷，堵得慌。

炙玄搂住他的肩膀："我们一定会亲手给他报仇的。"

江朝戈目光坚毅："一定。"他放松地靠在炙玄的身上。他觉得自己很幸运，尽管来到了陌生的世界，却从始至终都不是孤单的一个人，最好的一点是，炙玄绝不会死在他前面。

两人在坟前坐了半个晚上，江朝戈断断续续地说了很多话，才在炙玄的搀扶下离开。

第9章 巫祖后人

第二天天没亮，孙安就来到客栈。

约定的时间到了，江朝戈却睡过了头，他头疼欲裂，身体酸痛，强忍着不适爬起来，和孙安离开客栈去港口。

孙安领着他们走进一个废弃的船坞，那地方根本就不像会有人来的样子，却没想到是一个黑市交易场所，而且显然已经初具规模。

孙安连对了三遍暗号，又被搜了身，才被准许进入。

走进去之后，江朝戈和云息顿时像是发现了新大陆，眼睛都开始发光了。

这个船坞占地面积很大，放眼望去，随处可见废弃的造船材料、工具和模型。船坞因年久失修，木材腐朽，棚顶渗水，地板漏洞，看上去实在像危房，可就是在这么一个地方，居然藏着一个地下交易市场。

孙安介绍道：“这个市场一个月只开放两天，从现在到天明，两个小时后，这些人就都不见了。”

云息搓了搓手：“时间这么短。”他感觉根本不够自己挑的。

“是啊，时间长了不安全。”

一个精壮的汉子走了过来，恭敬道：“孙大人，您今天想看看什么？”

“我带我大哥出几样货，赵老板在不在？”

“在，请跟我来。”

云息指着一个书摊：“哇，好多书，我要买一些。”

江朝戈经过书摊时看了一眼：“这都是什么书啊？封皮都看不懂，你看得懂？”

“不是给我的，而是给老师的。老师说，让我多给他买些书，什么书都行。”

孙安一听：“这些书全买了也不值几个钱，大哥，我让他全给你送客栈去？”

江朝戈笑道：“好啊。”

云息高兴地说：“我那些医书和工具书，老师都翻了几遍了，他说，他要把他沉睡时落下的知识都补回来。”

“那要看到哪辈子？”寺斯难以置信地说。

“反正他有用不完的时间。”

江朝戈道：“云息，你找找适合做纳物袋的材料，我们这么多东西，鲸鱼纳物袋也要放不下了。”

“好。”

孙安招来一个人：“云息老弟，你想买东西，我就找个人专门带着你，不然不安全，你跟着这个小哥四处去逛吧。”

江朝戈道：“寺斯，你跟着云息。”

云息摩拳擦掌，准备大肆采购一番。

江朝戈和龙芗被带进了一艘建了一半的捕鱼船里，幽幽的烛火从船里透了出来，神秘而危险。江朝戈一脚踩在船上，船身轻晃，木板嘎吱作响。他心想，这破船就是突然散架了也不奇怪。

几人走了进去。船里别有洞天，站了一屋子的魂兵使和保镖，一张鉴宝桌摆在船舱正中间，各式工具罗列一排，墙上新装的架子上摆着几样珠宝，江朝戈一眼扫过去，没几样特别值钱的，不禁对这个赵老板的财力产生了怀疑。

孙安一下子就看穿了他的顾虑，压低声音道：“好东西不放出来的。”

江朝戈点点头。

赵老板叼着烟袋，见到孙安，扯着脸皮子笑了笑：“孙老弟，好久没见你在这儿出没了。”

“没好东西，怎么敢来献丑？”

赵老板挑挑眉，目光落到了江朝戈和龙芗的身上：“言下之意，这两位大人是带了好东西来啊。”

江朝戈笑道：“好东西有几样，就是不知道赵老板有没有胃口吃下去。”

赵老板眯了眯眼睛：“这就要看大人带了什么好东西了。”

江朝戈扫了一圈他那些珠宝，故意露出不太信任的表情。

来这种地方出货的，货源肯定都有问题，要是拿出来看了，买家却出不起价钱，卖家还暴露了，所以赵老板能理解江朝戈的顾虑。他掏出一个纳物袋，在船舱里释放出来，手钻进纳物袋里，拎出来几个上锁的木箱子。

赵老板打开三个箱子。

第一个箱子里装着一大串孔雀绿珍珠项链，每一颗珍珠都浑圆莹润，透出幽绿的色泽，一看就是上好的海洋珍珠。

第二个箱子里是一个冰种翡翠蝉雕，足有一只成人的手掌大，翠绿剔透，美不胜收。

赵老板看着江朝戈表情的变化，露出得意的神色："怎么样，这几样可还算拿得出手？"

江朝戈笑着点点头："都是不凡之物。"他的目光落到了第三个箱子。

赵老板神秘地一笑："这两样宝贝虽然价值连城，但都是天棱大陆的东西，不过这第三样宝贝，算不上珠宝，却是真正来自海外的稀罕之物。"

江朝戈来了兴趣："哦，究竟是什么东西？"

赵老板解释道："我的意思是，它就算在海外，也是极其稀罕的东西，可不是那些异国的寻常之物拿到咱们天棱大陆来以次充好的。"

就连孙安都好奇了："赵老板，别卖关子，快给我看看啊。"

赵老板按着木箱，笑道："礼尚往来，这位大人是不是也该让我先开开眼界啊？"

江朝戈干脆地拿出了三样皇室珍宝，看得赵老板心花怒放，啧啧称奇。

两人你来我往地谈起了价钱，这过程说是唇枪舌剑也不为过，炙玄听得连连打哈欠，趴在江朝戈的耳边懒懒地说："不如我帮你咬死他吧。"

江朝戈顺了顺他的头发，把他的脑袋压在自己的肩窝处，示意他别说话。

龙芗全程戒备，冷冷地盯着赵老板身后的十来个魂兵使，他拿着江朝戈的钱，一直尽责尽力地保护着江朝戈。

最终，两人谈拢了价格，以一千一百枚金币成交了三样珍宝。这样的天价让人听着都耳膜发烫，毕竟对于一个普通人来说，三五枚金币就差不多能吃喝一辈子了。

赵老板把一大箱子金币放到江朝戈的面前，江朝戈一一点过之后，收进了纳物袋里，赵老板也喜笑颜开地收起了宝贝。

江朝戈道："赵老板，现在可以让我们看看这最后一样海外的宝贝了吧？"

赵老板神秘地一笑，打开了木箱子，里面赫然挂着一样火红色的毛茸茸的东西，江朝戈和孙安贴上去看，一时都没看出来是什么。

只有龙芗的脸色一变。

赵老板将箱子转了过来，几人这才看清楚，这居然是一顶假发！

这顶假发很长，足有及腰的长度，颜色赤红如火，细腻、顺滑而有光泽，简直是一件价值极高的艺术品。江朝戈猛地看向龙芗。龙芗和虞人殊一样，都用布巾把头发包裹了起来，但看见他苍白的脸色，江朝戈知道自己没猜错，这跟他的头发是一样的。

龙芗腾地从椅子上站了起来，他一动，赵老板身后的魂兵使都如临大敌，纷纷抽出了武器，船坞里一时间剑拔弩张，气氛很是紧张。

江朝戈拉住龙芗的手，打圆场道："不好意思、不好意思，我侄子没见过这样的珍宝，又从小就爱听些海外异族的鬼怪传说，见到这红发，一时有些激动。"他给龙芗使了个眼色，让他坐下。

龙芗僵硬地坐下了，只是额上渗出了冷汗。他反握住江朝戈的手，用力攥了攥，手心也全是汗。

赵老板将信将疑，戒备地将那假发收了起来。

江朝戈道："慢着，赵老板，可否说说这假发的来历？"

赵老板犹豫了一下，道："这是海外异族一位贵族少女的头发，在那个国家，只有养尊处优的贵族才会有这样一头火红的，不含杂质的头发。那个国家的女性一生都不会剪头发，这位贵族少女早夭，死了之后，喏，有人便得到了她的头发。"

江朝戈心想，多半是去刨人家坟了吧？真够缺德的！他不动声色道："这头发真是美极了。"

"是啊，天棱大陆上绝没有这样的红发，从南方港口走私来的一些红发奴隶，头发也不会有这么纯净的颜色。"赵老板暧昧地一笑，"我之前也得到过一顶红色的假发，不过长度、成色和这顶比，简直是云泥之别，可还是卖出了一百枚金币的高价。买主是个大贵族，专门买来给他那肌肤赛雪的小妾的。啧啧，那雪白的皮肤配上这么一头红发，该多诱人啊。"

江朝戈"哦"了一声："这些假发都是从南方港口来的啊？"

"是啊，咱们胡安城的船虽然也出海，但没有大船，去不了很远的海域，大多以打鱼为生。但南方苏氏可是有好几支船队，从海外流进天棱大陆的好东西，基本都是从南方港口来的。"

“那这顶红发……究竟来自哪个异国？”

赵老板摇摇头：“这我可就不知道了，我只知道，长着红头发的异国民族叫龙汶族。”

龙芗喉头一紧，顿时呼吸都有些不畅。

江朝戈有些心疼龙芗，他甚至生出了买下这顶假发的冲动，不过也只是想想——这么一样东西买来没有任何用处，还会浪费掉大笔金币。

就连炙玄也被那头发吸引了注意，当赵老板把头发收起来后，他就盯着龙芗看。

江朝戈怕炙玄说出什么不该说的，便匆匆告辞了。

一走出船坞，炙玄就对龙芗说：“那个，我喜欢。”

龙芗脸色铁青，没理他。

炙玄问江朝戈道：“我皮肤也白，如果我戴上红色的假发，是不是也很诱人？”

江朝戈差点儿吐血，迎着孙安怪异的目光连忙解释道：“童言无忌。”

这时，云息也采购完毕了，心满意足地来找他们，一见面就高兴地说：“我刚好花掉了两百枚金币，不多不少，整好两百枚。”

江朝戈拍拍他的肩膀：“干得好。”

寺斯笑嘻嘻地说：“云息还给我买东西了，真好。”

云息瞥了他一眼，小声地说：“是你强迫我的。”

云息和寺斯同时注意到了龙芗阴沉的脸色，不解地问道：“小龙芗，你怎么了？”

少年咬着淡色的嘴唇，摇了摇头。

孙安把他们送回了客栈，江朝戈打算给他一百枚金币，他却怎么都不收。

孙安前脚走，醉幽后脚就迫不及待地从兵器里跑了出来，一把抱住龙芗，心疼地摸着他的脑袋，无声地安慰着他。

龙芗眼圈有些发红，背脊僵硬了一会儿，便微微把头靠在了醉幽的肩膀上。

云息和寺斯面面相觑，江朝戈把在船坞发生的事说了出来。

寺斯道：“这是好事儿啊，龙芗，你又多了一条找到故乡的线索。”

龙芗点点头：“只是……”

“看到那假发，思乡情切是吗？”江朝戈道，“我看你的头发比那假发还要好看，说不定你也是大贵族，如果是这样，到时候就更容易找到你的家人了。”

龙芗点点头。

醉幽抚着他的脸，柔声道：“小芗，无论你去哪儿，我都会陪着你，我会用一生的时间陪你找到你的家乡、你的家人。”

龙芗点点头，看着醉幽温柔的笑容，心情渐渐平静了下来。他不好意思地坐直了，轻声说：“你……也是。”

“嗯？”醉幽没听清。

“你也是我的家人。”龙芗说完，脸上浮现一层薄粉色，与他平时冷淡的样子大不相同，终于有了几分少年人的可爱。

醉幽明眸闪动，隐隐有一丝感动，他再次用力抱住龙芗。

江朝戈道：“龙芗，我们早晚会去南方，到时候一定去港口给你打听打听。”

龙芗点点头：“我就是从那里逃出来的……存够了钱，我肯定要回去。”

“好了，半夜起来，大家都去补个觉吧。”江朝戈自己也直打哈欠。

龙芗和寺斯走后，云息却没有动，似乎有话要说。

江朝戈道：“怎么了？你不困啊？”

云息摇摇头：“有件事，我一直想找机会跟你说，但都没什么合适的独处时间，而且，之前我也不是很确定。”

“怎么了？”

云息犹豫了一下：“你还记得当时老师为你冲破经脉，你濒死时，老师让你念的那句咒语吗？”

江朝戈立刻精神了：“当然记得这事，呃……不过，我已经想不起来咒语的内容了。”

“我还记得。不过，我也不知道那句咒语是干什么的，直到我们在耳俔族的村子里住了几天……”云息道，“我从耳俔族人那儿，学到了一些昆仑山外没有的医术，以及制造魂兵器的特殊材料、技巧，当时，我无意中在一本书上看到了类似的咒语。”

“可那咒语根本不是汉语呀。”

“对，那应该是古汉语，所有魂器师都会一点儿，因为召唤兽魂的魂咒语必须用古汉语说出来。越是厉害的兽魂，召唤起来难度越大，需要的魂咒语可能就越多。所以，虽然我们可能无法阅读古汉语的书籍，但我们多少知道一些单字的读音，我当时看到那句咒语，就读了一遍，发现读音跟老师教给你的那句很像。”

“饮川说，那是凝聚元神，修复身体的咒语。不过，我不是魂器师，我念了也有用？”

云息面色有些凝重：“那些……也不是魂咒语。”

“嗯？那是什么？”

“那是……巫咒语。”

江朝戈一惊：“巫咒语？”

云息点点头：“我翻看的是耳倪族大巫的书，当时只是随手翻翻……我看到那句咒语后，也不敢确定，就去问了大巫。大巫说，那句咒语正是修复身体用的，但是只对咏诵的人自己有效。”云息咽了口口水，“可我那时候还是不敢确定，我想，会不会这是耳倪族大巫自创的，只是个巧合，我不敢问太多，怕他怀疑。结果，今天在一个书摊上，我又发现了一本古巫书，居然也有那句咒语。”

江朝戈甩了甩脑袋：“等等，既然是巫咒，那么是具有巫力的人咏诵才有效啊！”

“是啊。”云息紧紧地盯着江朝戈。

江朝戈指了指自己，又看了看炙玄，难以置信地说：“难道，我有巫力？”

炙玄瞪起眼睛：“你有巫力？难道你的身上也流着那些臭巫祖的血？”

“很有可能。大巫其实就是流淌着上古巫祖血液的巫祖后人，经过万年时间的繁衍，巫祖的后人遍布天下，你也有可能刚巧是其中一个。”

江朝戈一时很是疑惑：“我有点儿疑惑。第一，我不是这个世界的人，第二，饮川又是怎么知道我可能隐藏着巫力？”

云息道：“我跟老师讨论过你的那个世界，我想，你应该也意识到了，这两个世界一定存在着某种联系，就像一对双胞胎。试想，若是一对双胞胎，生时一模一样，但是放到不同的环境里生长，自然也会变成不同的两个人。”

“不，恐怕不仅仅是双胞胎……”江朝戈想得冷汗直冒，“若我传承了这个世界的巫祖的血脉，却在我的世界长大，那么就证明，这两个世界从前很可能是同一个！”

云息点点头：“至于老师为什么猜测你具有巫力，也许他就是能知道你有巫力，也许就像他说的那样，死马当活马医吧。”

炙玄叫道：“江朝戈！你不可能是巫祖的后人，我最恨那些臭巫祖！”

江朝戈苦笑道：“祖宗啊，这也不是我能决定的啊。”

炙玄想了想，这确实也不是江朝戈的错，可他还是相当不爽：“怪不得那时候，我感觉到了一股很让我厌恶的气息。一定是你念巫咒时，巫祖血统觉醒了，我还以为是我的嗅觉错了。”他气哼哼地一把推开江朝戈，也不知道是在跟谁生气。

江朝戈摸着炙玄的脑袋：“好了，别闹啊，就算我的身上真的流着巫祖的血液，也就跟大国师、尤准差不多，只是具有一点儿被稀释了的巫力，本质上还是人类，什么都没变。”

炙玄噘着嘴，生了一会儿闷气，又转过来蹭江朝戈的肚子：“算了，我不怪你了。”

江朝戈扑哧笑道：“谢谢你这么大度。”

云息道：“总之，江大哥若是具有巫力，总不是一件坏事，至少关键时刻还救了你的命呢。”

“对呀，这是好事儿，你把那句巫咒再教我几遍，这次我一定要记牢了。”

云息干脆把巫咒的念法写了下来：“这些巫咒不可以乱念的，你毕竟不是大巫，只是具有一点儿巫力，随便念巫咒不知道会产生什么后果，所以练习的时候，别发出声音。”

“我知道。”江朝戈把那字条收了起来，有些兴奋地说，“你说，我现在去学些大巫的本事怎么样？”

云息摇摇头：“你千万别有这种想法。”

“为什么？”

“所有的大巫，都是由年长的大巫在其刚出生的时候就挑选好的。这个未来大巫的候选人，必须巫力强大，有足够的资质担此大任。年长的大巫要把候选的大巫从婴儿时开始养起，用各种草木、蛊虫、丹药强化他的身体，从小灌输他数不清的巫力知识，让他学会如何控制和运用自己的力量，诸如咏诵巫咒都是最简单的，还要学习祭祀、祈福、占卜、召唤、下咒、解咒，等等。为了变得更强大，大巫必须不停地去学习和试验新的巫咒，比如让你来到这个世界的巫咒，这些巫咒在试验和施行的过程中，都有可能失败，并造成无可挽回的后果。所以，每一个大巫都学富五车。没有这些经验的积累，是不可能成为大巫的。”

江朝戈深吸一口气：“第一次听你说这么长的一段话。”

云息抓了抓头发：“反正，你都这么大了，是不可能成为大巫的，你能记住这么一句救命的咒语就行了。”

“我明白了。”

“还有，这件事……别告诉老师。”云息眼神有些闪躲，好像做错事的孩子，“老师既然不说，一定有他的道理。他可能是怕你知道了会乱用巫力，所以你别告诉他，更别让他知道是我告诉你的。”

江朝戈笑道：“放心吧，我绝对不说。不过……”他看了看云息，又看了看炙玄，“你们不觉得饮川真的有很多秘密吗？”

炙玄耸耸肩："他脑子里装了那么多东西，如果全都告诉你，你早烦死了，还不如不知道，让他去想好了。"

云息道："老师确实有很多秘密，但他不告诉我们，肯定……"

"有他的理由。"江朝戈掏了掏耳朵，"你被你的老师洗脑了，恨不得把他当神仙供着。"

云息脸一红："可老师确实就像神仙一样。"他眼里透出崇拜的光芒。

"好了、好了，这回你带回去一大车的书，你的神仙肯定高兴坏了。"

云息笑道："我也买到了制造纳物袋的兽料呢。"

"太好了，这回一定要给我做一个专属纳物袋！"

在胡安城的几天，江朝戈办了几件事：一是把孟老的故居托付给孙安，让孙安定期给孟老扫扫墓；二是找上情报贩子，买壬王和大皇子的消息。

三天后，他们得到了一条关于壬王的情报。

情报显示，几天前就有一对相貌出众的青年男子在附近的小镇出没过，而且其中一个是瞎子，由于时间间隔很短，如果现在追上去，就算追不到人，也能得到最近的线索。

江朝戈来不及和饮川商量，让寺斯和云息回去通知饮川，自己和龙芗、醉幽追过去。

孙安听说江朝戈要走，直呼怎么才住这么几天，很是不舍。江朝戈临走前叮嘱他，永远不要向任何人提起他和自己之间的关系，无论听到什么风言风语，都要装作不知情。江朝戈只希望，这个世界每一个他结识过的良善之人，都能平平安安。

他们花了一天时间赶到那个名不见经传的小镇，进去一打听，就打听到了壬王和柳清明的消息，两人竟然昨日刚离开，似乎是往西去了。

江朝戈和龙芗马不停蹄地追，追了不足半天时间，原本在江朝戈的怀里昏昏欲睡的炙玄，突然警醒了过来："我感觉到壬王了，而且，不止壬王。"

"什么意思？"江朝戈顿时有种不祥的预感。

"除了壬王外，还有……"炙玄脸色微变，"焚念和游释。"

醉幽也惊道："那是饕餮和……"

"梼杌。"炙玄深吸一口气，"壬王的气息很弱，可能是遭到他们的攻击了。醉幽，再快点儿。"

“已经是最快的速度了。”醉幽咬牙道。

江朝戈握紧了拳头，心中隐隐不安，若是壬王真的遭到饕餮和梼杌的攻击，他们是帮，还是不帮？道理上讲当然要帮，可是以他们的阵容……这时候如果饮川在就好了，可饮川离他们七八百里，现在云息和寺斯肯定还在回空桑城的路上，这一去一来，他们和柳清明可能都玩完了。

龙芗似乎看穿了他的顾虑，道：“壬王既然是饮川大人的朋友，我们拼尽全力也要将柳清明救走。”

江朝戈点点头，虽然没有说话，但目光坚定。

朝西奔行了半个小时，已经不需要炙玄去感受，他们就看到了三只顶天立地、巨人般的上古异兽。

远处，数千人正拖家带口，抱着大小包裹逃命，队伍绵延数公里。这附近显然有一座城受到了三只异兽争斗的波及，想想被啸血毁掉的大凉城，这座城镇会是怎样一番光景，可想而知。

脚下的大地传来令人战栗的震动，异兽的嘶吼声响彻天际，直冲云霄。只见眼前出现了一座矮山，那山虽矮，却是丹崖怪石，削壁奇峰。江朝戈从未见过哪处的山石可以长得这般锋利，就像一个个朝天竖起的刀尖，从天上望下来，跟刀山陷阱差不多。就在这片怪石矮山之间，三只庞然大物正互相撕扯着。

江朝戈眼前一花，见到一身虎斑纹的壬王正浑身是血地闪躲在怪石之间，两只狰狞的异兽紧追其后，同样是伤痕累累，但以二敌一，自然是占了上风。

那两只异兽，一只羊面兽身，虎齿人爪，脑袋和嘴奇大，尾巴却很是短小，长相狰狞而丑陋，张嘴吐舌之间，都有吞噬日月的气势，叫人看着便心生恐怖——这是饕餮。

另一只异兽，形似虎狼，长毛坠地，青面獠牙，尾巴如一条细鞭子，奇长无比，这是梼杌。

这两者不愧为上古凶兽，长得竟然比啸血还吓人。江朝戈虽然没见过夙寒的兽身，但想想画册上的形象，估计也是狰狞无比。

江朝戈能明显感觉到醉幽的速度慢了下来，也许醉幽自己都没有意识到，但身为一只千年异兽，对这些上古异兽的恐惧是埋藏在原始本能之中的。

一声长笑自怪石间传来：“炙玄？炙玄！今天是什么日子？哈哈哈——”那声音稳重、动听，实在难以想象出是自如此丑陋的异兽之口。

炙玄从醉幽的身上跳了下去，他此时已然是成人模样，一步步朝怪石间走去，他冷冷地说：“焚念，以二敌一，你不脸红吗？”

焚念将头转了过来，目光惊悚骇人：“炙玄，我们不是在玩，我要的是壬王的魂兵使的命。”

壬王被梼杌两只大爪子按在地上，刚得一丝喘息的机会，虚弱地看着炙玄，轻声说：“你见到饮川了？”

“饮川就在来这里的路上。”

“那看来我们要速战速决了。”游释狂吼一声，张嘴朝壬王的脖子咬去。

壬王奋力一跃，翻转而起，将游释撞开，只是身上再添一道伤痕，而游释的长尾甩了过来，一下子缠住了他的脖子。

炙玄冷声道：“游释，放开他。”

游释冷笑道：“你担心什么？他又不会死。哦，对了，我也不会死呀。”

在他们说话的间隙，江朝戈一直在寻找三个魂兵使，最终发现那三人都躲了起来。也难怪，这战斗的场面如此激烈，动不动就石破山倾，就算是魂兵使，也没有全身而退的自信，躲起来才是最明智的。

焚念看了江朝戈一眼，轻笑道：“炙玄，你的魂兵使魂力好像很弱啊，能召唤你吗？”

炙玄喝道：“你看看不就知道了？”他头也不回地朝江朝戈喊道，“朝戈！”

江朝戈愣了愣，突然想起来，当初结契时，两人的魂力会在那一瞬间互通，炙玄的魂力在他体内有残余，他能短暂地召唤炙玄一次！这一招本来他们在双子峰碰上长蛇群的时候就想用了，还好壬王及时出现，救了他们。说来也是命，现在，他们真的要用这唯一的一次机会了，却是为了救壬王！

两人之间有足够的默契，江朝戈领会了炙玄的意思后，顿时在身体里搜刮起炙玄残存在他体内的那一丝属于上古异兽的魂力。他不知道半个月过去了，还能不能成功，如果他不能召唤炙玄，炙玄就会再一次牺牲，那是他最不愿意看到的。

他将那残存不多的魂力释放而出，注入了炙玄的体内，炙玄得到了召唤，顿时在风云变幻之间，化作了真实的形态。

四只上古异兽同时现世，场面之壮观，此生罕见，就连江朝戈都震撼得喘不上气来。醉幽和龙芗更是不自觉地往后退去，他们来时的勇气现在消失了大半，那毕竟根本不是他们的战斗啊！

炙玄朝天狂吼一声："焚念，你我自记事起相识，我饮酒，你吃肉，倒也有过一段好时光，我并不想与你为敌，但我不能让你杀了壬王的魂兵使，你不要逼我。"

"你和壬王素无交情，今天是怎么了？为了饮川？"焚念狰狞地一笑，"你们这些蠢货，为何都唯那伪君子是从？他除了满口仁义，还会什么？！"

"我不是为饮川。"炙玄平静地说，"我欠壬王两次人情，我要还。"

江朝戈躲在炙玄的背后喊道："饮川马上就要来了，你们两个伤痕累累，会是我们的对手吗？放了壬王，或许能保住你们自己的魂兵使。"

游释怒道："卑贱的人类，这里没有你说话的余地。"

江朝戈缩了缩脖子，气势弱了一半。

炙玄恼了："他是我的魂兵使，不是卑贱的人类！你不准骂他！"

游释嘲弄地一笑："你果然被饮川那个傻瓜洗脑了。我们是异兽，终日与卑贱如蝼蚁般的人类为伍，难道是也想变成蝼蚁吗？"

"我乐意，轮不到你管！"炙玄傲慢地喊道。

游释重重地哼了一声，还要讽刺回去，焚念道："够了。"

炙玄厉声道："焚念，饮川确实就在来这里的路上，天地之元还未现世，你当真就要在今天分个你死我活？"

焚念沉吟片刻，轻笑道："要我放了壬王，也不是不可以。"

"你要如何？"

"我啊，吃过世间千万种食材，天上飞的、地下跑的、土里长的、水里游的，只要是我没吃过的东西，我都要尝上一尝。可有一样东西，我想了很久都没吃到，可惜得很。"

炙玄脸庞有些扭曲，似乎猜到了焚念想说什么。

焚念伸出大舌头，舔了舔嘴角："那就是你的肉啊。"

炙玄怒道："放肆！"他活了万年，从来只有他吃别的东西的份儿，哪里轮到别人吃他？

焚念呵呵笑道："其实，我一直都很想尝尝你的味道。麒麟的肉，世间无人敢尝，品尝天上地下独此一份的美味，正是我最喜爱的事。有次我与你切磋，尝了一点点儿鲜血碎肉，根本不过瘾。没有精心的烹制，如何对得起你的肉呢？"

炙玄气得直跳脚："你浑蛋！你居然想吃我！"

"你们的肉，我可都想吃呢。只有游释最易得到，许他一山闪闪发光的奇珍异宝，他就随我割肉，其他人倒是真不好取悦。”焚念的眼里射出浓烈的贪婪，“怎么样啊，炙玄？反正不管割了多少，你也还会再长出来。”

江朝戈也怒不可遏，但让炙玄别这么做，他说不出口——若是让炙玄割一块肉满足这个神经病，就能换壬王和柳清明的平安，又不至于逼着炙玄损耗修为，已经是最小的代价了。理智上虽然知道这点，可他还是极心疼炙玄，倒不是怕炙玄疼，而是炙玄那高傲的自尊心要如何接受这样的羞辱？

炙玄庞大的身体因为愤怒而发抖，江朝戈的心揪在了一起，再次痛恨自己的无能，他握着炙玄刀的手，骨节都泛起了不正常的青白。

壬王闭了闭眼睛，再次睁开，目光沉静如水，默默地看着炙玄，让人分不清他在想什么。他既不说话，更无可能求饶。炙玄对上他的眼睛，心里一番挣扎，最终，沉声对壬王道：“我欠你的，今天还清。”

壬王微微颔首：“那我就收下了。”

炙玄头也不回地对江朝戈道：“朝戈，你来。”

江朝戈身体一抖，以为自己听错了。

“这世间能伤我的武器不多，我也不要别人碰我，你来。”炙玄冷冷地对焚念道，“你要哪一块？”

“右前腿关节处，那里的肉最是活络、好吃。”焚念的声音泛起了丝丝贪欲，仿佛已经开始流口水。

江朝戈握着炙玄刀，一步一步，沉重地走了过去，他感觉自己的每一步都踩在心尖上，脆生生地疼。

炙玄低头看着他，目光很是温柔，那眼神简直让他无法直视。他哑声道：“你真要让我……你以为我下得了手？”

“你下得了手，我知道你比一般人狠。”炙玄说。

江朝戈心里苦笑，是啊，他比一般人狠，可一般人长的心，他也没缺斤少两。

炙玄低下头，用硕大的鼻尖轻轻地蹭了蹭江朝戈的胸口，然后生平第一次，在一个渺小的人类面前蹲了下来，伸出了自己的右前腿：“来吧，我不怕疼。”

江朝戈握着刀的手在发抖，他从来没想过，他苦练刀术和魂力，有一天却要亲手伤害炙玄。

炙玄道：“来呀。”

江朝戈咬紧牙关，一跃而起，跳上了炙玄的右前腿，那把黑金炙玄刀当空刺下，直入炙玄的关节处，扑哧一声，鲜血四溅。

炙玄身体一抖，把额头抵住了地，一言不发。

江朝戈眼眶一热，眼前顿时模糊了，他的手已经抖得不成样子，但他不敢迟疑，越是拖得久，炙玄就会越痛，他几乎是闭着眼睛在那硕大的右前腿上切割起来。尽管眼前一片漆黑，但刀锋切开皮肉的声音令他头皮发麻，滚烫的鲜血溅湿裤管，鼻尖充斥着浓烈的血腥味儿，他感觉自己被血包围了，那其中还有他流淌着的心血！

炙玄自始至终只是闷哼两声。

江朝戈知道，炙玄是怕他难受。这上古异兽本任性蛮横，从不掩饰自己，如今却为了他做到这一步！

江朝戈不知道自己是在怎样的煎熬下硬生生地从炙玄的右前腿上割下了一大块肉的，他只知道比起这种心理上的酷刑，他更愿意受肉体折磨。

炙玄把自己身上的肉如踢垃圾一般踢了过去。

焚念低下头，鼻尖在那肉上使劲地嗅了嗅，表情贪婪无比："果真是从未品尝过的味道，我要为它尝试三十六种烹饪方式……"

炙玄恶狠狠地说："现在可以滚了吧？"

游释在焚念的授意下，退了回去，撇了撇嘴，抱怨道："你呀，当真是为了吃，什么都可以妥协。"

焚念笑道："吃是我一生中极致的乐趣，再说，饮川若是来了，我们也要拼个两败俱伤，何苦呢？我还没尝过麒麟肉，不可以就这样再次睡去。"

游释冷哼道："你分明是怕天气热，肉不新鲜了。"

焚念低笑两声，不置可否。

江朝戈释出全身的魂力，给炙玄修复着伤口，可那伤口太大了，完全是一个能把他装下的大血窟窿，他甚至无法止血。

炙玄道："待我变回人形吧，你现在就是把自己榨干也修复不了。"

江朝戈抱住他的右前腿，心疼得一句话都说不出来。

焚念也是干脆，叼起那块让他馋了几千年的麒麟肉，迫不及待地走了，恐怕他现在恨不得就地生炉灶，唯恐辜负了那刚割下来的肉的鲜美。

两只异兽一走，炙玄立刻恢复了人形，他的一边袖子上全是血，手臂像是断了一般悬着。

江朝戈将他抱在怀里，努力给他修复伤口。龙芗跑了过来，拿出随身携带的止血药，要撒在炙玄的手臂上。

炙玄道："不必，人类的药对我没用。"

江朝戈摸着他的脸，柔声安慰道："再忍忍。要不你回兵器里？能恢复得更快。"

"不，我要看着你。"炙玄用另一条手臂抱着江朝戈的腰，"没事，我不疼……"他顿了顿，哼道，"我的肉一定不好吃，噎死他！"

醉幽托着下巴看着他："你怎么知道你的肉不好吃？"他身为魂兽，对受伤流血这种事，是没什么感觉的。

"我就是知道。"炙玄气哼哼地说，"敢吃我的肉，不是噎死他，就是毒死他。"

醉幽点点头："最好不好吃，要是他吃上瘾了，还麻烦了呢。"

"我难道还会让他吃第二次？！"炙玄怒了。

醉幽笑道："我想也不会。还好，他看来是吃过九尾狐的肉，不然我看我也保不住。"

"你也听焚念说了，除非是奇珍或是极难得到的食材，否则他早就吃过了。"炙玄愤然道，"他总是四处游历，寻找从未尝过的食材、调料、烹饪方法，我以前还觉得总算有个能跟我兴趣相投的异兽，酒肉相伴，倒是打发了不少时间。谁知道原来他一直在打我的肉的主意，浑蛋！这一块肉，我一定要从他的身上讨回来！"

这时，一块怪石后闪现一个跌跌撞撞的人影，江朝戈一看，正是柳清明。

炙玄的伤已经修复了，只要魂兵使魂力充足，魂兽的任何伤都不是大问题。他把炙玄从地上扶了起来，看着柳清明跑到壬王的身边，抚摸着壬王的脸和身体，一边给壬王修复伤痕，一边幽幽地叹道："我看不到你……"那声音似是有一丝哽咽。

壬王轻声道："你的眼睛在我这里，你自然看不到我。"

"世人都能看到你，任何飞禽走兽都能用自己的眼睛看到你，我离你最近，却只能在水中看你模糊的倒影，透过别的魂兽的眼睛看你。"

壬王笑道："你现在看不到我也好，免得吓到你。"

柳清明吸了吸鼻子："我能摸到你的血。"

"我不会死。"壬王加重了语气。

柳清明点点头，面上风轻云淡，可他发抖的嘴唇，早已泄露了他至深的惶恐。他所剩的魂力不多，无法帮壬王完全修复，就想让壬王回剑里。可壬王就跟所有能化作人形的魂兽一样，认为自己是活物，而不是死物，不愿意待在一件死物里，不肯回去。

江朝戈走了过来："不回去就不回去吧，反正像壬王大人说的，他死不了。"

柳清明双目毫无焦距地看着壬王："我以为我这次会死呢。"

"你还不能这么早死，你身负重任呢。"江朝戈拍拍他的肩膀。

柳清明茫然地摇摇头，似是心力交瘁。

壬王靠在树上，闭目道："炙玄，这一回我们两清了。"

炙玄哼了一声。

"你说饮川就在来的路上，是真的吗？"

"饮川可能就要来了，不过没这么早。"炙玄有些得意地说，"这招虚张声势，我是跟朝戈学的。"

壬王低笑两声："饮川教你一百年、一千年，你才勉强认识字，怎么他教就这么有效？"

"他是我的魂兵使！"炙玄更加骄傲地说。

江朝戈一屁股坐在地上，经历过刚才那一场劫难，他感觉自己一下子老了好几岁。

炙玄搂住江朝戈的肩膀："我已经没事了，你也忘了吧。"

江朝戈摇摇头，狠声道："怎么能忘？下次见到焚念，你要亲口咬下他的肉。"

炙玄哈哈笑道："好！"

几人在怪石林里挑了块平整的地方稍作休息，等了一晚上，终于看见天边云卷云舒，翻滚奔腾，似有异象。果然，没隔多久，壬王就睁大了眼睛，表情很是复杂，轻声道："饮川……真的是他。"

饮川如期而至，那通体雪白的美丽异兽，仿佛能夺走世间所有的光彩。

壬王站了起来，神情复杂地看着饮川，眼里隐隐有些期待，又有一丝惶恐。

饮川一步步地朝他们走来，身体也渐渐矮了下来，当他站在壬王的面前时，已是人形。他上前握住了壬王的手腕，轻叹一声："吾友……"

壬王剑眉轻蹙，眸中闪过一抹不易察觉的羞愧，他黯然道："饮川，万年前……"

"万年前的事，就不要再提了。"饮川轻轻捋顺他沾血的头发，"今日我们重返于世，是为了不让万年前的一切重演。"

壬王点点头，长长地叹了口气，仿佛感叹完了万年的悔意与哀愁，让人不胜唏嘘。

饮川将他们带回了空桑城，让壬王和柳清明恢复身体，同时给云息足够的时间制作魂器和魂药，而其他人，尤其是江朝戈，夜以继日地修习。

云息制造魂器的时候，把自己关在屋子里好几天没出门，有一天，突然跟小疯子一样一路小跑到江朝戈的房间，兴奋地把那肥遗匕首递给江朝戈："做好了，做好了！这是你的专属匕首，只有你自己能召唤的。"

江朝戈高兴地接了过来，那匕首通体乌青，约一尺长，锋刃透着犀利的寒光，一看就是好东西。他将匕首在手里把玩了几下，重量正好，相当顺手，果然是为他量身打造的。他十来岁开始玩匕首，对匕首比对筷子还熟悉。当初云息给他量体长、臂长，测试肌肉力量，他就能感觉出云息的专业性，却没想到云息年纪轻轻，能做出这么好的匕首。他禁不住夸奖道："云息，我以前没见你做过兵器，没想到你做兵器这么厉害。"

云息摸了摸鼻子，有些得意地说："一个好的魂器师，就是要什么都会嘛。其实我最擅长做的并非兵器，而是纳物袋这类特殊的魂器。"

"纳物袋做得怎么样了？"

"我休息一天，明天开始做纳物袋。对别人来说很复杂的半魂器，对我来说，反而比兵器简单，因为兵器还要考虑很多实用因素。"云息笑道，"你对这把匕首满意，我就放心了。"

江朝戈真是非常满意，若不是在客栈里，他甚至现在就想把肥遗召唤出来转一转。虽然这只肥遗没有千年的修为，比不上沈言随的那只，但作为一只异兽，肥遗的攻击力和毒性都是很霸道的，而他正需要这样一个能飞的空中武器。他拍了拍云息的肩膀："谢谢了。"

云息朝他伸出手："三百枚金币。"

"现在就给？"

"现在就给。"

江朝戈难以置信地拔高音量："难道你怕我赖账？"

云息撇了撇嘴，小声地说："你记得我们第一次是怎么相遇的吗？"

江朝戈被噎了一下，认命地数了三百枚金币，往地上一放："拿吧，沉死你。"

云息高兴地蹲在地上，打开纳物袋，从里面掏出箱子，把金币一枚一枚小心翼翼地摆进凹槽里。

江朝戈道："云息啊，你没以前可爱了，你以前可害羞了。"

云息头也没抬，他要确认金币上"虞人氏"的官戳都朝向了同一个方向："我以前也不害羞。"

“你不是害羞，那是什么？”

“我有点儿怕和陌生人说话。”云息说话的语气虽然很平静，但江朝戈听着有一丝心酸。他不知道云息小时候过着什么样的生活，反正不受人待见，怎么样都不会好受吧，以至于长大了都不会主动提起自己其实是樊氏子孙。

数好金币，云息心满意足地走了，临走前还不忘提醒：“纳物袋我收你一百枚金币好了，记得准备好钱啊。”

江朝戈挥挥手：“快去，少不了你的。”

回到房里，江朝戈把匕首扔给正在喝酒的炙玄，炙玄接了过来，把玩了两下就把自己的手臂划了个小血口子。

“你这是玩刀，还是玩自己啊？”江朝戈笑着在他的手上轻轻地一抹，伤口就消失了。

炙玄嘟囔道：“这把匕首上有肥遗的味道，真臭。”

“你这鼻子真不知道是好还是坏。虽然能闻到常人闻不到的东西，可是，难闻的东西，你也躲避不了。”

炙玄道：“习惯就好了。有时候也可以选择只闻自己喜欢的，但如果臭味太强烈，那也挡不住。你的味道是全世界最好闻的。”

江朝戈低笑道：“是吗？我的味道是什么样的味道？”

“嗯……很暖和，很安心，很香，只有你有这种味道。”

江朝戈逗他：“可我的血液里还有巫祖的味道呢。”

炙玄皱起眉，不爽道：“你提这个干吗？你不提，我早忘了。”

江朝戈笑道：“唉，我错了，我要去修习了。”

“不要，陪我玩。”炙玄抱着江朝戈不撒手，活了这么长时间，终于有一样东西比酒更吸引他了，他只想一直一直这么和江朝戈在一起，哪怕什么都不做，也觉得无比开心。

“好吧，要不，我继续给你讲故事吧。”

“好啊。”

“你想听什么？”

“说说你那时候是怎么跟人打架的。”

“那就要说说我的‘匕首神技’了……”

第10章 反噬

转眼，半个月过去了。空桑城真是个安逸的城市，他们许久没在同一个地方待这么久过。其实，他们能感觉到自己已经被盯上了，毕竟这群人一看就非同寻常，而且在客栈一住就是半个月，实在惹人怀疑。但既然对方迟迟没有行动，他们也乐得清闲，毕竟现在又有谁敢招惹他们呢？

江朝戈的魂力大增，突破三级指日可待，只是冷落了炙玄，他成天都气哼哼的。

云息把新的纳物袋做了出来，这只纳物袋取自一种叫赤鳙的鱼，体积小很多，江朝戈只用来放最珍贵的东西。

壬王伤好后，喜欢坐在院子里指导柳清明练剑。那壬王剑当真是世间罕有的，尊贵优雅，修长如玉竹，薄如柳叶，配上柳清明这温润的公子，真是天造地设的搭配。

饮川寻一处暖阳普照，微风拂面的好地方，整日捧着一本书，就能一动不动地从日出看到日落，那副娴静优雅的样子，如画一般美丽。

虞人殊、龙芗、阮千宿和寺斯，也都在为了迎接下一次的生死战斗暗自努力。

这天，客栈突然来了个访客，指名要找江朝戈。客栈伙计来通报，江朝戈一口回绝。他们暂时不想和空桑城的任何人扯上关系，而却氏之人，就算知道他们的身份，也绝不敢打草惊蛇。

伙计走了，可过了一会儿又回来了：“大人，那个人说，他是殊想见的人，是不是你们的亲戚啊？”

江朝戈一怔，猛地站起来，大步朝外走去。

只见门外一人长身玉立，头戴一顶斗笠，罩着黑纱，看上去很神秘。

江朝戈已经猜到来人是谁了，迎上去道：“请进。”

那人跨进门来。

江朝戈从怀里掏出几枚铜币，随手扔给伙计：“任何人都不要来后院。”

“是，大人，谢谢大人。”

伙计走后，江朝戈淡淡地说道：“见到你安好，殊一定会很高兴的，大皇子殿下。”

那人掀开黑纱，露出一张消瘦、疲倦的脸，尽管仍是端正英俊的，却有几分不正常的苍白。他正是被迫离开天鳌城的曾经的太子——虞人潇。

虞人潇长叹一声，道：“我还没想好要不要见他。”

“你知道他今天出去了，所以特意来找我？”江朝戈道，“你果然一直在空桑城，而且监视着我们。”

“监视谈不上，不过，我确实从你们开始找我的时候就知道你们来了。我本不想见你们，一直躲在我舅母的寝宫里，不想，也不能见任何人。可你们在这里竟然待了这么久，我想，不来见你们，你们恐怕是不会走的。”

“殿下，你误会了，我们并不只是在等你。”他们想找一个地方好好休养、修习，既然啸血、焚念都没有进一步的动作，他们便也静观其变。

“那你们在等什么？”

“等……时机到来。”

虞人潇摇了摇头：“你们去天鳌城了吗？见到虞人奎了吗？”

“见到了。”

虞人潇握了握拳头：“若是让位给殊，我会欣然同意，但奎……他不是做帝王的料子，他刚愎自用，心胸狭窄，心里只装得下自己。而那邪兽夙寒，更是以玩弄人为乐。若是太平盛世，也就算了，可如今快要天下大乱了，把天棱国交给他们，我日夜难安。”

“我理解殿下的顾虑。”江朝戈心想，虞人潇难道是想找他们“借兵”？以他们现在的阵容，打败一个夙寒自然不在话下。这大皇子说话如此拐弯抹角，其实不就是想让他们出手，今天来探探口风吗？“可殿下，我有个疑问，你为什么要跟我说这些，而不去找殊？”

“我没脸见他。”虞人潇苦笑道，“彼时年少，我们把酒言欢，秉烛夜谈，我说我要在天棱国大兴新政，富国富民，保虞人氏在我有生之年平平安安。他说他要做我的鞍前大将军，为我扫清异党，定国安邦。虽然那是年少的狂言，可如今他已经有了为我定国安邦的力量，我却丢了皇位……”

“殿下千万别这么想，据我所知，殊唯一关心的是你的安危。”

虞人潇再次叹息：“这两个月，我过得浑浑噩噩，每日都跟做梦一般，一遍遍地忆起消失数月的奎，忆起他突然坐在那狰狞的上古异兽的身上，大摇大摆地走进天鳌城的场景。那一天真如末日降临一般，天地变色，日月无光，全城的百姓都害怕极了。曾经我以为极厉害的天级魂兽，在夙寒的面前几乎没有战斗力。父皇连惊带吓，怒火攻心，就那么去了……”他的眼圈红了，“我永远忘不了夙寒看我们的眼神，就像在看一群蝼蚁。我真不敢想象，奎为了皇位，能以万金皇子之身伺兽。”

江朝戈安慰道：“殿下也不要太介怀，留得青山在，不愁没柴烧，你有却氏这座靠山，走一步瞧一步吧。”江朝戈心想，想从我这儿探口风，真是挑错人了。他一点儿都不想卷入皇子之间的权力斗争，因为他们之间的利害关系，不仅仅关乎权力，还关乎无数条无辜的生命。要从夙寒的手里抢回皇位，势必得历经一场血战，恐怕会落得皇都城邦尽毁，血流漂杵，谁愿意看到那样的下场？

虞人潇也感觉到了江朝戈的难缠，便不再感怀旧事：“我今天来，是想让你劝劝殊，不要再找我了。你们召唤出上古异兽，必然有艰巨的任务在前方等着，叫他不必为我费心。如果你能让他相信我在某处活得很好，那就更好了。”虞人潇说完，认真地等着江朝戈回应。

江朝戈只是笑道：“我会劝他的。”

虞人潇也并不表现出失望，沉声道：“那么，便当我从未来过吧，谢谢你当初将殊救出皇都。”

“我和殊一见如故，应该的。”

虞人潇走后，江朝戈的大脑开始飞速地运转。虞人潇平白无故地来这一趟，真的是为了让自己劝虞人殊放弃寻找？不对，他感觉虞人潇并没有放弃皇位，而他们是唯一可能帮助虞人潇夺回皇位的人，虞人潇今天来这一趟，恐怕目的不单纯。

回到房间，炙玄好奇地说：“谁找你啊？”

“虞人潇。”

“哦，那个以前的太子？”

江朝戈点点头。

炙玄皱眉道：“他干吗单独找你，而不找他的手足弟弟？”

“我怀疑他是想借我们之力打败夙寒，夺回皇位。直接找殊是没有用的，因为殊不是上古异兽的魂兵使，所以他想从我们下手……”江朝戈越想，越觉得这个思路正确。

“呵，我讨厌说话拐弯抹角，人类就爱这样，所以我讨厌人类。”

江朝戈撇了撇嘴：“我也不喜欢，浪费时间。”

“那你打算告诉虞人殊吗？”

“当然了。虞人潇就是希望通过我之口传话给虞人殊。虽然我不想被他利用，但是我也不能对殊隐瞒这件事。”

炙玄烦恼地揪了揪头发：“你们这些只能活百年的人类，怎么就那么多弯弯绕绕的心思？”

“这件事我会处理好的，你烦什么呀？”

“我烦你把宝贵的时间浪费在这些愚民的身上。”炙玄一个转身，将江朝戈用力抱住，“你只要陪我玩就好了。”

江朝戈笑着顺了顺他的头发。

虞人殊回来后，江朝戈没有第一时间告诉他。经过深思熟虑，江朝戈决定缓上几天，看看虞人潇有什么动作，以证实自己的想法。

江朝戈就这么装糊涂装了四天，虞人殊风风火火地从外面回来了，直冲他的房间，整个人跟火药桶一般，好像随时会爆炸。

“江朝戈！我大哥是不是来过客栈？！”虞人殊激动地说。

江朝戈装出惊讶的表情：“是来过。”

“那你为什么不告诉我？！”

炙玄眯起眼睛，他可见不得别人对江朝戈大呼小叫，刚要发作，江朝戈捏了他的屁股一下，叹道：“殿下反复叮嘱我，千万不要告诉你。我这几天倍受煎熬，一边是我许下的承诺，一边是我生死与共的挚友……”江朝戈越说越难受，最后头颅像重得要抬不起来了。

虞人殊见江朝戈这样，怒气顿时消散了。他非常理解江朝戈这种“忠义两难全”的纠结，换作是他，也很难决断。他的声音软了下来：“朝戈，我太激动了，抱歉！我大哥……唉，若不是我找的线人终于有了他的情报，我要到什么时候才能知道他的下落？他一定是不想让我为难，所以干脆不见我。”

江朝戈心中冷笑两声，这线人怎么就突然有了消息？当他和虞人殊一样单纯吗？跟他玩这手？他表面上劝慰道：“大皇子殿下确实考虑周到，宁可牺牲小我，也要换取天棱大陆的太平。”

虞人殊点点头，又摇摇头：“不行，无论如何，我要见他一面。”

“你有他的下落吗？”

“没有，线人只说他曾在客栈出现过，当天又只有你在客栈……”

“你见了他，又打算说什么，做什么？”

“我有好多话要说，我要问清父皇的死因，问问他接下去有什么打算……”

江朝戈叹了口气：“也好。”

虞人殊皱起眉：“怎么了？难道我不该见他？”

“你们兄弟情深，我又怎么能阻止你们见面？”

“朝戈，你有什么话就直说吧，我把你当异姓兄弟，没什么是你不能说的。”虞人殊有些烦躁地说。

江朝戈为难地说：“我建议你暂时不要见他，你只要知道他平安就足够了。”

“为什么？”

“你见了他，无非两种情况。第一种，他知道自己今生回皇都无望，彻底放弃了皇位，背弃了你们当初的承诺。他甚至无法保护先皇和他的亲信。他见我，却不见你，其实已经说明他无颜见你。第二种，他还没有放弃皇位，要求你帮他。殊，你怎么帮他？”

虞人殊的身体僵住了。

江朝戈拍了拍虞人殊的肩膀：“你先考虑考虑，不必急着回答。”

虞人殊把脸埋在掌心，用力地搓了一把，昔日意气风发、心比天高的三皇子，经历了一系列的变故，如今虽然不减英雄气概，但内敛、稳重了许多，眉宇间又常带着一抹拂不去的忧愁，让他俊美的容颜平添一分忧郁。他叹了口气：“让我……静一静吧。”

天戎抱胸站在一旁：“你若想找他，我可以试试。”

“你有办法？”

“庭院里残留着一些他的味道，还没完全散去，我可以循着味道找到他。”

醉幽道：“这么多天，那点儿味道……难。”

江朝戈暗自松了一口气。

天戎捏了捏虞人殊的肩膀："你若想找，就不难。"

虞人殊拍了拍天戎的手："朝戈说得有道理，让我想想，你们先出去吧。"

众人见他神色疲倦，都有些不忍，纷纷往外走去。

江朝戈一只脚刚踏出门槛，虞人殊突然道："朝戈……你留下。"

江朝戈把脚缩了回来。

炙玄皱眉看着他，他给炙玄使了个眼色，让炙玄先走。

天戎慢慢地扭过头来看着虞人殊，眼神一点儿一点儿地暗淡下去。

江朝戈关上门，静静地看着他。

"其实，我知道你防备我大哥。"

"哦？你是怎么知道的？"

"我被诬陷刺杀大国师的时候，你就表现出来了，似乎比起虞人奎，你更忌讳我大哥。"

"和你有利益冲突的就你这两个哥哥，到现在，刺杀大国师的凶手都没有浮出水面，我怀疑他也算合理吧。"

虞人殊点点头："其实，我并不是没有想过……长大之后，大哥、二哥都变了，不像小时候那样了，我不知道在他们眼里，我是不是也变了，可我从来没想过和他们抢皇位。可惜，就算我对皇位无心，他们还是因为我得到了天戎而忌惮我。生在皇家，没劲透了。"

江朝戈笑道："你这话说得真是气人。这天下有多少人想当皇子，你这是几世修来的福分！"

"福分？那也只有二十四年的福分。"

"那也好过别人一天都没有啊。"

虞人殊苦笑道："为了这二十四年的福分，我要背一辈子的冤屈，值吗？"

江朝戈拍了拍他的肩膀："命当如此，逆来顺受。"

虞人殊的肩膀抖了抖，突然一把抓住了江朝戈的手。

江朝戈愣了愣，但没有动。

虞人殊的手微微使力，他抬头看着江朝戈，哑声道："朝戈，从天鳌城到这里，一路都是你陪着我，如果不是你当时带我离开，我现在可能已经死了。"

江朝戈笑道："你是富贵命，老天绝对不敢收，这不就是老天爷派我下来帮你吗？"

“你不明白你对我的意义。”虞人殊犹豫道，“如果不是你，我未必有勇气背负着这些走到这里。”

“殊，如果不是你，我也走不到这里，很可能早就在某一个地方化作白骨了。”他对虞人殊颇有惺惺相惜的感觉。虞人殊是个纯爷们儿，有胆识，有担当，虽然性格上有些缺陷，但掩盖不了身上的英雄气概。他佩服这样的人，因为他自己做不到非黑即白。

虞人殊深吸一口气，深邃的双眸一眨不眨地看着江朝戈，犹豫再三，道：“有个问题，我想问你。”

“你说。”江朝戈感觉到虞人殊握着他的手收紧了，有点儿痛。

“你……对炙玄，你完全信任他了吗？”

江朝戈怔住了，他没料到虞人殊会突然问这个问题，他们不是一直在聊虞人潇的事吗？他平复了一下内心：“是的。”

虞人殊皱起眉头：“我……不太相信，你是这样的人，炙玄是那样幼稚、娇蛮的兽……”

江朝戈以为虞人殊能理解，毕竟虞人殊也有天戎，也许是炙玄的表现太差强人意了吧：“他也没你想的那么幼稚，而且，我们同生共死，形影不离，我自然信任他。你好好休息一下，我先走了。”

虞人殊却没有放手，他深吸一口气：“我们不也是同生共死，形影不离吗？”

江朝戈惊讶地看着虞人殊，不明白虞人殊到底想说什么。

“他们是异兽啊。”虞人殊咬牙道，“无论我们和异兽怎么和平共处，怎么心灵相通，我们之间都存在着人与兽、生与死这两种极端的区别，最后必然没有善终。朝戈，你是不是完全忘了‘反噬’的存在？”

江朝戈眸中的情绪一闪而过，有种被当头棒喝的感觉。如果虞人殊不提醒，他确实忘了，当一个魂兵使给予魂兽太多魂力，魂兽就会慢慢地夺回身体的主控权，甚至最后和魂兵使的立场颠倒，利用魂兵使的魂力重生，而魂兵使则沦为可杀可不杀的傀儡。

江朝戈现在终于明白虞人殊的意思了，也难怪虞人殊对天戎明显不像他对炙玄这么信任，那是因为，出生在天棱大陆，并从小就被以魂兵使的身份教育长大的虞人殊，一定是一直都被灌输如何和异兽在互惠互利和互相防备之间相处与平衡。在这种情况下，虞人殊永远不可能像他信任炙玄那样信任天戎，而他是了解炙玄，知道炙玄对他独一无二的感情，才敢回报以信任和感情。换作他是虞人殊，他也会防着野性桀骜的天戎。

江朝戈突然感觉心情有些沉重，反噬……炙玄有一天吸收了足够的魂力，会不会也想重生于世呢？他那么骄傲，恐怕不想永远做人类的召唤物，也厌恶这样的束缚吧？

江朝戈有些难受，原本他全心信任炙玄，但虞人殊一席话，让向来多疑的他也心存芥蒂了。

虞人殊看着他变换的表情，轻声道："你是真的没想过，对吗？"

江朝戈不想承认，却早就被虞人殊看穿了。他无奈道："顾虑这个是不是太遥远了？不是说魂兽要吸收足够的魂力需要非常漫长的过程吗？"

"是很漫长，但通常比不上人类的寿命漫长。"虞人殊黯然道，"再过两年，当我到达六级魂兵使的实力时，就开始有危险了，你早晚也会如此。"

江朝戈艰涩地说："我觉得天戎不会那么对你。"他这话说得自己都嫌天真，他显然也不是在为天戎辩解。

虞人殊叹道："现在也许不会，但以后又怎么说得准？换作是你，你愿意一辈子受一个比自己弱小很多的生物支配吗？"

江朝戈淡淡地说道："炙玄不一样。"

"哪里不一样？"

江朝戈摇了摇头："你恐怕不会明白。"炙玄对他……也是全心信任与依赖呀。

"我唯一明白的就是，我理解你生而为人的所有想法，炙玄却不能。"虞人殊盯着江朝戈。

江朝戈毫不避讳地看着虞人殊："殊，我和炙玄的关系远胜于魂兵使和魂兽，你能不能理解，我们都会这么走下去。"

虞人殊失望地垂下了眼帘，眉心皱起来，叫人看着有些不忍。

江朝戈转身往门口走去。

"朝戈，谢谢。"虞人殊低声道，"从你带我离开天鳌城到现在，我欠了你很多句'谢谢'。"

"我也欠了你很多条命。"江朝戈修长的指尖抵着门扉，慢慢地推开一条缝，突然，他的动作停滞了，"殊，这话换作是以前的我，一定不会说，但是现在……你或许可以试试暂时忘了'反噬'的事，再去看待天戎。魂兵使和魂兽之间的情谊，未必只有一种结局。”

虞人殊怔住了。

江朝戈推门走出去了。

走过曲廊时，江朝戈赫然发现天戎就靠在曲廊的一根柱子上，嘴里叼着一片树叶，面上没有多余的表情，只是在他出现的瞬间，眸中射出危险而兽性的光芒。

“你听到了？”这里离虞人殊的房间不足百米，以天戎的耳力，他肯定听得一清二楚。

天戎点点头，薄唇轻启，吹走了嘴唇间的那片绿叶，琥珀色的长发被微风拂起，纤长卷翘的睫毛微微轻颤，深邃的眼眸中隐藏着难以形容的情绪。

“有一天你得到了足够的魂力，你会‘反噬’他吗？”

“我说过，我不会杀他。”天戎平淡地说。

“但你如果可以，还是会‘反噬’他。”

天戎扭过头，冷冷地看着江朝戈：“就像他说的，你们是人，我是兽，我也不愿意永远憋屈在一把武器里，他死了，我再等待下一个也许我并不满意的人类做我的魂兵使，你又懂什么？”

江朝戈点点头：“确实如此。”

天戎握紧了拳头：“你和他都不过是人类罢了……”

江朝戈静静地看着天戎：“但虞人殊这个人类，对你来说，跟别的人类不同吧？”

“废话，他是我的魂兵使。”天戎突然朝江朝戈吼了一声，表情狰狞。

“不，不止这样吧？”

天戎冷哼一声，扭过了头去。

江朝戈在心里叹了口气，当他默默地从天戎的身边走过，他能感觉到天戎的呼吸陡然急促了，他心中一凉，以为天戎会突然一口咬断他的脖子，但他最终安全地走了过去。

回到自己的房间，炙玄马上扑了上来，急促地说：“虞人殊和你说什么了？”

“谈了谈天鳌城的事。”

炙玄不满地撇了撇嘴：“为什么他总爱找你说话？他不会去找饮川吗？饮川最会和人聊天了。”

“他和我熟悉一些嘛。”江朝戈倒在床上，疲倦地翻了个身，心绪一时难以平静。

炙玄在他的侧边躺下了，支着脑袋看着他：“你怎么了？”说着，用手指在他的额头上画圈。

“没什么，有点儿累。”不知道炙玄对“反噬”是怎么看的，他不敢问，因为炙玄从不撒谎，而真话他未必想听。

“那就睡觉。”炙玄趴在他的身上，耳朵贴着他的胸口，听着那平缓的心跳声，慢慢地闭上了眼睛。

第二天早上，江朝戈单独去找饮川，把虞人潇的事说了。

饮川听完后，反问道：“你有什么想法？”

“他想利用我们夺回皇位，而他手里也有却氏的资源可以利用，这件事本可以促成一个合作，但现在时机不成熟。”

饮川点点头：“现在若是有所行动，只会打草惊蛇，把天棱大陆弄得更加人心惶惶。”

“所以，我想阻止殊见虞人潇。殊容易感情用事，一不小心就会被利用，他又性格执拗，一旦决定了，就是八匹马也拉不回来。我觉得我们应该尽早离开。”

饮川想了想：“也对，是时候离开了。我们已经休整完毕，应该启程去寻找下一只异兽了。”

“你想找哪一只？”

饮川摇摇头：“目前尚未觉醒的还有青龙、朱雀、烛阴、毕方，找到哪一个都好……不如去钟山吧，烛阴也许在那里。”

江朝戈灵机一动，突然问道：“天地之元是不是要十二只异兽都苏醒了之后，才有可能出现？”

饮川微怔，随即笑道：“你为何有这样的猜测？”

“只是胡乱猜的。你们总说天地之元一定会出现，却迟迟没出现，难道你们对天地之元有特殊的感应？”

“当然有，天地之元散发出来的魂力是无法忽视的。至于它何时会出现，会在哪里出现，我们并不知道。”

“那你们又为何认定它一定会出现？”江朝戈追问，他知道饮川藏着很多秘密不告诉他们，不敢直接问，但还是要见缝插针地往外套一套。

饮川放下手中的书，轻叹一声：“朝戈，我知道你心中有很多疑问，但有些秘密，你还是不知道比较好。”

江朝戈皱起眉，挣扎了一下，还是闭了嘴。他对饮川对他们有所隐瞒，已有些不满。他们现在出生入死，可能都是为了一个对他们来说毫无用处的天地之元，而在这种情况下，饮川还对他们有所保留，这怎能不叫人起疑？

饮川冰蓝色的眼眸静静地看着江朝戈，在那样的目光的注视下，他意识到自己明明没错，却居然有一丝心虚。

饮川柔声道：“有一天，我会告诉你们所有的真相，但现在我有所隐瞒，真的是为了你们好。”

江朝戈的喉结上下滚动着，在脑海里分析了一遍利弊，这才平静地说：“我明白了，谢谢饮川大人。”

饮川点点头：“通知他们，我们后天就启程去钟山。”

江朝戈把离开的消息告诉大家后，虞人殊居然平静地接受了。也许对他来说，知道虞人潇安好已经足够了，毕竟，光凭自己，无法帮助虞人潇，而现在还有比虞人氏的皇位更重要的事等着他去做，那关系着天棱大陆的存亡。

在空桑城平静地待了一个月后，他们离开了。

却氏之人在这期间一次也没有出现，却在他们离开时，驱散人群，大开城门，清出一条长长的通道。虽然没有任何却氏之人出现，但态度已经传达得足够明显。

他们坐在天戎和醉幽的身上，穿过空桑城宽敞的街道，在城中百姓大气都不敢喘的注视下，往城门口走去。

虞人殊故意摘下头巾，让一头银发随风飞扬，他的眼睛一直在四处搜寻，他知道虞人潇一定在某个地方看着他。他也要让空桑城的虞人奎的眼线知道他曾来过，这样多少能保虞人潇的安全。

江朝戈看着夹道的百姓，有一种英雄出征的错觉，令他心生豪迈之情。

“从这里去钟山，有六千多里路，路途可是相当遥远啊。”云息道。

“他还未必在钟山。”炙玄道，“好好在空桑城待着多好。”他往江朝戈的身上靠了靠，舍不得在空桑城的客栈里那平静美好的生活，一旦开始幕天席地，肯定又吃不好，睡不好。

饮川笑道：“就算只有一丝线索，也值得去看看。你们不就是在昆仑山找到了我吗？”

壬王道：“我们临走前要不要再去看看重溟？”

“我已经给乔彦送去了一些金币和上乘的魂力功法，让他这些日子勤加修习。暂且让他们平静度日吧，以重溟的性格，逼得太紧，会适得其反。”

壬王点头："也好。"

钟山远在天棱大陆的最北方，比他们之前去过的双子峰还要远上数百里，虽说是天棱国的土地，但几乎从未有人探寻过，就连壬王也没有去过。

离开空桑城后，他们走了一天，又回到了天鳌城的附近，这是北上的必经之路。

远远地看见那巍峨的皇宫，虞人殊愣了片刻，便扭过了头去。

这时，从远处突然传来异兽凶猛的嘶吼声，夹杂着人声，听上去战况激烈。

他们循着声音跑了过去，见山林里果然有异兽和魂兵使在打斗，定睛一看，那魂兵使竟是继任大国师——尤准。

尤准衣衫湿透，血迹斑斑，正被一群朱厌追着咬，眼看就要撑不住了。

虞人殊让天戎跑了过去。

饮川问道："那是谁？"

"天棱国的新任国师。"江朝戈道。

饮川若有所思。

天戎把一群朱厌赶走，把尤准叼了过来，扔到虞人殊的面前。

虞人殊用锏抬起了尤准的下巴，冷冷地说："尤准，你还记得我吗？"

尤准勉强抬起头，在看清来人时，大惊失色："殿……殿下……"

"你怎么会一个人在这里？"

大国师在天棱国的地位比很多大贵族都高，不可能单独出现在危险的森林里而没有侍卫保护。

尤准脸色惨白，颤巍巍地说："圣皇陛下将我驱逐了。"

虞人殊皱起眉："驱逐？为什么？虞人奎疯了吗？！"

"我被诬陷与大皇子有书信往来。"尤准轻咳两声，看上去很是虚弱，有几分楚楚可怜。

"他驱逐你有什么好处？天棱国总不能没有国师吧？"

尤准摇摇头："……夙寒大人找来一个大巫，巫力远在我之上，但是来路不明，看上去也很阴险，我担心天棱国在他们手上，恐怕……"

"那你和大皇子真的有书信往来吗？"江朝戈问道。

尤准咬住下唇，没有说话。

虞人殊脸色阴沉："他们还干了什么？"

"他们或杀或驱逐了很多前朝元老，软禁了一些大皇子的亲族，现在天鳌城已经完全在他们的掌握中了。”

虞人殊望向远处的天鳌城，紧紧地握住了拳头。江朝戈看着他僵硬的背影，太理解他那种无能为力的愤恨了。

尤准深吸一口气，跪在地上：“三殿下，求您救救天棱国吧。”

虞人殊没有回头，沉默半晌，道：“你先告诉我大国师被刺杀的真相，我想应该没有人比你知道得更多了。”

尤准的肩膀僵了僵，缓缓地低下了头。

虞人殊转过身，一把揪住他的衣领，将他从地上拎起来：“当初是你来找我，说大国师有事对我说，那时除了你，恐怕没人知道我要去更衣室，我被诬陷，我不相信你毫不知情！”

尤准摇摇头，惶恐道：“尤准确实不知情……”

“你胡说！”虞人殊恶狠狠地看着他，“进入大祭殿不准带武器，你觉得我手无寸铁，可能行刺比我厉害很多的大国师吗？我问你，你最后一次见到大国师是在哪里？”

“更、更衣室。”

“更衣室里根本没人！”

尤准被高他一头的虞人殊拎得双脚离地，看上去很是可怜，惊慌道：“殿下，我真的是在更衣室见到义父大人，遵从他的指示去找您的。”

天戎走了过来，一把抽出虞人殊腰间的匕首，把尤准从虞人殊的手里夺了过来，寒声道：“交给我吧。”说完，他举起刀就朝尤准的肩膀刺去。

虞人殊脸上的肌肉抽动，刚要阻止，尤准已经惊恐地大叫：“不要，我说！我说——”

刀锋抵着尤准的肩膀停了下来。

尤准眼里涌出泪水，颤抖着说：“是……是陛……是二皇子。”

虞人殊哑声道：“说下去。”

“二皇子给义父大人下了毒，伪造成他被刺杀的假象……”

虞人殊面目狰狞：“你帮他毒死了大国师？”

“不、不，不是，我没有！”尤准拼命地摇头，“当时确实是义父大人让我去找您，您去更衣室后，我根本不知道发生了什么。我一开始也以为是……但义父大人的尸检是我做的，我那时才知道义父大人的真正死因，我想公之于世，却受到二皇子的威胁。我为了完成义父大人的遗志，只能忍辱偷生。”尤准握紧拳头，嘴唇咬得发青，脸上满是悔恨与痛苦。

虞人殊深吸一口气，沉声道：“所以你就眼看着我被诬陷……”

尤准含泪低下了头。

江朝戈叹了一声，尽管尤准也不太可信，但他的说法肯定比“虞人殊刺杀大国师”更接近真相。有时候，人苦苦寻觅的真相可能就在某一天不经意间降临，而那个时候，真相是什么，恐怕已经不重要了。

虞人殊道：“你走吧，别再让我看到你。”

“殿下，天鳌城人心惶惶，迫于夙寒的淫威，朝堂之上无一人敢说真话啊，这样下去……”

“我让你走！”虞人殊厉声吼道。

尤准抖了抖，默默地拜了一拜，召唤出一匹马，狼狈地走了。

待尤准走远了，虞人殊才长舒一口气，沉重地说：“我不能放任虞人奎这样下去，他和那邪兽会使虞人氏的千年基业毁于一旦。”

饮川沉吟片刻：“殿下，夙寒经历过几番人类朝代的更迭，有时因为兴起，还会在其中扮演重要的角色，他若是真心要治理天下，可以比绝大多数人做得好。”

“他若是故意不想做好呢？”

“他为何不想呢？他现在毕竟已经不是自由身，而是魂兽，无论多么强大，始终受到你兄长的束缚，严格来说，他是不能违背你兄长的意愿的。”

“可您也说过，夙寒擅长蛊惑人心，我们都看得出来，虞人奎已经被他控制了。饮川大人又为何要为我们的敌人说话？”

饮川柔声道：“我并非为夙寒说话，我只是想劝你，时机未到，莫要冲动行事。如果你只是担心他们会将天棱国毁了，我相信他们不会，相反，也许他们能比你父皇治理得更好。毕竟让天棱国国泰民安，是你兄长的意愿。夙寒违背他的意愿，没有任何好处。”

“那他们为何要驱逐大国师？”

“排除异己，又需要什么理由？尤准知道你兄长的秘密，天鳌城必然容不下他。”

虞人殊的拳头松了又紧，内心很是挣扎。

“你想做什么？”江朝戈有些警惕地问道。

虞人殊用极小的声音说：“我想去刺杀虞人奎。”

“荒唐。”江朝戈毫不客气地说，“别说你有没有可能找到机会，你扪心自问，虞人奎站在你面前，你真的下得了手吗？”

虞人殊闭上了眼睛，银发飘动，紧蹙的眉泄露出他内心的诸多痛苦。

饮川摇摇头：“殿下，朝戈说得对，时候未到，时候到了，我与夙寒必有一战，你和兄长之间，也会有一个了结。”

虞人殊沉默了。

凌晨时分，江朝戈修习完毕，和衣躺在帐篷里，身体虽然疲累，却无法入睡。

炙玄用手指轻轻地揉着他的鼻头，笑道：“干吗睁着眼睛不睡？你不困吗？”

“脑子里一堆事儿，睡不着。”

“什么事儿？”

江朝戈叹道：“殊这个皇子当得真是太憋屈了，我要是他，也一样是进退两难。”

炙玄撇了撇嘴：“还以为你会想我呢。”

“你就在我旁边，我想什么？”

“我在你旁边，你就不想了？不行，你要每时每刻都想。”

江朝戈笑道：“成。”

炙玄的耳朵突然动了动，神色微变，江朝戈道：“怎么了？”

炙玄把脸贴在江朝戈的胸口，目光仿佛能透过帐篷投向外面，他淡淡地说：“没事。”

江朝戈也没在意，打了个哈欠道：“希望能赶紧睡着。”

炙玄柔声道：“快睡。”

帐篷外，一身夜行劲装的虞人殊悄悄地离开了营地，召唤出一只黑鹰，翻身上去，往天鳌城的方向飞去。

他约莫飞出去几里地，突然感觉到一股熟悉的气息，于是低头一看，一抹琥珀色的身影如闪电般在地面飞奔，一路追逐着他。

虞人殊眼眶一酸，大吼道：“天戎，回去！”

天戎一言不发，只是一路追着他。

“天戎，我不能带你去！你快回去！”虞人殊再次喊道，但天戎一点儿都没有停下来的趋势，他只好让黑鹰飞了下去。他刚落地，天戎凶猛矫健的身体便飞掠而起，狠狠地朝他扑来。

虞人殊只见头顶的月光被遮蔽，眼前一片漆黑，接着，他就被那巨兽扑倒在地，背脊撞在草地上，火辣辣地疼。一只巨大的毛绒肉爪子按在他的胸口上，让他无法动弹，他睁开眼睛，正对上天戎琥珀色的眼眸。那对兽眸危险而神秘，一如初见时充满了野性。

虞人殊张了张嘴：“天……”

天戎对着虞人殊的脸张开了血盆大口，愤怒地吼了一声，口中血腥之气扑进虞人殊的鼻子，让他险些窒息。那吼声震得他耳膜剧痛，脑袋仿佛要裂开一般嗡嗡直响。他第一次对天戎感到恐惧，毕竟天戎凶残的一面从不会对他展现，可这回他知道，天戎真的生气了。最让他担忧的是，他竟一时无法把天戎收回兵器里，这意味着天戎掌控的魂力已经远多于他想象中的了。

天戎气得声音都在颤抖：“虞人殊，你敢扔下我单独行动！”

虞人殊深吸一口气，低声道：“天戎，我这次去，就没打算活着回来，又何必连累你受罪呢？”

“我不会死！”

“可你会疼。”虞人殊平静地说。

天戎兽眸中闪烁着某种激烈的情绪，他身体一抖，恢复成了人类的模样。他按着虞人殊的肩膀，咬牙道：“你怎么样都不能扔下我自己行动！”

“我带着你不好入城。我对天鳌城和皇宫了如指掌，我有把握在不被任何人发现的情况下找到虞人奎。”虞人殊道，“当然，杀了他，我就未必能回来了。天戎，对不起，我可能不能带你去看名山大川，游海外异国了。”

“何必说得那么好听！”天戎怒道，“你不是一直担心我‘反噬’吗？你不过是把我当兵器，我也只是不想失去这个现世的机会。你我之间既然是互相利用，就别总是管我会不会疼，好好利用我，让自己活下去就够了！”

虞人殊嘴唇轻颤，小声地说：“没礼貌，教了你多少遍，不要偷听别人说话。”

天戎忍不住给了他一拳，恶狠狠地说：“你别想把我推开，没有你，我找谁去吸收魂力？”

虞人殊的左颊迅速肿了起来，他吐了一口带血的唾沫：“无论你怎么说，天戎，我不能带你去。若是被夙寒抓到，他一定不会轻易放过你。”

“那你呢？你就没想过自己的下场？”

“最差不过一个‘死’字。若是我能杀了虞人奎，不仅帮朝戈他们解决了一个大麻烦，还能让我大哥名正言顺地回来。”

天戎怒道：“你又是为江朝戈，又是为你大哥，你何时能为自己一次？！”

虞人殊摇了摇头："我生而为皇子，身不由己，天戎，你不懂。"

"因为我是兽吗？"

虞人殊眼中闪过一丝愧疚："没错，因为你是兽……天戎，你不仅仅是我的武器，我还把你当作朋友，但很抱歉，我不能让你'反噬'。"

天戎的面容抽搐了几下，似乎在隐忍着什么，因为用力过度，额上都暴起了青筋。

虞人殊黯然道："天戎，放开我吧，我绝对不能带你去。如果我死了，相信朝戈会给你找到一个更好的魂……"

"闭嘴！"天戎气得仿佛要咬他，"我不会让你死，你还要带我去看名山大川，游海外异国，直到你死，你都会在我的身边。所以，你现在别想扔下我，任何时候都别想。"

虞人殊扭过头："你……你是兽，你不懂我的选择。"

天戎目光如炬："我懂，但我不会让你去送死。"

虞人殊从天戎的眼中看到了明明白白的担忧和关心，他感到陌生，因为那是人类才有的感情……

天戎的出现，炙玄和江朝戈的感情，颠覆了很多他从小被灌输的教育里对异兽的认知。他生而为天棱国寄予厚望的魂兵使，对于异兽，他要学会配合，学会驾驭，学会制衡，但唯独没有人告诉他如何和异兽交换感情。

这一刻，他感到不知所措。

天戎把锏扔给虞人殊："你执意要去，我拦不住你。拿上武器，你去哪里，我去哪里。"

虞人殊深吸一口气，感觉心脏处传来一阵细微的刺痛。他握紧天戎锏，沉默片刻："回去吧。"

天戎一言不发地看着他。

虞人殊颤声道："我清醒多了，回去吧。"

天戎转眼化身为那野性而美丽的异兽狰："上来吧。"

虞人殊一跃而起，跳上了他的背，趴在他的背上，抱着他毛茸茸的脖子，轻声道："我们已经很久没有单独行动了。"

"嗯。"天戎的语气听不出喜怒，"自从遇见他们，我的背上就总是坐着好几个人，只有你的时候，轻得好像没有重量。"

"只有你的时候，周围真安静。"虞人殊轻声道，"我曾经想过，若是真要游历海外异国，除了你之外，我的下属、亲眷，一个都不带，到时候就我们两个人漂泊四方。”

“那不是很好吗？”

“是啊……”虞人殊把脸埋在天戎厚实的毛发里，身体也跟着陷了进去，那温暖的皮毛让他充满了安全感。

璀璨的星空之下，静谧的大地上，只有天戎一只异兽在轻快而敏捷地奔跑，以天为盖，四周漆黑一片，好像整个世界只剩下了他们。虞人殊轻叹一声，幽幽地说道：“挺好的。”

天戎带着虞人殊回来的时候，江朝戈听到声音，醒了过来。他掀开帐篷的帘子一看，立时就明白是怎么回事了。其他人也在看着虞人殊，却没说话。

江朝戈放下帘子，靠在帐篷上，深吸一口气，又慢慢地呼了出去，再睁开眼睛，他看着炙玄：“你是不是知道虞人殊半夜走了？”

“知道。”炙玄面不改色地说。

江朝戈严厉道：“为什么不告诉我？！”

炙玄愣了一下，大概没想到江朝戈会突然发火，他的表情从委屈变成愤怒，只花了短短两秒。他高声道：“我凭什么要告诉你？他想去送死就去死吧。”

“你……”江朝戈气得说不出话来，“你到底知不知道轻重？”

“我凭什么要知道轻重？我连自己有多重都不知道！”

江朝戈深吸一口气，觉得和炙玄争吵简直是自找罪受，反正虞人殊回来了，被愤怒冲昏了的头脑大概已经清醒多了，应该没什么好担心的了。江朝戈不再理炙玄，翻身躺回去，准备睡觉。

炙玄见他背对着自己，一脚踹在他的背上：“不准背对着我。”

江朝戈动也没动。

炙玄眼里冒火，猛地扑了上去摇晃江朝戈。他知道江朝戈生气了，他不知道如何应对江朝戈的怒气，只能以更生气来武装自己，可他同时又有些担心。他想和江朝戈亲近，以此证明什么都没发生。

这一晃彻底惹恼了江朝戈，他翻身而起，厉声喝道：“你闹够了没有？！”

炙玄顿时安静了。

江朝戈顾不上被其他人听到，烦躁地扒了扒头发。他不知道如何才能让炙玄明白，其他人类的命，尤其是同伴的命，也是珍贵的。如果虞人殊没有想通了自己回来，而是贸然跑去天鳌城送死，他如何能原谅炙玄？

可是，炙玄根本不把任何一个人类当同伴，在炙玄的眼里，除了江朝戈，其他人都可以死。

炙玄两道浓眉快要拧在一起了，他嘴唇抖了抖，小声地说："我知道天戎会把他追回来。"

江朝戈没什么反应。

"就算追不回来又怎么样？是他自己要去的。"炙玄更加委屈了。

江朝戈疲倦地说："休息吧，明天还要赶路。"他再次躺了下去。

炙玄在黑暗中看着他的背影，金眸闪闪发光，他在帐篷的角落里缩了半天，才挪了过去，以命令的口气道："你不准生气了。"

江朝戈一会儿就撑不住了，叹了口气，转过身来，对上炙玄委屈的眼眸，感觉心都快化了："炙玄，虽然对你来说，人类太过渺小，可我们毕竟同生共死，他们对你来说，总该有点儿不同吧？起码你还能认出他们的长相。"

炙玄点点头。

"何况他们是我的朋友，如果可以，你应该保护我的朋友。"

"为什么？"

"因为我重视他们，他们死了，我会很难过。"江朝戈盯着炙玄的眼睛，认真地说，"你不仅要保护我，还要尽可能地保护我重视的人。"

炙玄愣了愣："我懂了。"

"同样的，你重视的人，我也会尽全力去保护、帮助。"所以，尽管他对饮川有诸多怀疑，他还是想跟随饮川走下去，因为那是炙玄重视的人。

炙玄抱紧了他："我只要你保护好自己。"

第11章 下地狱吧

第二天醒来，大家面对虞人殊都神色如常，好像昨晚什么也没发生，就连他自己都很平静。经过一晚的思考，他已经冷静了很多。

只是，江朝戈最擅长察言观色，他看得出来，虞人殊和天戎之间有点儿尴尬，彼此不怎么看对方的眼睛，不像平时那样自然。

想到要重回北方，阮千宿不禁感叹道：“也不知道北方如今是什么样子了。壬王大人，您离开前，北方可有变化？”

壬王道：“没听闻有什么变化。”

“其实我们要去的地方，严格来说已经不算北方。”她道，“那已经不算是天棱国的土地，那里千里冻土，荒无人烟，从来没有人到达过。”

云息好奇道：“就连祁氏之人也从来没想过往更北的地方去探索吗？”

阮千宿点头又摇头：“当然有人去过，只是，要么知难而退，要么一去不返，探索那冻土之地，也没有什么意义，久而久之，便不再有人去了。”

饮川笑道：“其实，天下之大，山外有山，冻土之外，未必还是冻土，也许只是你们走得不够远。”

阮千宿好奇道：“饮川大人可是去过更远的北方？”

“只要能穿过那千里冻土的平原，就会到达一个跟南方一样温暖，充满生机的地方，那是钟山，是烛阴的故乡，我曾去拜访过一次。”

炙玄道：“焯烟跟人类女子相恋，最后应该是死在中原一带，他化作的魂兵器，未必还在钟山。”

饮川点点头："确实如此，只是现在没有更多的线索，不妨去钟山看看，我们不宜在同一个地方待太久。"

"我倒觉得，我们是时候选择一个驻地了。"虞人殊道，"这片大陆将迎来一场腥风血雨的战斗，人类为求自保，必须依附异兽，而我们也需要人类的力量。"

饮川道："你觉得我们应该和却氏结盟，对吗？"

"为何不可？却氏的财力、武力均雄厚，又有天棱国的正统皇位继承人，没有人比却氏更有理由讨伐虞人奎，不但不会遭天下人诟病，还能帮助我们对抗四凶兽。"

饮川笑道："你说得有道理，这件事值得考虑。"

江朝戈在心底暗叹一声，虞人殊对虞人潇真是忠心耿耿，希望虞人潇不要辜负了这个一根筋的弟弟，他实在不想看到已经被痛苦和责任压得喘不上气来的虞人殊再受打击。

晚上，他们在一个驿站休息，在客栈吃饭时，周围坐满了往来的商客和旅人，好不热闹。

江朝戈因为昨晚的事，对炙玄还有些冷淡。其实他心里已经不生气了，但他要借机给炙玄一点儿小小的惩戒，希望炙玄以后能成熟一些，关键时刻，绝不能不顾同伴的性命和安危。

另外，他情绪低落还有一个原因，那就是今天是孟老的忌日，一年前的今天，孟老死于沈言随的鹰极爪下，他也在那时踏上了颠沛流离的旅途。

江朝戈的寡言少语让炙玄难受极了。炙玄时不时就要发出点儿声音，或者搞点儿小动作吸引江朝戈的注意力，见他一直没反应，干脆挤到他身边紧紧地挨着他，怒目而视。

江朝戈看了他一眼："别闹。"

"我不是让你不生气了吗？"

"我没生气了。"

"你这像是没生气的样子吗？"

"真的没生气，太热了，你别这样贴着我。"

炙玄更加恼火："我就要这样贴着你。"

江朝戈无奈地摇了摇头。

这时，一个乞丐模样的人突然闯进了客栈里，老板和伙计还没反应过来，他就闷头朝里冲。

“哎哎，要饭的，谁让你进来的？出去！出去！出去！”几个伙计冲上来撵他。

那乞丐的动作非常灵活，几下就穿过了几张桌子，刚好扑到江朝戈的面前，拿起一个大包子就啃了一大口。

炙玄虽然不心疼包子，但他极厌恶有人或兽闯入自己的领地，靠近江朝戈就等同于此。他猛地站起来，刚要发作，江朝戈就把他拽着坐下了：“算了。”

伙计们一拥而上，连拖带拽地把那乞丐拉出去了。

江朝戈握着掌心里一张字条，眉心皱了起来。

饭后回到客房，江朝戈迫不及待地展开字条，上面有几个潦草的字：大哥，救我们——孙安。

江朝戈如遭雷击。

炙玄拿过字条：“孙安？怎么回事？”

“是那个乞丐扔给我的。那乞丐是什么人？胡安城是不是出事了？”

“走，去找其他人商量商量。”江朝戈马上把众人召集起来，给他们看字条。

龙芗惊奇地说道：“我们离开胡安城才不到半个月，在空桑城也没听到什么消息啊。”

“他写的是‘救我们’，而不是‘救我’，很可能不是私事。”云息分析道。

“这是孙安的字迹吗？”虞人殊问道。

江朝戈点点头：“虽然有些潦草，但看得出来是孙安的字迹。他一定是在相当慌乱的情况下写的。”江朝戈心急如焚，才不过分开近半个月，孙安怎么会辗转向他求救？他离开时叮嘱孙安不要暴露与自己的关系，否则会惹来杀身之祸，现在孙安不顾劝阻向他求救，恐怕情况相当危急。

胡安城到底发生什么了？孙安此时是死还是活？江朝戈觉得自己一刻也待不下去了，他站起身：“不行，我要回去看看。若是全速回去，我们今天就可以回到胡安城。”他指的全速，必须是饮川或壬王肯帮他，他定定地看着两人。

壬王道：“若是陷阱呢？我们自离开空桑城，就碰到诸多诡异的事，先是意外救了现任国师，现在又不知道那人通过什么方式找到我们求救，不知道这里面是不是有什么阴谋。”

阮千宿也道：“江大哥，这个孙安值得相信吗？”

江朝戈道：“若是他骗我，我会亲手杀了他。”

话已至此，也没什么好说的了。饮川道：“那我们就回胡安城吧，幸好还没走远。”

众人又连夜往胡安城赶去。

天还未亮，他们已经坐在饮川的身上回到了胡安城。远远地，就见胡安城火光冲天，在漆黑的夜空下仿佛燃烧着地狱业火，让人的心脏骤停。

江朝戈握紧了拳头，身体不住地颤抖起来。胡安城对他来说，算是心底最后一块净土，这里埋葬着他敬重的恩人，还生活着一个真诚待他的小兄弟，虽然他有预感，战火早晚有一天会燃遍整片大陆，哪座城池都不能幸免，但真正看到变故的那一刻，他还是心痛如刀绞。

他们走进胡安城，江朝戈跳到征尘的身上："千宿，飞高点儿。"

征尘带着他们飞上高空，江朝戈发现，着火的似乎正是那个废弃的船坞的方向。

船坞……会出什么事？

江朝戈一个失神，突然感觉一股凌厉的杀气从胡安城扑了过来，有什么东西如闪电般朝他们袭来。

寺斯大吼道："小心——"

话音未落，阮千宿的身体被一股巨大的力量狠狠地一撞，如断了线的风筝般飞了出去。

"千宿——"江朝戈瞠目欲裂。

征尘发出声嘶力竭的马嘶鸣，转身就往下飞。又是一股杀气袭来，江朝戈想也没想，毫不犹豫地从征尘的身上跳了下去，醉幽一跃而起，用背部接住了他。同时，天戎蹿了出去，接住了下坠的阮千宿。

只见一支利箭穿透阮千宿的胸口，鲜血顿时染透了她灰色的衣衫，她单薄的身体就像一片树叶被那箭矢无情地穿过，触目惊心。

云息大吼一声，飞扑到阮千宿的身上，刚要去拔箭，那箭却凭空消失了，只留下阮千宿胸口的一个大血洞。

她瞪大眼睛，从嘴里汩汩地往外冒着血。

云息把魂力疯狂地注入阮千宿的体内，哽咽着说："千宿姐、千宿姐，你不要死啊！"

饮川过来探了探："偏了心脏一寸，云息，不要慌，你可以救回她。"

"是谁放冷箭？"寺斯怒了，召唤出鸱鸟，抓着长弓就朝箭矢射来的方向飞去。

壬王也朝着那方向冲去。

阮千宿的血被止住了，但脸色惨白如纸，仿佛随时会咽气。云息吓得手都在抖，把压箱底的好魂药都给阮千宿喂了进去。

就这么急救了足有一炷香的工夫，阮千宿的气息才略微平稳下来，但依旧命悬一线，陷入了昏迷。

云息含泪道："在昆仑仙境，我坠崖后，是千宿姐救了我，这次我一定要救她。"

江朝戈握紧了拳头："放冷箭的畜生……我一定要杀了他。"

饮川轻轻抚摸着阮千宿胸口的伤："这箭……难道是……"

"怎么？你知道？"

"箭射出去之后还能自动回到弓的身边，我只知道一把——神弓裂羽。"

"裂羽？"炙玄皱眉道，"我想起来了，确实有这么一把弓。"

龙芗道："难道是神级魂兵器？"

"不，至多是天级，但这把兵器十分特别。"饮川回忆道，"原因有二：其一，这把弓的兽料取自异兽鼓，他是上古异兽烛阴的儿子，有一半的人类血统；其二，这把弓是异兽鼓死后，烛阴亲手打造的，焯烟本就是顶级的魂器师，裂羽是他倾尽毕生心血打造的一把神弓，是唯一一把弓身和箭互相感应的兵器，射出去的箭无论多远，都会回到弓的旁边。这把弓原本为焯烟所用，焯烟死后，就不知流落何方了，没想到……"

"鼓是怎么死的？"江朝戈心想，自己本身就是千年异兽，还有那么厉害的爹，居然也会死。不过，他又一想，那么厉害的爹最后不也死了？兽世也无常啊。

饮川摇摇头："没有人知道。只是鼓死后，焯烟再不见任何人，直到我被封印，有两千多年的时间，我都没再见过他们。"

"这么一把好弓，却不知道落在哪个浑蛋手里。"江朝戈道，"走，我们进城，壬王也许已经抓到了他们。"

他们一举冲进胡安城。城内已经大乱，街上空无一人，商铺尽数关门，偶有几具尸体横陈在路边，光景跟近半个月前一比，简直是地狱与天堂。

远远地，他们看见壬王正在和什么人对峙。天上，寺斯举弓严阵以待。而让江朝戈瞠目欲裂的是，他在天上看到了沈言随和鹰极！

"沈言随——"江朝戈红着眼睛大吼一声。

一年未见，沈言随显得更加瘦削阴沉，看到江朝戈的时候，愣了愣，表情明显有一丝畏惧，但很快猖狂地笑了起来："哈哈，今日居然见到这么多故人，真是精彩啊。"

"沈言随，你欠我一条命，如今又来胡安城作乱，你想干什么？！"江朝戈冲到了近前，发现沈言随带了不少人，身边一个面目凶狠的年轻人，手里拿着一把威风凛凛的青蓝色大弓，那箭矢正是从阮千宿的胸口消失的那一支，这就是神弓裂羽！

壬王道：“他们抓了一堆孕妇，关在那个屋子里，不知道要做什么。”

江朝戈的目光移到沈言随身后的屋子，突然想起了孙安的求救，难道……他瞪着沈言随，恨不得饮其血，食其肉：“你想干什么？！”

“冥胤会要为天女大人炼一枚增进修为的顶级魂药，需要新生婴儿的血。”沈言随冷笑道，“能为啸血大人效命，是这些孕妇的福气。”

饮川冷声道：“你身为人类，却伙同异兽残害同类，简直禽兽不如。”

沈言随阴笑道：“这些人的死，只是一点儿小牺牲，若是不能阻止你们谋夺天地之元，只会给人间带来更大的浩劫，让啸血大人得到无穷的力量，才能给人类带来真正的和平。所以，他们死得其所。”

云息气得大骂：“畜生！你这个畜生！”

就连对人类不屑一顾的炙玄，也露出了厌恶的表情。

江朝戈寒声道：“你如今已经被三只神级魂兽包围，插翅难飞，马上放了那些女人！”

沈言随冷笑：“我放了她们，你们会放了我们吗？”

“不，但我可以给你留个全尸。”江朝戈表情狰狞如恶鬼，“沈言随，你还记得今天吗？一年前的今天，你在胡安城郊外杀死了孟升。今天我们再相遇，你说这是不是老天爷的安排？让我在同一时间、同一地点，用你的血，祭孟老在天之灵！”

沈言随脸色青白，却不肯示弱：“除非你让我们安然离开，否则，那些女人，就要给我们陪葬！”

壬王冷声道：“我不会在乎几个人的死活，你胆敢威胁我，我定要将你撕成碎片。”壬王喉咙里发出愤怒的呼噜声，听得人腿肚子直抽搐，沈言随带来的十几个魂兵使，无一不是一脸惊悚。

柳清明抚摸着壬王的毛发，低声道：“壬王，不要。”

壬王烦躁地低吼一声。

江朝戈咬牙道：“放走那些女人，作为交换，我们可以放你的属下离开，但你和那个射箭的小子要留下！”

沈言随和那弓箭手对视一眼，目光狠辣无情。眼看着形势僵持不下，手里的唯一筹码，也未必多有用，今夜当真是插翅难飞，他咬牙道：“江朝戈，你想杀我，可以，你承诺为孟升亲手报仇，如今你带着三只上古异兽，对我可是公平？你要如何亲手报仇？”

江朝戈眯起眼睛：“你别想激我。”

沈言随阴笑一声：“我激你又如何？你想为孟升报仇，就亲自来，和我一对一决斗，谁都不准使用异兽。若你胜，我的属下和那些女人随你们处置；若你失败，女人留下，你要让我们所有人离开。”

炙玄怒道：“你个孽畜，不但杀了孟老，让朝戈难过，今天居然还敢和他谈条件！什么女人、男人，你杀不杀他们，我都要把你咬成碎片！”

“就是，江大哥，别听他的。”寺斯喊道。

沈言随冷笑：“江朝戈，你害怕了？也难怪，你魂力微弱，又怎么会是我的对手？这一年恐怕也没太大长进吧？”

“你试试不就知道了！”江朝戈目光犀利如二月寒芒。

“朝戈……”

江朝戈挥手制止所有的劝阻，沉声道：“那群女人里，可能有孙安的老婆，再说，我与他也该做个了结了。今日是孟老的周年忌日，正是最好的时机。”他一步步朝沈言随走去，缓缓抽出了炙玄刀。

沈言随厉声道：“你发誓会信守承诺。”

“我发誓。”

“你发誓，若你败给我，却不放我们走，就叫孟升魂飞魄散，永世不得入轮回。”

江朝戈眼神阴冷如毒蛇：“我发誓。但是，沈言随，我绝不会败！”

炙玄表情凝重地看着江朝戈，眼里虽然满是担忧，但看着江朝戈挺得笔直的背脊和那凌人的盛气，心中又骄傲不已，不愧是他的魂兵使！

沈言随抓起腰间的鹰极爪，虽然一年前的江朝戈对他来说不堪一击，但如今他能明显感觉到这个人的变化，因此表情没有半点儿怠慢。

江朝戈在心中喊道：孟老，我江朝戈今天就为你报仇！他大吼一声，挥刀朝沈言随砍去。

沈言随的身体一跃而起，灵巧地在空中翻了个跟头，将鹰极爪凌空挥出，那锋利的飞爪朝江朝戈的脖子抓来。

江朝戈挥刀一挡，锁链缠在刀身上，飞爪擦着他的鼻尖而过，他额上冒出了冷汗。他是亲身体验过肥遗毒的厉害的，只要沾上一点儿，就会肌肉麻痹，若是中毒太深，就会因心脏麻痹而亡。他只要稍微被鹰极爪碰到一点儿，就会彻底输了，他绝不会让沈言随活着离开！

沈言随猛地收紧锁链，拖拽着炙玄刀，江朝戈稳住下盘，握紧刀身，一寸不让。突然，他将刀身下压，想用炙玄刀的重量将鹰极爪压进地里。沈言随马上看穿了他的意图，嗖地将飞爪收了回去。

江朝戈大喝一声，挥刀向前，凌厉的魂力从刀锋释出，如无数尖刀般朝沈言随袭去。

沈言随大惊失色。他没料到仅仅一年的时间，江朝戈的修为进步如此之大，简直大大超出了他的想象。刀法和身手都可以练，增长魂力却非一朝一夕之事，他从未见过有人进步如此神速！他飞出鹰极爪，飞爪抓住树干，他的身体凌空飞了起来，江朝戈释放的魂力擦着他的身体而过，在他的小腿上划出了一道血痕。

一击命中，哪怕沈言随只是受了点儿皮肉伤，也让江朝戈大喜。一年前的今天，他面对沈言随，连一招都无法招架，如今他已经能和沈言随打个旗鼓相当，这一年他流过的血与泪，一样都没有白费！

沈言随脸色苍白，咬牙喊道：“你为什么会魂力大增？这不可能！”

“为了杀你！”江朝戈双目通红，已然杀红了眼，在气势上就胜了沈言随一筹。他狂吼一声，挥刀怒砍，释出的魂力织成了一张密不透风的刀网，逼得沈言随节节后退，直到他借着鹰极爪飞上大树，才稍微喘了口气。

江朝戈冷笑着看着他：“沈言随，你害怕了吗？”

“笑话！我不知道你是用了什么邪法才有今日的修为。但你勉强有个二三级的实力，也不过尔尔。”沈言随翻身从树上跳了下来，鹰极爪在他的头顶甩了起来，如螺旋桨一般降低了他下坠的速度。

那飞爪越甩越快，最后，江朝戈甚至能以肉眼看见它带起来的旋涡般的强大魂力，仿佛使周围的空气都扭曲了！

江朝戈感知到了危险，后退了一步。

沈言随大喝一声，那高速旋转的鹰极爪带着强大的魂力，铺天盖地地朝江朝戈袭来！

“朝戈——”

江朝戈咬紧牙关，源源不绝地将魂力注入炙玄刀，黑色刀身上的金丝纹路发出道道金光，就像刀身上某种古老的文字被唤醒，咏唱着跨越万年的神秘力量。

江朝戈感觉握住刀柄的手在发烫，浑身的血液都在沸腾着，叫嚣着，悸动着，一种前所未有的对血的渴望，对杀戮的兴奋充斥着全身。他知道那冲动来自炙玄骨子里的兽性本能，如今通过炙玄的角传递给了他，让他比喝酒、嗑药还要亢奋。这是自结契后，他第一次真正使用炙玄刀，没想到结契之后会如此不同。在这一瞬间，他仿佛和刀合二为一，他甚至能感觉到麒麟角上燃烧着的熊熊烈火，正吞噬着他的理智，让他变得嗜血、强大。他能打败沈言随，他一定能！

鹰极爪带着凌厉的魂力袭来，如一张织得密实的网，让江朝戈无处可躲。江朝戈用尽全力，挥刀狠狠地砍下，鹰极爪和炙玄刀在空气中相遇，两股魂力如两颗星球般冲撞在一起，顿时释放出难以想象的力量，席卷整条街道。

一阵狂风伴随着魂力而来，整条街颤动不止，松动的地砖悬浮而起，草木被连根拔起，瓦砾乱飞，窗棂将碎。

江朝戈虎口崩裂，耳膜刺痛，心脏承受着超负荷的重压，全身每一块肌肉都在叫嚣着疼痛。他身上的衣物如被万千刀片切割般变成了条条絮絮，皮肤裂开，鼻子里除了血腥味儿，其他什么也闻不到了。他的身体被那股力量不断地往后推去，双脚在地上留下了两道深深的拖痕，但他始终没有弯腰，只是握着刀，咬牙对抗。

沈言随并没有比他好太多，只见他口鼻出血，双臂不断地颤抖着，满脸不甘与怀疑。

过多的魂力让两人的身体超出了负荷，他们前后吐出一口血，被迫分开来。江朝戈单膝跪地，将炙玄刀插在地上，支撑着自己的身体，冷冷地看着沈言随。

沈言随摇摇晃晃地靠在身后的树上，一张嘴，鲜血汩汩地流出："不可能、不可能……"

江朝戈吐掉嘴里的血，强撑着从地上站了起来，脚下一片虚浮，他不知道自己还能不能撑住下一击。

沈言随狰狞地吼道："不可能——"他脚下幻化出如莲花般诡异的步伐，在江朝戈的周围快速移动，留下重重幻影，将江朝戈包围在了中心。

江朝戈的目光犀利地随着沈言随的动作移动，这一招步步生莲，虞人殊也会，而且比沈言随的功力还要深厚。理论上，江朝戈知道如何在这变幻莫测的莲花步中找到沈言随的真身。他观察着地面上的脚印下沉程度的微小区别，只是沈言随的速度太快，他的辨别速度慢了半拍，当鹰极爪从左侧偷袭而来的时候，他已来不及闪避，只得支着炙玄刀的刀把，身体凌空翻起，同时，他感到左小臂一痛，立刻麻痹了。

糟了……肥遗毒。领教过肥遗毒的江朝戈，知道他的左臂肯定是暂时废了，这场战斗必须速战速决。他在空中连翻两圈，落地的一瞬间，炙玄刀的刀锋如野兽的利齿，狠狠地朝沈言随刺去。

沈言随快步后退，甩出鹰极爪去挡，却被炙玄刀霸气的重量给弹开了。

江朝戈一只手握刀，吃力了很多，沈言随瞅准他的弱点，开始从左侧进攻，兵刃相接之声连绵不绝，江朝戈被逼得节节后退，几乎难以招架。

沈言随也是杀红了眼睛，急着想将江朝戈击败，攻势越来越狠，那枯槁手指般细长却锋利无比的鹰极爪如从地底伸出来的死神之手，一伸一缩之间，激荡起无边的杀意。

终于，江朝戈被逼得无路可退，鹰极爪追着他的腰身缠绕了上来，他举刀去砍，沈言随却先他一步飞身而起，一脚狠狠地踹在他的肩膀上，炙玄刀脱手飞出，将地面砸出了一个大坑。

江朝戈武器脱手的一瞬间，众人的心跟着一沉。

江朝戈扑倒在地，沈言随一脚踩在他的背上，抓紧鹰极爪的机关，锁链收紧，勒紧了他的腰腹，他的内脏一痛，再次吐出血来。

沈言随脸上已呈病态的苍白，表情扭曲，他狠狠地踢了江朝戈一脚，把江朝戈的身体翻转了过来，看着江朝戈一脸的血污，大笑道："哈哈哈，你输了、你输了！"

江朝戈狰狞地一笑："是吗？"他突然抽出腰间的匕首，朝沈言随的小腿刺去。

沈言随反应极快，一脚踢向他的手腕。这一下子要是被踢到了，他的手腕绝对会当场断掉。没想到他虽然攻势不减，却突然松手，用自己的嘴咬住匕首，沈言随一脚踢中他的手腕，他强迫自己忽略那突如其来的剧痛，一个鲤鱼打挺，翻身而起，牙齿紧咬匕首，刺向沈言随的大腿。

沈言随一声痛叫，摔倒在地，那条大腿顿时全麻了。

江朝戈挣脱鹰极爪锁链的束缚，用手骨已然断裂的右手勉强抓住匕首，再次刺向沈言随的另一条腿。

沈言随无力闪避，再中一刀，下身彻底失去了知觉。

江朝戈颤巍巍地从地上站了起来，狞笑道："肥遗的毒，你自己从来没尝过吧？滋味如何啊？"

沈言随眼眶充血，嘶吼道："我要杀了你。"

"现在是我要杀了你！"江朝戈的声音仿佛是从地府最深处发出的索命咒，他将沈言随的手掌扎到了地上，“这一刀是替孟老还给你的，你就是用这只手杀了他。”他拔出匕首，又一刀刺下，正中手腕，正是自己被踢得骨裂位置，“这一刀是我还给你的……”

沈言随痛得大叫，鹰极爪白光一闪，一只巨大的肥遗凭空出现，一脚将江朝戈踹飞了出去。

“浑蛋！”醉幽就要冲过去。

“等等。”饮川抬手制止了醉幽，他静静地看着挣扎着从地上爬起来的江朝戈。

炙玄两道眉几乎拧到了一起，却一言未发。他虽然担心江朝戈，但他不能阻止两个雄性的决斗，换作是他，他会生气的。而且，他感觉到了什么——他感觉到血液在沸腾，毛孔在呼吸，他感觉到江朝戈此时汹涌的情绪，那一瞬间，两人似乎心灵相通了。

江朝戈颤巍巍地站了起来，一边咳血，一边哈哈大笑：“沈言随，你食言了，你输了。”

沈言随一张脸扭曲得不成样子，瞳孔涣散，头发蓬乱，右手不断地往下滴着血，对于江朝戈的羞辱他不知是麻木了，还是根本没听到，整个人好像下一秒就会崩溃。他凄厉地大喊一声，鹰极展开巨大的翅膀，不顾一切地朝江朝戈飞扑而去。

江朝戈大吼道：“炙玄——”

炙玄修长的身体白光闪烁，猛然涨大了千百倍，凶猛的黑金独角火麒麟再次现世，那气势恢宏的王者威仪让人心生无边的敬畏。

炙玄二话不说，一下子扑了上去，鹰极根本来不及闪躲，就被炙玄一爪子按在了地上。炙玄喷出烈火，鹰极的身体瞬间被烧成了焦炭。

眼见着炙玄扭过了头来，沈言随脸上已经没了人色，不住地往后退去。

炙玄又是一爪子，把沈言随压倒在地，沈言随看着头顶燃烧着烈火的凶猛怪兽，已经被恐惧淹没，甚至说不出一句话来，他的下属更是大气也不敢喘一声。

炙玄歪着脖子看着他：“你想怎么死？”

沈言随嘴唇哆嗦着，眼中满是绝望。

“我还是问问我的魂兵使吧。”炙玄看向江朝戈。

江朝戈提着匕首，一步步地走了过来：“炙玄，严格来说，这是你第一次真正的现世，如果第一个杀的就是这么个杂碎，也太抬举他了。所以，还是我来吧。”

炙玄把爪子抬了起来，后退了一步。江朝戈蹲在了沈言随的面前，如同在看一个死人。

沈言随面如死灰，冷冷地看着江朝戈："动手吧。"

江朝戈咬牙道："下地狱吧。"他举起匕首，毫不犹豫地刺入了沈言随的心脏。

这个让江朝戈背负了一年仇恨的男人，终于咽了气。

江朝戈的匕首颓然落地，人也跟着一屁股坐在了地上，手腕已经疼得无法抬起来，内脏绞痛不已，可他感觉从心到身都轻松了，无与伦比地轻松。他现在真想坐在孟老的坟前，举杯敬他在天之灵，让孟老知道自己的杀身之仇已报！

"江大哥，你能召唤炙玄了！"龙芗兴奋地大叫。

江朝戈抬起头，正好看见炙玄巨大的热乎乎的鼻子凑了过来，他伸出手摸了摸，露出傻笑："炙玄、炙玄……"

炙玄轻声道："你做到了。"

江朝戈眼前模糊了，热泪争先恐后地涌出眼眶，他又哭又笑，情不自禁。

终于，他终于可以靠自己召唤炙玄了。整整十五个月，他来到这片陌生的异世大陆，已经整整十五个月。这四百多个日日夜夜，他每天都在期盼着这一天的到来，他做梦都希望自己能获得强大的力量，保护想要保护的人，让炙玄自由地奔跑于天地之间。今天，他不仅给孟老报仇了，还将炙玄召唤了出来。他感觉这辈子从未像现在这般满足，能活着品尝这一刻的辛酸与喜悦，真好！

一双有力的臂膀抱住了他，炙玄熟悉的温度和气息环绕着他，他也环抱住炙玄，哽咽着说："我做到了、我做到了。"

炙玄的心脏轻轻地颤抖着，想着自他认识江朝戈至今，这个男人一路付出的所有努力，他就心疼不已。

沈言随一死，其他人也慌了，尤其是那个弓箭手，不住地后退，显然是想跑。

寺斯拿箭指着他："浑蛋，不许动！沈言随输了！敢伤我千宿姐，你要把命留下！"

看管那些孕妇的魂兵使大喊道："你们别过来，否则，她们都会没命！"

江朝戈在炙玄的搀扶下从地上站了起来："当初我和沈言随约定，我赢了，你们放了她们，除了沈言随和弓箭手之外，其他人都可以离开。"

"我们凭什么相信你？"一个魂兵使手拿一把比人的脑袋还大的斧头，横在一名孕妇细白的脖子边上，只要轻轻一擦，她瞬间就会没命。

江朝戈冷冷地说道："你们现在只能相信我了，僵持下去对谁都没有好处。我江朝戈一诺千金，绝不食言，你们放了她们，我们放了你们。"

弓箭手用利箭直指一个瑟缩的妇人，狼狈地喊道："沈言随输了，凭什么要我的命？！放我走！否则，我能杀几个是几个！"

江朝戈定睛一看，弓箭手用箭指着的，竟然正是孙安的老婆欣儿！

云息咬牙道："畜生……"

江朝戈冷冷地说道："只要她们平安，你们就可以离开，但如果她们被伤了一根汗毛，你们都要跟着陪葬。"他犀利的目光扫过沈言随的下属，从语气到眼神都充满了暗示。

弓箭手似乎反应了过来，猛地扭过头去，对着同伴厉声喊道："谁都不准过来！"

冥胤会众人都神情复杂地看着他，他对欣儿喊道："站起来。"

欣儿满脸是泪，颤抖着从地上站了起来。

"走！"弓箭手逼着欣儿往后退去，两人穿过人群，无人敢上前一步。

江朝戈握紧了拳头，恨不得将那弓箭手大卸八块。

弓箭手逼着欣儿越走越远，突然，一只墨蓝色人面龙身的巨大异兽出现在了弓箭手身边。他身长逾百米，鳞片在火光下折射出幽暗、神秘的光泽，那人面竟是个稚气少年的脸，俊秀精致，只匆匆一瞥，就让人惊艳不已。这就是传说中神弓裂羽的魂兽、上古异兽烛阴之子——鼓。弓箭手和欣儿爬到了鼓的身上，鼓无翼而飞，朝城外逃去。

江朝戈见寺斯已然弓弯满月，蓄势待发，他道："这个距离，这么暗，你射得中吗？"

寺斯歪嘴一笑："我或许没有最好的弓，但我是最好的弓箭手。"少年那张年轻的面孔自信满溢。利箭离弦，杀机立现，那一箭以穿云之势追向鼓身上的弓箭手。

此时那弓箭手离寺斯已经有三四百米，光线极暗，江朝戈几乎无法看清弓箭手的轮廓，这一箭，他为寺斯捏了一把汗。可正是因为视线受阻，弓箭手才对他们放松了警惕。寺斯一箭射出，下一秒，前方传来一声闷叫，弓箭手直接从鼓的身上掉了下去。

鼓也跟着落到了地上。

江朝戈等人跑了过去，把欣儿从地上扶了起来。鼓幽幽地看着他们，一言未发，身体瞬间就消失在了空气中。再看那弓箭手，这一箭竟是穿颈而过，他当场毙命！

"欣儿、欣儿，你没事吧？"

欣儿满脸惊恐地看着江朝戈："江大哥……"

江朝戈抚摸着欣儿的头发："没事了，我马上就送你回家。"

欣儿情绪崩溃，双手紧紧地捂着肚子，在江朝戈的怀里大哭起来。

炙玄赶了过来，不耐烦地说："喂，你不许抱着她。"

江朝戈道："那你抱着？"

炙玄嫌弃地撇了撇嘴："不要。"

江朝戈把欣儿交给了云息。

他们走回人质所在的地方，江朝戈看着那些惊慌失措的冥胤会魂兵使，指着沈言随和弓箭手的尸体："你们也看到了他们的下场，我给你们最后一次机会，放了她们。"

那些魂兵使面面相觑，不知是谁第一个放下了兵器，接着，其他人也纷纷弃械。

几十个孕妇惊魂未定地逃到了壬王和饮川的身后，冥胤会的魂兵使一刻也不敢多留，朝城外逃去。

江朝戈看着他们落荒而逃的背影，转过了身去，冷酷地说："炙玄，杀了他们，全部。"

炙玄的身体瞬间兽化，几步就追上了那些魂兵使，口中吐出地狱业火，将所有人焚烧殆尽。

壬王看着炙玄的背影，嘴角勾起一抹玩味的笑意："你一开始就打算一个不留吗？即使你输了也如此？"

江朝戈淡淡地说道："难道留着他们去残害下一个女人和新生的婴儿？"

壬王哈哈大笑了两声："你和炙玄很般配。"

饮川沉默了一下，便扭过了头去："云息，千宿怎么样了？"

"稳定了，还在昏迷。"

"把这些女人安顿好，帮她们找到家人。"

"是，老师。"

众人收拾起残局，云息给阮千宿和江朝戈疗伤，虞人殊和龙芗负责安顿那些女人。

炙玄第一次毫无负担地现出真身，因为过度兴奋，一直不肯变回人形，在胡安城里蹦蹦跳跳，大吼大叫，吓得全城无一人敢出屋。直到他踩塌了一栋房子后，江朝戈才强制把他叫了回来。

江朝戈的手臂治好后，终于觉得一身轻松。他还没从已经能够召唤炙玄兽形的喜悦中清醒过来，觉得自己浑身上下都充满了力量，随时可以再大战三百回合。

炙玄比他还要兴奋，不住地说要带他去玩：“江朝戈，我要让你知道我的速度、我的力量，让你永远坐在我的头顶，俯览众生。”

江朝戈笑道：“好，这正是我想要的。”

这时，孙安不知从何处跑了出来，一把抱住欣儿，经历了一场生离死别，小夫妇俩抱头痛哭，闻者心酸。

哭完了，孙安又跑到江朝戈的身前，扑通一声跪在地上，不顾劝阻地硬是给他磕了三个头。

江朝戈哭笑不得，硬是把孙安从地上拖了起来：“行了、行了，我不习惯这套，你还不如给我钱来得痛快。”

孙安哽咽道：“大哥，你就是要我的命，我也绝不犹豫。”

江朝戈调笑道：“我不要你的命，你的命值几个钱？”

孙安破涕为笑。

“对了，你是怎么向我们求救的？”

“冥胤会的人出现在胡安城后，开始全城搜索待产的孕妇，我知道我的欣儿恐怕藏不住了，就花高价请了刹血的情报贩子，让他们想办法通知你。大哥，其实我知道你是谁，这几个月关于你们的流言，天棱国的百姓已经没有一个不知道的了。我不说，只是怕你担心。我只是、我只是没想到，你真的会回来帮我……”他说着说着，又哽咽起来。

江朝戈捏了捏他的肩膀：“别哭了，我怎么会对你见死不救呢？”

孙安用力地点头，看着江朝戈的眼神简直是把他当活菩萨了。

“我让医生检查了一下，欣儿动了胎气，不过没有大碍，你快带她回家休养去吧。”

孙安连连道谢，这才带着欣儿离开。

云息叹了口气：“冥胤会简直丧尽天良，以前他们就臭名昭著，如今召唤出啸血后，更是完全没有人性了，竟然想以婴儿炼药……”

“拿婴儿炼药，真的有效？”

云息点点头：“有诸多禁忌的魂器和魂药，是天棱大陆上明令禁止制造的，那些魂器和魂药多半邪性得很，不是冥胤会疯了，就是啸血疯了。”

“不，啸血清醒得很，他只是把人类当作蝼蚁罢了，所以取人之心脏，对他来说不会有半点儿愧疚。”饮川沉声道，“这些魂兵使明明是人类，却丧心病狂，助纣为虐，确实该死。”

虞人殊忧心道："这一次我们把他们杀光了，却不知道还有哪些地方的人在受残害……"

龙芗咬牙道："见一次，杀一次。"

"咦？寺斯呢？"

众人找了半天，发现几百米开外，寺斯正蹲在地上，不知道在看什么。他们走了过去，发现他正在看裂羽！

江朝戈笑道："寺斯，你看傻了？"

寺斯用指尖小心翼翼地抚摸着裂羽："好弓，真是一把好弓。"

"不如你拿起来试试。"

寺斯把食指比在唇间："嘘……"

江朝戈扑哧一笑："赶紧试试吧。"

寺斯扭过头来，眼圈红了："我好喜欢它，我觉得它就是我的。它就是为我而生的，不，我是为它而生的。它一定是我的，必须是我的。如果……如果我不能和它契合，我就……我就一头撞死！"

众人忍俊不禁，纷纷笑了起来。

寺斯瞪了他们一眼，继续小心翼翼地摸着那把弓，就是迟迟不敢去拿，生怕一旦他拿不起来，美梦就会碎裂一地。

"别理他，让他纠结一会儿。"江朝戈指着鹰极爪，"这个咱们怎么处理？"好歹也是把天级魂兵器，如果能利用，最好不要浪费了。

虞人殊道："等千宿醒来，让她试试看能不能契合。如果不能，就把它扔在胡安城吧，我们也带不走。"

"好，就这么定了。"

他们这群人已然名声大噪，不便留在城里被人围观，于是暂时住在了城外。

江朝戈切下了沈言随的一只手，给孟老再次上了坟，以祭他在天之灵。江朝戈感觉心里背负已久的重担轻轻地被放到了地上。

阮千宿这次受伤颇重，那箭只要再往左偏一寸，她的心脏就会被刺穿，十个云息也救不回来。幸好那一箭没有让她当场毙命，在云息拼尽全力的救治下，她终于保住了命。

江朝戈看着阮千宿苍白如纸的脸，有些心疼。一直以来，因为她的强悍和可靠，他们常常忽略她其实是个女人。看着她虚弱地躺在床上，被子下的身子是那么单薄，想着她胸口处那个骇人的血洞，江朝戈就觉得那弓箭手实在是死得太轻松了。

云息摸着阮千宿的额头，尽管累得眼圈青黑，也毫无怨言。他轻声道："千宿姐太坚强了，我从来没见过这样的女人。我当时坠下悬崖，掉进了河里，一路往瀑布冲下去了，她跟着我跳了下来……要是没有她，我肯定已经死了。"

江朝戈安慰他道："她这样的人命大，很快就会好起来的。"

寺斯向往地说："千宿姐又厉害又漂亮，我以后也要娶这样的老婆。"

醉幽扑哧一笑："人家才看不上你呢。"

"你什么意思啊？我是个好男人啊。"

江朝戈道："你要真是个男人，就回城里拿裂羽弓，就算拿不起来，你敢不敢现在就去试试啊？"

寺斯的头摇得像拨浪鼓："不，让我酝酿几天。"

"有什么好酝酿的？"

寺斯的脸垮了下来："我害怕，我害怕我跟它根本不契合。这是我这辈子碰到的最好的弓了。要知道，弓箭手最怕碰到的情况就是没箭了，裂羽可是永远不会没有箭啊！唉……这就好像我遇到了心上人，却不知道对方心里是不是也有我……"

"屁大点儿的孩子，什么心上人啊！"江朝戈催促道，"快去。"

寺斯使劲地摇头，往角落里缩去。

众人拿他没办法，只好任由他继续拖着。

几日后，经历过一场恐怖洗礼的胡安城居民，陆续出现在街头，这座平素热闹非凡的港口小城大受打击，阴云密布。

阮千宿醒来之后，听说有两把天极魂兵器等着她去试试，一刻也不愿意在床上躺着了，坚持要去看看。征尘便在天黑后，带她进了城。

来到那日的战场，四周依旧是一片狼藉。阮千宿迫不及待地走到鹰极爪的面前，深吸一口气，伸手去拿。她只觉那看似轻巧的鹰极爪，犹如千斤之石，纹丝不动，她摇了摇头："这个不行。"

"再试试那个。"

阮千宿走到裂羽弓旁边，满怀希望地又试了一次，依然无法契合。她略显失望，但也是意料之中的。

江朝戈叹道："天级魂兵器就是麻烦，重得要死，根本没法带走。"

虞人殊笑道："你把冥胤会魂兵使的所有魂兵器和魂器都拿走了，还不满意？"

江朝戈想起那些魂兵器，脸上露出幸福的笑容：“有两把玄级的呢，赚大发了。”

阮千宿道：“寺斯？这把弓最适合你，你试过了吗？”

寺斯摇摇头：“千宿姐，我也觉得它最适合我，可要是我跟它不契合怎么办？”

“想那么多干吗？赶紧试试。”

寺斯犹豫着。

阮千宿推了他一把：“快！再这么婆婆妈妈，我瞧不起你了。”

寺斯一咬牙，“啊”地大叫着扑了上去，猛地抓起了裂羽弓！

在众目睽睽之下，那把几日来被无数魂兵使试图从地上拿起来而不能的青蓝色龙形大弓，被寺斯一下子举了起来。

静默两秒后，寺斯爆发出一声惊天动地的吼叫。他欣喜若狂，抓着裂羽弓开始蹦跳，拿头撞树，翻跟头，像猴子一样快速地攀爬到树上，再从十多米的高处翻了下来，整个人兴奋得好像要疯了。

饮川淡笑道：“小心点儿，别摔着了。”

寺斯嗷嗷地狂叫，猛地扑到阮千宿的面前：“千宿姐、千宿姐！”他激动得语无伦次。

阮千宿笑道：“恭喜，它是你的了！”

“这下我可以回家了，我有脸面对耳倪族的祖宗了，哈哈哈——”

龙芗提醒他道：“把魂兽召唤出来吧。”

寺斯紧张地吞了口口水，想起那只有匆匆一瞥的人面龙身的异兽，那异兽可会服从他？他深吸一口气，裂羽弓白光一闪，一个拥有一头青蓝色长发的绝色少年出现在了他的面前。那少年的双眸深邃而幽然，冰冷而孤傲。少年茫然地看了看周围，表情有一丝愣怔。

寺斯激动地一把抱住了少年，大声起誓：“这回就算把我饿死，我也绝对不把你卖了！”

裂羽一把推开了他，戒备道：“你是谁？”

“我是……”寺斯紧张地抓着头发，“我是你的魂兵使，新的、新的魂兵使。”

“新的……”裂羽皱眉想了想，“我何时有了魂兵使？什么新的、旧的？”

“呃……你以前的魂兵使作恶多端，被我们除掉了，如今你我契合，自然我就是你的魂兵使了。”

裂羽摇摇头：“我不知道你在说什么。”他依旧一脸茫然，警惕地看着所有人，

“我为什么在这里？你们是谁，我……我又是谁？”

寺斯瞪直了眼睛：“什么？”

众人都惊呆了，江朝戈心想，怎么突然玩起失忆的桥段了？

饮川和云息对视了一眼，饮川道：“你叫裂羽，你什么都不记得了吗？”

“裂羽？听着有些熟悉。”裂羽道，“你们认识我，我是谁？”

“你是异兽鼓，名裂羽，钟山山神烛阴之子。”

“鼓……钟山……烛阴……”裂羽深深地蹙起眉，似乎对这几个词有些印象。

寺斯好半天才回过神来，悄声问云息：“这是怎么回事？”没听说异兽还能失忆的啊。

云息道：“可能是在召唤兽魂的时候，主记忆的灵慧之魄残损甚至缺失，导致他以前的记忆丧失。这种情况很少，但也并非没有过。”

江朝戈说出了一个关键问题：“他似乎不止是以前的记忆丧失啊，他连最近的记忆都没有，完全不记得之前那个弓箭手了。”

饮川叹道：“缺失灵慧之魄，会严重影响记忆，他的记忆可能很短暂、很模糊，一段时间后就会归零，所以周围的人，他都记不了多久。”

裂羽听着这一番话，明显有些烦躁：“我什么都记不住？可是，我有一些记忆……”

“什么记忆？”

“有一条黑色的龙……”裂羽甩了甩脑袋，“我不知道，好多乱七八糟的东西。”他握紧拳头，连续后退了几步，想离这些让他不安的人远一点，但他心里明白，这不安并不来自别人，而是来自他对整个世界的陌生。

寺斯烦恼地叹了口气：“那就是说，有可能你会一直记不住我，哪怕现在记住了，有一天也会忘掉？我可是你的魂兵使啊……”

裂羽沉默地看着寺斯。

寺斯恨不得再次撞树：“这是什么怪病，啊——”

裂羽道：“你叫什么名字？”

寺斯轻声道：“寺斯。”

“寺斯……”裂羽冷声道，“我会尽量记住。”

寺斯心里一阵感动，再次强调：“不管发生什么事，就算你一直记不住我，我也绝不把你卖掉。”

裂羽微蹙起眉。

寺斯抱住裂羽的肩膀，嘻嘻笑道："你记不住的东西，我帮你记，我的记性可好了，你有什么东西不知道，就问我。"

"我确实有个问题。"裂羽道，"你们说烛阴是我父亲，他在哪儿？"

"他在哪儿尚不可知，我们也在找他。你还有关于他的任何记忆吗？"

裂羽摇摇头："我丢失的灵慧之魄，要怎么才能找回来？"

饮川道："只有当初召唤出你的人，用同样的回魂阵，在同样的月夜，用同样的材料再次召唤，才有可能将你缺失的这一魄找回来，并和现在的你合为一体。"

"当初是谁把我做成了魂兵器？"

饮川道："正是你父亲。"

裂羽眼眸中闪过一丝惊讶。他听到如此让人难以接受的事实，却想不起前尘往事。这让他除了烦躁，还有一丝愤怒。

寺斯笑嘻嘻地说："我们会帮你找到焯烟大人的，在那之前，咱们结契吧。"寺斯充满期待地说。

裂羽看着他，漠然道："我考虑考虑。"

寺斯怪叫道："你还考虑什么啊？冥胤会里那样的人渣，你都和他结契了！论箭术，我比他高超，论魂力，我也不输给他，我还比他帅呢。"

裂羽没理他："你们又是什么人？为什么要找烛阴？"

"这件事就说来话长了……"

寺斯从召唤出裂羽的那一刻起，一直处于亢奋状态，走路都生风，仿佛一朝扬眉吐气，恨不得让全天下人都知道他得到了一把绝世好弓。

为了让裂羽尽快记住他并对他产生深刻的印象，他一整天围着裂羽转悠，一会儿给裂羽讲故事，一会儿唱歌跳舞。

裂羽托着下巴看着像猴子一样上蹿下跳，存在感顶破天的寺斯，时而露出无聊透顶的表情，时而又忍不住露出一抹微笑。

寺斯说："你一定要记住我啊，我是你的魂兵使，以后就算你忘了我，我也会让你想起来的。"

裂羽"哦"了一声，不以为然。

寺斯幸福地摸着裂羽弓，傻笑不止："我也是有魂兵器的人了，还是天级的，嘿嘿嘿……"

相比寺斯的乐观，饮川和云息都显得有一丝忧虑。饮川道：“焯烟是顶级魂器师，几乎不可能犯这种三魂七魄召唤不全的错误，裂羽怎么会出现记忆缺失呢？而且缺失的为什么偏偏是记忆？”

云息道：“确实难以解释，恐怕真的有可能是百密一疏吧。”

江朝戈道：“有裂羽在，我们如果找到焯烟，就可以说服他站在我们这边了。”

“未必，焯烟脾气古怪，不喜近人。”

“现在说这个未免早了，还是找到焯烟再说吧。”

众人商量了一下接下来的路线，就各自去休息了。

第12章

冻湖沉船

江朝戈一出帐篷，就见眼前一片巨大的阴影，他仰起脖子一看，居然是一只麒麟在翻着肚皮晒太阳！

江朝戈哭笑不得：“炙玄，你在干什么？”

炙玄舒服地眯着眼睛：“阳光真好，难怪重溟喜欢。”

江朝戈一想，炙玄等这一天等了太久，也难怪现在就喜欢用这个样子活动。不过，他不让炙玄靠近胡安城。

江朝戈笑道：“你这样会吓着人，你知道吗？”

“吓着又如何？”炙玄拿爪子挠了挠肚皮，眯着眼睛，看上去极舒服。

江朝戈一跃而起，跳到了他的肚子上，环顾四周，感觉自己在一个小山丘上，他的真身实在太大了。

炙玄伸出爪子，用指甲尖轻轻地戳了戳江朝戈的肩膀：“朝戈，我现在看上去是不是很威风？”

江朝戈看着他慵懒地晒肚皮的样子，勉强道：“威风。”

“你也很威风。”炙玄转着巨大的金色眼珠子，看着江朝戈。

“我？”

“嗯。”炙玄点点头，“你杀沈言随的时候，真威风。”

江朝戈心里不免有几分得意：“如果不是他言而无信召唤鹰极，我也许也不会情急之下将你召唤了出来。”

“那是因为你的魂力已经积累到可以召唤我的程度了。”炙玄的指甲尖轻轻地划着江朝戈的后背，那爪子足有半人大，轻轻一戳，就能把江朝戈的身体刺出一个大洞，但江朝戈面对如此狰狞凶猛的异兽，感觉到的，只有满满的安全感。

江朝戈摸了摸他的爪子，低声道："变回人的样子吧，我们聊聊天。"

炙玄从地上翻了起来，庞大的身体凭空消失，江朝戈往下坠去，腰身却在下一秒被有力的臂膀揽住。

炙玄抱着他稳稳当当地落到了地上，并嗅了嗅他的头发："朝戈，你的味道真好。"

江朝戈失笑："什么味道？你是想吃烤的还是煮的？"

"不是那个味道。而是……是皮肤里的味道，像太阳的味道，非常好。"

江朝戈想开玩笑说自己身上有烤螨虫的味道，又想起炙玄听不懂，便调侃道："你不想吃我就行。"

炙玄笑道："你是不是不生我的气了？"

"我什么时候敢生你的气了？"

"哼，你总爱说反话。以后你再说这种需要费脑筋的话，我就……"

"你就怎么样？咬死我？吃了我？"江朝戈邪笑道，"这些对我没用了。"

"你再也没有身为仆人的自觉了。"

"毕竟我现在升级成魂兵使了。"

"那你也要伺候我，因为我是祖宗！"

"是、是、是……"

两天后，阮千宿的伤已经好了大半，他们离开了胡安城。

告别的时候，孙安因为江朝戈一句戏言，拿来三百枚金币，让江朝戈无论如何也要收下。江朝戈也没推辞，欣然地接受了，毕竟要养活这么多人，他怎么会嫌钱多？

离开的那天，裂羽第一次出现了短暂性失忆，当寺斯拿着大鸡腿来讨好他的时候，他如梦初醒，茫然而戒备地看着寺斯："你是谁？"

只这一句话，寺斯的脸就垮了："不会吧？才几天啊，你就把我忘了？我是寺斯啊！"

裂羽愣怔了几秒，似乎反应了过来："嗯……我好像想起来了。"

寺斯把大鸡腿收了回来，伤心地狠狠地咬了一大口，心里特别委屈。

江朝戈低声问云息："裂羽到底是有记忆还是没记忆？这不又想起来一点儿？"

"勉强算有，但因为缺少灵慧之魄，记忆残缺不堪，不稳定。总之，他的记忆出现任何混乱都不奇怪。”

“那寺斯怎么办？”

“没办法，除非找到烛阴，只有他还有办法把灵慧之魄召唤进裂羽的体内。”

寺斯听着两人的对话，神情有些黯然。拥有一个从今往后要常伴他左右，却无法记住他的同伴……想想就叫人悲伤。

裂羽看着寺斯失望的样子，沉默了一下，伸出了手：“不然，把你的名字写在我的手上吧？”

寺斯笑道：“那几下就蹭掉了。”

“多写几遍。”

寺斯抓了抓脑袋，真的找出笔，在裂羽的掌心写下了歪歪扭扭的“寺斯”两个字。

裂羽看了看，轻轻地握紧了拳头。

他们经过几日的跋涉，来到了中部和北方的交界处——那个他们曾经碰到龙芗和祁冉君的地方。

到了这里，他们才知道北方被整个封锁了，大小城池都严禁闲杂人等进出，守卫个个如临大敌。

云息好奇道：“他们这是要做什么？”

虞人殊皱起眉，脸色阴沉：“祈凌峰拥兵自重，恐怕是要趁此机会把北方从天棱大陆独立出去。”

江朝戈摇了摇头：“实在不是一着好棋。虽然现在天鳌城没空管他，但他第一个公然叫板夙寒，等夙寒分出神来，一定不会放过他。”他想了想，“不过……祈凌峰也不像莽撞之人，如果没有把握，他怎么敢这么做？难道……他已经依附了什么上古异兽？”他的目光不禁飘向壬王。

壬王摇摇头：“我和祁氏素无接触。”

“莫非是有新的异兽觉醒了？”虞人殊道，“你说得对，祈凌峰确实是个步步为营之人……”

“只有进去看看才知道。”寺斯一副跃跃欲试的样子，“若是打起来，正好让我试试弓。”

壬王道：“我打算在这里跟诸位暂时分别。”

饮川点点头：“你决定去哪里？”

“继续去寻找其他异兽，打探天地之元的消息。我在遭遇焚念和游释之前，得到了疑似红渊的消息，就在中北交接的地带。”

“也好，无论你能不能找到红渊，结束之后，你可以去重溟那里等我们。”

壬王颔首。

饮川轻叹一声：“相聚竟是如此短暂……”

壬王笑道：“若能平复天下，你我有永世的时间把酒言欢。”

饮川露出淡然的笑容。

壬王带着柳清明，遥遥地消失在了他们的视线里。

进入北方后，他们选择了离祁氏驻地最远的一条路线，并非是惧怕祁氏，而是不想与祁氏遭遇而产生不必要的麻烦。

然而，北方常年寒冻，有大片险峻的不毛之地，有城池的地方，都是经过千万年筛选出来的最适宜人类居住的，因此，从中北交界处到祁氏驻地的这一条路线，气候最好，路也最好走，而其他地方则多是穷山恶水，浊气冻土。他们此次走的，就是这么一条路。

时值秋日，还不那么冷，一件薄袄足矣，但他们误入了一片充满浊气之地，那灰色的空气不仅能见度很低，而且让人呼吸困难，头晕眼花，大部分人都有轻微中毒的症状。

“还要多久才能走出这一片啊？”寺斯趴在饮川的身上，蔫巴巴地说。

饮川道：“这片浊气范围非常大，直到靠近一片湖，浊气才会消失，那里就是钟山的脚下了。”

江朝戈叹了一声，炙玄摸了摸他的脑袋。

这一走，就是昏天暗地的好几天，若不是饮川和云息给他们喂了几粒清肺的魂药，这浊气恐怕就能要他们的命。

终于，在一个清晨，一直匀速奔跑的饮川突然停下了脚步，“咦”了一声。

炙玄道：“怎么了？”

饮川低下头，用爪子拂了拂地面：“这是……寐江湖？”

“寐江湖？”

“就是我说的那片湖。”饮川道，“居然冻住了。”

趴在他身上的几人都清醒了几分，坐起来一看，不知何时，浊气真的淡薄了许多，但还是飘浮着雾气。他们往下看去，却只看到纯白的积雪和饮川留在雪地里的巨型脚印。

饮川深吸一口气，往地上用力吹出，薄雾连同地上的雪同时被吹散了，地面果然出现一大片冰晶。

“真的是湖。”

饮川难以置信：“万年以来，寐江湖遇极寒而不冻，现在仅是秋季，怎么会冻住？”

炙玄道：“也许只冻住了一片。”

“我们到钟山了？”

“这里便是钟山的脚下，只是现在雾气有点儿重……”饮川一双冰蓝色的眼眸显然已经穿透雾气，望向了远处的钟山，“在这里我并没有感觉到焯烟的气息，也许要进山吧。”

雾气中，确实有山体的影子。

饮川的翅膀无意识地扇了扇，扬起了一片薄雪，江朝戈正巧往冰面上看去，猛然见到冰下居然有一张狰狞的人脸！

江朝戈惊得猛地坐直了。那人脸大睁着双眼和嘴巴，面部保存完整，生前不知经历了什么，眼里写满了无边的恐惧与绝望。

炙玄道：“怎么了？”

江朝戈平复了一下被吓到的心脏：“冰下面有人。”

饮川赶紧用爪子拂开雪，顿时，一具具冰冻的尸体出现在了众人的眼前，有人的，也有异兽的。

饮川皱着眉，一边扫开积雪，一边往前走，积雪越靠近钟山，越薄，雾气也越淡，最后，寐江湖的全貌呈现在了眼前。那是一个一眼望不到头的巨大的湖泊，冰层洁白剔透如最纯净的水晶，正因为如此，冰层下有什么东西，清晰可见。如今，他们就见到了绵延数公里的数不清的尸体……

云息抖了抖：“为什么……”

炙玄道：“这些人穿着天兵的衣服。”

“天兵？”

饮川点点头，沉声道：“是当年讨伐我们的天兵，不知为什么会埋葬在这寐江湖里，也许是被焯烟杀死了吧。”

炙玄哼了一声：“活该，明知不是我们的对手，还要一批批地下来送死。”

饮川叹道：“天兵也是身不由己。”

“那巫祖也是身不由己？”炙玄高声道，“他们做了天神的走狗，是异兽的叛徒！”

饮川垂首望着那些天兵，徐徐地摇了摇头：“并非如此。”

炙玄怒道：“什么叫‘并非如此’？你被那些叛徒所杀，还要替他们狡辩？”

饮川扭过头，冰蓝色的眼眸幽幽地看着炙玄：“炙玄，我们与巫祖之间的关系，并非只是杀与被杀。”

“那还有什么？”

“我们是天地孕育的灵兽，巫祖和我们一样。”

“所以，他们才是叛徒！”

“你有没有想过，他们为什么会从异兽变为天神呢？”

“要么是软弱无能，屈服于天神，要么就是贪图天宫享乐。”

“不。”饮川再次摇头，“我曾问过帝江，他根本不记得自己是如何成为天神的，所有巫祖都不知道。他们是根据自己的真身判断出来的，毕竟他们的真身多为狰狞丑陋的兽，和所有天神都截然不同。”

炙玄皱眉道：“这是什么意思？”

“意思是，他们失去了很长一段记忆，作为异兽时候的记忆。”

江朝戈道：“会不会是活得太长了……”他说完之后，自己都觉得这个理由站不住脚，就算寿命再长，怎么可能十二巫祖集体失忆，而且一点儿都记不起来？

“他们的记忆肯定是因为发生了什么事而丢失了一部分，没有人知道他们生于何时，又是何时成为天神的。他们想要找寻失去的那段记忆，但不知从何入手。”

“这些都是帝江告诉你的？”炙玄冷声道，“如果他是骗你的呢？”

饮川沉默片刻：“他不会骗我。”

“我不相信。就算他们真的失去了记忆，看到自己的真身，也该知道自己是异兽，又为什么要继续效忠于天帝？”

“若自他们有记忆以来，便效忠天帝，他们就会认为自己合该效忠天帝。”

“饮川，你到底想说什么？！”炙玄怒了。

饮川叹道：“是裂羽失去灵慧之魄，记忆缺失，让我想起了往事。”

“你想起往事，就是不停地为那些叛徒狡辩？”

“我并非狡辩……”

“你就是狡辩！”炙玄大怒，“你与帝江交好，连他杀了你都可以不在乎，还频频为他找借口，我却不会像你这么愚蠢、窝囊！若有朝一日，我见到共工转世，定要将他碎尸万段，让他形神俱灭，永世不得超生！”

饮川欲言又止，最后仅是轻叹一声。

炙玄重重地哼了一声，脸色极其难看。

江朝戈握住他的手，指腹摩挲着他的掌心，无声地安慰着。

炙玄把另一只手覆在江朝戈的手上，轻轻地收紧。

饮川不再说话，往前走去，众人看着脚下冰封的尸体，也一路无言。

日落后，他们扎营休息。江朝戈看着坐在一边静思的饮川，犹豫了片刻，站了起来。

炙玄一把抓住他的衣摆。

江朝戈道：“我有些问题想问饮川。”

炙玄皱起眉，想了想，松开了手：“去吧。”

江朝戈走到饮川的身边坐下了。

饮川淡淡地扫了他一眼。

“饮川大人，您今天说的事，我反复想过后，有些疑问。”

“请说。”

“既然巫祖的前身也是异兽，那么他们也该有灵慧之魄。失去一段记忆，会不会也和灵慧之魄有关？”

“我也曾想过这个可能，但他们不是魂兽，而是活生生的。”

江朝戈点点头：“如果谁有能力洗去他们的记忆，恐怕非天神莫属了。天神为什么要这么做呢？控制他们？如果这样能控制他们，又为什么要杀掉你们，而不是把你们也变做巫祖？”

“这点我也想不通。”饮川沉吟道，“朝戈，你是否曾想过，异兽到底是什么？”

江朝戈略一愣：“这……若是按照我那个世界的说法，异兽就是一种生物。人是生物，猪狗是生物，世界上有千万种生物，异兽也仅是生物的一种。”

“你原本所在的那个世界上有不死不灭的生物吗？”

江朝戈摇摇头：“不死不灭，只存在于传说之中。”

“你曾说过，这个世界的天神、异兽，全都是你那个世界的神话、传说，你们有古籍记载，但没有人相信这些是真的，都以为是古人杜撰的。”

江朝戈点头道：“没错，直到来到这个世界，我才知道，那些传说曾经都是真的。可为什么天神和异兽在我那个世界完全消失了？我和云息讨论过，这个世界和我那个世界如此相似，就像一个世界被一分为二，其中一个有异兽，另一个没有，从此演化各不同。”

“你们那个世界的古籍，明确地记载过我们，那么，就说明这两个世界肯定是在我们出现之后分离开来的。”

“没错，但是何时，又是为什么分成两个世界？”江朝戈缓缓地摇头，“有太多未解之谜了。”

“在你那个世界没有不死不灭的异兽，这就说明一个世界原本可以没有异兽。我曾花万年时间，思考过异兽究竟是什么，我又是什么。我想，按照你的说法，普通的异兽也许是生物，但我们未必。普通的异兽修习到一定程度，若是不被杀灭，那便要么死于渡劫，要么已然飞升。这样的异兽少之又少。只有我们，活过万年之久，远比很多天神还要强大，却从不需要历劫，也不会飞升。从我有记忆以来，就有强大的力量和永恒的寿命。”

江朝戈思索了一下：“饮川大人，你，有过小时候吗？”

饮川那纯白的羽睫轻颤：“没有，至少我没有小时候的记忆，我相信其他人也没有。我说帝江他们失去了记忆，其实我们又何尝不是。我不敢提醒炙玄，是因为……若是想得太深，未免可怕。从记忆的最初开始，我就是这个样子，我不知道自己来自何处。很多异兽以为，是时间过去太久，他们早已经忘了。他们也许会忘，但我不会忘，我从不忘记任何事，除非我的记忆也被动了手脚，否则，我们就是无端端地出现在这世间的。可又有什么力量，能一次造就如此多的强大生物呢？”

江朝戈深吸一口气，觉得脑力终于有些跟不上了。这个问题太复杂了，炙玄一直想让他生小麒麟，恐怕未必是想看自己的全貌，也并不是需要传宗接代，而是潜意识里想要唤回自己最初的记忆，只是炙玄并没有认识到。

饮川道：“你们那个世界的古籍，可记载过，天帝每十二万九千六百年，便要渡劫一次？”

江朝戈点点头：“记载过。说天地之数，十二万九千六百岁为一元，每过一元，天帝就要渡劫一次。”

“一元又分十二会，为子、丑、寅、卯、辰、巳、午、未、申、酉、戌、亥，每会一万零八百岁。每过一元，这个世界就会覆灭一次，又重生，周而复始。天地的一元与天帝的渡劫时间刚好重合，你可想过为什么？”

江朝戈眉头紧锁：“这两者之间必有联系，可究竟有何联系，我……”江朝戈总觉得有些想法呼之欲出，却一时又不知道怎么组织语言。

“天帝历劫无数，寿命以亿万计算，恐与这世界同岁。每次历劫，天地就同时被清洗一番，世界的格局会大大改变，前一元存在的东西，这一元可能消失，出现新的东西，一元又一元，周而复始。那么，究竟是天帝历劫，还是天地历劫？是否可以说，天帝就是这天地，这天地就是天帝？”

江朝戈瞠目结舌，他大脑一时有些打结了，想了半天，不知道该说什么。

饮川似乎沉溺在自己的思维里，完全没留意到江朝戈已经有些跟不上他，继续说道：“我曾研究过诸多古籍，发现每一会，这个世界都会有所不同。”

“每一会相隔一万零八百年，自然会有不同。”

饮川点点头：“不错，比如子时天地混沌，而丑时混沌已开，寅时暗淡无光，而卯时天光乍现，辰时浊气融融，而巳时天地清明，午时烈日当头，而未时万物初生，申时生机勃然，而酉时垂垂将死，戌时日薄西山，而亥时重归黑暗。这十二会组成的一元，刚好从天地混沌初开开始，经历万物，由生至灭，一直走到天地消亡。而下一元又将重复一遍。”

江朝戈消化了一下这些信息，却发现怎么也办不到：“这又说明什么呢？”

“这说明我们的寿命并非永恒。”饮川道，“我们大约是生在未申时，还没等天地覆灭，就被封印了。如果按照这样计算，现在这个世界恐怕已经走到了戌时，再过几千年，这一元结束，无论是你们，还是我们，都会消失。”

江朝戈揉了揉眉心：“还好，我就能活几十年……”

饮川看着江朝戈头疼的样子，笑道：“我是不是把你绕糊涂了？”

江朝戈点点头。

“其实，太多东西，我想了很久很久，也没想明白。我只是隐隐觉得，无论是巫祖，还是我们，都好像……是被制造出来的。到了万物初生的那一元，我们就该出现。我们以为自己是集天地之精华诞生的，可天地又是什么？我们就像一群傀儡，在特定的时候被制造出来，在特定的时间被消灭，一元之于我们，是无法想象的漫长，但之于天帝，仅是一段生命。你想过我们有可能如此微不足道吗？”

江朝戈无法掩饰内心的震撼，他好像突然懂了饮川的意思。世界就好像一个程序，天帝就好像那编程员，每一次渡劫，就像是程序的定期更新，所以，他们所在的世界，周期性地发生，周期性地覆灭。那么，异兽是什么？人是什么？万物又是什么？这个世界的历史，是不是就是一元又一元的交替下，万物生生灭灭产生的？

饮川道："你不需细想，因为这仅是我的猜测。没有人见过天帝，谁又知道天帝当真存在？谁又能确定，那些告诉我这些东西的古籍，每一个字记载的都是真的？我想了万年都想不通，你也不会想通的。但如果这些是真的，那么，有一件事我可以肯定。"

"什么？"

饮川深吸一口气："我们这一元，跟其他元不一样。"

"您为何如此肯定？"

饮川摇摇头。

江朝戈知道饮川又不肯说了，这是饮川和他说话最久的一次，不知道是出于什么原因，可能真是因为今天和炙玄的一次争吵，让饮川莫名有了倾诉的欲望吧。

总之，江朝戈感觉自己似乎触摸到了什么超凡的东西，窥见了天地的秘密。饮川这样的人能做出的猜测，绝非凭空出现，只是连饮川都无法探知的秘密，他们恐怕永远也不会明白，只能稀里糊涂地死去。幸好，他也活不到一元的结束。

饮川淡笑道："谢谢你听了我如此多的荒诞之言。"

"您所言绝不荒诞，即便不是真的，也让我收获良多。"

"找到机会，劝一劝炙玄，前尘往事已随风而逝，放下对巫祖的仇恨吧。"

江朝戈苦笑道："这我可劝不了他。不过，也要巫祖真的转世了，还被他遇到才能报仇。所以，就让他想着报仇解解恨吧。"

饮川长叹一声："他在乎你，就肯听你的话，劝劝他吧，对你们都有好处。"

江朝戈道："好吧。"他表面上答应，心里却觉得，还是别碰炙玄的逆鳞比较好。为了一个已经死去万年的仇家，弄得两人不愉快，何必呢？这不是没事儿找事儿吗？

饮川低下了头，纯白的长发滑落至肩膀，遮住了他的眼睛，也掩盖了他的情绪。

江朝戈告辞后，回到了帐篷里。

炙玄盘坐在被子上，瞪着江朝戈。

江朝戈心想，这么近的距离，他们说什么，炙玄只要想听，就能听得一清二楚，饮川真是难为他。

炙玄不说话，还是双手抱臂地瞪着他。

江朝戈坐在他的面前，轻笑道："放心吧，我听你的。"

炙玄的表情明显一喜，眼神立刻变了："这就对了，你是我的魂兵使，不是他的。"

江朝戈笑道："没错。不过，饮川见多识广，知识渊博，有时候，你也要……"

“不要！”炙玄横眉瞪眼，“你干吗为他说话？他居然为巫祖辩解，你是不是真的想帮他劝我？”

“没有、没有，有仇不报怎么行？”

“没错，这件事你再也不要提起。”炙玄恶狠狠地说，“若饮川敢再替巫祖辩解，别怪我不念旧情。”

江朝戈果真不再提了，他满脑子都是今天和饮川谈话的内容，越想越头大。饮川万年都想不通的东西，他去想，纯粹是自找罪受，可他还是停不下来。他突然想到，饮川说他们这一元，一定和其他元不一样，是不是因为天地之元的存在呢？

天地之元这个名字的意义又是什么？是否和周而复始的元有关？

江朝戈能肯定，饮川知道的东西，远比他想象的要多，只是他不肯说罢了，甚至应该说，饮川知道的东西，恐怕比这个世界上所有的人和兽加起来都多，他的心思比海还深。这让江朝戈感觉到一丝莫名的恐惧。

炙玄把脸凑了过来：“你是在想什么？说实话。”

“想你。”江朝戈笑意盈盈地说。

“骗人，一看就是在想饮川跟你说的话。你们到底说了什么呀？我听了一会儿就烦得听不下去了，差点儿睡着了。”

“其实我也没怎么懂。”

“哼，饮川这点最讨厌，总是说别人听不懂的话。”

“嗯……你是真的不记得自己的小时候吗？”

炙玄摇摇头：“饮川真是愚蠢。我们本来就不是被孕育的，没有父母，又怎么会有小时候？”

“那你不好奇吗？”江朝戈刚问完这句话，立刻就后悔了。

“哼……”炙玄哀怨地瞪着他，满脸委屈。

天亮后，他们继续沿着寐江湖前行，这么一大片湖泊居然在不是很冷的秋季结冰，让人实在觉得不可思议，再结合他们一路看到的死尸，总让人觉得是在埋葬或掩藏什么。

饮川猜测道：“恐怕是天神冰封了这里，让它成为天兵的坟墓吧。”

云息摇摇头：“若是真要为天兵做坟，为什么把他们留在这荒芜的人间？”

众人百思不得其解，也许见到焯烟，会有答案。

就要走出寐江湖的范围时，他们坐在饮川的身上，看着巨大的冰层下面，逐渐出现一片不同寻常的阴影。那阴影面积非常大，让人一时难以看清全貌。

阮千宿让征尘把她带到天上，飞到高空看了一圈后，大喊道："冰下面是一艘大船！"

"船？！"

众人均吃了一惊。寐江湖是一片内陆湖，独立集水，至少地表是没有流域分支的，怎么会有大船开到这里来，并且还被封在冰层下？如果寐江湖真是万年之前被天神冰封的，那岂不是说这艘船已经在此万年？可万年之前，人类根本没有造出这样一艘大船的技术！

江朝戈召唤出肥遗，也好奇地飞上了天。当看清那片阴影的全貌时，他更加震撼了。那真是一艘相当大的船，粗略地看下去，似乎是一艘纵帆船，约六十米长，桅杆有些已经断裂，还竖着的便有三根，船身积满了水草和锈迹，看不清更具体的了。江朝戈能肯定，这艘船不是万年前的人类可以造出来的，因为哪怕是现在的天棱大陆，要造这么大一艘船，恐怕也相当困难。就算真的造出来，那也是要开进大海的，无论如何都不可能出现在贫瘠之地的湖泊里。

他将目光投向饮川，把自己看到的和自己的分析说了出来："这片湖太诡异了，天兵还勉强能解释，这艘船又如何解释？"

饮川同样是震惊不已："确实……这实在是不可能发生的事。这艘船无论是冰封前还是冰封后，都不可能出现在这里啊。"

江朝戈皱眉道："这艘船非同寻常，我有预感，它能给我们一些启发。"他心里暗暗地有些怀疑，这艘船可能不属于这个世界。如果这艘船是和他一样，突然从别的世界穿越过来的，那么一切也许可以解释了。他想饮川肯定也想到这一点了。

饮川点点头："我们应该想办法下去看看。"

"疯了吧！"寺斯大叫道，"就算能凿开冰面，可下面多冷啊。"

"我不怕冷。"饮川道，"炙玄，你跟我一起下去吗？"

炙玄看了看那冰，摇摇头："我是火属性异兽，冰水克我，肯定很不舒服，我不去。"

"好，那我就自己下去吧。"饮川把其他人送到对面，然后独自折返，猛地蹦了起来，用身体的重量和四蹄凿冰面。

那冰面再厚，也禁不住他千吨重量的冲击，很快就皲裂千里，继而冰层断裂，出现一个大洞。

微光一闪，饮川的身体化作了人形，他一身白衣白发，如雪之幽灵般纵身跃入了寐江湖。

寺斯打了个寒战，抱臂道：“该有多冷啊。”

“饮川本来就是冰属性的异兽，不怕冷，变成魂兽就更不怕了。”

“对了，我有个好玩的！”寺斯突然眼前一亮，猴子一般蹿了出去，往冰上跑。

阮千宿喝道：“寺斯回来！小心掉进去！”

“没事、没事，我轻……哎呀！”寺斯话音未落，脚下一滑，整个人在冰上摔了个狗啃泥。

众人均不给面子地大笑起来，裂羽稚嫩而淡漠的脸孔上，也浮现一丝笑意。

寺斯从冰上爬了起来，抽出弯刀，开始凿冰，凿了半天，弄出了两块脑袋大的冰块。

他把冰块抱了回来，坐在地上，开始用弯刀雕琢起冰来。

江朝戈蹲在他的面前，调侃道：“你居然还会玩这个。你要雕什么呀？”

“我可是在昆仑山长大的，昆仑山最不缺什么？雪呀，冰呀！我小时候哄阿萨玩，就给他雕冰雕，堆雪堡。”寺斯的手很快，用那把锋利的弯刀，一会就雕出了一个粗糙的人形，还有待细化。

江朝戈更好奇了：“你到底要雕什么？”

“哎呀，江大哥，我不告诉你。”

江朝戈扑哧一笑：“好、好，你玩。”

在等待饮川的时间，寺斯就认真地雕刻着。

饮川下去半个小时后，云息有点儿担心了：“老师不会出事了吧？怎么还不上来？”

炙玄舒服地喝了口酒，讽刺地说：“他能出什么事？死吗？”

云息抓了抓头发，也觉得自己的担心有点儿多余。

“也许是饮川大人在下面发现了什么。”

“肯定是发现了什么。”虞人殊道，“其实……我怀疑这船并非我天棱大陆的东西。”他说完，看向了江朝戈。

江朝戈点点头：“我也有同样的想法，饮川大人下去，恐怕就是为了证实这一点吧。”

“若真的是异世的东西呢？能说明什么？”龙芗问。

阮千宿道：“说明不仅仅是人可以穿越，物件也可以。但是把一艘船穿越到这里，又让它被冰封于此，有什么意义呢……”

“也许是无意的。我记得当初那大巫送我来的时候，对我说过一段话，大意是，他也不知道我会穿越到哪里去。所以，也许这艘船出现在这里，是谁都预料不到的。”

饮川下去良久，久到寺斯已经雕出了一个人像，他献宝似的拿到裂羽的面前：“裂羽，你看，像不像你？！”

那冰雕虽不够精雕细琢，但也算形神兼备，长身玉立，青丝披肩，竟真是裂羽的模样。

裂羽有些愣怔地接过冰雕，看了良久，才点点头：“像。”

“若是有雕刻的工具，我能做得更好。”寺斯得意地说，“裂羽，我知道好多好玩的，你要记住我，只要你记住我，你就永远不会无聊。”

裂羽看着寺斯，淡淡地笑了笑，可下一秒，表情又染上一丝哀愁：“我记不住。”

“你能记住！你忘记一次，我就提醒你一次；你忘记一百次，我提醒你一百次。只要你还能记住自己的名字，有一天，你也一定会记住我的名字的。”寺斯自信满满地说。

裂羽犹豫着说：“真的吗？”

“真的！”寺斯露出开朗的笑容，搂住裂羽的肩膀大笑道，“咱们做好兄弟，到我死都在一起。”

江朝戈含笑道：“你那另一块冰呢？打算干什么？”

寺斯嘿嘿一笑：“我要给千宿姐雕一座人像。”

“哎，那我们呢？”

“去、去、去，你们才没有。”

他们足足等了有两个小时，等得炙玄不耐烦了，直接朝着冰洞大吼道：“饮川，赶紧上来！”

过了一会儿，一抹雪白的身影从水里浮了上来，慢慢地升上了半空。饮川甩了甩头发上的水，落到冰层上，一步步地朝他们走来，走到近前时，身上的水迹已经完全不见了，但他的脸色苍白。

江朝戈追问道：“饮川大人，您怎么下去那么久？”

饮川遗憾地说：“我看到了很多从未见过的东西，一时不舍得离开。”

“哦？那艘船果然不属于天棱大陆吧？”

饮川点点头，从袖子里掏出一样东西，递给江朝戈：“这个东西，你可认得？”

江朝戈一看，是一枚金玉鬓花，两侧腾云双龙戏珠，镶嵌有五枚椭圆形的宝石，用细金丝编绕成夹层，一看就是价值不菲之物，可惜他不懂古董，看不出是哪里的东西。

云息接过来看了看："这不是天棱大陆的物件，天棱大陆还没有这样的工艺。"

饮川道："我将那艘船仔细看了一遍，艄正面有一个虎头浮雕，两舷前部为飞龙浮雕，以前可能是有色彩的，现在没了，艉板上方绘有鹏鸟，已模糊不堪。通过船身和船内结构判断，那船绝非渔船、商船，而应该是官船。"

"虎头浮雕？"江朝戈心里一动，"那虎头浮雕是怎样的？"

饮川又详细描述了一番。

江朝戈心脏发紧，突然想起了几年前他参观过的一个项目。那是某市要仿造当年郑和下西洋的船队中的二千料宝船，打算打造成一个全仿古的旅游景点，后来因为资金链断裂，项目搁浅了。他当时去的时候，项目正资金充足，进行得如火如荼。他参观了已经成型的船身，对那艄上的虎头浮雕尤为印象深刻。再加上饮川对船体的更多细节的描述，他忍不住怀疑，这艘船是否就是宝船中的一艘。

饮川见江朝戈脸色骤变，忙追问原因。江朝戈把自己的猜测说了，没想到饮川大为兴奋，坚持要返回船内，找到更多也许能帮助他确定这船的来历的证据。

饮川这一去，又是一个多小时。这一回，他带上来更多保存相对完好的文物。江朝戈虽然自己不玩古董，但身边太多古董大佬，耳濡目染之下，还是能认出几样专属于明代的物件，至此，他可以肯定这艘船来自明代，而且至少有八成的可能是郑和宝船中的一艘！

饮川陷入了沉思："若真是你们那个世界的船，那也是六七百年前的东西了，怎么会……"

江朝戈皱眉道："难道那个时候就有天棱国的大巫出现在我们的世界？可他把一艘船送到这里来干什么？"

饮川摇摇头："那艘船绝无可能是大巫送过来的。送一个人倒是简单，但送一艘吃水千吨的船到另一个世界，就是巫祖在世，也未必能做到。"

"如果不是大巫干的，为什么它会出现在这里？"

云息道："我想，只有一个可能，那就是它是无意之间来到这个世界的。"

"你的意思是……"

"这艘船由于某个原因，不小心来到了这个世界，结果出现在一个早已经被冰封的湖里，再也无法离开。"饮川道，"恐怕只有这个解释稍微合理一些，但依然有很多地方说不通。”

“寐江湖底，可有地下水道？”

饮川点点头。

“难道是从地下水道进来的？”

“那艘船不像沉船，船身保存完整，除了被湖水腐蚀掉一些木材外，船身没有断裂，也没有遭到外力重击，像是开进来的。”

江朝戈深吸一口气：“莫非，寐江湖下有一条通往我的世界的路？”

此言一出，众人都安静了。

这实在是一个大胆的猜想，但又似乎能解释一切。

首先，大巫以水为媒介施行穿越之巫术，如果针对普通人，大巫一杯茶水泼上去，就能施行这巫术，那一艘大船恐怕要用足够多的水才有可能穿越空间。其次，这是唯一可以解释他们今日所见所闻的观点，虽然，它听上去玄乎其玄。

饮川道：“我围着船身转了很久，并未发现什么异常，而且，即便真的有这样一条通道，人类也是不可能通过的。”

江朝戈叹道：“是啊，又没有潜水艇。”

“潜水艇是什么？”

“是一种能在水下百米甚至千米深处运行的船。”

饮川惊讶道：“千米？我曾有过这样的构想，在你那个世界居然已经实现了！”

云息也听得两眼直放光：“这、这可能吗？”

“可能。”江朝戈肯定道。

饮川轻叹一声：“真想去你的世界看看，不，我一定要去看看，看看你描绘的那所谓科学的世界。”他的语气充满了浓浓的向往。

云息也附和道：“老师，我也要去，我们一起去研究那些更厉害的东西吧。”

饮川温柔地摸了摸他的头：“好。”

江朝戈蹲在湖边，看着湖中心裂开的那个大洞，想着下面那艘船，一时感慨万千。在异世界的一个内陆湖的湖底，见到了一艘可能是明代郑和船队的船只，这是怎样一种奇观？而那神秘又幽深的湖底，可能就藏着一条能让他回家的水道，可他无论如何都不可能通过。而且，他真担心，就算自己通过了，水道那一头又是什么呢？这艘船这么倒霉，开到已经冰封了的湖底，自此葬身了不知道多少年。他若穿过去发现自己在茫茫大海里怎么办？这么一想，他就觉得也没什么可遗憾了。

饮川道：“这更加证实了这个世界和你那个世界的联系。这两个世界一直都存在着某种互通，也许能穿越的通道也不止这一条，只是我们还没有发现。”

“你们说，这个世界的时间和我那个世界的时间是同步的吗？”江朝戈看着那枚金玉鬓花，“在水底六七百年而不腐烂，这实在不太可能。”

“我看那船的腐朽程度，也不像是沉寂了六七百年的，但百年是肯定有的。如果真的有数百年的时间差距，又是什么造成的呢……”

江朝戈摇摇头：“我一直以来都觉得这两个世界是由原本的一个分成的两个，虽然从此各自运转，但它们的寿命应该是一样的，只是由于本身所拥有的元素不一样，后来的发展也大不相同。也许我们想错了，它们的时间也是不一样的。”

除了江朝戈和云息之外，其他人已经跟不上饮川的思维，遑论插入他们之间的对话了。

炙玄听得极不耐烦，他讨厌听不懂江朝戈的话的感觉，他重重地哼了一声：“这两个世界自分开那天起就已经不一样，说不定时间的快慢也是不一样的。如果你现在回自己的世界，也许只过了一天，但也有可能已过了十年。”

江朝戈心里一惊，他从来没想过这个问题，他只是想着，自己失踪这么久，他打拼来的亿万家产，肯定早被折腾光了。对于这点，他从开始的痛苦、难过，到后来的麻木、完全接受，却没想过，有可能他在这里过了一年多，在他原来的世界却未必。

云息点点头：“如果时间快慢不同，倒是比较好解释为什么江大哥的世界成了科学的世界，而天棱大陆却是魂器的世界。”

“我想，两个世界的不同，跟一个有异兽，一个没有异兽关系更大。”江朝戈道，“在我们的世界，科学以能源为基础，可在这个世界，魂器、魂药等，都可以看作是另一种科学，而这种科学以异兽为基础。两个世界的基础决定了它们发展的不同。”

“朝戈说得有道理。这也让我对那个世界更加好奇了。”饮川向往地说。

“那下面那艘船，我们怎么处置？就那样放着？”

“也只能如此了。若时间充裕，也许我可以再花费几天时间，尝试着去找找地下水道，但比起这个，我更希望快点儿找到焯烟。异兽之中，仅他和我有类似的爱好——爱好知识，或者是朝戈所说的科学，但他喜好研究魂器，我则是什么都感兴趣罢了。我想，这寐江湖发生的变化，他不可能不知道，哪怕是他死后发生的，他只要来看看，也一定能说出一点我们不知道的东西。”

一直沉默的裂羽说："你们说的焯烟，就是我父亲吗？"

"是。"

"那他……"裂羽顿了顿，"他会记得我吗？"

"我想会的，我们醒来之后，都还带着以前的记忆，他没有理由忘记。"

"可我不就忘了？"

寺斯口无遮拦道："说来也奇怪，那烛阴真像你们说的那样，那么精通魂器制造，怎么会连自己的儿子少召唤了一道灵慧之魄都不知道？他不会是故意的吧？"

此言一出，裂羽的眉心再次皱了起来，肩膀僵硬，整个人散发出一股戒备的气息。

江朝戈瞪了寺斯一眼，寺斯反应过来，郁闷地抓了抓头发，小声地说："可能真不是故意的，而是意外吧。"

裂羽低着头，一言不发。

饮川和云息对视一眼，两人眼眸中都闪动着复杂的情绪。江朝戈猜想，对这两个同样精于魂器制造的人来说，他们的想法可能跟寺斯差不多，只是没有说出来罢了。召唤兽魂的时候，三魂七魄清晰分明，少一个都不行，至少云息是这么说的，但现在看来，少一魄也未必不行，只是不完整。可这一点，魂器师召唤魂魄的时候是一定知道的。烛阴为什么要把自己的儿子做成一个不完整的魂兵器？

裂羽环顾四周："这个地方，我似乎记得。"

饮川道："当然，这里是你长大的地方。"

"我的父亲、母亲曾经都在这里？"

"嗯，你们都曾在这里。"

"我能找到他们吗？"

饮川轻声道："焯烟也许能找到，但你母亲是人类女子，寿命只有百年。"

炙玄听到这句话，突然抓住了江朝戈的手，握得有点儿紧，让他有些吃痛。他扭头看向炙玄，正巧炙玄也转过脸来看着他，眼里满是无法形容的担忧。

江朝戈的心脏突然一阵抽痛，他完全能明白炙玄此刻的想法，用指甲轻轻挠了挠炙玄的掌心，却说不出安慰的话来。他总不能说自己永不会死，因为那是绝无可能的。他知道他们之间的缘分也不过几十年，这个认知光是想想，也叫人心碎。

裂羽沉默了一下，突然化形，朝着钟山飞去。

寺斯叫道："哎，等等啊！"

"没事，让他去吧，正好去探一探焯烟在不在钟山。"

寺斯召唤出鵸鸟追了上去。

裂羽站在仙雾缭绕的钟山山顶，看着壮观的钟山山脉，如一座雕像般一动不动。若不是猛烈的风将他的衣袂与长发吹得猎猎飞舞，他简直就像与世界同时静止。

寺斯飞近他时，正是夕阳西下之时，夕阳将裂羽脚边缭绕的雾气镀上一层橘红，那画面宛若谪仙下凡，好像下一秒，整个人就会卷着雾消失。

寺斯呆愣了一下，落在了山顶，轻轻地叫了一声裂羽的名字。

裂羽依然如雕像般，毫无反应。

寺斯走近了几步："裂……"突然，他愣住了。他看到裂羽的脸上挂着两行风干的泪痕，眼神迷茫无措，好像迷路的小动物，让人心生不忍。他咽了咽口水，突然也不知道该说什么了。

裂羽僵硬地扭过头，哑声道："为什么有人能忘了自己？我究竟是什么？"

寺斯忙道："这不怪你。"

"真的是像你说的那样吗？我父亲是故意弃掉了我的灵慧之魄？"

"不、不、不，你别听我瞎说，我什么都不懂，乱猜的。"寺斯摇头摆手，后悔死了。他神经实在太粗，理解不了裂羽那种无根无属、风中飘摇的惆怅，忘记自己和亲人一定很难过，他却不知道如何安慰裂羽。

"在这钟山之中，我总能看到、想到一些特别的画面，似乎是我记忆中的片段，我却不能肯定。"

"是什么样的画面？"

"一条赤色人面巨龙，身长千米，口含火精，我知道，他就是我父亲。"裂羽叹了口气，"可惜我却没有关于我母亲的记忆，她是个怎样的女子呢？"

"能得上古异兽垂青，必定是个奇女子。"

"我'看到'父亲翱翔于钟山之间，与天地同袍，与日月同息，自在而威风。"

"你也一定曾经翱翔于钟山之间。"

"真的吗？"

"当然了，你不是生长在这里吗？"寺斯笑道，"不如你带着我飞一飞，怎么样？"

裂羽眼眸闪动，似乎在犹豫，半晌道："好。"他话音刚落，就迫不及待地化作一条青蓝色的人面小龙。

寺斯跳到了他的背上，抓住他的龙角，大声吆喝道："哟呵，飞啦——"

裂羽载着寺斯，一飞冲天，迎着夕阳，踏着仙雾，伴着清风，在山间自由地飞翔、穿行。寺斯惊讶地发现，钟山之中竟是一派绿意盎然的景色，跟外面的冰天雪地简直判若两个世界！

他俯览着钟山郁郁葱葱的草木、花鸟，好不自在。他大笑道："裂羽，你猜，你父亲可曾这样带着你和你母亲翱翔？"

"一定有过。"裂羽道。

"我想也是。"寺斯松开他的角，改为抱住他的脖子，"裂羽，你不要害怕，你不记得别人，不代表别人不记得你。我会一直记得你，还会帮你记得所有你需要记得的东西。"

裂羽轻声道："谢谢。"

寺斯嘻嘻笑道："我们结契吧，好不好？"

"好。"

寺斯大喜，禁不住哈哈大笑起来，他抽出匕首，兴奋得手臂直抖："结契之后，我们就可以永不分离了。"

裂羽扭头看了他一眼，幽蓝的眼眸少了一丝戒备，多了一份信任。

寺斯在自己的手腕上划了一道，又将匕首轻轻刺入裂羽的后背，待鲜血涌出后，他把手腕贴了上去，让那两股血液融汇在一起。

顿时，两人的身体散发出耀眼的白光，将黄昏点亮，整个钟山都沐浴到了那神圣的光芒。

裂羽禁不住发出一声龙吟，响彻山林，悠远而绵长。

钟山之中，飞禽走兽都沸腾了起来，山林里不断传来此起彼伏的叫声，仿佛是对钟山小主人的回应。

寺斯兴奋得不能自已。他这辈子最大的愿望，就是有一把绝世好弓，一朝拥有，此生无憾。

两人落回地面，众人纷纷恭喜寺斯。

寺斯叉腰狂笑："以后我回耳倪族，我爷爷和大巫一定会将我奉为上宾，迎入村里，谁还敢嘲笑我曾经卖……呃，反正，我有一把最好的弓了，哈哈哈。"

江朝戈笑道："还好，这把弓，你就是想卖，也卖不掉。"

寺斯用力"嘘"了一声："江大哥，不要乱说。"

裂羽变回人形后，便沉默地站在了一边，看不出喜怒，仿佛结契这件事跟他关系不大。

寺斯显摆了一圈后，跑到裂羽的身边，兴奋地说道：“等我带你回昆仑山，有好多好玩的，到时候……”

裂羽看着他，眼神突然又变得陌生和戒备起来：“你……是谁？”

寺斯的笑容僵在了脸上：“不会吧？这才几天啊？又忘了……”

裂羽皱起眉。

寺斯恢复笑容：“没事儿，我重新告诉你一遍，我叫……”

看着寺斯又不厌其烦地向裂羽解释他们的种种，围观的人均感到有些心酸。

第13章 异界之门

晚上睡觉的时候，江朝戈和炙玄聊起焯烟一家三口的坎坷命运。

炙玄小声道："我以前不理会焯烟，不仅仅是因为他和饮川一样喜欢研究人类的东西，还因为，他竟然娶了一个人类女子，沦为我们的笑柄。"

江朝戈无奈道："你个万年光棍，还敢嘲笑别人？"

炙玄好奇道："什么叫光棍？"

"嗯，就是一直找不到牝兽的异兽。"

"哼……"炙玄虽然不服气，却找不出话来反驳，"反正，那时候我想，就算我没有牝兽，也绝不可能娶一个低等的人类。"

江朝戈挑眉看着他："那现在呢？你怎么想？"

炙玄轻声说："现在，我觉得焯烟很勇敢。"

"为什么？"

"找一个仅有百年寿命的人类作为牝兽，匆匆百年后，该多么孤寂与痛苦。"炙玄的声音有一丝颤抖，"我想到，若是你也早早离开，天地间独留我一个，我该怎么办？"

江朝戈沉默了一下，道："若我死了，你也会沉睡，沉睡了，就不会孤独了。"

"那我若再次被唤醒呢？发现你不在我身边……我会把将我唤醒的魂兵使咬死。"

江朝戈笑了笑，笑意却不达眼底："有时候世间之事就是这样，总不能尽如人意。焯烟虽是娶了人类女子，但育有一子，又享受了百年安乐，说不定他觉得值得。"

炙玄点点头："我明白。与你在一起一天，抵得过我醉生梦死百年。"

江朝戈的身体僵了一下，他想告诉炙玄，这是他这辈子听过的最美的话，但炙玄恐怕不会懂，于是他换了一种说法："与你在一起一天，比我从前的任何一天都开心。"

炙玄笑道："真的吗？比你在你的世界还开心？"

"当然。"那个世界里没有你。

炙玄眉开眼笑："朝戈，我一定会找到让你长生不老的办法，若是找不到，我会陪你长眠。这世间没有你，一秒也多余。"

江朝戈感觉心尖都软化了一片，轻笑道："你怎么越来越会说话了？说，跟谁学的？"

"没跟谁学，我说的都是真的。"炙玄无比认真地说。

"没跟谁学，嘴居然这么甜，难道是无师自通，突然开窍了？"

炙玄的脸颊微微有些红，他支吾着说："醉幽说，人类因为寿命短暂，最爱听永生永世的誓言。"

江朝戈笑得眯了眼睛："不止是人类，难道你不爱听？"

"爱听。"

"那就是了。"江朝戈感慨道，"只争朝夕……"

炙玄又问他什么是"只争朝夕"，他有些困了，不知道迷迷糊糊地答了什么。

正是欲坠梦里之际，身下传来一阵剧烈的震动，接着是咔嚓咔嚓硬物开裂的声音。

炙玄猛地坐了起来，江朝戈也瞬间清醒，想到他们身下可是寐江湖的冰层，顿时头皮都要炸开了。

那声音绝不是开一两道裂缝那么简单，像是整片冰层如蛛网般被震碎，咔嚓，咔嚓，咔嚓，一声比一声急促，在黑夜中挑拨着那根名为恐惧的神经。

帐篷也跟着摇晃起来。

江朝戈一只手抓住炙玄刀，另一只手想抓衣服，炙玄却拉着他的手往外跑。

两人刚要踏出帐篷，只听得一声脆响，身下的冰层彻底碎裂，帐篷扑通一声，掉入了冰冷的寐江湖。寒意侵袭，周身仿佛被万千根尖针狠狠地刺穿，他已经完全浸入了水中！

耳边传来阵阵惊呼，显然掉入湖中的绝不止他们俩。尽管无法看到外面的光景，但江朝戈已经能想象出寐江湖冰层整体碎裂的壮观场面。

湖水排山倒海般朝他们汹涌地挤压而来，原本保暖防风的帐篷，顿时成了困住他们的牢笼，紧裹着他们的身体，将他们拖入湖底。

江朝戈的身体被冻得发麻，他握紧炙玄刀，一刀将帐篷劈开来，炙玄抱着他钻出了帐篷。

江朝戈憋气已经到了极限，眼看就要窒息，两人不断上浮，最终浮出了水面。

“啊……”江朝戈大叫道，“冻死我了。”他说话直哆嗦，拼命甩着脸上的水，想睁开眼睛。

炙玄紧紧地抱着他，环顾四周，大手覆盖在了他的眼睛上。

江朝戈道：“怎么了？”

“你可能会害怕。”

“我没什么害怕的。”江朝戈话音刚落，就听到阮千宿尖叫一声。她向来强悍大胆，胜过男儿，江朝戈还是第一次听到她发出如此恐惧的叫声，尽管很短促，但也足够让他紧张了。

周围传来不同程度的叫声或抽气声，他颤声道：“炙玄，怎么了？把手拿开。”

炙玄犹豫了一下，放下了手。

江朝戈深吸一口气，做足了心理准备，睁开眼睛，顿时，本就冰冷的身体仿佛被冻住了。

寐江湖的冰层如被一记大锤敲下，碎成了无数片，漂浮在水面上。冰层之上是无数尸体，天兵的、异兽的，悬浮在半空中，还保持着死前的样子——扭曲的，残破的，被寐江湖的水泡得肿胀发白、鼓得如球的。在惨白的月光的照射下，一具又一具，垂着四肢，就像被隐形的绳子牵起来的提线木偶，漂在他们的头顶，此情此景，仿如人间地狱。

江朝戈的嘴唇颤抖着，无意识地缩进了炙玄的怀里。他这辈子没看过如此可怖的情景，做噩梦恐怕也不会有这样的想象力。也难怪阮千宿会尖叫，在她头顶正上方，就是一具死相惨烈的天兵尸体，正垂首看着她。

“这、这是怎么回事……”云息拼命地往饮川的怀里躲，吓得整个人都没血色了。

饮川抚摸着他的头，眼睛直勾勾地盯着那数千具尸体，眼神暗沉，不知道在想什么。

虞人殊最先反应过来：“快离开水里！”

天戎抱着他游到了一块浮冰旁，将他推了上去，自己也爬了上去。

众人纷纷找到最近的浮冰，暂时脱离了冰冷的湖水，只是一身衣衫浸透，冷风一吹，简直如钝刀磨骨，那滋味儿真是一秒钟也煎熬。

“这是怎么回事？！”江朝戈惊恐地叫道。

炙玄紧紧抱着他，用火热的身体给他取暖，低声道：“焯烟会控尸，他口中含的火精能通冥。”

江朝戈哆嗦了一下：“我们来找焯烟，难道不是因为饮川跟他还算交好？”如果焯烟真的在这里，就这样“招待”他们？这不把人冻死，也会把人活活吓死啊！

“我也不太清楚。”

“焯烟，是你吗？”饮川沉声道，“我闻到了你的气息，果真不假，却不知道你用什么方法掩藏了自己。无论如何，出来吧，我想知道你究竟想做什么。”

水面风平浪静，只有那些悬浮着的尸体，透出阵阵死亡的寒意。

众人屏息望着水面，大气都不敢喘，月色下那数千具狰狞的尸体好像整装待发的军队，只待一声令下，就会将他们拖入冰冷的深渊。

饮川高声道：“焯烟！出来！”

蓦地，湖心翻卷出一个巨大的旋涡，无数浮冰围着旋涡旋转下陷，最终显出了一个大洞。

裂羽大睁着眼睛，一眨不眨地看着旋涡中心，因紧张而握紧了拳头。

旋涡中心浮上来一个人，只见那人着一身如血般的赤色长袍，配上一头金色的头发，长发随寒风猎猎起舞，在成千上万的尸体包围中，如死神般令人生畏。他抬起脸，他有着一张不输任何异兽的绝世俊颜，只是赤色的眼眸深邃而阴沉，目光冷如千年寒冰，周身散发着死亡与恐怖的气息。

“焯烟……”饮川倒抽一口冷气。

焯烟浮在水面上，负手而立，冷冷地环视他们，最后目光落在了裂羽的身上，眼神立刻变了。

裂羽怔了一下，不知所措。

饮川问道：“焯烟，你早就醒了？还知道我们来找你……湖底的船可是你移走的？你召唤冥尸又是什么意思？”

焯烟慢慢抬起手，修长的食指指着裂羽，沉声道：“吾儿。”

裂羽咽了咽口水，颤声道：“你……是我……”

饮川加重了口气：“焯烟！”

焯烟看了看饮川，又看了看炙玄，低声道：“你们不该来这里。”

“你是怎么了？为何变得如此……”饮川不知如何形容现在的焯烟。从前焯烟虽然也是沉默寡言，性情冰冷的，可在孕育子嗣后，一度露出温情的一面。如今的他，比饮川认识的任何时候的他，都还要阴沉、危险。

“你们不该来这里。”焯烟又重复了一遍，“现在你们都不能离开了。”

炙玄眯起眼睛：“焯烟，你疯了吗？你到底想要干什么？”

“我想要你们的魂力。”焯烟缓缓地说道，“我需要巨大的魂力，开启异界之门，召回吾妻、吾儿的魂魄。”

“异界之门，就在这寐江湖下？”

焯烟的表情变得有几分狰狞：“不错，只有巨大的魂力才能将其打开。”他张开双手，薄唇微启，口中惊现一个发光的火珠，想必那就是烛阴的火精。火精发出耀眼的光芒，四周悬浮着的死尸突然成片成片地动了起来。

炙玄发出一声大吼：“焯烟，你找死！”

“我早已死了。”焯烟长发飞舞，如地狱里的恶鬼，“现在轮到你们了！”

饮川道：“焯烟，你怎么知道魂力可以打开所谓的异界之门？异界之门又是否真的存在？”

“我当然知道，因为我曾亲历它的开启。第一次，我与天兵大战，吾儿身死，魂魄流落异界。第二次，我与大巫祖强良决斗，那艘船莫名地出现。这一次，我再不会错过机会，我要去异界，召唤他们残缺的魂魄！”

炙玄叫道：“胡说八道，你的妻子比你儿子早死了几千年，她的魂魄怎么会和裂羽一起流落异界？”

“因为在那之前，异界之门还开启过一次。”焯烟看着饮川，阴冷地说道，“饮川，你应该比谁都清楚吧。在你唤醒天地之元时，魂力辐射整片大陆，寐江湖底的异界之门曾开启过一次。那时我的妻子刚刚过世，我设下回魂阵九九八十一天，用尽毕生所学，都无法将她的三魂七魄召唤完全，直到我亲历异界之门的开启，我才知道他们的魂魄去了哪里！”

众人吃了一惊，齐齐看向饮川。饮川唤醒了天地之元？！

饮川沉声道：“焯烟，事情绝非你想的那样。”

焯烟的表情有几分扭曲：“那该是怎样？因为天地之元，我至今见不到我的妻子，又因为天地之元，我和裂羽都变成了魂兵器！饮川，这一切都是因为你！”

饮川沉默地看着焯烟，眼神很是黯然，充满了无奈。

“你种的因，你来承担这果吧！只要这寐江湖里充满你们战斗时释放出来的魂力，异界之门就会再次开启。”焯烟大吼一声，那些残破扭曲的天兵和异兽，持武器的持武器，徒手的徒手，凶猛地朝他们扑来。同时，他的身体白光一闪，一条长逾千米的赤色人面巨龙出现在了众人的面前，如一片红云压境，遮蔽了月光，让黑暗侵袭整片寐江湖。

炙玄和饮川也显出兽形，如两座小山般矗立在寐江湖里，湖水瞬间上涨，将江朝戈等人又拍进了水中。

江朝戈急忙浮出水面，在全身冻得要僵化的情况下，硬是抓住炙玄刀，将迎面而来的一个天兵砍成了两半。

江朝戈爬上浮冰，召唤出肥遗，让肥遗将他和几个落水之人送往岸上去。在几只猛禽的帮助下，他们终于全都上了岸，然而天兵穷追不舍，黑压压的一片，朝他们袭来！

三只上古异兽在半空中遭遇，饮川尚还有一些犹豫，不愿意和焯烟交锋，而炙玄血液中的好斗因子已经沸腾，扑上去就要咬焯烟的脖子。焯烟那长尾甩了过来，朝炙玄的脑袋抽去。

炙玄将焯烟扑进了水里，巨大的爪子朝着焯烟的脖子狠狠地一拍，同时，焯烟的尾巴也抽中了炙玄的左肩，他们同时低吼一声，响彻夜空，整个寐江湖如疾风卷浪，怒水滔天。

饮川朗声道：“焯烟，这是一场毫无意义的战斗。”

炙玄大骂道：“傻瓜，能不能专心打架？！”

焯烟的长尾伸进了湖里，下一秒，湖水再次下降，一看就是有巨物要出水，果然，焯烟竟然将那艘二千料宝船拖出了水面，长尾一甩，朝炙玄和饮川掷来。

看到那船如块石头般被扔出去，江朝戈心疼不已，多大一块古董啊！

炙玄无处可躲，和二千料宝船硬生生地撞在了一起。一声轰然巨响，船身开裂，再次坠入了寐江湖，炙玄被那大船砸得眼冒金星，怒火冲天。他用力甩了甩脑袋，狂吼着扑向焯烟。

饮川见此情景，也不得已加入战局，希望将焯烟一举拿下，再慢慢解释。

焯烟的魂兵使不知藏在何处，但众人能明显感觉到，那魂兵使的魂力之高深，绝对在虞人殊之上。焯烟以一敌二，又操控数千死尸，居然也和炙玄、饮川战了上百回合，他虽然一直处于下风，但魂力最先跟不上的，反而是炙玄。

虞人殊一锏扫碎了数十个天兵。他脸色青白，简直无法忍受，忍不住破口大骂：“这些恶心的东西还有多少！”

天戎一巴掌把冲过来的天兵拍飞，冷静地说：“你不喜欢，就站在我的身后好了。”

“不可能。”虞人殊飞身而起，天戎锏横扫四方，“我们始终是并肩作战的。”

天戎的兽眸中闪过一丝笑意。

“脏！脏死了！”醉幽看着自己原本洁净的皮毛上沾满了污物，气得简直要发狂。龙芗伴在他的左右，尽量为他挡去所有靠近的天兵，两人一路杀伐，配合得越发默契。

江朝戈和阮千宿也在大开杀戒。只有云息抱着饮川琴，犹豫地贴着一棵树站着。寺斯则更是不知所措，一边举弓射穿一个个丧尸，一边频频看向身边石化了一般的裂羽。

“裂羽、裂羽！”寺斯焦急地叫道，“你别发呆！帮帮我啊。”

裂羽凝重道：“我的灵慧之魄真的在异界？”

“你再不帮我，要是我死了，你就不能现世了！”

裂羽看了寺斯一眼，化作异兽鼓，挡在寺斯的身前保护着他，可目光始终停留在焯烟的身上。

寺斯叫道：“就算他是你父亲，可他现在也不太正常了，你不会真的相信，他能去异界找到你的灵慧之魄吧？”

“为什么不能？”裂羽扭过头，幽幽地看着寺斯，眼眸在月光下闪烁着奇异的光辉。

寺斯咽了咽口水，没由来地一阵心慌。

三只上古异兽的战斗愈演愈烈，寐江湖翻江倒海，简直能把一座城给淹没，这片湖就像阴界之忘川，充斥着血腥与死亡。

大量的魂力在战斗中被释放出来，焯烟以一敌二，频频受压制，根本不是炙玄和饮川的对手，但他的魂力比他们充沛，拼命地咬着他们不放。

三只异兽都打红了眼，撕扯着对方的血肉，冲撞着对方的筋骨，寐江湖的湖面彻底变成了血红色。

江朝戈的水平毕竟刚达到三级，魂力支撑不了太久，眼看炙玄动作慢了下来，他心急如焚，却无可奈何。

就在这时，一个异兽的身上突然飞来一串赤红色锁链，那锁链的链头处嵌着一块赤红剔透的椭圆晶石，锁链像是有眼睛一般朝云息袭去。

“是焯烟的魂兵使！”龙芗大叫一声，朝云息跑去。

云息原本躲在众人的背后，此时那锁链直直地朝他飞过来，他情急之下，手指滑过饮川琴，一股无形的魂力随着那明显颤抖的琴音扩散开来，变成了武器！那锁链被琴音击打了两下，略微偏离了原来的轨道，但势头不减，眼看就要到云息的面前。

离云息最近的江朝戈扑了上去，挥刀就砍，那锁链却像是有生命般，链头的赤晶石竟然硬生生地避开了刀锋，转而从江朝戈的左臂擦过，然后那锁链绕了他数圈，将他连同炙玄刀一起紧紧地绑住了。

“朝戈——”虞人殊火速冲了过来。

锁链一抖，江朝戈整个人被甩上了半空，朝着寐江湖的湖心飞去。

江朝戈还没来得及开骂，已经被狠狠地掷入湖里，他甚至没看清焯烟的魂兵使的真面目，只听到虞人殊惊声叫道：“是你！”

江朝戈本就湿衣贴身，冻得直打哆嗦，身体还没有回暖，再次被抛入水里，顿觉四肢都跟着麻痹了，再加上他魂力消耗太多，体力不济，竟然没有力气再浮上去，只能缓缓地坠入湖底。

这时，他感觉湖底吹上来一股“风”，没错，在四周全是水的地方，他竟然感觉到一股风！很快，他就知道那不是风，而是一个旋涡！而他就在那旋涡的中心，身体开始随着水势旋转，渐渐被卷入了旋涡。他心想，炙玄再不下来救他，他就要淹死了。他想过万千种死法，却从来没想过，他可能被淹死。

恍惚中，江朝戈听到了焯烟兴奋的龙吟，他知道，那旋涡恐怕就是异界之门打开的征兆。如果他没淹死，如果他进入了异界之门，他能回家吗？他已经无法思考了，肺里的氧气正在逐步耗尽，肺部传来一阵剧痛，他再也支撑不住，一口水涌了进来……

虞人殊大叫道：“炙玄，快去救朝戈！”

“朝戈——”炙玄顾不得焯烟，一头扎进水里，身体化为人形，灿金色的眼眸在水中熠熠发光，搜寻着他的魂兵使。

焯烟狠狠地撞开饮川，高声叫道：“吾儿！”

寺斯还在焦心于江朝戈的安危，下一秒，竟被裂羽的爪子拎了起来，朝焯烟飞去。

寺斯怔了一下，拼命地挣扎起来：“裂羽，你要干什么？！”

裂羽沉声道：“你说过，我们永不分离。”

“我是说过，可你要带我去哪里？”

“去寻找我的记忆。”裂羽看着水面上出现的巨大涡流，义无反顾地飞了过去。

寺斯看着那旋涡哇哇大叫：“我不去！我不去！我不去啊啊啊——”裂羽抱着他跳入水中，他灌了一大口水，再想闭嘴已经来不及，顿感窒息。

迷糊中，江朝戈听到很多人的喊叫声，可他很快就失去了知觉。

江朝戈缓缓地睁开了眼睛，烈日当头，仿佛要把他烤化了，他不自觉地舔了舔干裂的嘴唇，失神地看着头顶上的晴空。

他死了吗？好像没有。这是哪里？

天上飞过一个黑点，当看清那黑点是什么的时候，江朝戈如诈尸般从地上弹了起来。

飞机！

江朝戈震惊得无以复加。他环顾四周，发现自己在一座山中，旁边就是一片静谧的湖泊，那湖泊和寐江湖看上去很像。

身边好几个熟悉的人还处在昏迷中——炙玄、寺斯、焯烟、裂羽，还有一个背对着他趴着的男人，恐怕是焯烟的魂兵使。

怎么回事？！江朝戈的大脑有些不够用了，天棱大陆怎么会有飞机？难道……难道他们真的穿过了异界之门，回到了他的世界？不，也有可能自己在做梦，毕竟他只看到了一架飞机，说不定是眼花了。

他爬到炙玄的身边，摇晃着他：“炙玄、炙玄，醒醒。”

炙玄缓缓地睁开眼睛，在看清江朝戈后，猛地将他抱进怀里，紧张地问：“你怎么样了？”

“你放心，我没事。”江朝戈又去把寺斯扶了起来，寺斯看上去喝了不少水，口鼻里全是脏兮兮的水草。江朝戈给他做了急救，让他咳出来不少水，他脸上恢复了一点儿血色，也悠悠地醒来。

炙玄环顾四周：“这里是寐江湖吗？怎么季节不太对？”

“这里可能不是寐江湖，至少不是我们见到的那个。”

“什么意思？”

江朝戈抓了抓脑袋：“你让我冷静一下，我现在也有点儿……”

“我们来到异界了，对吗？”焯烟低哑的声音在他们的背后响起。

江朝戈扭过头，戒备地看着焯烟：“也许吧，拜你所赐。”

“你难道不高兴吗？身为异界人，你应该是最想回来的吧？”

“你怎么知道我是异界人？”

“我的魂兵使告诉我的。”

“你的魂兵使？”

那背对着江朝戈趴着的男人，慢慢地从地上爬了起来。他身形高大瘦削，缓缓地转过脸来，江朝戈在看到他的一瞬间，整个人都僵住了。

那人一头银色的头发，面目苍白，眼窝深陷，不是别人，正是应该已经死了一年多的天棱国的大国师！

江朝戈从地上跳了起来，指着他叫道：“你！你怎么还活着？！”

大国师拂了拂身上的泥沙，平静地说：“好久不见了，我更惊讶于你们还活着。”

江朝戈抓起炙玄刀，刀锋直指他的鼻尖，恶狠狠地说：“一切都是你的阴谋！你假死诬陷虞人殊！”

大国师道：“我逼他离开天鳌城，是为他好。在我的心目中，他才是适合做圣皇的那个皇子。”

“少胡扯，谁知道你到底有多少阴谋？尤准知道多少？大皇子和二皇子又知道多少？虞人殊是最无辜的那一个，他什么都不知道，却为你背负冤屈和千古骂名！”江朝戈想到虞人殊内心的煎熬和肩上的重担，就想杀了这个阴险的大国师。

大国师摇摇头：“你看到的是一年、两年，我看到的是十年、百年。我比你们更早知道神级魂兵器的觉醒。我用了半生的时间，准备那一刻的到来。若天棱国在浩劫之后依然能够屹立不倒，则皇子殊会成为最好的圣皇，若天棱国都没了，那皇子殊是不是皇子，是不是逃犯，又有何所谓？”

“你胡说！”江朝戈厉声道，“站起来！杀了你，才不枉费虞人殊背了那么久的冤屈。”

“现在恐怕不是时候吧？”大国师抬头看着天空，蓝天白云间，又是一架飞机飞过，这次所有人都看得明明白白。

炙玄抓着江朝戈的胳膊，兴奋地说：“那是不是你跟我说过的飞机？是不是？！”

江朝戈张了张嘴，一下子哑巴了。

这回他确定自己没做梦，他真的回来了。他最初穿越到天棱大陆，是回家的目标支撑着他一路走来。他以为有朝一日他回到自己的世界，他会欢欣鼓舞，会喜极而泣，然而没有这一切发生得太突然，他感觉不到兴奋和喜悦，反而担心还留在天棱大陆的他的同伴们。

焯烟激动地抓住裂羽的肩膀："吾儿，你母亲的魂魄和你的灵慧之魄，就是通过异界之门来到这个世界，只有在这里，我才能找回完整的你们。"

裂羽嘴唇颤了颤："能找回我的记忆？"

"一定能！"焯烟站起身，看着那万里晴空，对着四面苍山，哈哈大笑起来，可那笑声中分明掺杂着一丝哀伤。

寺斯爬到江朝戈的身边，有些紧张地说："江大哥，这里是哪里啊？他们是不是疯了？"

江朝戈揉了揉他的脑袋："这是我的世界。"

"你的世界？异世界？"

"嗯。"

寺斯突然两眼放光："我、我来异世界了？！我太厉害了，我绝对是耳倪族史上最厉害的人！

"先别兴奋，如果我们回不去，你对于耳倪族来说，只是一个活不见人，死不见尸的人。"

寺斯的脸顿时垮了下来。

炙玄拉住了江朝戈的手，似乎也有一丝不安："我们真的来到了你的世界？还看到了飞机？"

江朝戈勉强笑了笑："老是听我描述我的世界，这回你终于有机会看看了。"

"那我们还回去吗？"炙玄问道。

江朝戈一时回答不上来。

他们还回去吗？焯烟他们是不可能留在这个世界的吧？一旦找到了焯烟妻儿的魂魄，他们肯定会想办法回去。可他呢？他已经完成了最初的目标，回到了自己的世界，按理来说，一切该算作结束了吧？

可是……

江朝戈看着炙玄和寺斯，在心里叹了口气。如果没有这两个人在身边，他可以假装在天棱大陆发生的一切都是在做梦。可他不能，他身上有一把刀，身边有一只上古异兽和一个小兄弟，这些都是他的责任。他不认为回到这个世界就能逃避这一切，因为所有事情都是命中注定。

他深吸一口气，看着炙玄道："回去。"

焯烟看向大国师："这里就是所谓的异界？这看上去和天棱大陆没什么区别。"

江朝戈冷冷地说：“这里是深山，看上去当然没什么区别。”

“那么哪里有区别？”

“城市。”大国师道，“我们要想办法去城市，凑齐回魂阵需要的材料。”

“城市离这里远吗？”

“应该不太远，刚才我们看到的东西，是异界的交通工具，有那种交通工具经过的地方，应该不是很偏远的地区。”

江朝戈眯起眼睛看着大国师：“你知道很多嘛。”

大国师没有回答他。

“那便飞到最近的城市去吧。”焯烟说着就要化形。

大国师连忙阻止他：“万万不可。异界跟我们的世界不一样，这个世界没有异兽，只有人和动物。”

“没有异兽？”焯烟皱起眉，似乎难以想象。

寺斯也惊讶道：“真的没有异兽啊？那你们怎么活啊？”

“我们有高科技。”

“高科技是什么？”

“是……算了，带你去看看，你就知道了。”

炙玄略有些兴奋地说：“我要尝尝这个世界的酒。”

“没问题，我给你买……”江朝戈突然想起来，自己现在可是身无分文。嗯，这么说也不对，他有好多金币，但这些东西变现也是件麻烦事儿，弄不好就要被盯上。再说，也不知道这里是哪里，说不定是离他的城市十万八千里的外国。就算回到自己的城市，他的那些产业和存款还在吗？真的回到自己的世界了，反而有数不清的头疼问题等着他，而最头痛的，就是眼前这些敌人要怎么处理。

焯烟冷声道：“那我们该如何去城市？”

大国师指着江朝戈：“那就要问他了。”

江朝戈冷笑一声：“你们有本事就飞过去，这个世界没有异兽，你们刚好让他们见识见识。”然后，他说不定有机会看到战斗机、导弹、大炮、装甲车齐上阵，把焯烟轰得满头包。

大国师道：“年轻人，不要意气用事。我知道这个世界有非凡的武器，可能对我们造成致命的伤害。再说，我相信你也不希望给这个世界的人造成不必要的恐慌，我们只要召回嫒姬和裂羽的魂魄。”

“这跟我有什么关系？”

“难道你们不回天棱大陆了？没有我们，你们要如何回去？”

江朝戈冷哼一声。

大国师劝道：“虽说这个结果有些意外，但我到底是兑现了我对你的承诺，带你回到了自己的世界，你大可不必对我充满敌意。”

江朝戈笑了笑：“国师大人，你大概搞错了，我并非对你充满敌意。我只是要告诉你，我不会放过你，你必须为虞人殊洗掉身上的冤屈。”

焯烟寒声道：“不自量力！你之所以现在还活着，只是因为你还有用处，最好闭上你的嘴。”

炙玄龇起牙，金眸闪烁着凶残的光芒：“孽畜，你敢用这种口气跟我的魂兵使说话！”

“你很在乎他？”焯烟眉心拧了起来，口气突然变得有几分深沉，“你可知人类仅有百年寿命？”

炙玄怒道：“用不着你提醒我。”

焯烟轻叹一声，也许是觉得同病相怜，他沉默了。

大国师道：“我与三殿下之间的事，待回到天棱大陆再说，眼下最重要的是我们彼此需要。”

江朝戈满脸怀疑地看着他：“我们怎么回天棱大陆？再打一架？”

“对于异界之门开启的规律，我们也只是摸到了皮毛，所以，此次能来到这里，很大程度是靠运气，回去的时候，也要齐心协力才行。”

江朝戈虽然信不过这些人，但眼下如果靠他们自己，多半是无法回去的。不过，他还有一个希望，就是那个当初把他送去天棱大陆的大巫。如果还能找到那个老头，他就可以抛开焯烟和大国师。眼下，他还是先稳住这两人吧。他道：“你说得没错。既然这是我的世界，从现在开始，你们要一切听从我的安排，绝不能引起这个世界的怀疑。”

焯烟冷着脸，不置可否，大国师则道：“好。”

江朝戈看了看天，叹了口气：“走吧，先确定一下现在的方位。”

寺斯跟着他走了几步，突然回过头，看向一直沉默的裂羽。

裂羽走在他们的最外圈，既不跟江朝戈三人走在一起，也和焯烟、大国师保持着距离，明显是对谁都不信任。

看到寺斯在看自己，裂羽的目光有些闪躲，毕竟他最后听从了焯烟的命令，擅自将寺斯带入湖里。他看着寺斯，明明想说点儿什么，最后却还是低下头，沉默了。

寺斯看着他欲言又止的样子，原本郁结在胸的怒气消散了一些，又见他形单影只的模样，看上去非常孤独，顿时有点儿心软。寺斯走了过去，一时也不知道该说什么，想了半天，朝他伸出手。

以前和阿萨闹别扭，阿萨要是不肯回家，寺斯会牵着阿萨，对他来说，跟阿萨年纪相仿的裂羽也像他的弟弟，他虽然心胸并不宽阔，但还是容得下一个“弟弟”的。

裂羽的肩膀明显有些僵硬，看着寺斯伸过来的手，小心翼翼地握住了。

寺斯抓着他的手，两人虽一路无话，心中的隔阂却在一点点儿地消融。

走了大半天，他们终于见到了一个村庄。

江朝戈看到二层小楼和农用拖拉机的时候，差点儿喜极而泣——他回来了，他是真的回来了！他到现在才有了回归的真实感。

江朝戈轻咳一声：“听好了，你们这身衣服必须换掉。一会儿见到人，不管我说什么，你们都要附和，不要乱说话。”他看向炙玄，“尤其是你。”

炙玄瞪起眼睛：“我怎么了？”

“你脾气太大，记住，不可以说‘愚蠢的人类、低等的人类、孽畜、废物’之类的话。”

“为什么？”

“这里是法治社会，不是别人叫你一句‘大人’就可以对你的任何言行忍气吞声的天棱大陆。我知道你听不懂，总之，不要说话就是了。”

炙玄不满地撇了撇嘴。

江朝戈捏了捏他的脸蛋，笑道：“乖，听我的话，我给你买好酒。”

炙玄的脸色这才缓和了一些。

“除此之外，除非我允许，否则，无论发生任何情况，你们都不可以化作兽形。”

几人点点头。

他们浩浩荡荡地下山了。

来到那个村子，村口正在玩耍的一群小孩儿看到他们的奇装异服，都吓傻了，又兴奋又害怕地往村子里跑，叫嚷着。

不一会儿就有村民出来了，看到他们，均是露出惊讶的表情——这群人穿得奇怪不说，还带着几件一看就很贵的兵器。更重要的是，这几个男人怎么长得跟天仙似的好看？

江朝戈笑道：“老乡，不好意思，我们正在拍电影，跟公司的人走散了。你们这儿有电话或电脑吗？能让我们联系一下公司吗？”

村民松了口气：“明星啊，我说怎么穿成这样，你们拍什么连续剧啊？”

“很快就要播放了，到时候你们就能看着了。”

“我们家有电话，也有电脑！”一个姑娘大胆地喊了一句，然后看着一帮俊男，捂着脸偷笑。

“行，就去你家。”

那姑娘在村民的哄笑声中，带着他们往家里走去。

“姑娘。”江朝戈问道，“请问这里是哪里啊？”

姑娘道：“这儿是黄姑村。”

“附近有大的城市吗？”

“大的城市啊，最近的就是塔安市了，距离这里有两百多公里。”

江朝戈一听到塔安市，心放下了一半儿。塔安市离他家并不远，乘坐飞机只要两个小时。

江朝戈还想问一个他最关心的问题，就是今天是哪年哪月哪日，可他怕姑娘起疑，就憋住了。

他很快到了姑娘家，那是一座新建的三层小洋楼，看来这个村子的生活水平不错，这样，他应该能很快找到交通工具离开。

那姑娘家里的人，全都目不转睛地看着他们。

寺斯觉得新鲜，一直笑嘻嘻的。大国师稳重，一言不发。炙玄和焯烟都是心高气傲的上古异兽，被这样毫无礼貌地围观，很快就眼里冒火了。

江朝戈轻咳两声，让他们稳住。

姑娘把他们带进了屋里：“喏，电话、电脑都在这里。大哥，咱们拍张照片吧，再给我签个名吧。”

江朝戈笑道：“不急、不急。”他关上门，从兜里掏出一枚金币，“姑娘，我们身上没带钱，只有这个道具，虽然是道具，却是真金子。你能不能去给我们换一万块钱现金，买几套合身的衣服，再给我们雇一辆车？我们想去塔安市，剩下的钱都归你。”

姑娘瞪大了眼睛。那么大一枚金币，要是真的，怎么也值四五万元呢！她接过金币：“我……我得找人验一验真假。”

“你去验吧，验完了，给我们去买衣服，好吗？”

姑娘点点头，转身出门了。

她一走，江朝戈就扑到日历前。他深吸了一大口气，鼓起勇气看向日历，双腿一软，差点儿跪下——竟然只过了七天！

自他去天棱大陆到现在，这个世界的时间，居然只过去了七天！

江朝戈不知如何形容此时的心情。他很庆幸，庆幸对于这个世界来说，他只离开了七天，那么，只要回到东平市，他的东西就还是他的，只是需要费点儿心思解释一下自己这七天去了哪儿。可同时，他也忧心忡忡——诸多证据证明，他的世界和天棱大陆的时间是不同步的。比如，焯烟和强良决斗是万年前的事，而那二千料宝船远没有万年的历史；再比如现在他所经历的。这两个世界的时间可能在空间穿行的时候发生了扭曲，至少目前他还看不出规律，他担心他们回到天棱大陆，可能只过了一天，也可能已经过了十年。

众人对这屋子里的所有东西都好奇极了，其他人还有些端着，只是看，不动手，寺斯就忍不住了，手一伸就拿起一件文胸，好奇地在眼前晃了晃：“这是什么呀？”说完，他还将其罩在头上，“帽子吗？”

江朝戈忍不住大笑起来。

寺斯大概意识到自己出丑了，把文胸一扔，红着脸说：“到底是什么呀？！”

江朝戈笑得一脸通红，随手拿起一个简陋的万花筒递给他：“这个适合你玩。”

寺斯摆弄着万花筒，将其凑到眼睛前一看，顿时惊呼起来：“哇，里面好漂亮啊！这是什么东西啊？我要带回去给阿萨……裂羽，你快看！”寺斯兴奋地把万花筒凑到裂羽的眼前。

裂羽往里面看了看，也很惊奇的样子，两人抓着那小小的万花筒研究了起来。

江朝戈拿起电话，拨了一串熟悉的号码，那是他一个小弟的手机号码。

电话很快接通了：“喂？谁呀？”

“喂，阿文。”

“大、大、大哥？”阿文激动得语无伦次，“大哥，是你吗？！”

“咋呼什么！”

“大哥，你怎么……你、你、你在哪儿啊？你怎么突然失踪了啊？你要急死我们啊！”阿文连珠炮似的问了出来。

“你冷静点儿，我没事儿，见面了再跟你解释。跟我说说这几天都发生什么了。”

“还能发生什么啊？你失踪之后，我们就报警了，但那老头硬是说你已经走了，警察又找不到任何线索，现在所有人都在找你呢，我们都快急疯了。大哥啊，你到底去哪儿了呀？怎么就从那宅子里消失了呀？你要是没事儿，你也要告诉我们呀，我们……”

“行、行、行，别啰唆了。”江朝戈一阵头疼，但也放心不少，还好，什么都没乱。他道，“这件事有点儿复杂，我算是被……绑架了，不过我自己又逃出来了，明天你们来塔安市接我。”

“好！大哥，你现在在哪儿？不如我现在……”

“就这样吧，我再联系你。”江朝戈说完就挂了电话。

打完电话，一屋子的人都在看着他。

江朝戈叹了口气：“我们先想办法回我的地盘，然后我就给你们找回魂阵需要的材料，一旦办完你们的事儿，我们马上回天棱大陆。这两个世界的时间不是同步的，我怕耽搁太久，天棱大陆已经过去好几年了。”

说到这个，大国师显然也很担心，忙道：“对，我们必须尽早回去。”

他们等了一个小时，那姑娘回来了，带回了衣服和现金，还帮他们把车也找好了。

江朝戈接过那些衣服，嫌弃地看了几眼。最开始到天棱大陆，他确实落魄过一段时间，不过很快又发达了。他对着装的要求还是挺高的，回到自己的世界，还要穿这种一看就是从超市买来的廉价运动服，实在让他不爽。

寺斯兴奋地接过T恤、牛仔裤，当场就脱光换上了，还美滋滋地在镜子前一个劲儿地照：“江大哥，我穿这个好看吗？好看吗？”

“好看。”江朝戈拿起一把剪刀，“你们的头发得剪了，在我们的世界，男的一般不留长发。”几人倒也配合，痛快地剪了。

炙玄看着那些衣服，直皱眉头。

江朝戈举了举外套：“怎么？不喜欢？这些衣服不好，等回家之后，我给你买好衣服。”

炙玄迟疑地说：“你给我穿。”

江朝戈哭笑不得：“这衣服很简单，你看，这是裤腿，套进去就行。”

“不，你给我穿。”炙玄坚持道。

江朝戈无奈道：“那你们换好了，先出去等着吧。”

“换……这个吗……”裂羽看了看自己的衣服，总觉得哪里不太好。

江朝戈看了一眼，差点儿吐血——那姑娘什么眼神！弄了一身乡村非主流的衣服，他再也不抱怨自己的超市运动服了。让裂羽这样的绝色少年穿着一身花花绿绿的裤裆拖地的衣服，实在是说不出地违和。

焯烟看了自己的儿子一眼，也很不满意。裂羽接收到焯烟的眼神，竟有些慌张。他一直不敢和焯烟说话，尽量回避，焯烟似乎也不知如何交流，父子俩大部分时候都沉默着，只是默默地关注着对方。

江朝戈轻咳一声：“别挑了，等到了我的地方，再给你们买点儿正常……啊，不，好点儿的衣服。”

众人换好衣服，就离开了房间，只留下江朝戈和炙玄干瞪眼。

江朝戈不想浪费时间，走上去就脱炙玄的衣服。

炙玄抓住他的手，迟疑道：“你的世界好奇怪。”

“怎么奇怪？”

“我什么都没见过，什么都不懂。”

江朝戈看着炙玄眼里的一丝茫然，突然好像看到了一年多以前的自己。那时候他对天棱大陆也是一样陌生，因陌生而感到恐惧，炙玄现在一定也因为陌生而有些紧张吧？

江朝戈笑着摸了摸他的头：“没事儿，我懂就行。”

炙玄抿了抿嘴：“那你不许笑话我。”

江朝戈失笑：“原来你是担心这个啊！我笑话你干吗？”

炙玄闷声道：“在天棱大陆，你原本只有我，可是在这里……你有好多认识的人，可能还有亲人、朋友。你不要把时间浪费在他们身上，不论在哪里，你都要一直陪着我。”

江朝戈眼里满含笑意：“是，祖宗。”他脱下炙玄的黑袍和里衣，给他换上上衣、长裤。

租的车已经到了，是辆小金杯，车有点儿破。但带着这么一帮人，江朝戈坐不了任何公共交通工具，他也没得挑。

他们买了一些路上吃的东西，很快就出发了。

上了车，寺斯兴奋地说："江大哥，这个叫车吗？跟我们的车不一样啊！轮子好小，但是跑起来真快啊。"

江朝戈道："这是机动车。"

"激动车？那不激动怎么办？"

"总之，这里的交通工具，不用魂器，而是用能源，比如火能、风能、太阳能。"

"当真是神奇的世界。"大国师发出一声感叹，"生活在这个世界，竟然和生活在天棱大陆上如此不同。"

焯烟淡淡地说道："饮川一定很想来这里。"

炙玄哼了一声。

江朝戈想到还留在天棱大陆的同伴们，就忍不住猛踩脚下的油门，他现在确实就是在和时间赛跑。

开了两个小时后，视线中渐渐出现了城市的影子，车上的人、兽均对外面的景象惊讶得合不拢嘴，不时发出感叹，问出奇怪的问题。江朝戈回答得越来越不耐烦，最后干脆让他们闭嘴。他感觉自己带了个"天棱大陆旅游团"，团里还都是不能得罪的主儿。

炙玄倒是有些不耐烦了："这破车速度真慢，不如我带你去，几个小时就到了。"

江朝戈睨着他："咱们约定什么来着？"

炙玄撇撇嘴："不可以在这里化形。"

"你记得就好。见到我的朋友，也千万不能提关于异兽和天棱大陆的任何事。"

"知道了。"炙玄想了想，"你的朋友是男的还是女的？"

"男的。"

"你有很多朋友？"

"嗯……还挺多的。"

"他们之中有没有想做你的牡兽的？"

江朝戈差点儿吐血："你瞎说什么呢？！"

炙玄认真地问："到底有没有？有的话，我先咬死他。"

江朝戈捏着他的脸："不要动不动就在这个世界说要咬死谁。"

"这个世界怎么这么麻烦！"

"就是这么麻烦！"

炙玄哼了一声："真没劲。"

“哇，飞机！飞机！”寺斯指着头顶大叫道。

焯烟道：“未必比我飞得快。”

裂羽喃喃道：“好像比我飞得快。”

焯烟看了裂羽一眼，轻咳一声：“也未必。”

裂羽肩膀微颤，看了焯烟一眼，扭过了头去。

焯烟张了张嘴，最终却没说什么，毕竟裂羽失去了关于自己的记忆，现在说什么都是枉然。

第14章
回到现实

晚上，他们到了塔安市。

进城后，一群人更是看得目不暇接，寺斯大叫道：“哇，那个女人，怎么穿那么少！”

众人都随着他的目光看去，果真见一个穿着清凉的少女走过。

大国师皱起眉：“这个世界的女性竟然如此……”

江朝戈白了他一眼：“你们看着奇怪，我们看着正常，不要妄加评论。”

寺斯两眼放光，开心地说：“这真是个好地方，随时能看到穿得这么少的女人。”

炙玄睨着江朝戈：“你是不是也经常看？”

江朝戈哭笑不得：“难道我能阻止别人穿什么吗？再说，那也不算少。”

“还不算少？”炙玄拔高了音量，“难道你也穿露着大腿的衣服到处走吗？！”

“男的和女的不一样，男的不这么穿。”

炙玄这才松了一口气：“你要这么穿，我才不理你。”

江朝戈花高价包了一家家庭旅馆，他们这帮人没一个有证件，看上去太可疑了，还好老板比较贪财。

那旅馆的环境很差，还散发着一股难闻的霉味儿，炙玄一进屋就直皱鼻子。

江朝戈开了一天车，腰有点儿疼，往床上一趴：“别挑了，你们没有合法身份，只能住这里。”

“合法身份是什么？”

“这个世界，每个人的出生和死亡都被记录在案，我们有张身份卡，住客栈、坐飞机，都需要那张卡才行。”

“这个世界果然很麻烦。”炙玄撇撇嘴，躺在他的旁边，轻轻给他揉着腰，“是不是腰疼？”

“你怎么知道？”

“你脸上写着。”

江朝戈瞥了他一眼，懒得理他。

累了一天，正是昏昏欲睡时，炙玄突然低声说：“焯烟有点儿可怜。”

江朝戈一个激灵，醒了过来。他最怕这个话题，但有焯烟这个活生生的例子在旁边，也由不得炙玄不多想。他摸了摸炙玄的头，不知道如何安慰。

“若不是用情至深，也不会让人类做自己的牝兽。”炙玄闷声道，“明知道你们那么短命。”

江朝戈的心脏微颤，轻叹一声。

“幸好你现在还活着，可是……”炙玄握了握拳头，“我却无法把你做成魂器，因为你就是我的魂兵使，我是不是……比他还可怜？”

江朝戈揉了揉炙玄的头发：“你想得太远了，我还年轻呢。”

“几十年时间，对我来说实在太短暂了，我从生至死，从未怕过什么，可是江朝戈，我怕你死。我希望太阳永不落山，希望光阴没有尽头，希望你能永远永远地活着。”他说到最后，已然有些激动。

江朝戈用力抱住炙玄，哑声道：“别想了、别想了，至少我们还有几十年。”

炙玄的身体在微微颤抖，江朝戈能感觉到他在无声地哭泣。如果说平时他们还能忽略两人之间巨大的寿命差距的话，那么，焯烟不惜大动干戈来到这个世界，只为召回自己死去的人类妻子的魂魄，时时刻刻提醒、刺激着炙玄，让他无法回避那最残酷的现实。

江朝戈不知道怎么样才能安慰炙玄，语言实在太无力，他只希望在他有生之年少留点儿遗憾。

休息了一夜，江朝戈让老板去买了几份全家桶，本打算垫垫肚子，结果这帮人连骨头都没剩下，都说没吃过这么好吃的东西。

江朝戈倒是理解他们。天棱大陆调味料缺乏，料理方式单调，在天棱大陆，他也从没吃过什么好吃的。

吃完饭，寺斯吵着让江朝戈带他出去看看，说昨天光线暗，没看清楚。

江朝戈也要出门找公共电话联系阿文，于是就开车带着他们出去了。

这些天棱大陆的“土鳖”以为他们看到的乡镇小矮楼就是这个世界的建筑，看到塔安市的高楼大厦、拥堵的汽车和四通八达的高架桥后，惊诧万分。

寺斯眼巴巴地看着窗外的风景，喃喃道：“我回去告诉阿萨，阿萨也不会信的。”

“你拍下来给他看就好了。”

“什么叫拍下来？”

“我们的世界有一种东西叫照相机，可以把静态的景物变成画面保留下来。”

焯烟惊讶道：“居然有这样的神物！”

“我们的神物多着呢。”江朝戈得意地说。

江朝戈找到公共电话，联系上了阿文。

不到半个小时，他们等待的公园门口一共来了四辆黑色路虎，从车上齐齐地下来一堆人，见到江朝戈，都激动地喊着“大哥”或是“江总”扑了过来。

江朝戈看到那些熟悉的面孔，顿时兴奋得差点儿飙泪。想想自己这一年多来在异世界的遭遇，再看看这一片安详的和平年代，说不上心里是什么滋味。直到见到这些人，他才有了自己真的回来了的真实感。

阿文一把抱住他，激动得语无伦次：“大哥，你没死啊？太好了！”

炙玄瞪起眼睛，抓着阿文的肩膀就把他扔到了一边。

没错，扔到了一边。炙玄的力气之大，让其他人都惊呆了。

江朝戈赶紧制止道：“炙玄，不行！”

阿文摔了个大跟头，简直莫名其妙。他惊疑不定地看着炙玄，一时闹不清楚怎么回事儿。

炙玄横眉瞪眼：“他为什么抱……”

江朝戈一把捂住他的嘴，低声道：“我说什么来着？一切听我的。”

炙玄愤愤地扭过了头去。

江朝戈把阿文从地上拽了起来，阿文颤声道：“大哥，这群人是什么人啊？”一个个好看得不像凡人，可总感觉哪里不太对劲儿。

江朝戈小声道：“这事儿说来话长，你带这么多人来干吗？”

“我……我们迎接大哥回来啊。”

江朝戈拍了一下他的脑袋：“太招摇了，留下一辆车就行，咱们挤挤。”

“啊？为什么啊？”

“你怎么这么多废话？路上和你说。”

“哦。”阿文把其他人都遣散了，自己开着车带上他们往东平市去，路上还不住地问问题，他越看，越觉得这帮人诡异。

江朝戈看出他一肚子疑问，及时阻止了他：“说来话长，你别问了，总之，我回来了。跟我说说这几天都发生什么事儿了。”

“那天我们接到你助理的电话，说你失踪了，就带了一帮兄弟去那老头家，结果愣是没找着人，我们就报警了。结果，警察也找不着人。老头一口咬定是你走了，可他们根本没看到你出来。现在警察已经立案了，可一点儿线索都没有。大哥，你是被那老头绑架了吗？你说一句话，就算没证据，咱们也不会放过他们。”

江朝戈想了想：“不是，我的情况特别复杂。总之，这件事不要声张，背后牵扯的东西实在太多了，这亏我们就自己咽了。”

“啊？”阿文欲言又止，最后只好道，“大哥，我听你的。”

“公司那边怎么样了？”

“公司还挺好的。这几天欢哥管着呢。昨天一个融资项目批下来了，正好你回来了，双喜临门啊。”

江朝戈勉强地笑了笑。从他回到这个世界，他就有一种强烈的违和感，好像他又一次来到了异世界，这种想法让他震惊。不知不觉间，他居然已经接受了自己是天棱大陆一员的身份。这种想法，恐怕要一段时间才能扭转过来。比如现在，他听说自己又进账了好几千万元，却没什么太大的感觉，好像那些钱与他无关。

实际上，既然他已经决定回天棱大陆，那些钱确实和他关系不大了。不过，为了预备有一天一切结束后，他可能再次回来，这回离开前，他要把自己的产业好好梳理一番。

他和阿文轮流开了一夜车，天亮前回到了东平市，阿文直接把车开到了他的别墅门口。

寺斯跳下车，兴奋地说：“哇，好漂亮的房子！江大哥，你是不是有钱人啊？”

阿文揉了揉鼻子，得意地说道：“咱大哥可不是一般的有钱。”

江朝戈看着这久违了的家，顿时有些心酸。有时候他会想，如果他从来没去过那个老头的家，从来没去天棱大陆，那该多好。可炙玄在身边，他若这么想，总觉得有些对不起炙玄。

江朝戈带着众人走了进去。这套别墅近两千平方米，市价过亿，其实他平时不常住。因为离市区有点儿远，去公司不方便，他一直在考虑把别墅卖掉。他一个人住这么大的地方，空落落的，现在倒正好用来招待“天棱大陆旅游团”了。

进屋之后，保姆已经做好了一桌子饭菜，几人都饿坏了，二话不说，先大吃一顿。

寺斯尤其吃得狼吞虎咽，边吃边说：“江大哥，我这辈子没吃过这么好吃的东西，这个世界真好！”

江朝戈睨了他一眼：“专心吃你的，别说话。”

炙玄喝着江朝戈的珍藏酒，也不住地叫好。阿文见他把六位数的洋酒当二锅头喝，心疼得直咽口水。

吃完后，江朝戈对阿文说：“我回来的事，不要声张。这些人你也不要跟人瞎说，明天来接我去公司。”

“是，大哥。”

“明天把老张和刘律师都叫去。”他要抓紧时间把自己的财产处理一下。

“是。”

阿文走后，江朝戈道：“你们需要什么材料，现在告诉我，我天亮就让人去找。”江朝戈打开电脑，做好了记录的准备。

焯烟列了一张单子，有些江朝戈没听说过的东西，就让他用别的代替，最后总算是凑齐了焯烟所需的所有东西。

“你们还需要什么，都说出来，我们在这里的时间不会很长。”

寺斯举起手：“江大哥，我觉得这里什么东西都好，你给我买些好吃、好玩的好不好？我带回去给他们看。”

“没问题。”

大国师道：“我想要一些巫术和历史方面的书。”

“我去准备。”

炙玄道：“我要酒，所有我没喝过的酒。”

江朝戈笑道：“行。”

最后，众人把目光落到了裂羽的身上，他怔了怔，摇了摇头。

江朝戈把单子发给了自己的助理：“暂时就这些吧，想到什么再买。大家都累了，楼上的客房已经准备好了，去休息吧。”

把其他人打发走了，江朝戈带着炙玄参观自己的房子，从地下影院、壁球室，一直看到顶楼的游泳池，他得意地向炙玄展示自己的成就，就像炙玄也一直在告诉他，自己强壮一样。

炙玄看着他眉飞色舞的样子，也很高兴，看到任何不认识的东西，都要好奇地问一番，他就不厌其烦地给他解释。

两人在那大别墅里逛了好久，才疲倦地回了房间。

江朝戈笑道："要不要泡澡？我家有按摩浴缸。"

"按摩浴缸是什么？"

"你一会儿就知道了。"

江朝戈放好水，让炙玄躺在宽大的浴缸里，任温水包裹全身。炙玄发出了舒服的轻叹："真舒服，居然还有这么舒服的浴盆。"

江朝戈打开按摩功能，突然喷出来的水把炙玄吓了一跳，江朝戈哈哈大笑："这就是按摩功能，是不是更舒服？"

炙玄像只晒肚皮的懒猫一样，眯着眼睛享受着。

一觉睡到中午，江朝戈叮嘱几人不要离开别墅，自己去公司了。

他一回到公司就将所有的流言蜚语都扼杀了，公司立刻恢复了平静。

欢哥是他的财务总监，跟了他很多年，这些日子都是欢哥在打理公司。他把欢哥单独叫到办公室，面色沉重地编了一个自己得罪了不得了的人物，必须出国躲一段时间的故事。

欢哥一点儿也不惊讶，从江朝戈突然失踪，整件事就有迹可循，他叹道："朝戈，那你有什么打算？"

"我想把财产梳理一遍，能变现的就马上变现，不能变现的，在我走之后，你也想办法帮我变现。我把公司留给你经营，我这次出国，不知道还能不能回来，所以我只拿股份分红，其他的就当给兄弟们攒养老本儿。"

欢哥伤感地说："就没别的办法了？"

江朝戈摇摇头："如果风头过去了，我会回来，现在什么都说不准。我把老张和刘律师都叫来了，财产这几天就要梳理出来，我们要赶时间。"

欢哥沉重地点点头。

江朝戈解决完这件事，又把自己的助理和阿文都叫来，跟他们交代了好几件事，主要是采购，除了那张单子上的东西，还要采购不少生活用品，比如合体的衣服。

忙活了一天回到家，他发现他家已经变了一番模样。

焯烟在他家庭院里六千元一平方米的草坪上画起了回魂阵，还绕着圈神神道道地不知道念什么，大国师在一旁打坐。

寺斯在他家院子里那棵大榕树上像猴子一样蹿来蹿去，裂羽在下面笑呵呵地看着他。

炙玄抱着酒瓶子，醉醺醺地倒在草坪上晒太阳，江朝戈仔细一看，所有酒瓶的瓶口都被他咬碎了……

保姆吓得躲在房间里不敢出来，江朝戈见自己家跟动物园一样，简直要抓狂，大吼道："你们在干什么？！"

几人顿了一下，焯烟瞪了他一眼："不要打扰我。"

炙玄高兴地走过来，抱住江朝戈就开始撒娇："你回来了，我好想你。"说话间，一股酒气扑鼻而来，江朝戈看着他手里的破的伏特加瓶子，心想：这浑蛋居然直接嚼玻璃，保姆都五十多岁了，被吓出个好歹来可怎么办啊？

江朝戈举着酒瓶："这酒不是这么开的，你不会找保姆帮你开吗？"

炙玄一瞪眼睛："开一瓶酒还要女人帮忙？你当我是什么？"

江朝戈无言以对，抬头朝树上大吼一声："寺斯，下来！"

寺斯从十多米高的树上一跃而下，轻轻松松地落地，兴奋得手舞足蹈："江大哥，你家真好玩！我把房子都爬了一遍，但我发现我还是喜欢爬树。"

江朝戈感到阵阵头疼，连火都发不出来了。

炙玄抱着他不放："你今天做什么了？去哪儿了？明天带我去吧。"

"不行，我还很忙。"

"我不要跟他们待在这儿，我要和你出去玩。"

江朝戈叹道："我出去不是玩的。"

"不管，我要跟着你。"

江朝戈无奈道："好吧，我明天带你出去。"

"江大哥，我也要去！"寺斯叫道。

"不行。"

"要去！"

"不行。"

寺斯哭号起来，死活要去，江朝戈突然有一种打死他的冲动，反正，也不会有人知道吧……

江朝戈到家没多久，助理就把衣服送了过来。江朝戈知道自己享受不了多久好日子，所以买东西都挑最好、最贵的。

他给炙玄一口气买了十六套衣服，包括童装尺寸。他先让炙玄穿了一身米色的山羊绒休闲套装，搭了一条浅灰色的围巾。炙玄的尺码不好找，炙玄的个子实在太高，助理找了好几家店才找到合身的衣服。

炙玄穿戴整齐后，往镜子前一站，帅得像上帝打磨出来的完美雕塑，没了及地的长发和厚重的黑袍，没有了异兽的沉重感，活脱脱是个出身优越的贵公子，好看得让人腿软。

江朝戈有些目眩神迷，不仅仅是因为这天神般的美貌，还因为他做梦也没想到，有一天会看到炙玄穿这个世界的衣服。

炙玄被他看得心头雀跃："我好看吗？"

江朝戈含笑道："非常好看。"

炙玄得意得笑逐颜开。

江朝戈掏出手机，对着两人拍了好几张照片。

炙玄惊讶地看着那小小的屏幕上映出两人的影像，叹道："这个东西真好！再多拍一些。"

江朝戈笑道："放心，这回我要带一整套的摄影和洗相片的设备回去。"

"那是什么？"

"是可以把看到的画面变成纸质或电子数据保存的东西。"

炙玄只觉得新鲜、有趣。

江朝戈亲自开车，带上炙玄和寺斯出去见世面。

寺斯一看到那么多高楼大厦和满街穿着时尚的姑娘，简直心花怒放，兴奋得不能自已，不住地说应该把裂羽也带来。

江朝戈先带他们去了一家海鲜餐厅。

寺斯看到餐厅大堂里摆着的玻璃水箱里的活海鲜，惊讶得合不拢嘴："哇，这些都是吃的吗？这么丑的鱼会不会有毒啊？"

"不会，可以吃。"

"那我试试。"寺斯说着就要爬到水箱上去。

江朝戈拽着他的领子把他提溜回来："我说过什么了？"

"嗯……不准往高处爬，可这个不是高处，这个很低……"

"你不听话，我再也不带你出来了。"

“我不爬了、不爬了。”

炙玄隔着水箱看着里面的鱼，突然一只大石斑鱼游了过来，尾巴啪地拍在水箱上，正好在炙玄的脸的位置。炙玄本能地往后一闪，随即大怒：“孽畜，居然敢挑衅我！”他抡起拳头，狠狠地砸向水箱。

江朝戈还没来得及阻止，只听到一声砰然巨响，水箱爆裂开来，水和碎玻璃朝炙玄扑来。

炙玄往后一闪，虽然闪过了玻璃，却没躲得过水，被淋了一身。

幸好大堂里人很少，虽然听到声音都聚集了过来，但都没看到发生了什么事，只是惊呼不止。

炙玄被淋了一头一脸，怒意更盛，伸腿就要踹那可怜的鱼，江朝戈一把把他架住：“够了、够了，别闹了！”

“它胆敢挑衅我！”

“它没挑衅你，你……”

“怎么回事？！”经理跑了过来，吓得脸色发白，“客人，发生什么事了？您有没有受伤？”

“这只孽畜……”炙玄刚要说话，就被江朝戈捂住了嘴。

江朝戈佯怒道：“你们餐厅的水箱到底是哪儿买的劣质玻璃箱？居然自己裂了，要是伤到人可怎么办！”

寺斯笑嘻嘻地说：“就是嘛，这东西真不结实……”他接收到江朝戈的目光，立刻闭嘴。

经理一边道歉，一边嘀咕道：“五厘米厚的玻璃啊，怎么会自己裂开呢……”

江朝戈硬是把炙玄拖出了餐厅，累出一身汗。

炙玄余怒未消：“我要咬死那只孽畜。”

江朝戈深深地换了一口气：“那只是条鱼……”

“可是它……”

江朝戈赶紧把炙玄拽跑了，去了一家很出名的海鲜自助餐厅。

寺斯听说这里面的东西随便拿，差点儿笑出声来。他端了一个大盘子，见什么都装一堆，反正什么他都没吃过。服务员过来提醒一次，说吃不完要罚钱的，他满不在乎，拿了八大盘子的食物，狼吞虎咽起来。

江朝戈给炙玄挑了几道菜，一道一道给他介绍，他倒是很感兴趣，而寺斯只顾着吃，而且吃相十分不雅，让江朝戈觉得丢脸极了。

中途，江朝戈接到一个电话，是助理根据孟老留给他的怀表里的地址。帮他查到了孟老家的住址和现状，他让助理准备好钱，打算明天就过去，完成孟老最大的遗愿。

寺斯实在塞不下去了，才依依不舍地离开餐厅。炙玄也是回味不已："这个世界的东西真好吃。"

江朝戈笑道："你喜欢吃，我回去给你做。"

"你会做？"

"有材料的话，应该差不到哪儿去。"

"这么多好吃的，焚念来了肯定就不走了。"炙玄哼了一声，"应该把他扔到这个世界来，解决一个大麻烦。"

江朝戈想起焚念，脸色暗了暗，却故作轻松道："这个办法不错。"

炙玄眼中的狠戾一闪而过："不过，在那之前，我要先咬下一块他的肉，让他尝尝自己的肉的滋味。"

江朝戈心想，那个疯子，应该已经尝过了吧？

吃完饭，他带两人去逛商场，炙玄见什么要什么的本性又发作了，而且比在天棱大陆还要强烈，因为这里无论什么东西，他都觉得新鲜，恨不得把整个商场买下来。

江朝戈觉得自己虽然有钱，但也不该这么糟蹋，手里实在提不动之后，就连拖带拽地把炙玄弄走了。

晚上回到家，江朝戈差点儿累瘫了，炙玄和寺斯却精力无比旺盛，眉飞色舞地给其他人说他们一天的所见所闻，展示买来的东西，听得大国师两眼放光，也要求出去看一看。

江朝戈实在扛不住了，和他们约法三章之后，决定第二天让保镖带他们出去。

第二天一大早，司机开车送江朝戈和炙玄去孟老家。

孟升原来是个老师，妻女都健在，女儿结婚后又离婚，和母亲一起抚养一对双胞胎，家境有些困难。

江朝戈想了半天都不知该如何面对孟老的妻女，他要如何编造一个听上去不太荒诞的理由？想来想去，他决定还是不见面了。他写了一封信，表达孟老现在活得很好，但身不由己，终生无法再见她们，然后在信封里塞了那块怀表和一张五百万元的支票。

司机把车开到了孟老家的楼下，三人在车里等了很久才见孟老的妻子和女儿接了双胞胎孙子放学回家。江朝戈看着一家四口其乐融融，有说有笑的样子，暗自松了口气——孟老泉下有知，应该也能瞑目了吧。

他推开车门，下车走了过去："阿姨，您好。"

孟老的妻子愣了愣："哎，你好？"

"阿姨，我这里有一封熟人托我转交给您的信。"

"啊？谁呀？"

江朝戈把信递给她："阿姨，信您务必亲启。那位熟人让我转告您，开开心心过日子，不用担心他。"

"啊？什么意思啊？谁呀？"

江朝戈转身就上了车，催促司机道："走吧。"

直到车开远了，江朝戈从后视镜里看到母女俩拆开信，拥抱着号啕大哭，心里一酸，深深地叹了口气。

炙玄搂着他的肩膀，安慰道："你对得起孟老了。"

江朝戈把头歪在炙玄的肩上，人生中头一次觉得自己可能需要一个肩膀靠一靠。他闭上眼睛，用力地点了点头。

接下去的几天，江朝戈除了处理财产方面的事，就是拼命买东西。他核算了三个纳物袋的所有可利用空间，买了一堆用得着的东西，甚至托以前的朋友从黑市弄了几把枪和手榴弹。他虽然很想给饮川带些书，但书实在太占地方了，于是买了几台电子书阅读器和一块存了几百 G 电子书的硬盘，然后带上一个太阳能充电器，应该够饮川看很久的。除此之外，他还买了一堆金砖。相比天棱大陆上黄金的高价，这个世界的黄金简直是大白菜。有了这些金砖，他应该很长一段时间不用为钱发愁了。

他忙活这些事的时候，其他人有的跟保镖出去瞎逛，有的蹲在别墅里看电视，比如炙玄。

炙玄自从发现电视里有各种各样奇怪的画面后，第一次眼珠一转不转地看了十七个小时。

后来只要江朝戈睡觉，他就看电视，反正他不需要休息。

总之，每个人都在这个新奇的世界找到了自己感兴趣的东西。

几日后，焯烟要的东西备齐了。在一个月圆之夜，江朝戈把保姆打发回家，让焯烟在他的院子里设回魂阵。

焯烟摆好阵后，抓住裂羽的手腕，压抑着激动说："吾儿，我将要召唤你母亲的魂魄，其次是你的灵慧之魄，等你想起一切时，就是我们团圆之时。"

裂羽迟疑地点点头。

焯烟开启了回魂阵，阵法上燃起了魂力催动的火苗，缕缕青烟升空，一切看上去都玄妙极了。

那阵法不知道要摆几天，甚至不知道会不会成功，江朝戈心想，若是失败，恐怕他们就难以回去了。

在焯烟召唤魂魄的时候，江朝戈也把自己要带回去的东西基本采购齐全了。

他带的东西主要分三大类：黄金、防身用具和日用品。

日用品比较杂乱，有相机、电脑、发电机、佐料、药品、衣物，等等，反正他能想到的有用的，他都带了，三个纳物袋塞得满满的。

炙玄似乎对这个世界的生活越来越满意，每天吃吃喝喝，看看电视，游游泳，最近还学会了打壁球，过得相当惬意。江朝戈也是难得享受这样舒适的生活，禁不住产生了一丝倦怠，有时候忍不住会想，如果天棱大陆真的只是自己的一个梦多好，如果现实就是他和炙玄在这个世界过着富足美满的生活多好。不管他想不想承认，他心里已经有些抗拒回去面对那么多的战斗和责任了。其实内心深处，他没有关心过天棱大陆的覆灭，他关心的，只是他的同伴们。

焯烟的回魂阵，一摆就是七天七夜，嫒姬的三魂七魄，被召回了二魂四魄。焯烟信心大增，为了节省时间，又另设一个回魂阵，召唤裂羽的灵慧之魄。

两个回魂阵所消耗的魂力让大国师和焯烟都疲惫不堪，然而，焯烟已不能停，江朝戈看得出来，必要的时候，他就是损耗自己的修为，也一定要把妻儿的魂魄召唤完全。

摆到第九日时，大国师魂力的恢复已经赶不上消耗，而两个回魂阵欠缺的，居然都是灵慧之魄，这让焯烟心急如焚，不知道究竟出了什么问题。

第十日，大国师魂力不济，焯烟开始消耗自己的修为以维持回魂阵。这种牺牲对于任何一只异兽来说都是巨大的，江朝戈看着焯烟希望与绝望交织的脸庞，感到了一丝心酸。

裂羽看了几日，终究是看不下去了，低声道："焯烟大人，放弃吧。"

焯烟咬牙道："很快就能成功了。"

“十二日，两个回魂阵都召不来灵慧之魄，恐怕灵慧之魄要么不在这个世界，要么被某种东西束缚了，如此召唤下去，也只是浪费您的修为。”

“住嘴！”焯烟眼睛通红，“难道你不想见到自己的母亲吗？难道你不想恢复记忆吗？”

“我自然想。母亲没有记忆，也可以是母亲，可您如此损耗修为，母亲若是有了记忆，也会伤心的。”

大国师也劝道：“焯烟，收手吧，你不能再这样下去了。你以后还有机会再设回魂阵，但若是你损耗过度，你连我和你的命都保不住，又怎么找回他们的灵慧之魄呢？”

焯烟头发蓬乱，满脸不甘，看上去已是到了极限。

大国师叹道：“你若再不停下，我就要强行把你收回兵器中了。”

焯烟愤怒地大吼一声，魂力一敛，两个回魂阵的火焰顿时熄灭，焯烟的身体往后倒去，陷入了昏迷。

裂羽一把扶住他，看着他脸上的不甘与绝望，眼神也变得忧伤起来。

寺斯不知道怎么安慰他，只能捏着他的肩膀，轻声说：“没事，别怕。”

裂羽长叹一声，抱起焯烟走进了屋里。

江朝戈叹了口气，心里也是五味杂陈。这两个人的灵慧之魄，究竟去了哪里？为什么三魂六魄都齐全了，偏偏独缺这一魄？而且，怎么会偏偏在焯烟的妻儿身上出了问题？江朝戈总觉得这些问题背后隐藏着什么阴谋，因为过度的巧合都不是巧合，必有其因，如果不能把谜底揭开，焯烟就是翻遍六界，也不可能找到妻儿的记忆。

焯烟昏迷期间，江朝戈也基本把公司和财产都处理好了，公司就留给他那些兄弟，让他们有个能开工资的地方，财产则大部分换成了黄金，能带走的就带走，带不走的都存了起来。

也许他还有机会回来，他必须抱着他还能回来的期待，人活着，就是活一个希望。

炙玄对这个世界的生活非常满意，每天都有又软又香的大床，精彩的电视、电影，精致好看的食物和香醇的美酒，这里生活都比天棱大陆要方便、舒适得多，唯一不好的一点，就是不能随心所欲地化形。

江朝戈虽然很享受，但他更挂心什么时候能回去。他担心这里过一天，天棱大陆不知道过了多久，他不可能扔下虞人殊等人不管。

焯烟还未醒，江朝戈正要出门，一下楼就看到了垂头丧气地歪倒在沙发上的寺斯，电视里放着他喜欢的《喜羊羊与灰太狼》，他眼神却完全放空，不知道在想什么。

江朝戈走过去弹了一下他的脑袋："怎么了？"

"裂羽又把我忘了，这是第……"寺斯掰着手指头数了数，"第四次了。"

"你早该知道会这样。"

"是啊，可我以为来到异世界，他爹就能把他的灵慧之魄召回来，没想到……"

"我觉得这事不简单，摆了那么多天的回魂阵都没召回来，那灵慧之魄可能真的不在这个世界。"

"那会在哪儿呢？"寺斯哀叹道，"如果裂羽一辈子都记不住我是谁，该怎么办啊？"

"那也不影响你使用裂羽弓。"

"我知道，可是……"寺斯黯淡道，"好让人伤心啊。"

江朝戈揉了揉他的头顶："往好处想，能得到天级魂兵器就是你最大的运气，没什么事能尽如人意，知足吧。"

寺斯点点头，但还是没什么精神："江大哥，你去哪儿啊？"

"办事儿。"江朝戈紧了紧风衣的领口，扣上帽子，往门外走去。

"朝戈！"炙玄从楼上追了下来，"你去哪儿？我也要去。"

"看你的动画片吧。"

"动画片没有你好看，我要跟着你。"炙玄说得理直气壮。

江朝戈道："我这次是去办正事，你要想跟着，就全程不能说一句话。"

炙玄点头道："好。"

江朝戈将信将疑地看了他两眼，无奈地叹了口气："走吧。"

江朝戈这趟是打算去见那个当初送他去天棱大陆的大巫，之所以这些天一直没去，是怕自己贸然前去惹出麻烦。现在应该没人关注这件事了吧？

半个小时后，车停在了一片开发区前。依然是那片待拆迁的旧城，该施工的在施工，该扯皮的还在扯皮，但那老头家的地，他已经无暇去管了。

江朝戈领着炙玄，走过那依旧泥泞的青石板路，来到了那座老宅前，那扇粉红象牙木的大门上，多了一大串黑脚印，估计在寻找他的过程中，他的小弟们没少来骚扰。他还像当初那般，轻轻地叩了三下门。

这次，不再有灵秀的姑娘出来开门，他敲了很久门，老宅里都没有反应。

江朝戈后退几步，做了一件他一直想做却克制着不做的事——灌注他所有的怨愤，狠狠一脚，硬生生把一扇百斤重的实木大门给踹飞了！

炙玄哈哈大笑起来，就差拍手叫好了："很好，不愧是我的魂兵使，门就该这样开。"

江朝戈看着那飞出四五米，砸毁了一个花圃的半扇门，顿时有些愣怔。他后知后觉地想起来，如今自己的身体素质放在这个社会已经是货真价实的超人——能一跳十米高，一脚踹飞百斤木门，零下二十摄氏度穿薄衣而不觉得冻，若不是超人，那是什么？

江朝戈整了整衣领，大步跨了进去。古宅还是当初的样子，对他来说，已经相隔一年多，可对于古宅来说，距离他上次造访，不过过去了半个月。只是古宅寂静得落针可闻，显然已经人去宅空了。

炙玄左顾右盼："没人啊。"

江朝戈往屋里走去，正厅的家具落了一层薄灰，看来人离开没几天。他在他当初坐的椅子旁的茶几上，找到了那枚牛头骨雕。当初恐怕就是自己无意识之间释放了一点儿微薄的魂力，被那大巫发现，继而才有了后面的一切。说起来，一切都源于这枚骨雕啊。

江朝戈注入了一丝魂力，白光微闪之际，他眼前多了一头憨厚的老黄牛，正瞪着黑溜溜的大眼睛看着他。他无法形容那一刻自己的心情，有些无奈，又有些伤感。他把黄牛收了回来，把骨雕揣进了兜里，留个纪念吧。

江朝戈又抬腿往当初喝茶的地方走去。那茶室的摆设丝毫未变，茶具摆放得整整齐齐，足以见主人走时，并不慌乱，而是从容地离开的。那大巫到底去哪儿了呢？

炙玄环视四周："这里有什么好看的？"

"这里就是我去天棱大陆的地方。"江朝戈站在茶座前，"我当时就站在这里，那个大巫将一杯茶水泼了过来，我就被吸进去了，然后就掉在了你的面前。"

炙玄听着也觉得神奇："你第一次看到我，不是，我的角，是什么感觉？"

江朝戈笑道："破破烂烂的一把刀，不知道为什么被郑重其事地摆在祭台上。"

炙玄哼了一声："那你为什么拿起它？"

"为了防身。我一到天棱大陆，就有一群人要抓我，当时手边就那么一把刀，当然要拿起来防身。"江朝戈回想起当时的情景，不禁笑了，"我拿起来的瞬间，整个祭殿鸦雀无声，但我当时根本不知道为什么，还挟持了皇子……"

炙玄睨着他："那你……把我召唤出来的时候，第一眼，又是什么感觉？"

江朝戈微愣，想到当初他召唤出来的那个一口一个“废物”“愚民”，叫嚷着要吃了他的熊孩子，忍不住哈哈大笑起来。

“你笑什么？！”

江朝戈差点儿笑出眼泪：“你当时多讨人厌啊！张口闭口叫我废物，还说要咬死我。我第一眼看到你，只觉得惊为天人，结果，你一张嘴就什么都变了。”他想了想，“对了，你第一次见到我，又是什么感觉？”

炙玄不客气地说：“弱小、窝囊、低等，却还敢出言不逊的人类，你比我更加讨人厌。”

江朝戈撇了撇嘴：“真是难为您老了。”

炙玄看着江朝戈悻悻的表情，扑哧一笑：“但我后来发现你还挺有意思的，会变出钱来，还给我买酒，给我洗澡，还会说好听的话，我就觉得你不那么讨厌了。”

江朝戈摇头轻笑。

“你呢？什么时候觉得我好的？”炙玄眼巴巴地看着他。

江朝戈故意逗他：“谁说我觉得你好了？”

“给你个机会重说。”炙玄轻哼道，“说不好，你就完蛋了”

“行吧、行吧，我说。我想想啊，可能是在双子峰，你说你不会让我死的时候。”

炙玄不满道：“那么晚？”

“晚吗？”

炙玄郁闷道：“难道我以前对你很不好？”

“那倒也没有。”

“那你为什么没有早点儿？”

江朝戈笑道：“早点儿晚点儿有什么区别？结果还不是一样的？”

炙玄有几分得意：“说得也是。”

江朝戈掏出手机给助理打电话，让他调查这家人上哪儿去了，他自己也在古宅里转了几圈，想找找线索。但除了找到几本可能属于天棱大陆的古书外，什么都没发现，他把那些书全都拿走了。

回家之后，他找到大国师，问起那个大巫的事：“你在天棱大陆就知道你可以送我回这个世界，那么，对这个世界的大巫，你知道多少？”

大国师沉吟片刻：“我知道有一个与天棱大陆极其相似，却又有很大不同的世界的存在。我也知道，那个世界有大巫，大巫在不停地寻找有魂识的人并把他们送来天棱大陆。至于那个世界为何存在，那大巫又为何要这么做，我不清楚。”

“我不信。”江朝戈沉声道，“你知道的远不止这些吧？从你预测出神级魂兵器现世，让我们去寻找，再到你一手策划陷害虞人殊，借假死寻找自己的魂兵器，又和焯烟谋划已久，等我们送上门来帮你们来到这个世界，我不相信你什么都不清楚。你究竟有什么目的，最好给我说清楚，你别忘了焯烟现在昏迷不醒，我随时可以杀了你。”

“你太高估我了，我也只是个受命运摆弄之人，何德何能策划这么一系列事情？我陷害三殿下，实属身不由己。如果我不假死，就无法离开皇都，而三殿下在皇都并不安全，以他的耿直个性，早晚会被奸人所害，我是为了保护他才出此下策。”

“说得好听。”江朝戈冷哼一声，“你离开皇都的目的是什么？难道你一开始就知道自己会是神级魂兵器的魂兵使？”

大国师沉默了。

江朝戈吃了一惊：“你真的知道？”

大国师目光如炬，眼睛一眨不眨地盯着江朝戈道：“我可以看到过去，也可以预测未来，所以我知道。”

“预测未来……”江朝戈冷声道，“那你可知道你什么时候会死？我们这帮人又什么时候会死？”

“预测未来并非能看到那些细节，只是给予我一些提示，让我根据提示，去推测未来可能发生的事，准与不准，全看智慧。”

江朝戈知道他还隐瞒着什么，但他不说，自己也逼问不出来。

炙玄嫌恶地说：“朝戈，不要相信他的话，他身上流着臭烘烘的巫祖的血，一定是骗子。”

大国师淡淡地说道：“炙玄大人，我的巫祖血浓度恐怕连百分之一都没有，您应该闻不到吧？”

“谁说我闻不到？所有大巫都臭死了。”

大国师把目光移向了江朝戈。

大国师的目光让江朝戈很不舒服：“你看着我干什么？”

大国师斟酌道：“你不也是巫祖的后人吗？”

江朝戈眯起眼睛：“你看得出来？”

“当然，否则我如何挑选继承人。”

炙玄高声道：“他跟你不一样，他一点儿都不臭！不要拿他和你相提并论！”

大国师看着两人，突然淡淡地一笑：“巫祖的血浓度极低的时候，是闻不出来的。”

炙玄拉起江朝戈：“走吧，否则我会想杀了他。”

江朝戈跟着他往外走去。

在将要离开房间的时候，炙玄突然顿住脚步，扭头看着大国师：“你能看过去，预测未来，我问你，那些大巫祖有没有转世？”

大国师顿了顿：“应该没有。”

“你凭什么说没有？”

“巫祖的原身是上古异兽，和你们一样，魂识太过强大，六界不容，是不能转世的。”

“胡说！巫祖已经归顺天神，算是得道成仙，原本是不死之身，就算肉身死了，只要三魂七魄不散，就可入大道轮回。”

“炙玄大人坚持，我也无话可说，我也仅是从书中获知。”

江朝戈眯起眼睛：“照你这么说，如果他们也没死，仅是被封印了，那他们去哪儿了？”

大国师摇摇头：“我不知道。”

炙玄冷哼道：“如果他没转世更好，我想杀的，是原原本本的他！”他抓着江朝戈的手，头也不回地走了。

江朝戈想着大国师的一番话，不知为何，心中有些动荡不安。是啊，他之前为什么没想过呢？巫祖前身也是异兽，拥有强大的魂识。异兽之所以“不死”，无法入轮回，是因为六界不敢收他们，而他们的魂魄又必须有一个地方搁置，所以才被封印进了兵器里。同理，六界也未必敢收巫祖的魂魄啊。可如果巫祖真的没“死”，那么他们被封印在了哪里？

另一个困扰了江朝戈更久的问题——巫祖为什么非死不可？难道每一个巫祖都跟异兽同归于尽了？十二个巫祖，总该有那么几个幸存的吧？可随着异兽被封印，他们也消失在了历史的长河之中，这不能不让人生疑。

关于万年前的那场混战，关于两个世界的联系，有着太多太多的谜题，让江朝戈想得头大不已。

第15章 天地之元

回到房间后，一路沉默的炙玄突然一脚踹翻台灯。

江朝戈在一边看着他：“你要是生气就尽管砸吧，我负担得起。”

炙玄握紧了拳头，生生忍住了：“算了。”

江朝戈抚着他的背，劝道：“别每次提到共工，你就气成这样。何必呢？他是死还是活都不好说，说不定你这一世都不会再碰到他，别为了这些虚无缥缈的东西浪费精力。”

炙玄咬牙道：“你不懂。”

江朝戈想了想，自己确实不懂。炙玄的自尊心那么强，如果不把这个仇报了，恐怕是永世无法释怀的吧。

炙玄眸中寒芒迸射：“无论花去多少时间，多少代价，我都一定要找到共工或是他的转世。哪怕损耗我的修为，我也要让他三魂七魄尽散，永远消失在这天地间。”

江朝戈叹了口气，抚摸着他的脑袋：“好，若真有见到他的那一天，我一定帮你杀了他。”

炙玄剧烈起伏的胸膛终于平复了下来。

两天之后焯烟醒了，他看上去非常消沉、颓丧，好像他才是那个被抽走了魂的人。

裂羽看着他手中那枚雕刻着美丽的莺尾花花纹的魂器，轻声道：“您要把母亲召唤出来吗？”

焯烟握紧了手中的魂器，嘴唇微微颤抖着：“即使我把她召唤出来，她也和你一样，不认识我。”

“难道您不想马上见到她？”

焯烟闭了闭眼睛：“我想见的那个她，是会对我温柔微笑，与我心灵相通的那个她，而不是可能惧怕我，敬畏我，对我全然陌生的她……”他哑声道，“我要找到她的灵慧之魄，在那之前，我绝不召唤她，否则，我怕会吓到她。”

裂羽叹了口气，不再说什么，只是眼里充满了期待与哀伤。

焯烟将魂器小心翼翼地放进胸口的内袋里，转身下了床：“你们的灵慧之魄，一定被幽禁在某个地方了，否则不可能翻遍两个世界都一无所获。”

“会被谁幽禁？又为什么被幽禁？”

焯烟摇头。

寺斯皱眉道：“为什么只幽禁灵慧之魄？灵慧之魄是主记忆的，难道……他们记住了什么不该记得的东西？”

焯烟怔了一下，表情突然有了些微的变化，即使那么细小的变化，也没能逃过常年察言观色的江朝戈的眼睛。他冷声道：“焯烟大人，您是不是想起了什么？”

焯烟没说话。

“既然您一时也没有思路，我们在这里干耗下去也不是办法，还是尽早回天棱大陆吧，那里还有更重要的事等着我们。”

大国师也道：“我们是该回去了，这两个世界的时间转化，完全没有规律可循，就不知道我们这次回去，是过去了几天，还是过去了几年……”

江朝戈也是担心不已：“事不宜迟，我所有东西都准备好了，今晚就想办法回去吧。我们是不是还要回到来时的那片湖？”

大国师点点头：“保险起见，我们还是走原路比较好。”

“这一次只有两只上古异兽，你们有几分把握？”

大国师道：“其实，打开异界之门，强大的魂力只是其中一个因素，还有一个关键因素，应该是巫力。”

“巫力？难道当时是因为有你在才……”

大国师道：“我不确定异界之门前几次的开启，是不是也有大巫祖的原因，但在我唤醒焯烟后，我们尝试过多种释放魂力的方式，包括穿行阵，都没有成功。所以你们来找焯烟之时，我们才想模拟当年天兵、巫祖讨伐的情景，让三只上古异兽战斗释放强大的魂力，同时，我施展穿行阵，才成功打开了异界之门。说实话，我至今都不确定，究竟是什么起了作用，还是都起了作用，只希望你们此次能尽量释放魂力。”

江朝戈恼怒道：“你为什么一开始不说？省得我们还要打一场。”

焯烟冷哼道：“我说了，你们便会配合吗？何况，我绝不会再和饮川合作，是他唤醒天地之元，酿成之后的所有悲剧，他又有什么资格假惺惺地要封印天地之元？”

“你说饮川唤醒天地之元是什么意思？难道你知道天地之元是什么东西？”

“天地之元的真面目，只有饮川一人知道，但我能猜到一二。天地之元，定与天帝渡劫有关。饮川究竟隐藏着什么秘密，我不得而知，所以我不相信他，也绝不会帮他！”

炙玄冷道：“那你最好有自知之明，不要成为我们的敌人。”

江朝戈心中微寒，他本就是个多疑之人，饮川又隐瞒了太多东西，也许是时候好好想想，饮川究竟值不值得跟随了。

在临行前，助理打来电话，说找到了那个大巫的行踪，原来他是不堪骚扰，暂时去了酒店。

江朝戈把行程推后一天，带着炙玄和大国师去找那大巫。他感觉大国师似乎不太想去，虽然大国师什么也没说。

在车上，江朝戈故意套他的话：“国师大人，你猜这大巫会是什么人？为什么会接连把人送去天棱大陆呢？”

大国师谨慎地说：“他肯定知道一些你我不知道的事。”

江朝戈笑了笑，眼神阴冷：“我会让他把所有他知道的事，都吐出来。”

大国师沉默不语，不知心中有何打算。

到了酒店，江朝戈直奔助理告诉他的房间，敲了敲门。

“谁？”屋里传来一道苍老的声音。

“服务员。”

不一会儿，房门被打开了。屋里的人在看到江朝戈的一瞬间，瞪圆了眼睛，露出难以置信的表情，想都没想就要关门。

江朝戈一只手按住房门，目光阴冷地瞪着他，一寸一寸地把房门推开了。

“你……”那老头，也就是当初送江朝戈去天棱大陆的大巫，眼里透出惊恐，他显然已经感知到了江朝戈身上脱胎换骨般的魂力。

屋里不止一人，还有当初那三个少年，都站了起来。

江朝戈一把掐住大巫的脖子，冷声道：“都站在那儿别动。”他感觉得到，大巫的魂力在他之上，但见他手臂又细又瘦，不像习武之人，很可能不是魂兵使，果然，那大巫都没来得及闪躲就被他制住了。

大巫难以置信地看着他："你、你怎么会……"

"我怎么会回来？"江朝戈冷笑一声，"拜你所赐，我从鬼门关走了一遭，不，应该是来回走了好几趟，最后阎王爷没舍得收我，所以我回来找你算账了。"

大巫恢复了冷静："你先放开我。"

江朝戈非但没放开，反而收紧五指，将大巫抵在了墙上："你说，我该怎么谢谢你让我成了今天的我？"

大国师道："先放开他吧，你不是要问话吗？"

江朝戈看了看那三个蠢蠢欲动的少年："你们给我老实地坐下。"

三人不服，怒道："你放开爷爷！"

江朝戈寒声道："坐下！我不用一秒就能拧断他的脖子。"

三人一副咬牙切齿的模样。

炙玄龇起牙，从喉咙里发出一声深沉浑厚的低吼，那吼声音量不大，却震得人耳膜刺痛，房间里所有的窗户都狠狠地一颤，一股令人恐惧的寒意仿佛顺着脊椎爬了上来。

三人吃了一惊，不自觉地后退了两步，喉咙好像被无形之手扼住了一般，而大巫更是脸色骤变："这……这是……"

"神级魂兵器。"江朝戈毫不避讳地告诉了他，"你没想到吧？没想到你送我去天棱大陆，却让我得到了它。"

大巫面如死灰，喃喃道："醒了，他们真的醒了……"

江朝戈冷道："把你知道的所有都告诉我，我就饶你一命，否则，你们一个都别想活着离开这里。"他隐隐觉得这大巫不如初见时那么硬气，也许真的是被他吓傻了吧？

大巫深吸一口气，对那三个少年道："你们先出去吧。"

三人恐惧地看了炙玄一眼，默默地离开了客房。

江朝戈把大巫扔到椅子上："我问，你答，如果我发现你在骗我，我会先让你尝尝生不如死的滋味。"

大巫叹道："你问吧。"

"你是不是从天棱大陆来的？你在这个世界待了多久？"

“是，大概七十多年了。”

“天棱大陆的异界人，是不是都是你送过去的？”

“是。”

“你究竟是什么人？”

“我……”大巫沉声道，“我是一个不该存在于天棱大陆的人。”

“什么意思？别跟我拐弯抹角。”

大巫的目光移向了大国师：“我想，你应该知道我是谁吧？”

大国师道：“能猜到。”

江朝戈皱起眉：“有话直说，我没多少耐性。”

大国师恭敬地说道：“大人可是天棱国第十二世圣皇陛下？”

江朝戈吃了一惊，圣皇？十二世圣皇应该死了很久了吧？不，不对，这两个世界的时间流逝不一样，所以，他还活着也算合理。可他怎么会跑到他的世界来，还成了大巫，到处拐卖人口？

大巫闭了闭眼睛：“正是。”

大国师单膝触地：“在下天棱国第十七任国师，见过圣皇陛下。”

大巫摆摆手：“我早已不是圣皇，我是个罪人，没有资格接受国师大人的朝拜。”

江朝戈道：“你既是圣皇，怎么会来到这里？”他仔细看大巫的头发，确实白里带银，只是他一开始绝没往这人是皇族的方向想。

“我是负罪来到这里的。”大巫道，“让国师大人说吧。”

大国师斟酌了一下措辞，解释道：“你可听说过一个传说？天棱国史上有一任圣皇，为了复活自己的兄弟，将兄弟制成了魂器，最后却被怀有异心，觊觎皇位的兄弟反噬……”

江朝戈毫不掩饰心中的惊讶：“难道他就是……”

大国师点点头：“传说那位圣皇陛下饮下毒酒，和他的兄弟一起消失了，可真相究竟如何，过了百年，已经不得而知了。”

“那你是怎么猜到他是那个人的？”

“据史书记载，那位圣皇陛下是个魂导士，寿命符合，同时他又是巫祖的传人，和当时的国师关系密切，暗自修习了武术。每一任国师，都将得到前任国师流传下来的秘史，这些秘史一任一任地积累下来，到了我手中，是跟天棱大陆的正史有相当大出入的，就连圣皇也不能随意翻看，而且都是用古巫文写就，还有国师间口耳传承的密码，一般人也看不了。我在当年那位大国师的秘史中看到了他的记载，说他被委命杀死圣皇，但他下不了手，于是将圣皇送去了一个绝不会再祸害天棱大陆的地方。这些线索，使我推断出这位大人正是当年的圣皇陛下。”

“那被你制成魂器的你的兄弟呢？他不是已经反噬你了吗？”江朝戈上下打量着大巫，“你现在到底是人，还是魂器？”

“我既是人，又是魂器，既是十二世圣皇，也是九亲王，我们已经融为一体。当时将你送去天棱大陆的，其实是九亲王。”

江朝戈了然，难怪他感觉这个大巫和那个老头气势不同。

“九亲王一开始将我反噬，却没有杀我，他将我控制了一段时间后，又被我反噬，我们在魂力的较量中两败俱伤，一时谁也无法控制谁，变得孱弱不堪，被长老会囚禁。若不是当年的国师大人将我们送来这里，我们已经死了。”大巫露出一抹苦笑，“我为了一己之私，害了无数人，所以我来到这个世界后，只希望能为天棱大陆赎罪。”

江朝戈怒道：“你赎罪的方式就是把一些无辜之人扔到陌生的世界让他们饱经危险，妻离子散？！”

大巫面有愧色：“其实，你们原本都是归属于天棱大陆的。”

“什么意思？”

“传说当年天神将世界一分为二时，就是为了创造一个没有异兽，也没有魂力的干净、和平的世界，但分割的时候，不可能没有漏网之鱼，于是这个世界最早时也有异兽，只是随着人类的发展都消失了。当然也有具有魂识的人，只是大部分人没有得到引导，终生都不会知道。”

“天神为什么要将世界一分为二？”

大巫摇摇头：“天神之意，非我等凡人可以揣测。”

“那你将我们送回天棱大陆干什么？难道天棱大陆缺我们这几十人？”

大巫定定地看着江朝戈：“是为了你。”

“什么？”

“神级魂兵器只有唯一对应的魂兵使，传说有魂兵使被扔到了这个世界，我必须把神级魂兵器的魂兵使送回天棱大陆。”

“你到底是从哪儿看来那么多的传说的？”

“当年的国师大人告诉我的。”

“你也知道？”江朝戈恶狠狠地瞪着大国师。

大国师轻轻点了点头。

“那你们到底是想让上古异兽苏醒，还是不想？你口口声声说是为了天棱大陆，却把能唤醒上古异兽的魂兵使送回去，你是唯恐天下不乱吧？”

大巫摇摇头：“上古异兽的苏醒是无法改变的命运，人不可逆天，只有顺势而为，才有可能找到一线生机。”

江朝戈觉得自己再听到“命运”这两个字就要吐了。大巫、大国师、饮川，一个个都跟神棍似的，故弄玄虚，藏着掖着，话只说一半，另一半靠猜。他现在是知道得越多越糊涂，甚至有时候，他已经搞不清楚自己究竟是为什么而战了，如果不是他还有着挂心的同伴，他是死都不会再回天棱大陆的。

江朝戈深吸一口气，努力平息自己想给他施暴的冲动：“我问你，你还知道什么？关于这两个世界，关于上古异兽、天地之元，把你知道的所有事都告诉我。”

“年轻人，我知道的多是当年的国师大人告诉我的，你若想知道更多，不如问这位国师大人。”

大国师忙道：“我自己也是云里雾里，一知半解，怎么能告诉你更多？”

“上古异兽一定会苏醒的传说，你们是从哪儿看来的？”

“古巫书。书上说，封印之力并非永久，万年之后将失去效力，上古异兽将与自己的魂兵使会合，重返人间。”

“那天地之元呢？提到天地之元了吗？”

大国师点点头：“当十二异兽苏醒，天地之元将再次现世。”

江朝戈心想，果然，天地之元迟迟没有现世，就是在等十二异兽苏醒。可十二异兽苏醒，和天地之元又有什么关系呢？

大国师明白他心中的疑惑，不等他问就道：“至于天地之元究竟是什么，恐怕就像焯烟说的那样，只有真正见过的饮川才知道了。”

大巫道：“我能不能问问，你们是怎么回来的？”

“钟山寐江湖底，有一扇通往这个世界的异界之门，其实在我看来，就是一个巨大的穿行阵，同时需要庞大的魂力和巫力，才能发挥作用。”

“竟然有这样的东西……”大巫咽了咽口水，有些紧张地说，“那……可否告诉我，天棱大陆如今又是怎样的光景？”

“山河犹在，只是因为上古异兽苏醒，如今动荡不堪。”

“你们离开时……”

“我们离开时，已经有九只上古异兽苏醒，仅青龙、朱雀与毕方还没有消息，但此次回去就不一定了。”

大巫长长地叹了一口气：“若我能尽绵薄之力……”

“陛下，您可以帮助我们回天棱大陆。”大国师道，“对于开启异界之门，我并不是很有把握，多添您一份巫力，成功的希望大一些。”

大巫点点头：“义不容辞。”

炙玄皱眉指着大巫，问江朝戈：“就这样吗？不吃了他吗？你不是来找他报仇的吗？”

江朝戈心中憋闷，却也无可奈何，只好道：“算了，不吃了。”

炙玄哼了一声。

江朝戈把大巫从椅子上拽了起来：“那就跟我们走一趟吧。”说着，江朝戈将他带出了房间。

“爷爷！”三个少年围了上来，“你们要把他带去哪儿？”

大巫道：“我有要事要出门几天，你们勤练功，不要偷懒，我很快就会回来。”

“爷爷，这些人……”

“没事，不用担心我。”

三人面面相觑，最后也没办法，只好让江朝戈把人带走了。

在车上，江朝戈道：“那些小孩儿知道你的身份吗？”

大巫摇摇头：“不知道。我四处寻找有魂识的人，若是成年了，就将他们送去天棱大陆，若是年纪太小，就教他们修习魂力，等大了再送过去，他们只以为我教他们的是不外传的内功。”

江朝戈冷笑道：“你简直丧尽天良——硬生生拆散别人的家庭，把人放到完全陌生、危险的世界里，甚至从小诱骗小孩子。你说得对，你是个罪人，到哪儿都是个罪人。”

大国师欲言又止，却不知如何阻止江朝戈说下去，因为江朝戈说的话一点儿也没有错。

大巫的双眸仿佛蒙上了一层灰尘，嘴唇微微颤抖着，半天没有说出一句话。

江朝戈重重地哼了一声，扭头看向窗外。

就在江朝戈以为大巫愧疚难言的时候，他却再次说话了，只不过语气变得冷硬起来：“生而带有魂识，便注定了他们非平凡之人。如果天棱大陆的世界不保，这个共生的世界便岌岌可危，为了这两个世界能并存下去，牺牲几个人又有什么大不了的？”

江朝戈猛地转过头，见那大巫从眼神到表情，再到语气完全变了。明明是同样的相貌和声音，却仿佛一下子变成了另外一个锋芒毕露之人，这个人才是当初送他去天棱大陆的人！

大国师沉声道：“你是九亲王。”

大巫冷哼一声，没有回答。

江朝戈咬牙道：“若这两个世界都回归平静，你也就完成了你所谓的对天棱大陆的‘赎罪’，到时候你是否也该向这个世界被你所害的人‘赎罪’？”

大巫道：“若两个世界都回归平静了，我会以死谢罪。但你现在不能阻止我，目前还没有苏醒的三只上古异兽，都非凶兽，不会滥杀无辜，他们的魂兵使也有可能还在这个世界上，所以，我的任务还没有完成。”

江朝戈寒声道：“好，希望你信守承诺，到时候利落地谢罪。”

大巫闭上了眼睛，不再说话。

江朝戈看着他布满皱纹的苍老面容，心里不知有何感想，有痛恨，也有一丝感慨。如果可以，江朝戈真的希望现在就杀了他，阻止他把更多像孟升那样无辜的人抛去天棱大陆，永世和自己的亲人分离。但就像他说的，现在还不是时候。如果有朝一日，天棱大陆能恢复平静，他江朝戈就做一回善事，想办法把那些异界人都送回这个世界，就当给年轻时候做了不少缺德事的自己积德了。

他们把大巫带回了家。所有他们要带上离开的东西和人都已经准备好了，江朝戈最后看了一眼自己的家，吸了一口栀子花的香味，才跨上车，朝他们来时的湖泊开去。

经过两天的跋涉，他们回到了那个和异界之门贯通的湖泊。

湖面平滑如镜，偶有细小的涟漪，一波波地推向岸边，看上去如此静谧美好，谁能想到这水下藏着一个惊天的秘密？

江朝戈把送他们来的司机打发走了，众人就在湖边坐等天黑。

深夜时分，月明星稀，方圆几公里都没有人烟，江朝戈和大国师分别将魂力注入炙玄与焯烟体内，让他们在这个世界第一次化作了兽形。

当亲眼看到两只庞大如山的上古异兽时，大巫惊得双腿发软，嘴都无法合拢，眼中充满了敬畏，口中喃喃自语，不知道在念叨什么。

“开始吧。”大国师道，“尽可能把你们所有的魂力都注入湖里。”

炙玄和焯烟互看一眼，彼此生厌，杀气腾腾，充满了挑衅的味道。

江朝戈道：“炙玄，不要浪费魂力，抓紧时间。”

炙玄冷哼一声，开始倾注魂力。

大国师和大巫则在湖边画了一个小的穿行阵，将那湖泊里的水引到穿行阵汇聚起的浅沟壑，只见穿行阵微微发光，那光芒顺着引水的沟渠一路到了湖里，最后将一大片的湖水都染成了淡淡的金色，在月光的照射下美如仙境。

阵阵巨大的魂力压迫得众人有些喘不过气来，江朝戈感觉每呼吸一次，空气都好像附着在喉咙口，非常难受。他真不敢相信那是他给予炙玄的魂力，只是从炙玄的身体里散发出来，已经放大了千万倍。

穿行阵的光芒越来越亮，渐渐地，湖中心出现了一个浅浅的旋涡，就跟当初他们在寐江湖看到的旋涡一样，越来越深，越来越大，将湖面上漂浮着的所有树叶、残花都卷入了旋涡，瞬间就不见了。当那旋涡足够大的时候，大国师叫道：“异界之门打开了！”

炙玄化作人形，飞掠过来抱着江朝戈，毫不犹豫地跳入了旋涡之中。

江朝戈只觉得口鼻呛水，居然屏息都没有挡住水，他看这个世界的最后一眼，是天上那轮又圆又大的明月。原来今天是月圆之夜啊！他没由来地一阵惆怅，但很快就失去了意识。

“朝戈、朝戈！”

江朝戈睁开浮肿的眼皮，强烈的光线刺得他眼睛生痛，他第一次觉得睁开眼睛是这么困难的一件事。

“醒了、醒了。”耳边传来惊喜的叫声。

江朝戈奋力地睁开眼睛，首先入目的是寺斯年轻的俊颜，脸上带着欣喜的笑容，似乎他旁边还有一个小东西……他定睛一看，竟是久违了的三头身炙玄！

炙玄的小爪子啪的一声拍在他的胸口：“怎么才醒啊？我的魂力都耗尽了，这猴子都比你醒得快。”

“我不是猴子，我是人。”寺斯不满地辩解道，“再说，我也不是跟猴子混大的，那是举父，举父不是猴子。”

炙玄的小脸上满是不屑。

江朝戈看着炙玄，一下子就想起了最初见面时，他一脸不屑地叫他废物的表情，忍不住扑哧一声笑了出来。

“你笑什么？”

“哈哈哈，我们……我们回来了吗？”江朝戈边笑边问。

“嗯，回来了，还在寐江湖边，可惜没人等我们啊。”寺斯挠了挠头，“也不知道过去多久了……要是阿萨都比我年纪大了可怎么办？！”

江朝戈笑着笑着，一阵伤感袭上心头。曾经他以为天棱大陆的旅程是一场梦，现在他却觉得，他回家的那一趟幸福、舒适、悠闲之旅，才真是一场梦。噩梦总是漫长的，而美梦总是短暂的，居然这么快就醒了，简直太让人难过了。

炙玄皱眉道：“朝戈，你没事吧？”

江朝戈坐起身，一把抱住炙玄，使劲地蹭了蹭他的小脸蛋，笑道：“我最喜欢你这个样子了。”

炙玄温暖而柔软无骨的小身体被江朝戈紧紧地拥在怀里，他已经好久没有变作这个样子，有点儿不习惯，下意识地扭了扭，却被江朝戈抱得更紧了。

炙玄看着江朝戈起伏得有些剧烈的肩膀，似乎感觉到了他内心的伤感，他用手顺了顺江朝戈的头发，然后搂住了江朝戈的脖子，轻声道：“好了，以后我还陪你回家。”

江朝戈抬起头，勉强笑道：“是吗？你怎么陪我回家？”

“我多抓来几个大巫，把我们送回去，再把我们送回来，以后我们想去哪个世界，就去哪个世界。”

江朝戈笑着在他的脸蛋上亲了一口：“好。”

炙玄乐了，也在江朝戈的脸上吧唧了好几下。

江朝戈抱着他站了起来，寐江湖的水已经结了一层薄冰，从现在的气候判断，假如还在同一年的话，他们离开天棱大陆估计有两三个月了，现在大约是秋末。

“哎哎，这里有他们留下的字！”寺斯跑到一块石头前，指着它大叫。

众人走了过去，果然，那石头上有用锋利的匕首刻下的字迹：重溟。

“重溟？饮川是让我们去找重溟吗？”

“看来是。”江朝戈用手抚摸着刻痕，“这痕迹留下的时间不久，太好了，我们离开应该不超过三个月。”

众人均松了一口气，若真的时隔多年，那后果他们怕是承担不起。

寺斯道：“那我们现在就去找重溟，和他们会合吧。我给他们带了好多礼物呢。”

寺斯显摆了一下自己塞得鼓鼓的登山包，“这个包真好，又能装又防水，还结实。‘科学’真是厉害，居然创造出那么多不可思议的东西。”

江朝戈笑道：“下次回耳倪族，你就有一大堆东西可以吹牛了。”

寺斯笑嘻嘻地说：“什么吹牛啊？我从来不吹牛。”

“走吧，去找重溟。”

寺斯突然想起什么，扭头看向裂羽，欲言又止。

裂羽也愣了愣，目光朝焯烟的方向飘去。

焯烟背对着他们，一动不动地看着寐江湖，一副魂不守舍的样子。原本以为去一趟异界，就能将自己的妻儿完整地带回来，结果却功亏一篑，换作是谁，恐怕都无法释怀吧？

江朝戈道：“寺斯，你要跟我们走，裂羽是你的魂兵器，自然也要跟我们走。”

大国师看了看江朝戈，又看了看焯烟，没说话。

寺斯一咬牙：“对，裂羽，你要跟我走。”

裂羽握紧了拳头，嘴唇轻颤。

焯烟转过了身来，淡淡地看着裂羽：“你自己做决定吧。”他的表情淡漠得好像什么都不关心了。

裂羽顿了顿，朝焯烟深深作了个揖，便转身走向寺斯。

寺斯大喜，跑过来握住裂羽的手，紧抓着不放。

江朝戈暗自松了一口气，焯烟是绝不可能和他们同行的，要是焯烟不放人，还得打一架。

“裂羽。”焯烟在背后低声唤道。

裂羽顿住了脚步。

“我不知道这几日的事，你能记得多少，又何时会忘，趁着你还记得，写下来，记得你和你母亲的灵慧之魄始终遍寻不着，记得我将穷尽一生去寻找。”

裂羽深吸一口气：“我一直都有写。”

焯烟轻声道：“你们走吧。”他又面向寐江湖，仿佛只要一直专注地看，就能有个结果。

江朝戈对大国师道：“我有个问题，希望你老实地回答我。”

“你说。”

“陷害虞人殊一事，你的理由太过牵强。我问你，究竟还有谁参与了？大皇子，还是二皇子？”

大国师淡淡地一笑：“如今还重要吗？”

“当然重要。”

“如果我说，他们都有份，你打算如何答复三殿下？”

江朝戈眯起眼睛：“那你在这其中又扮演什么角色？你口口声声说虞人殊才是你属意的圣皇人选，自己却是陷害他的凶手。”

“三殿下锋芒毕露，容易遭人嫉恨，不是件好事，同时他又太重情义，有时候，不使用一些特殊的手段，是无法达到目的的。”

“那大皇子和二皇子，知道你去了哪里吗？”

大国师摇摇头。

“或者说，他们知道你没死吗？”

大国师再次摇头：“也许知道，也许不知道。”

“你可知尤准被虞人奎驱逐了？”

大国师表现得很平静：“尤准年幼，难担大任。”

“这话真是可笑，若不是你不惜假死陷害虞人殊，让他迫不得已离开皇都，尤准哪儿来的大任要担？”

“他远离是非，是件好事。”

“那你接下来有什么打算？”

大国师看了焯烟一眼：“我想，寻找媛姬和裂羽的灵慧之魄，也许能解答我很多的疑问。如果天地之元现世，我们会再见的。”

江朝戈没再说什么，和寺斯、裂羽坐到了炙玄的背上，往山外走去。

远远地，焯烟高大的背影还在寐江湖边驻留，好像永远地凝固在了那里。

炙玄神气活现，一口气狂奔了几百里，直到趴在他身上的人都受不了了，才放缓了速度。

“照这个速度，我们明天就能到狱法城，不，我们还是绕开狱法城吧。”

“这个速度慢死了。”炙玄不甘道，“你们的身体根本无法承受更快的速度，我跑得一点儿都不过瘾。”

江朝戈抚摸着炙玄厚厚的黑色硬鳞，恐怕这鳞片连炮弹都打不透：“你也知道我们承受不了，那你刚才还跑那么快？撒欢儿啊？”

“我想让你体会一下风驰电掣的感觉嘛。”

江朝戈扑哧一笑：“哟，又学会一个成语。”

“若让我全速奔跑，今天便能见到重溟……哎，对了，要不我把你们含在嘴里吧？这样你们就不用承受高速奔跑的压力了。

寺斯怪叫道：“别开玩笑了，万一你不小心把我们吞进去怎么办？”

“我不会。”

“不行、不行，我坚决不要待在你嘴里。”

江朝戈也皱眉道：“你怎么能想出这么个馊主意？你是想把我们吞下去，还是想憋死我们？”

炙玄哼道：“没用的人类。”

炙玄走了一夜，他们直接在炙玄的背上睡着了。

天明后，他们路过一座城。跟祁冉君押解龙芗回狱法城的路上，他们见过这座城，由于地势特别，他们对它印象深刻。

远远地经过时，炙玄皱了皱鼻子：“奇怪，城里一丝人类的味道都没有。”

“什么意思？会不会隔太远了，你没闻到？”

“距离并不远，再说，一座城里人类那么多，味道是很大的，我或多或少都该闻到一点儿。”

江朝戈沉吟片刻：“走进去看看。”

炙玄朝那小城走去，直到站在城墙外往里看，他们才发现，那城里真的空无一人。

城邦、建筑犹在，只是人去楼空，街上满是大规模搬迁时留下来的各类物品。看着这场景，江朝戈能想象这座城不久前刚经历过一场紧急撤离。这座城离狱法城有五六百里，难道他们去狱法城了？为什么？

寺斯骑着鸱鸟在小城上空兜了一圈，回来说道：“这座城没有被破坏的痕迹，确实一个人也看不到。”

“很可能是祁氏发动了撤离，肯定跟异兽袭击有关吧。”

炙玄道：“我们要不要去狱法城看看？”

江朝戈想了想，摇摇头：“这个时候去狱法城，可能引起更大的恐慌。再说，我们也没有必要见祁凌峰。别管这里了，我们尽快去找重溟，和饮川他们会合吧。”他有太多的话想和饮川、虞人殊说。

炙玄也不再耽搁，继续往东方的姑儿山走去。

离开北方前，像这样再无人迹的北方之城，他们又见到了两座。甚至从北方到东方这段路上，天棱大陆呈现了一种前所未有的萧条，仿佛到处都是死寂一片。江朝戈隐隐有些不好的预感。在他们离开的这两三个月里，究竟发生了些什么？

四天后，他们来到了姑儿山。

上山之前，炙玄就道：“饮川他们不在这里，只有重溟。”

江朝戈有些失望：“他们既然让我们来找重溟，一定有原因。”

寺斯撇了撇嘴：“也许是饮川知道重溟不会挪地方，所以把会合地放在这里最保险。”

江朝戈想到重溟那懒散的模样，有些哭笑不得。

他们很顺利地就在那山坳里找到了那只巨大的玳瑁色异兽，跟初次见面一样，他们依然只看到一个大龟壳，只不过，这一次他的龟壳翻了过来，大概是在晒肚子……

炙玄跳下山坳，地面重重地颤了颤，就是死了的异兽都该被震得弹起来了，重溟却没有半点儿反应。

寺斯感兴趣地说：“听说乌龟翻过来就翻不过去了，有的就这么活活饿死、晒死。”

“你想什么呢？他又不是真的乌龟。”

炙玄一看重溟的样子就来气：“喂，臭王八，起来了！”

下一秒，从一边的龟壳里，伸出一个人类的脑袋。江朝戈定睛一看，那不是乔彦，还能是谁？

乔彦惊讶道：“是你们？”

“乔彦？你怎么在龟壳里？”

“天冷了嘛，我住在里面暖和。”乔彦道，“怎么只有你们几个？其他人呢？”

“其他人没来找过你吗？”

乔彦愣了愣：“没有啊。”

江朝戈叹了口气：“有点儿麻烦。”

炙玄恢复了人形，他们顺着乔彦垂下来的绳子，爬进了重溟的龟壳里。

没想到，那龟壳里居然别有洞天，空间极大，而且透着一股暖意。乔彦也是不客气，看上去是把家都搬来了，里面床褥、桌椅、炊具一应俱全，都不知道在里面住了多久。

寺斯惊讶得合不拢嘴：“你就……这么……住在这里？”

乔彦点点头，一副理所当然的样子：“是啊，外面冷。”

“那、那重溟呢？”

“老样子，一直在睡觉。”乔彦往龟壳深处指了指，“你仔细看，他的蛇头在那里，龟头在另一边。”

江朝戈差点儿笑出来，他想尽量憋住，结果自己把自己呛住了，咳嗽了起来。

“怎么了？”众人不解地看着他。

“没，咯咯，没什么，好地方，这是好地方。”江朝戈顺着乔彦指的方向，确实发现了一个缓缓起伏的蛇头，“这也太能睡了。难道自我们走之后，他就一直这样睡到现在？”

“中途也醒来过几次，一次是要翻面，一次是要喝水，还有一次，是夙寒来找他。”

江朝戈听到这个名字，立刻精神起来：“他来找你们做什么？”

“你知道的，这里离皇都很近。他来了先是不说话，盯着我们看了很久，然后，说要封我为异姓亲王，分我属地，和我一同治理天棱国。”

江朝戈嘲讽地一笑：“像是他能干出来的事儿。那么，你怎么拒绝了？”

乔彦耸耸肩：“我习惯自由自在，荣华富贵对我来说毫无意义。再说，重溟也不愿意和他走。”

“这倒是，重溟不愿意和任何人走。”

乔彦正色道：“我知道那个叫天地之元的东西，对人类是个大祸害，所以，我不会带重溟去给夙寒治理天棱国，但有朝一日，我会为封印那个东西，尽绵薄之力。”

江朝戈拍了拍他的肩膀：“兄弟，我很庆幸，重溟的魂兵使是你这样的人。”

寺斯很八卦地凑了过来：“乔大哥，那个夙寒有没有带那个长得很漂亮的圣皇来？”

乔彦道：“带了，但我才不惧什么皇亲贵族，何况那圣皇一股子阴柔之气，哪有半点儿皇者威仪？天棱国落入夙寒的手里，恐怕时日无多了。”

寺斯挤眉弄眼地说：“听说夙寒还有一整个后宫，妈呀，后宫啊，那是有多少漂亮的男男女女啊！”

江朝戈拍了一下他的脑袋：“跟你有什么关系？小孩子家家的，成天想这些没用的。”

寺斯不满地摸着头：“我想想怎么了？我要多听故事，回去讲给阿萨听。”

“阿萨有一天自己会出来看世界的，用不着你说。”

寺斯表情有些黯然：“阿萨他……出不来的。”

“为什么？”

“他这里有病。”寺斯比画了一下自己的气管，“昆仑山海拔高，这里海拔低，大巫说，一旦海拔变化太大，阿萨……可能会死，所以他不能离开昆仑山。”

江朝戈捏了捏他的脖子：“小毛病。若是我们有机会活下来，想办法把阿萨带去我们的世界，就能治好他。”

“真的？”

“真的。”

“阿萨是谁？”裂羽突然问道。

寺斯忙道：“是我弟弟，我之前跟你说过的，你可能忘了，跟你差不多大。”

“弟弟……我也是你弟弟吗？”

寺斯笑着摸了摸他的头：“是。”

裂羽想了想，嘴角勾起一抹淡淡的笑。

乔彦道：“后宫我不知道，但那夙寒一看就不是好人，圣皇根本就是他的傀儡。唉，天棱国落入一只淫邪的异兽手里，还有什么出路？”

“首先要保住这个世界，才能谈天棱大陆啊。”江朝戈道，“你知道我们为什么来找你啊？”

“我正想问你们呢。为什么？”

江朝戈把他们如何和饮川、虞人殊等人分开，又如何来到这里的经过简要说了一番。

乔彦惊讶道：“异……异界！你们去了异界，又回来了？！异界是什么样子的？”

“异界可好了。”寺斯眼看就要开始滔滔不绝。

江朝戈打断了他的话：“你这段时间可听说过什么重要的传闻，或不重要的传闻？”

“有。上个月去皇都换食物，听说南方出现了一个绝世美人，美到人只要看一眼就会被迷晕过去。苏氏族长把那美人接进宅邸，好生招待，结果那美人在苏氏的豪宴上喝多了酒，竟然化作巨大的异兽，在天空中翱翔。他身上的羽毛在夜空中燃烧，化作美丽斑斓的烟火，但掉在地上就是硕大的火球，把宾客吓得魂飞魄散，苏府都差点儿被烧了。听他们描述那异兽的外形，恐怕是上古异兽朱雀。”

江朝戈听得咂舌：“他去苏府是为了什么？”

“不为什么，玩吧。”炙玄托着腮，无趣地盯着重溟的蛇头，别人在光线暗淡的地方看不到，他可是看得一清二楚，“红渊耐不住寂寞，喜欢到处游玩，戏耍人类和异兽，有时候玩过头了，就会有人倒霉。”

“壬王不是要去找红渊吗？也不知道壬王现在在哪里。”

乔彦摇摇头：“我常年在大山里，一个月才下一次山，知道的事不多。但既然饮川让你们来找重溟，他们肯定会来此处与你们会合吧？”

“我不想等他们来找我们，我要尽快知道他们在哪里。”江朝戈道，“明天我去一趟勃垒城，打探他们的消息。”

江朝戈话音刚落，他们只觉得身体晃了一下，不，并非是他们的身体晃，而是他们坐着的龟壳晃了。

“重溟？”乔彦扭头看向蛇头，“你醒了？”

那蛇头轻轻动了动，然后以极其缓慢的速度探了过来，最后，啪嗒一下子，躺在了乔彦的大腿上。

乔彦道：“重溟，你醒醒吧，炙玄大人来了。”

“水。”重溟发出懒散的声音，仿佛连一个字都懒得多说。

乔彦拽过一个大桶，凑到重溟的脑袋边。

重溟伸出芯子，吸着桶里的水，不到一会儿就见底了：“不够。”

“够你喝的，我搬不过来，你自己去河边吧。”

那蛇头又垂了下去，从头到尾，眼睛都没睁开过，只低低地说道：“算了。”

江朝戈心想，这臭王八真是懒出花样来了，别说炙玄，江朝戈都想抽他。

乔彦晃了晃他的头：“重溟，炙玄大人来了。”

“嗯。”重溟道，“听到了。”

炙玄冷哼道：“现在只有衔云和嘲飞还没有苏醒了，臭王八，如果再打起来，你绝对是第一个死的。”

“都醒了。”重溟的声音带着鼻音。

“什么？”

“都醒了，他们。”重溟再次说道。

江朝戈怔了怔，高声问道：“重溟大人，你说青龙和毕方都苏醒了？你怎么知道？”

“感觉得到。”

“感……不是，他们来过附近吗？”

“没有。”

“那你怎么感觉得到？你们无论是感知气息还是闻味道，都有距离限制的吧？”

江朝戈以询问的目光看向炙玄。

炙玄道："是啊。"

重溟晃了晃蛇头："不是感觉他们。"

江朝戈简直想把他的头给拧下来，咬牙道："你能不能一次把话说完？"

"感觉到了天地之元。"重溟口中泄出一个惊雷。

众人全都愣住了。

炙玄瞪大眼睛："天地之元，你感觉到天地之元了？你说清楚。"他推了那蛇头一把，"你给我起来！"

重溟终于睁开了眼睛，那蛇目从惺忪到犀利，竟只花了眨眼的工夫，狭长的泛着绿光的眼眸危险而冰冷，与他慵懒的声音显得格格不入。

江朝戈连忙把炙玄拽了回来："冒犯、冒犯，重溟大人别介意。"

"你跟他……"

江朝戈一把捂住炙玄的嘴，压低声音道："你给我闭嘴。"

幸好，重溟眼中的危险一闪而过，大约是懒得计较。他的声音清醒了几分："那种感觉，跟万年之前，我第一次感知到天地之元时的感觉一样。"

江朝戈感觉手心出汗，背脊发寒。

难道天地之元已经出现了？

炙玄追问道："天地之元在哪个方向？"

"不知道，就跟我第一次感知到天地之元一样，一种奇怪的，很强大的力量，突然出现在天地间，那感觉很短暂。大约几个月后，我才知道昆仑山出现了这么一样东西。"

"你的意思是说，天地之元在觉醒那一瞬间会释放出强大的能量，之后就需要在一定的范围内才能感知到了？"

重溟点点头："差不多。饮川，肯定也去找天地之元了。"

炙玄斜眼看着重溟："那你就继续在这里睡觉？"

重溟半眯着眼睛："不然呢？也许等你们死得差不多了，我会去清场，坐收渔翁之利。"

"哼，不会有那一天的。"

"也许吧，毕竟我对天地之元也不感兴趣。"重溟打了个哈欠，"你们还要在我的身体里待多久？"

“这是你的壳。”

“我的壳就是我身体的一部分。”

寺斯也跟着打了个哈欠：“突然有点儿困，外面好冷啊，要不今晚先睡一觉，明天再说吧。”

重溟沉默了一会儿，蛇头突然猛地伸到了寺斯的面前：“出去。”声音无波无澜。

寺斯吓得从凳子上摔了下去。

那巨大的蛇头左摇右晃，长长的芯子吐了出来，沉稳的声音再次在龟壳中响起：“你们，出去。”

齐彦拼命给众人使眼色，要他们出去，众人没办法，只好一个一个跳了出去。

轮到乔彦的时候，重溟的蛇头一摆，将乔彦的身体拨了回来：“你不用。”

“呃，重溟，他们……”

“天亮再说。”重溟重新把头搁在乔彦的身侧，不一会儿，就发出了均匀的呼吸声。

乔彦叹了口气。

被从龟壳里赶出来的几人，心情都不太好。

入夜之后的姑儿山非常冷，为了节省纳物袋的空间，尽量多带好东西，他们早已经把帐篷扔掉了，只带了睡袋，江朝戈扔给寺斯一个睡袋：“今晚就这么睡吧，这个很暖和。”

炙玄一看那睡袋就不高兴了：“这么小，岂不是只能睡一个人？”

“那你还要睡几个？”

“我怎么办？”

“你不是不用睡觉吗？”

“可我要跟你一起睡。”

江朝戈带的是分腿睡袋，刚把睡袋“穿”上，看着炙玄蹲在他旁边一脸哀怨的样子，伸出手：“你变个身，我就让你进来。”

炙玄一下子扑进他的怀里，身体也瞬间缩小，变作了孩童的模样，他拉开睡袋的拉链，急不可待地钻了进去。

江朝戈笑着把他塞进睡袋，拉上了拉链：“这回你满意了？”

炙玄把小脑袋枕在江朝戈的肩膀上，高兴地呼噜了一声。

寺斯有些羡慕地摇了摇头，对裂羽说：“你要是变得那么小，我也让你睡在睡袋里。”

裂羽白了他一眼，坐在一旁守夜去了。

寺斯失望地撇了撇嘴。

江朝戈抱着炙玄，身体非常暖和，甚至有些热，但他辗转难以入眠。

炙玄小声说：“你怎么了？不睡觉？”

“你难道睡得着吗？我们不在的这段时间，不知道发生了多少事。天地之元如果真的现世了，也难怪我们一路走来看到那么多城空了。”

“现世就现世嘛，反正是早晚的事。”

江朝戈道：“明天我们得去打探打探消息。从这里去勃垒城和去皇都距离差不多，你说我们去哪里比较好？”

炙玄眯起眼睛：“去皇都吧，夙寒一定比我们知道得多。”

“我也是这么想的，只是……”

“只是什么？有我在，难道你还怕他？”

“不是怕他，而是担心你们起冲突。现在还不是拼命的时候，你一定不能冲动。”

炙玄用小手揉着他的耳朵，亮晶晶的眼睛在黑暗中看着他：“好，我听你的。”

江朝戈把炙玄的小手握在手心里，心里顿时感觉到了踏实。

第16章 四分五裂

清早，江朝戈被一阵香味给弄醒了，他睁开眼睛一看，竟是乔彦在熬骨头汤。浓郁的肉香味儿简直让人直流口水。

寺斯也爬了起来，含糊地说着：“好香、好香。”

乔彦笑道：“我们猎户吃的东西都很粗糙，不嫌弃的话，一起来喝碗肉汤，暖暖胃。”

寺斯快速从睡袋里爬了出来，端着肉汤美美地喝了起来。

江朝戈也起床了。

乔彦叫道：“重溟，来喝碗汤吧，人多热闹。”

很久，龟壳里才传来一道低沉的声音：“不喜欢热闹。”

“难得有客人来，你就稍微活动活动吧，活动过后，睡得会更香。”

“……是吗？”

“真的。”

重溟打了个长长的哈欠：“好吧。”白光乍现，巨大的扁圆身体须臾间就变作了人形，重溟仰躺在地上，看着天，似乎反应了半天才坐了起来。

“来呀，重溟，来喝汤。”

重溟面无表情地看着乔彦递过来的汤，两人之间还有三十多米的距离，重溟扭了扭脖子，开始两下还算正常，当扭了两圈后，那脖子陡然伸长了！

重溟的身体动也未动，只有那脖子诡异地伸长了三十多米，带着脑袋飞了过来。

寺斯“嗷”了一声：“妈呀，吓死我了！”

乔彦也被吓得手一抖，汤洒了一半儿。

重溟看着乔彦，张开了嘴：“啊……”

乔彦哭笑不得：“你怎么能懒成这样？”

重溟摇摇头：“啊……”

乔彦拿着勺子，一口一口地喂重溟，重溟吃得挺勉为其难的，但也坚持把一碗汤喝进了肚子里。

江朝戈一直不想往重溟的方向看，那“长脖怪”的模样太倒胃口了。虽说他们这些异兽个个都有怪癖，但重溟的这股懒劲儿，已经让人招架不住了。

好不容易喝完汤，重溟把脖子缩了回去，坐在原地，一动不动地看着天发呆。

乔彦走了过来，朝他伸出手：“说好的今天活动一下，起来吧。”

重溟盯着乔彦的手看了一会儿才轻轻握住，乔彦把他从地上拽了起来。

寺斯拍着手叫：“哟、哟，终于能看到重溟大人走路了。”

重溟动了动腿，真的朝他们走了过来，只是那步伐看上去居然有些生涩，这是多长时间没走过路了呀？

江朝戈也无奈地附和道：“能看到重溟大人走路，真不容易。”

炙玄哼了一声：“愚蠢。”

重溟懒懒地说道：“你们还在这里干什么？不是要去找饮川吗？”他的目光落到了炙玄的身上，“你怎么变得这么小了？”

炙玄白了他一眼：“我乐意。”

江朝戈解释道：“我们打算今天去皇都找夙寒，他肯定知道这段时间都发生了什么。”

“要打架吗？”

“不打。”

重溟点点头：“那赶紧走吧，你们好吵。”

江朝戈笑道：“我想，也许重溟大人可以和我们一起去逛逛。”

乔彦惊讶道：“我们？”

重溟淡淡地说道：“为什么？”

“活动活动嘛。”若能带重溟去，多少多一点儿安全保障。

重溟看向乔彦：“你想去吗？”

江朝戈道：“乔彦，一同去看看吧。你的信息太闭塞了，我知道你始终觉得自己只是个与世无争的猎户，可实际上，你应该明白，从你唤醒重溟大人的那一刻起，你的人生就已经跟过去告别了。过去的你不会有上古异兽和圣皇陛下专门来找。你应该主动一点儿，承担起自己的责任。先从了解局势开始吧。”

乔彦点点头：“嗯……你说得对。”他对重溟道，“要不然，我们就去看看？”

“……好吧。”

江朝戈把火浇灭，把炙玄抱了起来：“事不宜迟，现在出发吧。”他召唤出肥遗，这里离皇都不算远，半天就能到。

重溟看着被江朝戈抱在怀里的炙玄，眨了眨眼睛。

乔彦道：“重……溟？”他眼见着重溟的身体再度缩小，直至和炙玄的样子差不多大，他惊讶地张大了嘴巴。

重溟仰起小脑袋，面无表情地看着他。

乔彦无奈地弯腰把重溟抱了起来，苦笑道：“刚才可能是你们这辈子唯一一次见重溟走路。”

重溟把脑袋枕在乔彦的肩膀上，找了个舒服的姿势就闭上了眼睛。

肥遗与鸱鸟朝着皇都的方向飞去。

正午时分，他们到达了皇都。守城的侍卫看上去比从前多出了一倍，但通关处门可罗雀，半天不见有人进出，这景象不免怪异。

几人落地后，大摇大摆地朝城门走去，还没到城门口，已经有守卫围了上来，张嘴就问了一连串的问题。

江朝戈从怀里掏出一枚银币扔了过去：“进城买点儿东西。”

守卫顿时把所有问题都咽了回去。

六人进了城。

寺斯兴奋地说：“哇，这就是皇都啊！好漂亮啊！好繁华啊！可是人好像不多啊。”

乔彦道：“我前几个月来的时候，还没有这么萧条，现在看上去，人真的少了很多。”

江朝戈看着街上稀稀疏疏的行人，突然感慨万千。当年他第一次来到天鳌城的时候，这里是何等繁华的盛景，热闹的时候几乎人挤人。如今街上行人寥寥，望过去，一条街有三分之一的店铺关了门，开着门的也是生意惨淡。正值午饭时间，曾经天鳌城最负盛名的酒楼，客人连五桌都不到。

炙玄也看出了这座城的冷清："以前可不是这样的呢，那些酒铺是不是也都关门了？"

曾经他住在虞人殊府里时，时常带着炙玄到处闲逛，天鳌城里有数不清的大小商铺、食肆、酒馆、拍卖行，永远有做不完的新鲜事，如今变成这样，叫人不免感慨。

"夙寒已经感觉到我们了。"炙玄说。

"嗯，等他来接我们入宫吧，省得走路了。"

寺斯小声地说："江大哥，这里真漂亮，我们拍照吧。"

江朝戈挑眉道："现在？"

寺斯满脸期待地点头。

"想什么呢？在这里拿出相机那种奇怪的东西，会被抓起来的，晚上吧。"

寺斯有点儿失望，拍了拍裂羽的肩膀："我已经会用相机了，到时候我把我们走过的地方都拍下来，这样比写字还有说服力，你一看，就知道我们是好兄弟了。"

裂羽淡淡地一笑："这个办法好。"

几人在城里闲逛了两条街，很快，就有一队骑兵从皇宫的方向朝他们奔来。那一行十二骑，整齐划一地停在了他们的面前，为首的壮年骑士江朝戈认得，正是虞人奎的舅舅黎先石。

黎先石在马上居高临下地看着他们："江大人，久违了。"

"黎大人……不，现在也该改改称呼了，我该叫您什么呢？国舅爷？"

黎先石冷声道："不必多礼。圣皇陛下有请几位客人入宫。"

江朝戈讽刺地一笑："是圣皇陛下邀请，还是夙寒邀请？"

黎先石眯起眼睛，鼻翼鼓动着，在隐忍着什么。

早在江朝戈还在皇都时，他就听虞人殊说起过黎先石。这人看似粗犷，其实是个颇有头脑的清醒的人。作为黎氏的当家人，他是一向反对虞人奎争抢皇位的，唯恐虞人奎和母亲害了整个黎氏，但同时，为人臣子，他又身不由己。江朝戈故意嘲讽虞人奎，就是想看看黎先石对夙寒的态度，从黎先石的表情，江朝戈就能猜出他有多厌恶夙寒，却是敢怒不敢言。

黎先石平复了一下情绪："诸位远道而来，恐怕不是来闲逛的吧？既然如此，便请与我进宫，或者，诸位害怕见到夙寒大人？"

江朝戈笑道："既然敢来，何来'害怕'一说，走吧。"

黎先石让下属牵来几匹马，他看着乔彦怀里抱着的那个孩子，不免有些奇怪，但也没有问。

众人骑上马，往皇宫走去。

皇宫在天鳌山的半山腰处，是整个皇都的最高处，立于高位，俯览整座城。

这是江朝戈第一次来皇宫，以前在天鳌城，他最多也不过是去太子殿参加了一场暗流汹涌的宴会。

那皇宫从远处看金碧辉煌，庄严巍峨，从近处看更是气势雄浑、富丽堂皇，不愧是整片天棱大陆的权力中心。

寺斯看着那皇宫，惊讶得合不拢嘴了，他小声说："江大哥，我好想拍……"

"闭嘴。"别说寺斯了，他自己都很想拍下来。有朝一日回了自己的世界，这些照片该多么珍贵啊。

乔彦这个山野猎户，自然也从未来过如此华丽的宫殿，不免紧张起来。重溟似乎感觉到了他的情绪，睁开惺忪的睡眼，轻声道："你为什么发抖？"

"我？我没发抖啊。"

"有，我感觉得到。"

"哦，有点儿激动吧。皇宫真美。"

重溟打了个哈欠："无聊。"说完，他把脑袋换了一边肩膀枕着。

进入皇宫后，他们被带往一个大殿，那大殿的铜门足有四米高，雕刻着繁复的腾云花纹，黄铜的质感配上那些古朴的花纹，让这扇门充满了庄严、神圣的气息。

大门慢慢地打开了，众人眼前先是出现了一条长廊，随着大门的开启，一座恢宏肃穆的大殿呈现在了众人的面前，那长长的大殿尽头，是高高在上的金玉王座，王座镶嵌着金枝玉叶，张扬而狂妄地向四周延展，如一朵怒放的花，又像是汹涌的海浪。

一个身穿白金色皇袍，有着一头璀璨银发的绝色男子，端坐于王座之上。就在王座旁边，一把漆黑的铁木大椅上，邪魅的上古异兽化成的人类，正似笑非笑地看着他们。

大殿之内，只有夙寒和虞人奎，再无第三人。

江朝戈明白虞人奎为什么要选在皇宫正殿见他们，这高高在上的王者之气，是需要这样一个现成的场景来衬托的，虞人奎在向他们示威。

虞人奎淡淡地开口道："舅舅，辛苦了，你先下去吧。"

黎先石朝虞人奎和夙寒分别躬身，头也不回地离开了，正殿厚重的两扇铜门，在他们的背后缓缓地闭合。

六人一步步朝王座走去，在近前停下了，仰头看着虞人奎和夙寒。

夙寒跷着二郎腿，支着下巴，眯着眼睛看着他们：“有趣，上次我亲自去邀请，你不来，今天却不请自来，这是什么意思啊，重溟？”

重溟慢慢地扭过了小脑袋，平静地说：“不是我要来的。”

“那么是你的魂兵使要来？”夙寒看向乔彦，“莫非你改变主意，想接受册封了？”

乔彦摇摇头：“多谢夙寒大人，多谢圣皇陛下！我习惯了自由自在的生活，我想说的，还跟上次一样。”

夙寒慢条斯理地说：“哦，既然都不是，那么你们就是跟着炙玄来……向我示威吗？”

炙玄从江朝戈的怀里跳了下来，落地的同时，已是高大的成人模样。他不客气地说：“来问你几个问题。”

“我凭什么要回答你？”

“因为我们能交换一些你也感兴趣的信息。”江朝戈道。

夙寒扑哧一笑：“你怎么知道我对什么感兴趣？”

“我或许不知道你对什么感兴趣，但我知道圣皇陛下对什么感兴趣。”江朝戈看向虞人奎。

虞人奎的目光也落在了江朝戈的身上。

几个月不见，虞人奎愈发地……媚了，江朝戈明知道不能用这个词形容一个近五级的魂兵使，可他觉得这是最适合的字眼。虞人奎本就男生女相，姿容秀丽，哪怕自小习武，都没能让他有多少阳刚之气，反而因为脾气古怪，心胸狭隘，愈发显得阴柔。如今也不知是不是因为在夙寒的身边浸淫太久，他好像整个人都染上了夙寒的气息。

虞人奎低声道：“你说说，我对什么感兴趣？”

“大国师。”江朝戈不动声色地吐出这三个字。

虞人奎眉峰一挑：“什么意思？”

江朝戈自然不能说太多，因为他也不确定虞人奎知道多少，说不定还能从虞人奎的嘴里套出更多信息：“陛下应该知道我在说什么吧，陛下既然感兴趣，我们不妨就像我说的，交换几样信息。毕竟，我们来一趟，若是没得到想要的，可能会赖着不走。”

虞人奎眸中闪过一丝寒芒：“你威胁我？”

“不敢，我们此次来，仅仅是想知道一点儿东西，绝无他意。”

虞人奎突然露出讽刺的笑容：“我知道你们想问什么，饮川和虞人殊的下落，对吧？”

江朝戈刚要说话，夙寒突然哈哈大笑起来，几人皱起眉，莫名其妙地看着夙寒。

夙寒笑看着虞人奎：“你可真坏。”

虞人奎没有理夙寒，眼里的嘲弄更深：“我真的很好奇，你们消失的这段时间，究竟去了哪儿。”

“你如何知道我们消失的？”

“你们若是没有消失，会跑到这里来问我们饮川和虞人殊的下落吗？”

“你想说什么？他们怎么了？”

“他们……”

夙寒对着江朝戈露出一抹魔鬼般的笑：“他们啊，死了大半吧。”

江朝戈僵硬了一瞬过后，厉声道：“你说什么？！”

夙寒轻笑道：“看来你们真是什么也不知道啊。”

“他们怎么了？你给我说清楚！”

寺斯也急了：“江大哥，别听他胡说八道。”

夙寒扬唇一笑：“先告诉我，你们这三个月去了哪儿。”

江朝戈深吸一口气，可胸口还是心跳如擂鼓，心脏好像随时会冲破胸骨的束缚蹦出来。他强迫自己冷静下来，他不能轻易相信夙寒的话：“我们去钟山寻找焯烟，却误入秘境，和饮川他们走散了。”

“哈哈哈。”夙寒不客气地大笑起来，“可笑，你当这样的谎言能糊弄我？人类，我活了上万年，你是否说谎，我一眼就能看出来，我可不像炙玄那般愚蠢。”

炙玄横眉瞪眼：“你说谁愚蠢？你这只恶心的低等邪兽。”

夙寒邪魅地笑道：“我比你们更早知道焯烟已经醒了，他之所以一直不现身，跟大国师有很大的关系。我知道焯烟想干什么，你们和饮川一同去钟山，饮川等人却提前离开，你们消失……你们随焯烟去了异界吧？”

“你既然知道，还废话什么？饮川他们到底怎么了？！”

“离开钟山后，他们遭到狱法城的讨伐，狱法城要求他们交出阮千宿。”

江朝戈眯起眼睛："狱法城以什么讨伐饮川？"

"衔云现身狱法城，大败饮川，阮千宿被祁凌峰抓走了。"

"你胡说！"炙玄勃然大怒，"衔云凭什么是饮川的对手？"

夙寒笑道："衔云是不是饮川的对手，我不知道，但饮川的魂兵使却绝对不是衔云的魂兵使的对手，饮川的魂兵使身受重伤，不死大概也去了半条命吧。"

江朝戈握紧了拳头，颤声道："说下去。"

"接下来更精彩。壬王随后赶到，想和饮川去救阮千宿，但衔云和阮千宿早已不在狱法城。"夙寒邪笑着，"虞人殊、壬王、龙芗兵分三路去找，而饮川由于魂兵使受伤，不知道躲在何处养伤，下落不明。之后嘛，听说虞人殊和龙芗遭到啸血的追杀，后果可想而知了。"

"你胡说八道！"寺斯眼里一片血红，厉声吼道。

江朝戈感到阵阵寒意侵袭全身的细胞，哪怕炙玄紧紧地挨着他，都不能让他感到半丝温暖。他周身无形的防护墙已经竖起，拒绝相信夙寒的任何一句话，可那些话居然无孔不入，刺得他耳膜生痛，大脑一片空白。

不可能、不可能、不可能！他们不可能就这么死了！

江朝戈几乎将下唇咬出血来，双目圆瞪，杀气腾腾："你忘了一件事吧？"

"哦，什么？"

"天地之元。"江朝戈咬牙切齿，"重溟感知到了天地之元的苏醒，你们也一定感知到了，你却还好端端地坐在皇都指点江山，岂不诡异？衔云会为了人类之间的恩怨与饮川、壬王斗个两败俱伤，岂不可笑？夙寒，你说的话简直漏洞百出！"

夙寒轻轻拍了拍手："作为才活了二十几年的人类，你很聪明。可惜你知道得还不够多。我们确实感知到了天地之元的能量，但稍纵即逝，无法确定它究竟在何处。盲目去找太过愚蠢，我只要派人盯着其他人的动向就好了，至于衔云……呵呵，衔云讨伐饮川，当然不是为了那个人类。衔云恐怕是异兽之中唯一一个想像大巫祖那般享大道，做天神的，在天地之元出现前，他一直与天神交好，后来却被天地之元迷惑，背叛自己最好的朋友壬王，离间壬王与饮川，甚至设计引天神来讨伐其他异兽，妄图坐收渔翁之利。饮川、衔云与壬王之间的恩怨，说上三天三夜也说不完，那个人类，不过是个小小的火星子罢了。"

"他们现在……分别在哪里？"

"嗯……说不定都被埋在土里了呢。"

江朝戈寒声道：“你肯定知道。”

“我可以给你指一个方向，也许你能找到虞人殊，但是死还是活就不好说了，不过，你要回答我一个问题。”

“说。”

“你们去异界之后，发生了什么？焯烟的目的达到了吗？”

“没有，唯独灵慧之魄，遍寻不着。”

夙寒若有所思地点点头，喃喃道：“果真如此……”

裂羽一惊：“你知道什么？”

夙寒轻轻一笑，眼神却自有一股肃杀之气：“虞人殊往南方追去了，啸血派了三只天级异兽围剿他，多半是死了。”

江朝戈恶狠狠地瞪了夙寒一眼，转身往门口走去，其他人紧随其后。

夙寒戏谑的声音在背后响起：“说来奇怪，你一消失，他们就四分五裂，看来你对他们很重要。”

江朝戈顿住脚步，缓缓地扭过脸，目光冰冷：“每个人都很重要。”

夙寒淡淡地一笑：“我们很快就会再见面的。”

一直趴在乔彦的肩头，好像睡死了一般的重溟，突然抬起头来，发出音调稚嫩、语气却老成的声音：“夙寒，有一点你说错了，衔云从未将任何人当作朋友，哪怕是壬王。”

夙寒笑道：“你说得也对。”

重溟看了夙寒一眼，重新趴回了乔彦的肩头，粉嫩的小嘴微张，打了个哈欠，乔彦忍不住揉了揉他的头发。

走出正殿，江朝戈顿觉双腿发软，每走一步都跟踩在棉花上一样，随时可能摔倒。炙玄一把扶住了他：“朝戈，你没事吧？”

江朝戈咬牙道：“现在别跟我说话。”他先假设夙寒说的是假的，那么，他现在必须以最快的速度找到他们中的任何一个，来平缓自己快要失控的心跳。其实这也好证实，皇都消息最是灵通，随便一打听，也会知道狱法城的消息，夙寒根本没必要浪费时间骗他们。那么如果夙寒说的是真的……殊、龙芗、千宿、云息……他们会在哪里？还活着吗？

寺斯喘着粗气说：“咱们别听他的，他肯定在骗人。饮川那么厉害，不会随便输给什么衔云的。虞人大哥和千宿姐他们也都很厉害，不可能死的。”

乔彦轻声道："北方动乱之事，我半个月前听说过，我不感兴趣，所以没细打听，但是好像所有人都知道狱法城出事了。"

寺斯怒叫道："那你为什么不早说？！"

重溟缓缓地睁开了眼睛，冷冷地瞪着寺斯："吵。"

寺斯缩了缩脖子，虽是满肚子邪火，却不敢再朝乔彦大呼小叫。

乔彦抓了抓头发："我认识一个情报贩子，我下了山就去找他。"

"不用了。"江朝戈沉声道，"现在要设想最坏的可能，就是他们都出事了。目前最要紧的是找到他们的下落，有个人可以最快地帮助我们。"

"谁？"

"虞人潇。"

"他？他会帮我们吗？你没听大国师说的话吗？他恐怕巴不得虞人大哥死呢。"

"大国师说的话不可全信，最重要的是，他离我们很近，又掌控着勃垒城的资源，只有他能给我们最大的帮助。"

"那你以什么交换？"炙玄心中其实已经有了答案。

江朝戈握紧拳头："助他打败夙寒。"

炙玄下巴微扬，眼神冰冷："也好，与夙寒一战，也是早晚的事。"

离开皇宫，他们朝着勃垒城狂奔。

经过姑儿山的时候，重溟道："等等，把我们放下。"

江朝戈道："重溟大人不会以为这件事与你无关吧？"

重溟低声道："与我何干？"

江朝戈飞速地思考了一下："他日饮川、壬王对衔云、啸血之辈再无还击之力，重溟大人就再也不会有现在的悠闲生活了，唇亡齿寒，重溟大人与其坐观充满变数的未来，不如自己化作变数之一，与我们一同掌控局势，改写历史。"

重溟发出嘲弄的哼声。

"无论如何，希望重溟大人能帮我们一次，就当作我厚着脸皮向乔彦讨要的报偿。"

重溟眯起眼睛："报偿？什么报偿？"

乔彦道："半年之前，我得到一套饮川大人亲授的魂力功法，让我魂力大增。"

重溟皱起两道小眉毛，不满地看着乔彦。

乔彦一阵心虚："你若不高兴，我就……"

"你就如何？还回去吗？"重溟冲江朝戈道，"乔彦不会欠你人情，这次我代他偿还了。”

江朝戈一拱手：“多谢重溟大人。”

重溟把头埋在乔彦的怀里，身体蜷缩成一团，闷声道：“笨蛋。”

乔彦以为自己听错了，愣了半天，想问问重溟的时候，发现怀里的幼童已经发出了均匀的呼吸声，睡着了……

炙玄以最快的速度来到了勃垒城，他们没有进城，而是站在城门口，让炙玄庞大的身躯遮蔽了勃垒城本就暗淡的夕阳。勃垒城内的百姓吓得魂不附体，纷纷往城外逃去。

江朝戈道：“炙玄，叫他们出来。”他要让虞人潇看到他们的实力。

炙玄深吸一口气，张开血盆大口，朝着勃垒城上空狂吼一声，声音如闷雷般冲破云霄，震耳欲聋，让人的心脏都颤抖起来。吼完之后，炙玄得意地对江朝戈说：“怎么样？有气势吧？”

“有。”江朝戈此时就站在炙玄的独角旁边，身负长刀，手扶麒麟角，衣袂随风狂舞，眉目凝重、深沉，如一个绝命刀客，洒脱不羁，遗世独立，自有一股雄浑之气，让他仿佛天生就该立于麒麟之首，俯视众生。

当虞人潇坐在猛禽的身上飞来时，看到的就是那惊天威武的黑金独角火麒麟，和他头顶上的男人。这个男人与自己几个月前在太子殿见到时一比，简直判若两人。眼前之人，沉稳、犀利、危险，已经真的成了一个上古异兽的魂兵使，而再也不是无力召唤异兽真身，只能投机取巧，在夹缝中求生的异界人。

江朝戈高声道：“殿下，你三弟有难，我们需要你的帮助。”

虞人潇平静地看着他：“你这几个月去了哪里？若不是你们失踪，也不会发生那么多事。”

“如今说这个没有意义，殿下知道什么，请如实相告，我们要争取一切时间去救人。”

“救人？等你们来救人，恐怕人早已经死透了吧？”

江朝戈眯起眼睛：“我不相信他们会死，殿下难道已经掌握了他们的行踪？”

虞人潇没有回答这个问题，而是道：“我知道你来找我做什么，你也知道我想要什么，几个月前离开勃垒城时，你用行动拒绝了我，现在……”

“现在我愿意助殿下打败夙寒，夺回属于殿下的东西。”江朝戈张口就是承诺，履不履行却是打算看时局。他本就不是什么磊落之人，利用虞人潇更是毫无愧疚。

虞人潇似笑非笑："好，够干脆，我把我知道的都告诉你。龙芗现在与壬王在一起，暂时安全，但不知道去了哪里。约八天前，饮川在胡安城往西南六百里的既翼山，如今去向不确定，阮千宿下落不明，殊……我派了很多人去找他，但至今下落不明。"虞人潇表情有些黯然，不似作伪，"他遭到啸血派来的天级魂兽的围剿……"

"殊不可能就这么死了。"江朝戈毫不犹豫地说，"他胸怀大志，心系家国，如果这样的人都死了，那就是老天无眼。我一定会找到他，找到他们。"

虞人潇道："我也相信殊还活着。你往南走吧，殊和饮川可能都在南方，壬王和龙芗也许也会往南去寻找他们。"

江朝戈一拱手："多谢殿下。"

"希望你未来能履行今日的承诺。"

江朝戈正色道："后会有期。"他顿了顿，又道，"殿下，你离夙寒不足千里，他要杀你，半日可达，你好自为之。"

虞人潇点点头，没有说话。

江朝戈抚摸着炙玄的角："炙玄，往南走，越快越好。"

炙玄扭身疾跑，如箭一般冲了出去。

江朝戈抱着他的独角，久久不语。他心中的负担几乎超出了自己的承受范围，他没有想到再回到这个世界，会面临这样一个四分五裂的局面，那些夹杂着森冷寒意的恐惧侵蚀着他的身和心，让他几乎被绝望淹没。

龙芗安全，恐怕是他唯一的慰藉。可虞人殊呢？阮千宿呢？云息呢？云息受重创，那么饮川就会跟着变得孱弱，一旦这时候被啸血、焚念或衔云找到，后果不堪设想。而壬王若是再碰上焚念和游释，孤身迎战，也是难以保全的。江朝戈恨不得将自己分成几份，去帮助他们，保护他们，可眼下他连一个人都还没有找到，那种感觉真能把人逼疯。

炙玄感受到江朝戈的不平静，他并不会安慰人，想了半天，只能道："朝戈，他们不会那么容易死。"

江朝戈道："我知道。"

"你还有我。"

"我知道。"江朝戈抱紧了炙玄的角。

幸好，幸好我还有你，炙玄，哪怕我一无所有，我也还有你。

炙玄以人类能承受的极限速度，彻夜奔跑，终于在天明时分到达了既翼山。

以既翼山为界，过了既翼山，就算南方了。

炙玄道：“这里确实有饮川和云息留下的味道，但他们已经不在这里了。”

“有办法循着味道追踪吗？”

“味道太淡了，追也追不了多远。”

“能追多远是多远。”

炙玄循着饮川的味道一路翻过了既翼山，来到了山脚下的一座小城。

几人化作人形，分别进城打探。

江朝戈和炙玄走在城中，炙玄一路拉着他的手，几次欲言又止，急得眉头都皱了起来。

江朝戈注意到炙玄的表情：“你怎么了？”

“这话该我问你吧？”炙玄低声道，“我从来没见你这样过。”

江朝戈连假笑都难以装出来：“炙玄，你知道我为什么回来吗？”

炙玄想了想，摇了摇头：“我以为你是不打算回来的，如果你不回来，我就陪你留在那里，也没什么不好。”

“我从小就被家人抛弃，我不信任任何人，可来到这个世界，我结识了一帮能生死与共的兄弟，甚至还遇到了你。我曾经每时每刻都想着离开这里，因为这不是我的世界，我没有归属感。可是，有一天我突然发现，所谓的归属感，我在我原来的世界，也从来没有过。那里只有房子，没有家。反而是在这里，没有房子，也没有家，却有……有人。”江朝戈看着炙玄，“在这里，我终于不再是孤身一人，所以，这两个世界在我心目中的地位颠倒了，我开始觉得，这里才是我该回来的地方。而这个我想回来的世界，应该有你，还应该有他们。如果他们死了，我会带你回到我自己的世界，因为再也没有留在这里的意义了。”

炙玄愣愣地听完江朝戈这一席话，半天都没回过神来。在他的印象中，江朝戈似乎从未跟他吐露过心事。这个男人总是想得很多，然后憋在心里，从来只有他刨根问底的份儿，而没有江朝戈主动说出来的时候。这真的是头一次。他分明看到了江朝戈眼中的恐惧和愤恨。这个男人哪怕是在曾经最窝囊、没用的时候，也没有被这些情绪主导，他从未觉得江朝戈如此脆弱。

这仅有的一次，让他心疼了。他一把抱住江朝戈，哑声道：“你别这么看着我，我永远不会死，也不会离开你。”

江朝戈深吸一口气，手掌轻轻地拂过炙玄的背：“我们会同生共死。”

“我不喜欢除你以外的任何人类，但如果你喜欢，我会为了你保护他们，只要你高兴。”

“谢谢。”

“你不要跟我说谢谢，你是我最重要的人，你可以命令我，可以要求我，可以让我做任何你希望我去做的事，因为我属于你。”

江朝戈眼眶一热，心尖都跟着颤抖了起来：“我也属于你。”

他突然意识到，在不知不觉间，炙玄也成长了，从一个不顾任何人死活与感受的霸道骄蛮的异兽，变得在乎他，愿意为了他做原本不愿意做的事。他在这个世界所得到的，是在那个世界拥有多少财富都换不来的，所以他不能让这个世界在自己眼前崩坏，他一定要把所有人找回来！

在遍寻小城而不得后，炙玄带着他们继续往南走，饮川的味道在出城不久后就彻底消失了，他们一时失去了方向，只好顺着运河一路往下，打探消息。

两天后，他们来到南方的青丘城。青丘城富甲一方，也许是因为离皇都遥远，没有受到天棱国动乱的影响，依旧平静而繁华。

几人进城后，江朝戈花重金找到一个情报贩子。

情报贩子果真有点儿本事，竟然告诉了他们壬王的下落，说四日前有疑似柳清明和龙荽的人在青丘城出没。由于青丘城人口众多，气味复杂，炙玄没有闻到壬王的味道，但偶尔醒来的重溟，给了他们一点儿提示：“那人类小孩的魂兽，是九尾青狐吧？青丘山深处是九尾青狐的故乡。”

江朝戈眼前一亮：“他们极有可能在青丘山，以躲避啸血的追捕！”

他们一刻不敢停留，往青丘山跑去。

传闻青丘山常年迷雾缭绕，山中多异兽、奇物，又是醉幽的故乡，确实是最佳的藏身地点。

如今虽是晚秋时分，但南方气候较暖，青丘山上依旧绿意盎然，一路走来，不断有异兽野禽出没，好像并不是很怕他们，但也不蓄意接近，一看就是没怎么挨过饿的样子。南方之地富饶，又不如北方那般一年总有几个月天寒地冻寸草不生，所以南方无论是人还是兽，活得都要轻松很多。

青丘山占地面积极大，他们进山没多久就迷了路，也没有闻到壬王的味道。

江朝戈和寺斯几次飞上天空去探路，但放眼望去，尽是郁郁葱葱的森林，没什么差别。

乔彦一路抱着重溟，虽然现在重溟很轻，可路远无轻物，乔彦抱了好几天，手都麻了，终于支撑不住，把重溟放在了炙玄的身上。

刚被放下，重溟就睁开了眼睛，盯着乔彦看：“你怎么了？”

“呃，我抱不动了。”

重溟打了个哈欠：“可是，我发现这样睡觉也很舒服。”

炙玄不耐烦道：“睡睡睡，你就知道睡！你当初到底是怎么活了那么多年的？不对，你根本就是睡了那么多年。”

重溟没搭理他：“你们还没找到他们吗？”

“没有，这山太大了，绵延几百里。”

重溟摇了摇头：“只需让炙玄叫唤一声，壬王若在山中，必能听到。”

江朝戈一拍脑袋，懊恼道：“我怎么没想到！重溟大人，您虽然天天睡觉，但脑子并不迟钝啊。”

重溟蜷缩起身体，还打算继续睡，但扭了扭，似乎不太舒服，便又手脚并用地爬到乔彦的身边，身子一栽，小脑袋枕在了乔彦的腿上，又抓起乔彦的手，放在了自己的背上，才又闭上了眼睛。

乔彦露出无奈的表情，轻轻地拍起重溟的背。

江朝戈道：“炙玄，快，按重溟大人……”

“我才不听他的！”炙玄重重地哼了一声。

江朝戈爬到他的头顶，抚摸着他的眼皮：“那你听我的好不好？呼唤壬王。”

炙玄顿了顿：“好吧，我听你的。”他抖了抖鳞甲，张开了嘴。

众人纷纷捂住耳朵，乔彦也捂住了重溟的耳朵，又想起来自己的耳朵没人捂着，一时有些手忙脚乱。

炙玄朝着远山发出一声震天动地的咆哮，大地在脚下震动，山峦在眼前乱颤，仿佛一场天灾降临，撼人心魄。

这一声咆哮，不仅让整个青丘山抖了三抖，就连不远处的青丘城，也必然为之震撼。若是壬王在这山中，绝无可能听不到。

江朝戈一时对重溟有些刮目相看，这只懒乌龟虽然总是一副云淡风轻、事不关己的懒散模样，但似乎什么都明白，一点儿也没因为成天睡觉而变得糊涂，恐怕自己是小瞧他了。仔细想想，像重溟这样以不变应万变，自有几分高深的味道，当然，他也可能是单纯懒而已。

隔了不足半分钟，从青丘山最西边传来一阵响彻天际的虎啸声，山林再次为之震动。

江朝戈大喜："壬王！"

炙玄问道："朝戈，我们谁叫得响亮？"

江朝戈道："你你你，当然是你。"他生怕炙玄较上劲儿，和壬王对吼起来，这绝对是争强好胜的炙玄能干出来的事儿。

炙玄满意地点点头，一步蹿出百米："去找壬王！"

他们朝着最西方奔跑，很快就进入了一片薄雾之中。当他们冲出薄雾，眼前豁然开朗，一片瑰丽壮美的人间仙境逐步呈现在了众人的面前。

就好像从青丘山进入了另外一个世界，这里山清水秀，草长莺飞，瑶草奇花不谢，青松翠柏长青，一条百尺瀑布如倒挂的银色帷帐，气势恢宏地落入一汪深潭，激起千层雪浪。这里每一寸土地都沐浴着阳光，每一处花草都散发着勃勃生机。

如此美丽的地方，仿佛吸进肺叶的每一口空气，都带着奇异的香甜，令人心旷神怡。

寺斯呆呆地说："好美啊！昆仑仙境最美不过寒冬雪景，可这南方的常春之景，我还是第一次看到。"

江朝戈也感叹道："是啊，竟有这样的仙境……"他常年生活在现代的水泥丛林之中，很难不为这样如画的美景动容。

乔彦打了个哈欠："多么好的地方，多么舒服的阳光！重溟，你肯定想在这样的地方睡上一觉吧，别说，连我都想了。"

一直躺在乔彦腿上酣睡的重溟，此时却坐起了身体，两个小耳朵动了动，环视四周，表情有些古怪。

江朝戈忍不住掏出随身带着的手机，想把眼前的景色拍下来。他这些天太过着急赶路，什么都没拍，当初回来时，可是想好了走到哪儿拍到哪儿。

咔嚓一声，手机记录下了眼前的画面，江朝戈眯着眼睛看自己拍摄的照片，却脸色大变！他使劲揉了揉眼睛，抬头看了看眼前醉人的美景，又看了看手机，震惊得说不出话来。

寺斯奇怪地问道："江大哥，你怎么了？"

江朝戈只觉得一阵寒意顺着脊椎爬了上来，他的头皮炸了起来，阵阵酥麻。

手机上的画面，跟他眼睛看到的，简直是一个地狱，一个天堂。山还是那座山，瀑布还是那条瀑布，只是没有鸟语花香，也没有扑鼻芳香，目之所及之处，尽是腐烂程度不同的人、兽的尸体，有的蜷缩干瘪，有的奇形怪状，一眼看过去，少说有百具尸体，而且似乎是不同时期死在这里的，可怖至极。

“江大人？”乔彦也好奇地问道，“你怎么了？你拿的是什么东西啊？‘咔嚓咔嚓’那个？”

江朝戈深吸一口气，把手机递给寺斯：“各位小心点，我们看到的是幻象。”

寺斯接过来一看，“哇”地叫了一声，整个人缩了起来，神经质地左顾右盼，却什么也看不到。若是尸体就摆在他们面前，反而没什么可怕的，可怕的地方就在于，明知道尸体就在四周，很可能就在脚下、身旁、脑后，却偏偏看不见……那种令人窒息的恐惧感，压迫着众人的神经。

乔彦也看了一眼，又惊又惧：“这、这、这是怎么回事？这又是什么东西？”

重溟道：“我们应该已经进入青丘国了，九尾青狐擅长魅惑之术，这里是它们用惑术构建的幻象，不仅迷惑你的视觉，还迷惑你的嗅觉。”

“为什么要弄这样的幻象？简直恶心透顶。”江朝戈感觉浑身发冷，也下意识地缩起了身体，不想碰到任何他看不到却摸得着的东西。

寺斯颤抖地举起手机，朝着自己眼前拍了一张，手机上赫然出现一具倒挂在树上的腐臭的尸体，那脱出眼眶的眼珠子和倒垂的脸就在他的脸旁，吓得他“哇”的一声趴倒在炙玄的身上，乱骂道：“什么乱七八糟的破地方！去他的吧！”

炙玄道：“是为了防止人或异兽擅闯青丘国吧？狐狸聚集的地方，果然诡异。”

江朝戈打了个寒战，额上不住地冒汗。也许是跟醉幽接触太久了，习惯了醉幽在他们面前狡黠卖乖的模样，又见醉幽对龙芗关怀备至，一时忘了狐狸是一种多么凶残狡诈的生物。

寺斯叫道：“炙玄大人，咱们快点儿跑好不好，吓死我了。”

炙玄哼了一声：“废物。”他朗声喊道，“壬王，醉幽！”他一边喊，一边加快速度往前奔去，一路走过，都是这样仙境一般的美景，但众人再也无心欣赏，反而一想到那秀美的背后，不知道藏着怎样可怖的景象，便觉得这美景也透着阴森的死气，让人不寒而栗。

他们跑了没多远，前方传来一阵怪异的狐鸣，声音不大，但听上去特别瘆人。

“醉幽！”江朝戈也跟着大叫道，“醉幽，你在吗？快出来！”

前方的山丘上，冒出一只白毛小狐狸，左右探了探头，煞是可爱，接着，一只，两只，三只，越来越多的狐狸蹿上了山丘。它们大多只有狗一般大小，长着一条小尾巴。偶见几只较大，长着两到三条尾巴的，便是成精了的异兽。

这时，一只巨大而美丽的九尾青狐从山丘下一跃而上。那蓬松柔软的九条尾巴寓意开枝散叶、富满八方，曾被作为祥瑞的象征刻画在诸多古物上，也不知道从何时开始，狐狸竟成了狡诈、邪恶的象征。

“醉幽！”

那美丽的九尾青狐正是醉幽，他摆了摆尾巴，叹道：“你们终于回来了。”声音黯然失落，让人听着很不好受。

江朝戈惭愧地说道：“对不起，我们本可以早点儿回来。”早知如此，他一定昼夜不分地准备物资，也不去处理什么财产了，更不会让焯烟花那么多时间来召唤嫒姬和裂羽的灵慧之魄。想到他的同伴们在经历战斗与死亡的痛苦时，他却和炙玄在舒适地享乐，逃避现实，他就恨不得扇自己两耳光。如果他当初能把回去的半个月缩减一半，现在一切都会不同。

醉幽道：“跟我来。”他跳下山丘，那一群可爱的小狐狸也跟着他跳了下去，一蹦一跳地在他的屁股后面跑着。

众人在他的带领下，进入了青丘国的腹地。

青丘国是青狐的故乡，传说青丘国千年才能出一只九尾青狐，因此九尾青狐在青丘国有着最崇高的地位，哪怕醉幽已经变成了魂兵器，这地位依旧不会改变。

在丛林深处，有着一个巨大的弧形洞穴，用青臒涂成树木的颜色，隐蔽于山林之中，周围又分布几百个小巢穴，里面住着数不清的狐狸。一见醉幽回来，狐狸们都纷纷凑了上去，那场面活像主人拿了一袋米准备喂鸡，所有小鸡崽都围了上来。小狐狸们好奇心极重，在炙玄的身边上蹿下跳的，直到把炙玄弄烦了，朝它们龇起牙，才彻底驱散了它们。

炙玄干脆化作人形，朝洞穴走去。

进入洞穴后，他们看到了龙芗、壬王和柳清明。

“龙芗！”江朝戈和寺斯跑了过去。

龙芗躺在一个柔软的虎皮垫子上，脸色苍白如纸，胸口围着一圈又一圈的纱布，看上去非常虚弱。在他的旁边，有一个人类和两只化成人形的异兽，一雌一雄，相貌均是美艳不可方物，只是不如醉幽那样媚态万千。

龙芗看到他们，眼眶顿时有些湿润，他伸出手，哽咽道：“江大哥。”

江朝戈心疼不已，紧紧地握住他的手："龙芗，对不起，我们回来晚了。"

龙芗摇摇头："我们把千宿姐弄丢了，还有虞人大哥和云息……"他越说，声音越微弱，仿佛下一秒就会哭出来。

江朝戈抚摸着他的额头，深吸一口气，道："龙芗，你不要担心，我会把他们全都找回来。"

"真的吗……"

"我发誓，我一定把他们找回来，你只要安心养伤就可以了。"

龙芗闭了闭眼睛，表情很是惨淡。

江朝戈道："醉幽，龙芗的伤何时能好？"

醉幽叹道："这个魂导士是我们从山下抓来的，我已经派人去找更多的魂导士，目前看来，恐怕要一个月。"

江朝戈握了握拳头，又看向壬王和柳清明："你们呢？伤势如何？"

柳清明黯然道："我还好，壬王为了救龙芗，损耗了修为，元气大伤。"

"你们遇到了谁？"

"啸血和焚念。"壬王咬了咬牙，眸中燃烧着浓浓的仇恨，两次败在焚念的手里，就算是寡不敌众，对于壬王这样自尊心极高的异兽来说，也是难以忍受的。

"殊呢？有没有他的下落？千宿、云息和饮川又在哪儿？"

"饮川恐怕带云息回昆仑山了。"

"回昆仑山？为什么？"

"天地之元苏醒了，饮川必然要去昆仑仙境看一看它是不是在那里，再者……"壬王叹道，"游释抓走了虞人殊，要饮川以天地之元交换。"

"什么？！"江朝戈咬牙道，"殊在游释的手里？"

壬王点点头："啸血、焚念和游释恐怕早已和衔云联手，撒下大网，就等着我们落网。衔云的突然出现，令我们猝不及防。我听闻消息，赶到狱法城时，云息已经受了重伤。现在想来，我得到的消息，可能也是他们故意放出来的。狱法城被衔云利用一番，在战斗中被毁了近半，衔云将阮千宿带走，我们兵分三路去找，再度落入他们的圈套，被逐个击破……"壬王摇摇头，"这就是你们失踪的那三个月发生的事。"

江朝戈深吸一口气，胸中有一股郁结之气，仿佛要爆裂开来。他真恨不得将那几只凶兽生吞活剥，食其肉，饮其血！

壬王又道："虞人殊在他们的手里，暂时性命无虞，但阮千宿下落不明。"

"衔云会杀千宿姐吗？"寺斯急得快哭了。

"应该不会，千宿对他还有点儿利用价值，至少可以胁迫我们。"江朝戈握紧了拳头，喉咙里发出不甘的声音。

炙玄用手抚摸着他的背，眉头紧皱，咬牙切齿："我要杀了他们，焚念、啸血、游释、衔云，每个让你难受的人，我都要杀掉。"

江朝戈腾地站了起来："我再往南走，去找千宿。"

"坐下吧。"重溟懒懒地说道，"抓她的人若想杀她，她早已经死了，若不想，那么她就还有利用价值，不需要你找，早晚会有人通知你她的下落。"

江朝戈握紧拳头，他知道重溟说得都对，可他觉得身体里的每一个细胞都在疯狂地叫嚣着，让他坐立难安。他那些处在危险境地的同伴，现在究竟怎么样？他很害怕，非常害怕，他怕当初在寐江湖一别，成为永别，如果当真是那样，他绝不会放过焯烟。

想到焯烟，江朝戈脑中灵光一闪，立刻对寺斯道："寺斯，你养的鸱鸟是不是认路，可以去任何地方送信？"

寺斯摇摇头："当然不是，它只认得我走过的路，不然我没办法告诉它怎么走。"

江朝戈一把抓住他的肩膀："我写一封信，你让鸱鸟送去钟山给焯烟。"

寺斯毫不犹豫道："好！"

裂羽想说什么，但见几人神情悲愤而狼狈，最终什么也没说。

江朝戈快速写下一张字条，只有寥寥数字：天地之元里藏着灵慧之魄的秘密，速来青丘国。

裂羽讶然："你……"

江朝戈快速卷起字条，不客气地说："我和同伴们之所以四分五裂，生死不知，全怪焯烟，难道他没有义务来帮我们吗？"

裂羽垂下了眼帘，眼神有些迷糊，似乎又在为自己混乱的记忆而苦恼，他竟然无法分辨江朝戈说的话究竟是对还是错了。

寺斯把字条和鸱鸟的魂器都绑在了鸱鸟的腿上，闭上眼睛，在它身上注入大量魂力，然后拍了拍它的翅膀，叹道："去完成任务吧！等你魂力耗尽，你在谁手里，谁就是你的新主人了。"

鸱鸟扇了扇翅膀，朝洞穴外飞去，转眼就不见了踪影。

江朝戈道：“若是焯烟能来帮忙，我们的胜算就更大了一些。”

壬王道：“你打算做什么？”

江朝戈眯起眼睛：“上古十二异兽已经全部苏醒，天地之元也跟着苏醒了，大战在即，从现在开始，便要计算自己的筹码了。”

“啸血、焚念、游释与衔云很可能已经结盟，但衔云从来看不起凶兽，而且衔云为人诡计多端，冷酷无情，他们的共同目的一旦坍塌，立刻就会反目。只可惜，他们的共同目的是打败我们。”壬王提起衔云，眸中闪过一丝狠戾，拳头也不自觉地握紧了。

江朝戈想起夙寒说过的壬王和衔云之间的恩怨，仅是只字片语，已经让江朝戈感到了那仇恨之深，还不知道那千万年的岁月，他们之间究竟积累了多少怨恨呢，恐怕皆是想将对方除之而后快吧？

重溟道：“不仅衔云不可靠，游释同样是自私、薄幸、随心所欲的。他喜好金银珠宝，其实最易收买，游释也算作他们的一个变数。”

“却不知夙寒究竟在做什么打算……”壬王担忧道，“几个月以来，夙寒一直按兵不动，甚至从未离开过皇都，对啸血的邀约没有理睬，但跟我们也并不对付。他好像把全部心思都花在了那皇位上，这更加让人担心他留有后招，养精蓄锐，在筹划着什么。”

乔彦道：“我看他对那新圣皇很……呃，我说不上来，总之，圣皇毕竟是他的魂兵使，对他的去留也能起到作用，所以，恐怕并非是他想留在皇都，而是圣皇要坚守皇都吧。”

“你这么说也有道理。只是，虞人奎和夙寒之间，明显是夙寒在主导，虞人奎简直像一个可以随意操控的傀儡。所以，不管夙寒有什么打算，我们都不能掉以轻心，要谨防他冷不丁出来咬一口。”

提到虞人奎，江朝戈自然想到了虞人殊，想到他那闪耀着华光的银发，只觉得阵阵心痛。

第17章
希望

江朝戈很想南下去找阮千宿，但权衡一番，觉得重溟说得更有道理。他们来青丘山，弄出了很大的动静，位置已经暴露，若这时候再和壬王分开，龙芗和柳清明的命很可能就保不住了，甚至整个青丘国都会跟着遭殃。而他们若单独南下，也有可能被啸血围堵，所以眼下最要紧的是等壬王恢复。

江朝戈有些担心，以啸血的残暴性情，会对青丘国不利。他把自己的顾虑说了出来，醉幽道：“这个你不用担心。若没有我带领，你们是永远也找不到青丘国的。同样，就算啸血来了，也找不到青丘国。”

青丘国狐王与王后也在一旁附和：“整个青丘国构建于一个巨大的阵法之上，就像一个迷宫，只有高级的青狐才能找到正确的路，这点大人不需要担心。”

江朝戈见狐王与王后对醉幽颇为尊敬，一时有些好奇醉幽在青丘国的地位，醉幽一眼便看穿了他的想法，媚笑道：“狐王是我的孙子。”

江朝戈惊讶道：“难道你曾是狐王？”

醉幽摇摇头，嘻嘻笑道：“我父亲曾是狐王，我大哥英年早逝，父亲便选了我的儿子做王位继承人，因为他看不上我。”

炙玄道：“那你的牝兽呢？”

醉幽耸耸肩：“你是说我儿子的母亲吗？她不是我的牝兽，只是刚巧怀了我的小狐狸，她应该早已经死了吧。”说到这里，他叹了口气，“也不知我那蠢儿子去何处云游了。”

炙玄撇了撇嘴：“乱七八糟。”

醉幽扬唇一笑："我们可是狐狸，年轻时自制力若不够，发情的时候身边是谁都行哦。"

狐后掩嘴轻笑，同样媚眼如丝，只是姿色远不及醉幽。

江朝戈微微讽刺道："你和夙寒倒是很像。"

醉幽嗤笑道："我和他差得远了。"

"差在哪儿？"

"夙寒并非真的嗜色，收发由心。他最喜欢的，其实是以色欲操控对方，他的对象，都只是他的玩物罢了。"醉幽媚笑道，"而我们狐狸可不同，狐狸不仅要自己享乐，也要让对方享乐，若是不能带给对方快乐，那真是丢人死了。"

江朝戈不禁打了个冷战，想到夙寒那邪魅的笑容，单纯的"变态"两个字已经不足以形容了。他好奇地问道："你怎么这么了解夙寒？"

狐后无限娇媚地说："穷奇自古以来就是色欲的象征，就像你们人类供神明、供菩萨，也有人供穷奇呢。"

狐王见江朝戈和寺斯脸上均露出诡异的表情，不禁低笑起来，抓着狐后的白皙小手，放在唇上亲了一下。

来到青丘国以前，江朝戈以为醉幽是只很没节操的青狐，到了这儿他才发现，根本是青狐都这副德行。

醉幽叹了一口气："洞穴的庙堂里就供着一座穷奇雕像呢。说来，我从小到大见过那穷奇的雕像无数次，传闻他色艺超群，能叫人欲仙欲死……"醉幽说着说着，眼中已经染上春色，他舔了舔嘴唇，"我从小就想，若是有一天能与他切磋一番，该是怎样一桩美事，只可惜他是敌非友，唉……"

江朝戈挑眉道："你要真这么想，下次有机会见到，直说无妨，我们也不拦着你。"

醉幽把那白皙修长的手指放在唇边，"嘘"了一声："这话可别让小艻听到。"

"你怕什么呀？"

"小艻是人类，而且还是个孩子，他肯定会不高兴的。"醉幽笑道，"再说，夙寒又怎么能和小艻比？"

寺斯撇了撇嘴："狐狸最是薄情，谁知道你对小艻有几分真心？"

醉幽的目光飘向远处躺在虎皮软垫上的龙艻，眼神温柔，笑而不语。

一走出狐王的帐篷，就有一群白毛小狐狸凑了过来。它们不怕人，反而充满好奇地围着两人脚前脚后地转悠。江朝戈弯腰随手捞上来一只小猫大小的狐狸，它的胎毛还未褪去，皮毛柔软如最丝滑的蚕丝，手感好得让人不忍撒手。江朝戈摸了又摸，很是上瘾。那小狐狸也很乖巧，缩在他的怀里扭来扭去，一副很享受的样子。

炙玄看得有些吃味：“赶紧放下，臭死了。”

“不臭啊。”江朝戈把狐狸递过去，“你摸摸这皮毛，好软，特别舒服。”

炙玄重重地哼了一声：“不要。”

江朝戈笑嘻嘻地把小狐狸推到他的脸上蹭了蹭：“试试，是不是特别软？”

炙玄伸着脖子躲开了：“你要是喜欢，就把皮扒下来带走好了。”

江朝戈翻了个白眼：“我喜欢它活生生的样子。”

炙玄不满地嘟囔道：“我若是有皮毛，肯定比它还软。”

江朝戈忍不住笑了，想起炙玄满身硬鳞，还真没有皮毛。

炙玄一脚把一只凑上来的狐狸踢开，郁闷地说：“为什么饮川有皮毛，壬王有皮毛，就连夙寒都有皮毛，而我就没有呢？”

“因为你是麒麟嘛。你看重溟、焯烟不都没有皮毛吗？红渊和嘲飞，肯定也只有羽毛。这也值得你不高兴啊？”

炙玄哼了一声：“可你喜欢皮毛。”

江朝戈扑哧一声笑了：“我喜欢皮毛，也喜欢你的鳞。”

炙玄瞥了他一眼，嘟囔道：“你别喜欢皮毛……你喜欢我没有的东西，我不知道怎么给你。”

江朝戈把小狐狸放到了地上，揉了揉他的耳朵，笑道：“你不需要给我所有我想要的东西，只要一直在我身边就够了。”

炙玄抓住江朝戈的手，别扭道：“可我想给你所有你想要的东西。”

“我真正想要的东西，其实不多，只有你和他们，我要人活着。炙玄，你只要和我齐心协力，保护好我和我们的朋友，那就是我所有想要的了。”

炙玄握紧他的手：“我一定做到。”

江朝戈笑道：“这就够了。所以……”他用脚钩起另一只小狐狸，再次抱了起来，“你享受一下这皮毛，挺好玩的。”

炙玄犹豫着把小狐狸接了过来，在手上蹭了蹭，表情有些复杂。

“怎么样？”

“嗯……一般吧。”他说着，又抓起来在脸上蹭了蹭。

江朝戈淡笑不语。

炙玄把狐狸塞进他的怀里："给你吧，你要是喜欢，就……就多玩玩好了，希望你心情能好点儿。"

江朝戈心里一暖，原来炙玄在想办法安慰自己。

两人走到一棵参天大树下，靠着树干席地而坐，一群小狐狸凑了上来，在两人的肩上、腿上蹦来蹦去，很是欢快。江朝戈看着这群什么都不懂的小东西，竟有些羡慕。

炙玄抓过来一只揉了揉手，闷闷地说："说不定我小的时候也有皮毛。"

"哪有异兽是又长皮毛又长鳞的？你一定是一生下来就是披着鳞片，随着年龄的增长，鳞片越来越硬。"

"可我不是被生下来的。"

"嗯，也对，反正，最初也不可能是长了皮毛的。"

炙玄撇了撇嘴："我自己都不记得，你又怎么知道？"

"这是常识。"江朝戈无奈道，"说起来，你真的对自己最初始的样子完全没有记忆？"

炙玄摇摇头："这种感觉很奇怪，我甚至不确定自己是不是忘记了最初始的样子。因为，自我有记忆以来，我就已经是这样了。说不定我什么也没忘，我确实就是以这副样子诞生的。"

江朝戈叹道："别说活了万年，人就是活百年，都几乎会忘掉小时候的事呢，你不记得也属正常。"

炙玄看着那一群围着他们上蹿下跳玩乐的小狐狸，又揪起来一只看了看："你说这只多大了？"

"最多三个月吧。"

"若我有一窝小麒麟，也会从这么大长起吗？"他把小狐狸放在掌心，"就这么大，一只手就可以托起来。"

江朝戈无奈道："你还没放弃啊？"

"没有。"炙玄向往地说，"要是有这么一窝小麒麟围着我们转该多好。"

"待他们以后都长到你这么大，那全世界都塞满了麒麟，还让别的人和兽怎么活下去？"江朝戈说到这里，自己笑了起来。

炙玄豪气地说道："那我们就可以称霸世界了。"

"美得你。"

炙玄撇了撇嘴："焯烟都和人类生了裂羽。"

江朝戈高声道："那个人类是女的！"

炙玄失望地嘟囔了一声，扑通一声歪倒在地，一群白毛小狐狸顿时爬到了他的身上，差点儿把他埋了。

江朝戈也在他的旁边躺下了，淡笑道："你不是想看自己的样子吗？我有办法。"

"哦？什么办法？"

"我带了相机呀，我可以把你的样子照下来，或者录下来，你就可以看到了。"

炙玄眼前一亮："对啊！"

"等把他们找回来，咱们一定要拍一张大大的集体照。"江朝戈无限向往地说。

他握住了炙玄的手，看着头顶蔚蓝的天空和稀疏的树冠，好像依稀看到了他们一群人奔腾在广袤的天地之间的画面，背后的场景不断变换，时而是千里冰封的昆仑山，时而是怪峰奇石的西方，时而又是某一个以天为被、以地为席的夜晚，如果一直有一台摄像机追随着他们该多好。那样，他就可以在想看的时候，随时回顾他们曾经的英姿，回顾他们相处的点滴。

江朝戈想着下落不明的几人，心脏再次抽痛起来。

在青丘国的生活很平静，可每一天对他们来说都是煎熬。

他们抓来的魂导士修为不够，龙芗的伤痊愈得极慢，一直卧榻不起，这让众人更加想念云息。此外，壬王元气大伤，也需要时间才能恢复。

醉幽每天都陪在龙芗的身边照顾他，只是他时而昏迷，时而苏醒，让人心疼不已。

等待的日子格外焦心。江朝戈无法想象作为阶下囚的虞人殊现在过着怎样的日子，以他那样高傲的个性，会受多少苦。还有阮千宿，那个强悍、倔强的女人，似乎生怕被看轻，从不流露软弱的模样，她又在经历着什么，是否还活着……江朝戈每日被这些思绪折磨，整日坐在角落里，阴沉地想着什么，短短几天就瘦了一圈。

炙玄实在无法忍受，端了一大碗肉，强逼着他吃饭，他也只是吃了几口，便再也无法下咽。

在他们来到青丘国的第四天，狐王派出去的人抓回来一个厉害的魂导士，龙芗的伤大有起色，终于能坐起来自己吃饭了。

又过了几天，青丘国的探子带回了一个令众人的心直往下沉的消息：啸血、焚念和游释来到了青丘。

那三只凶兽来此处别无他意，自然是冲着他们来的。虽然狐王和醉幽对青丘国的阵法非常有自信，可一想到他们面对的是三只上古异兽，没有人敢掉以轻心。在江朝戈看来，所有的诡计、谋略在绝对的武力面前，都是不堪一击的。

一想到他们的到来可能会给青丘国带来灭顶之灾，他就想起了因他们而覆灭的大凉城，他不能再坐视那样的悲剧重演！

当天下午，三只凶兽上山了。壬王和炙玄能明显感觉到他们那强势、霸道的魂力。

江朝戈焦急地在洞穴里走来走去，追问道："青丘国的阵法，到底是基于什么建造的？"

"是青丘国一位飞升的先祖建造的，这阵法就算是天神下凡，也未必能破解，大人不必太担心。"狐王饮了一口茶，虽然表面看上去冷静自持，可他微颤的指尖，还是泄露了他内心的惶恐和不安。

异兽的感知能力比人类强大千百倍，等级越高的异兽越是如此，因此，三只上古凶兽的魂力恐怕已经在残酷地压迫着他们的神经，就如同一个巨人在旁，就算自己头顶罩着一层防护网，谁又能不害怕？谁又能保证那防护网一定保得住他们？一旦青丘国的阵法被破，这九尾青狐的故乡，就再也不复存在了。

江朝戈咬牙道："是我们把他们引来的，若是迷魂阵被破，狐王大人请带着子民立刻逃跑，我们誓死和他们对抗到底。"

狐王叹了口气，点了点头："一切皆是命。"

天空中突然传来焚念令人毛骨悚然的笑声："壬王、炙玄、重溟，我的老朋友们，你们就打算在那小小的狐国之中做缩头乌龟吗？"

重溟懒洋洋地说："我本来就是乌龟啊……哦，不，那是人类的说法，我不是乌龟，不过，确实和人类口中的乌龟长得有点儿像。"

炙玄满脸怒容，他天性好斗，若不是江朝戈制止他，他早跑出去和三只凶兽拼个你死我活了。

江朝戈握着炙玄的手，使劲地捏了捏。

壬王闭目盘腿，淡淡地说道："若是打起来，我们几乎没有胜算。以啸血的凶残，若我们输了，青丘国的一草一木，他都不会放过。"

"不知道青丘城如今怎样了。"狐王叹道，"我们虽然和人类少有往来，可人类造了不少好东西，我们也时常去那城里呢。"

壬王道："自大凉城后，啸血再没有蓄意毁坏城池，可能受到了某些约束吧，所以应该不用太担心。”

重溟道：“啸血太过疯狂，游释只爱珍宝，焚念虽然对食物执着，但大体上是聪明的，他应该会约束啸血和游释。”

“希望如此。”

炙玄露出凶恶的表情：“焚念……”他从牙缝里挤出这两个字，仿佛是在咀嚼焚念的肉。

江朝戈用力抚摸着他的脑袋，生怕他一时冲动，自己跳出去以一敌三。他的性格冲动莽撞，若不是他还听得进自己的话，现在早就把青丘山闹得天翻地覆了。

“哈哈哈，缩头乌龟——”啸血疯狂的笑声回荡在山峦间，“出来吧，炙玄、壬王、重溟，你们是三个，我们也是三个。没有饮川那个啰唆的傻瓜，正好痛痛快快地打一场，你们打算躲到什么时候？”

“他们好像离得更近了。”寺斯抱膝缩脖子，显得有些害怕。

醉幽道：“他们还会更近，你们不要害怕。”

“什么意思？”

话音刚落，众人就眼睁睁地看着一道巨大的阴影以极快的速度遮蔽了他们头顶的天空，众人仰头看去，啸血那赤红色如地狱恶鬼般的身体竟然就在他们上方！

寺斯哇地叫了一声：“妈呀，吓死我了！”

醉幽道：“别怕，他看不到我们。”

“他瞎啊？看不到我们！”寺斯从地上跳了起来，伸手就要拿弓。

醉幽厉声道：“你若攻击，他就看得到了！”

寺斯手一抖，咽了一口口水。

周围的小狐狸吱吱地叫了起来，恐惧得上蹿下跳，狐王低喝一声，它们就全都安静了，一溜烟地缩进巢穴躲了起来。

三只凶兽陆续出现在他们的视线中，他们左顾右盼，却对近在眼前的青丘国视若无睹。

焚念抬起巨大的蹄子踩了下来，江朝戈瞪大眼睛看着那大蹄子高高地悬在他的头顶，再也坐不住了，猛地蹦了起来：“愣着干什么？快跑啊！”

醉幽道：“坐下，他踩不到。”

江朝戈身体有些僵硬，握紧了拳头，顶着巨大的压力，硬是一步没动。果然，焚念的蹄子抬起又落下，和他的身体重叠了，但他什么都没感觉到。

炙玄也震惊极了："居然还有这样的妖术。"

醉幽道："我们也说不上来先祖究竟是如何制造这迷魂阵的，总之，似乎青丘国跟外面不在一个……嗯，不在一个世界，我也不知如何说。青丘国在青丘山，但又不在青丘山，只和青丘山有一个连接的入口，平常人不可能找到，所以，青丘国千万年来一直很安全。"

"估计你们以前也没碰到过这样的危险吧？"江朝戈道。

醉幽耸耸肩："确实，所以我刚才其实也挺害怕的。"他感慨道，"多谢先祖佑我青丘国一代代子孙。"

江朝戈大概理解了这迷魂阵的原理，这迷魂阵很可能是把青丘国纳入了另一个次元空间，和这个世界是重叠的，同时又是平行的。存在着无数个这样的平行空间，如果当真有天神之力，打开其中一个，把自己的故乡放进去保护起来，似乎也不是什么难事。

三只凶兽遍寻不着，渐渐暴躁起来，游释那鞭子一般的长尾在山林间扫过，生生抽断了几棵参天大树，啸血用爪子拍击着地面，整座山都为之颤抖起来。

半晌，焚念笑道："传闻不假，那狐狸国虽在青丘山，但又藏于玄机之中，看来是很难找到了。"

游释气哼哼地说："我就不信了，我们翻遍整座山，难道找不到一个青丘国？"

焚念颇为可惜地说："我已经好久没有尝过九尾青狐的味道了。记得当年第一次吃，我尝试了多种做法，最后发现，要干煸才能去掉狐肉的腥膻味，而且狐肉极有嚼头，干煸正好能保留肉质的弹性。"他说得津津有味。

啸血哼道："若能找到他们，随你怎么做狐肉。"

焚念叹道："你们竟是没有一人懂得美食，只知道茹毛饮血，与低级的虎、狼有何区别？"

啸血露出锋利的牙齿，发出令人胆寒的笑声："我喜欢从活物身上撕下肉来，让他看着我吃掉他的肉，这算不算懂得美食？"

焚念摇摇头："不算。即便你想吃生的，刚剔下来的肉，也要经过处理，才能保证大小、口感、色泽、温度都在最佳的食用状态，而且大多时候还需要调味料。"

游释翻了个白眼："看来只有你的魂兵使才跟你有共同语言。"

焚念轻笑一声，不置可否。

啸血又气得大叫："炙玄！壬王！重溟！"

焚念道："你这样叫，他们就会出来吗？不如想想别的办法。"

啸血狠声道："把虞人殊弄过来，不信他们不现身。"

"不行，虞人殊是用来胁迫饮川的，如今饮川还未现身。"

"那只狰呢？"游释问道。

焚念摇头："虞人殊死都不肯把狰放出来，可惜，我还想尝尝狰的味道。"

江朝戈的下唇被自己咬出了血，他需要极大的意志力，才能控制住自己不出去拼命。

啸血冷冷地说道："都怪衔云没用，居然把那个女人弄丢了。"

"那女人倒是聪明胆大，能在那么严密的监禁下逃走……"游释不屑地哼了一声，"衔云总是一副高高在上的虚伪模样，结果连一个人类女人都看不住。"

寺斯激动得一把抓住江朝戈的手："他们说的是不是千宿姐？是不是千宿姐？！千宿姐跑了！"

江朝戈也是高兴得手直抖："是，一定是！"这是他自回到天棱大陆以来，听到的唯一一个好消息！只要阮千宿还没有落到凶兽的手里，他们就少一份被动。以阮千宿的胆识和能力，恐怕真的能躲过衔云的追击，保证自己的安全。

寺斯兴奋得差点儿抹眼泪："我就知道，千宿姐不会那么容易落在他们手里的，我千宿姐最厉害了。"

醉幽道："只是我们现在要找她就更难了。"

江朝戈握拳道："只要活着，早晚会相见。"

三只凶兽徘徊良久，把整个青丘山闹得天翻地覆、草木不宁，却始终无法找到青丘国，他们气急败坏地下了山。

江朝戈松了一口气。尽管他们只是躲在迷魂阵里看着凶兽们大闹一场，可目睹凶兽近在眼前，心理上的恐惧就好像他们刚经历了一番生死大战。

壬王道："别高兴得太早，他们没走，而且可能一时半会儿也不会走。"

江朝戈冷哼道："难道打算在这里围堵我们？太愚蠢了。"

"恐怕是的。如果他们一直待在这里，我们既无法和饮川取得联络，又无法去找阮千宿。"

寺斯道："我就不信他们会一直等下去。"

炙玄挑眉道："他们是万年异兽，一天时间对他们来说，可以像人类打个哈欠一般短暂，睡上一觉，可能已经是人间几度寒暑。他们可以一直等下去，我们却不能一直耗下去。"

江朝戈点点头："炙玄说得对，等上几天对他们来说不痛不痒，我们却是要争分夺秒。"

壬王道："可我们怎么走？只要离开青丘国，他们立刻就能感觉到我们。"

江朝戈深吸一口气："我有一个办法，可能比较冒险，但也许能奏效。"

"你说。"

江朝戈先问道："你们可以隐藏气息到什么程度？"

壬王想了想："若是缩小身体，刻意隐藏魂力，应该能让他们在三十里内感觉不到我们。但我们的味道，百里之内都是很难掩藏得住的，普通的香味、臭味都无法覆盖我们身上的味道。"

"如果有大规模的异味呢？"

"那应该能奏效。异兽的鼻子过于灵敏，一旦碰上更强烈的气味就会很难受，反而成了弊端。"

"好，我就制造一种大规模的、浓烈的气味。"

壬王皱眉看着他："你要怎么做？"

"我从我的世界带回了一些好东西。"

"好东西？"

江朝戈冷笑道："炸药。"

江朝戈坐在肥遗的身上飞了出去，他从天上看那横躺在山坳间的凶兽，个个狰狞可怖，巨大无比，四周没有一只会喘气的东西，那山坳显然变成了无人敢靠近的修罗场。

当肥遗从他们头顶飞过时，焚念突然睁开了眼睛，紧盯着肥遗。

江朝戈吓得大气都不敢喘，若焚念一时兴起想吃肥遗，他就玩完了。幸好，焚念只是看了一眼，就又闭上了眼睛休息。

江朝戈把周围的地形都观察了一遍，就飞回了青丘国。

他从纳物袋里拿出了他这次带回来的所有炸药和手榴弹，他带的都是微缩爆发型炸弹，体积不大，但威力特别强大。他一口气带了上百公斤，也没占太多地方，但这些炸药足够炸平几座山头了。爆炸之后，不仅能放出滚滚的浓烟，还能把干燥的森林点燃，到时候，任三只凶兽鼻子再灵敏，也不可能闻到他们的味道。

江朝戈把自己的计划说了出来，然后和寺斯一人背了五十公斤的炸药，准备去埋设。

炙玄担忧地说：“炸药很危险吧？你会不会受伤？”

“放心，我怎么可能被自己放的炸药伤到呢？”

“但如果你被焚念他们发现了怎么办？”

江朝戈捏了捏他的脸颊：“他们对天上不起眼的小鸟根本不感兴趣，你放心，我们把他们引过去，再引爆炸药，然后马上回来和你们会合。”

炙玄抓住江朝戈的手，严肃地说道：“如果有危险，你要马上召唤我。”

“一定。”

江朝戈和寺斯扛上沉甸甸的炸药，坐在了肥遗和鵸鸟的身上，打算神不知鬼不觉地完成计划。

两只鸟离开青丘国，往东南方飞去。

他们从凶兽头顶飞过，来到了江朝戈上午踩好点的地方，那里树木枯黄，气候干燥，是着火的绝佳地点。

江朝戈把所有炸药堆在地上，用铲子挖了个大坑，再把炸药埋了进去，然后用腐朽的树叶覆盖在上面，炸药旁边，埋着一个定时装置，由于这个世界没有卫星，江朝戈无法控制时间，只能把定时装置设置为十分钟之后爆炸。定时装置一旦爆炸，所有的炸药都会跟着一起爆炸，那场面恐怕会非常壮观。

一切准备就绪后，江朝戈和寺斯飞上了天空，江朝戈拉开一枚手榴弹，随手抛了出去，手榴弹在空中发出巨响，这一声响对宁静的青丘山来说简直如一道闷雷，那声音回荡于整个青丘山，经久不衰。

江朝戈和寺斯开始以最快的速度往回跑，这会儿他们一点儿也不怕暴露目标了，因为整个青丘山里的飞禽都同时升空，哇哇叫着乱飞。

在经过三只凶兽的上空时，看见他们果然都因为那一声响站了起来，而且整齐划一地朝爆炸的地方跑去。

江朝戈和寺斯对视一眼，喜不自胜——太好了，真的把他们引过去了。他们原本想，就算凶兽不过去，爆炸燃起的森林大火，也足够麻痹他们的嗅觉，他们能过去是最好不过，那些炸药虽然炸不死他们，但能让他们吃不少苦头。

肥遗载着两人拼命地往青丘国的方向飞，就在他们眼看要到达青丘国时，青丘山深处再次传来一阵巨响，一朵浓黑的蘑菇云升空，爆炸处的树木如同地陷一般倾倒、消失，即使隔着十几公里，两人也都感觉到了受爆炸冲击波影响而微微颤动的风。

很快，发生爆炸的那边火光冲天，秋天干燥的树林里，星星之火可以燎原，何况是这样的大火，完全以吞噬天地的气势在疯狂地蔓延。

江朝戈哈哈大笑起来："好，太好了！"若那三只凶兽刚好碰上了炸药和森林大火，现在必然都受伤了，一想到他们气急败坏的狼狈模样，江朝戈就觉得解恨。

寺斯朝着爆炸的方向大吼道："去死吧，畜生们！"

肥遗很快飞回了青丘国，江朝戈一落地，就忙道："一切顺利。大家都准备好了吧？咱们赶紧离开。"

壬王赞赏道："你们做得很漂亮。"为了尽量减弱魂力，三只上古异兽此时都是幼童模样，壬王被柳清明抱在怀里，小脸却一如既往地庄严。

江朝戈笑道："可惜炸不死他们，不然一定相当精彩。"他抱起三头身的炙玄，"出发！"

一行人和狐王、狐后告别，便分别坐在裂羽、肥遗和鸱鸟的身上，冲出了青丘国的迷魂阵，朝着爆炸相反的方向快速飞去。

他们回头看去，青丘山的某处森林大火冲天，浓烟滚滚，偶尔传出异兽愤怒的嘶吼，仿佛末日来临。

江朝戈好久没觉得这么痛快了，能挫败敌人，简直是精神上无与伦比的享受。他心里默念着：殊、千宿、云息，我一定会找到你们，一定！

一口气飞出百里后，他们换乘炙玄，继续往南方狂奔。

壬王幽幽地说道："不知饮川现在如何。"

"反正死不了。"炙玄没好气地说。

江朝戈道："怎么了？心情不好？"

炙玄嘟囔道："我讨厌这么多人坐在我的身上。"

江朝戈安抚着他："别这么幼稚，坐一下也不会降低祖宗你的尊贵。"

"最重要的是，我看不到你。"炙玄扭过头，"你看，看你一眼，我还要扭过头来，好麻烦。"

醉幽揶揄道："从古至今，能把上古异兽当坐骑用的，恐怕也只有我们了。"

"你才是坐骑！"炙玄怒道，"小心我咬你。"

壬王和重溟正在讨论天地之元："你也是仅感觉到一次？"

重溟道："是，很短暂，但我很肯定。"

壬王点点头："我也能肯定，那一定是天地之元，天地间再没有其他任何东西能有那样强大的能量了，哪怕横跨整个天棱大陆，依然能感觉到。"

"只是不确定它是不是还在昆仑山，按理说，它应该已经被封印在了某处。"

"饮川现在肯定已经回到了昆仑山，结果如何，我们应该很快就知道了。"

江朝戈听着听着便睁开了眼睛："若天地之元真的在昆仑山，饮川恐怕就不会离开了吧？他会像万年前那样，至死守护天地之元。"

壬王沉默了一下："其实，我现在也不懂饮川的想法了。最开始，他想像当初那样，守护天地之元，并想办法将其封印。而我历经生死，也明白了天地之元不该被任何异兽得到。可如今，饮川仿佛不再坚持当初的想法了。"

江朝戈吃了一惊："他跟你说了什么？"

壬王摇摇头："他并没有明白地说些什么，但当我和他讨论天地之元该如何处理时，他说了一句'当初我们都错了'，这话我后来品味良久，愈发不解。"

重溟淡淡地说道："壬王，你可知十二异兽中，谁是最后一个死的？"

壬王道："谁？莫非是饮川？"

炙玄道："不是饮川，他死在我之前。"

"我。"重溟道。

壬王略有些吃惊："你？你知道什么？"

"我知道，为祸人间绝对不是我们被封印的最重要的理由，至少不是唯一的理由。因为我从头至尾都没有争抢过天地之元，也没有祸害过人类，可我依然遭到天兵讨伐、大巫封印。这让我觉得，仿佛中间的一切都不重要，重要的是我们必须被封印的这个结果。"

江朝戈更加吃惊了。重溟的一席话让他茅塞顿开。他一直以来都先入为主，以为是因为异兽争斗，为祸人间，才遭到了天神的惩罚。可如果封印异兽才是真正的目的，那么，天地之元和人间存亡，就似乎都是借口了。

重溟道："当我被封印时，除去五个真正死于和异兽决斗的大巫祖外，其他巫祖都还活着，可我一觉醒来，你们却告诉我，所有大巫祖都与异兽同归于尽了——这是谎言。除非大巫祖也有非死不可的理由，否则，他们不可能全部死了。至少，他们不是与异兽同归于尽。"

重溟平素懒惰成性，惜字如金，可他一开口，每个字都很重要。众人集体沉默了。

江朝戈尤为震惊，因为他早已经质疑过这件事：为什么大巫祖全都死了？当时的上古异兽已经互相争斗了千年，早就不是大巫祖的对手了，就算偶有一两只将大巫祖拖到油尽灯枯，也不该是所有大巫祖都与异兽同归于尽。这就好像一场策划已久的集体死亡，最终天地之元安然无损，人间经久不衰，消失的只是上古十二异兽和上古十二巫祖。这样的结果，怎能不叫人怀疑？

如今重溟的话更加证实了这一点——万年的争斗，恐怕只是一场漫长而残酷的阴谋，阴谋的最终目的，就是封印这些拥有毁天灭地之能力的异兽和巫祖！

炙玄咬牙道："你这个傻瓜，为什么现在才说这些？听上去简直就像……一切都是为了削弱并最终封印我们的阴谋。"

壬王深吸一口气，胸膛剧烈地起伏，双拳不自觉地握紧了，剔透的灰色眼眸此时显得阴冷又凶残，仿佛在压抑着极端暴虐的情绪。

柳清明抱住他的脑袋，轻轻抚摸着他的头发，低声道："壬王，冷静下来。"他的声音柔和而又不失男子的厚重，声线中有一股令人安心的力量。

壬王闭上了眼睛，虽然依旧眉头紧皱，但胸口的起伏平缓了不少，他低声道："重溟，你还知道什么？这么重要的事，你怎么可以现在才说？"

重溟道："你们也没问啊。"

炙玄怒道："没问你就不说？你除了睡觉，你……"

江朝戈道："好了，炙玄，让重溟大人继续说下去吧。"

重溟满不在乎地换了个舒服的姿势趴在乔彦的怀里："我知道的事其实也就这么多，还有一点我可以肯定的是，天地之元与天帝有关。"

"你如何能肯定？"

"封印我的大巫祖天昊曾说过，天地之元是上天之物，我们不该发现它，更不该妄图将它据为己有。天上的宝贝何其多，流落凡尘的也并不是没有，为何独独天地之元能让天帝兴师动众，牺牲成千上万的天兵、天神，最后甚至派天庭战斗力最强的大巫祖下凡？天地之元必然是一件对天帝来说非常重要的东西。"

炙玄厉声道："既是上天之物，为何让它流落人间？这些该死的天神！"

壬王也寒声道："既然是天地之物，为何依然将它封印于人间，让它随着我们的苏醒而苏醒？天帝究竟有什么阴谋？！"

这个问题，在场所有人都迫切地想知道答案。他们有一种步入了一个滔天陷阱的无力感，冥冥之中似乎有一只手在操控着他们，玩弄着他们。他们奔走四方，数次经历险象环生，究竟为的是什么？江朝戈感到阵阵头疼，他在这一刻真的不知道自己在做什么了。他们想阻止异兽再起争斗，保护天棱大陆这片原本和平的土地，可是，这似乎根本不是他们能够阻止得了的，毕竟在万年之前，已经有个惨痛的前车之鉴。

重溟道："天地之元流落人间，必然有它出现在人间的道理。"

江朝戈低声道："我想，天地之元并非流落人间，而是它一直就属于人间。"

"你的意思是……"

"它之所以必须被封印在人间，一定有重大的理由。它也许就是一件天帝必须放在人间的宝贝，但它苏醒了，甚至被异兽争来争去。"

"原来如此……"壬王咬牙道，"天帝并不是为了拯救人间才封印我们，而完全是为了封印天地之元！"

江朝戈深吸一口气："你们说，饮川大人知不知道这些？"

重溟道："饮川多智近妖，手眼通天，他一定知道。"

壬王迟疑道："我想，我们能想到的，他应该也能想到。"

江朝戈握紧了拳头，他很想说：作为唯一一个知道天地之元是什么的人，饮川知道的一定远比他们知道的多得多，那么，饮川在这里扮演着什么角色？他是否能信任？

可他最终没有说出来，毕竟炙玄和壬王都与饮川有不浅的交情，但他已经无法再把饮川当作同伴，他担心饮川隐瞒他们的事，会对他们造成致命的伤害。

他们一路南下，打听阮千宿的消息，却一无所获。于是，他们决定去南方最大的城市。那里的情报贩子贯通南北，最是了得，只要砸得起钱，总能得到有用的线索。

南方守护贵族的苏氏驻地，在与东海入海口相连的鹿吴城。那是整片天棱大陆最富庶、最繁华的城市，拥有最大的港口和最繁荣的商贸，流通在天棱大陆近九成的海外商品，几乎都是从鹿吴城的港口上岸的。

来到鹿吴城时，天色已晚，但整座城灯火辉煌，行人川流不息，港口处尤为热闹，这里仿佛没有黑夜。

他们乔装成旅人，进了城。南方城市温暖而热情，街道两旁挤满了商铺和小摊，人人脸上都是轻松的，这里的人跟中北、东部地区的人，简直不像生活在同一个世界。

乔彦低声道："看来南方暂时没有受到什么波及。"

壬王摇摇头："暂时罢了。沿海地区偏远，同时又富裕自立，皇权的影响较弱，但若战争全面爆发，南方这块肥肉，首先游释就不会放过。"

"游释身为异兽，为何会喜欢人类的那些金银珠宝？"

炙玄撇了撇嘴："我以前参观过他的洞穴，他几乎挖空了一整座山，用来埋藏他用各种方法弄来的珠宝，整座山都是，多得能把我们其中的任何一个埋起来。他从不花钱，因为他要的东西不是用钱可以买到的，他也从不佩戴，他只是喜欢将那些闪闪发光的东西据为己有。"

"他倒是跟我有些共同语言。"江朝戈道，"他那一整座山的财宝，在他被封印之后怎么样了？"

炙玄摇摇头："不知道。"

"在什么地方？"

"忘了。"

江朝戈失望地嘟囔了一声。

炙玄道："你若喜欢，我就把天下所有的财宝都给你，何必要那个孽畜的？"

"你要怎么给我？"

"你看上什么拿什么就是了。苏氏不是很有钱吗？我们去他家拿。"

江朝戈叹了口气："那叫抢。"

炙玄不解道："抢又怎么样？"

"……总之，不能抢。"

"那你到底要不要啊？"炙玄"哼"了一声，"人类真麻烦。"

江朝戈捏了捏他的小脸蛋："人类就是这么麻烦，忍着。"

炙玄郁闷地把下巴搁在江朝戈的肩上，又开始不自由主地咬起他的衣领来。

壬王突然皱了皱眉："我闻到了衔云的味道。"

寺斯惊道："衔云在鹿吴城？"

"不在，这是衔云残留在鹿吴城的味道，很淡，应该是几天之前的了。"

"衔云也一定来过鹿吴城找千宿姐吧。"

"千宿若是藏在鹿吴城就好了，这里人口众多，鱼龙混杂，衔云没那么容易找到她。只可惜，我们也不容易找到她。"江朝戈眯起眼睛，看着远处建在高坡上的一座宫殿，那宫殿虽然不如皇宫那么气势恢宏，但奢华程度远在皇宫之上，连屋檐都裹着金箔，只是那宫殿的一角明显是焦黑一片，显然是经历了一场大火。

众人顺着他的目光看去，也有些惊讶。醉幽道：“听说是那朱雀干的。”

江朝戈也想起了乔彦说过的传闻。

炙玄幸灾乐祸地笑道：“确实像红渊会干的事情。”

壬王道：“这城里到处都是红渊的味道，他应该已经离开了，但没有离开太久，城里人太多，我不是很确定。”

江朝戈思索后道：“是否应该去会一会红渊？”

“衔云肯定已经见过红渊了。红渊一向不喜欢衔云，他有可能为了回避衔云，离开了鹿吴城。”

他们在一个客栈暂住，江朝戈稍微一打听，便得知了鹿吴城最大的帮派是哪个，他带上一袋子金币，独自离开了客栈。

那帮派的堂口是一个珠宝行，铺子里一半的东西都来自海外，江朝戈进铺子转了一圈，着实大开眼界。那些东西远不如天棱大陆上的工艺精巧细致，但胜在具有异域风情，价格都相当吓人。

江朝戈待人少时，绕到了老板的面前，老板笑道：“大人想选点什么？”

“我要找一个人。”江朝戈把袋子往桌子上一拍，干脆利落地说。

那袋子里的金币互相碰撞，发出奢华的声音。

老板把袋子推了回去：“大人，咱们里面聊。”老板把伙计叫来看店，带着江朝戈进了里屋。

“大人请坐。”老板抖了抖袍子，在椅子上坐下了，“大人为何找到我们？”

“南擎帮是南方最大的帮派，在南方各个大小城市开枝散叶，消息应该最为灵通，我找你们不对吗？”

老板笑了笑：“大人想在南方找人，如果我们找不到，那就没人找得到了。”

“那你为何不收？”

“我想先知道大人要找什么人，有些人啊，并非我们找不到，而是找不起。”

江朝戈眯起眼睛：“比如？”

“比如一个女人，一个北方来到这里的女人。”

江朝戈搓了搓手指，思考片刻，道：“我不是第一个要找她的。”

“不是。”

“还有谁找过她？”

“这个我不方便透露，大人也应该比我更清楚。”

“你都拒绝了？”

“第一次我没有拒绝，结果我损失了十六个兄弟，他们完全消失了，我甚至不知道他们怎么死的，死在哪儿了。”老板喝了口茶，目露精光，“后来来找她的，我们更加不想招惹，所以，大人请回吧。”

江朝戈沉吟片刻：“你知道她在哪儿。”

老板摇摇头：“我之前知道，现在不知道。”

“但你能找到。”

老板再次摇头：“我不会去找。”

“你想要多少钱？”

“大人，这绝非钱……”

“这个袋子里有十枚金币。”江朝戈把袋子隔空扔给了老板，“就当送给老板的见面礼，若你能把她的消息告诉我，你想要多少，我双手奉上。”

老板一把抓住钱袋，眼中闪过一丝挣扎，鹿吴城达官显贵太多，有钱人遍地走，但是豪爽到江朝戈这种程度的，也绝对是罕见的，那可是整整十枚金币啊！

江朝戈笑道：“我既不需要老板去给我把那女人抓来，也不会向任何人透露我的信息来源，我只想知道她在哪儿。我看老板是个聪明人，我住在苏南客栈，如果你想通了，觉得不该错过这么一笔大生意，随时可以来找我。”江朝戈站起身，往外走去。

老板也站了起来：“大人留步。”

江朝戈扭过头。

老板走过来，把钱袋递给他：“我……我不能收，大人请拿回去吧。我不想搅和进去。”他的语气明显不够强硬。

“只是收下钱，不算搅和进去，我保证不会再来找你。”江朝戈把钱袋退了回去，转身走了。

江朝戈走出珠宝行，叹了一口气。他从自己的世界带了大量黄金，那十枚金币对他来说不算什么，可他对于那老板会不会来，仅有一半的把握。而且，听到这么多人在找阮千宿，他的心情更加沉重了。

回到客栈后，他把情况说了，寺斯失望地说："难道我们就把希望寄托在一个陌生人身上吗？"

醉幽摇摇头："这样不妥，咱们得再想想办法。"

寺斯抱住脑袋，烦躁地使劲搓着头发："啊，千宿姐究竟在哪里啊！"

"等等吧。"江朝戈沉声道，"只要千宿还活着，我们一定会团聚！"